MANFRED BRAUNGER

BLUTROTER BODENSEE

MANFRED BRAUNGER

BLUTROTER BODENSEE

KRIMINALROMAN

EIN FALL FÜR KOMMISSAR ZOFFINGER

VERLAG STADLER

Grafik/Umschlag: Manuel Pollanka – Irgendwas mit Grafik, Deizisau
Satz: Satzteam Dieter Stöckler, Konstanz
Gesamtherstellung: Dardedze Holografija, Riga

Bildnachweis – Coverabbildung:
Foto © Stefan Arendt, Allensbach/Blick zur Insel Reichenau

Verlag und Vertrieb:
Stadler Verlagsgesellschaft mbH
Max-Stromeyer-Straße 172
78467 Konstanz
www.verlag-stadler.de

4. Auflage 2024

© Copyright by Verlag Friedr. Stadler GmbH & Co. KG, Konstanz

Die Wiedergabe oder die Veröffentlichung der Texte und Bilder des Buches ist nur mit ausdrücklicher Zustimmung des Herausgebers oder des Verlages gestattet. Personen und Handlung sind frei erfunden. Ähnlichkeiten mit lebenden oder toten Personen sind rein zufällig und nicht beabsichtigt.

ISBN 978-3-7977-0751-2

… und dann bat mich irgendwann der Verlag,
eine Widmung für meinen Krimi zu schreiben.
Ich würde es an dieser Stelle gern mit Charles Bukowski halten,
der in einem seiner Bücher schrieb:
»Dies ist ein Roman. Er ist niemandem gewidmet.«

Manfred Braunger

»Verbrecherjäger sind oft voller Selbstzweifel,
Verbrecher voller Selbstvertrauen.
Ich kann beides.«

Kommissar Paul Zoffinger

1
MORD IM SCHWIMMBAD

»Leg einen Zahn zu, Alter. Endlich mal wieder ein Hammerereignis!«, brüllte Matty in sein Smartphone. »Bin gerade am Stadtrand von Friedrichshafen auf die B31 eingebogen. Bin gleich im Strandbad in Eriskirch.«

»Strandbad in Eriskirch? Brauchst du eine Abkühlung oder hast du dort deine Badehose vergessen? Was hat ein Konstanzer Polizeifotograf so weit von seinem Schreibtisch entfernt zu suchen?«, hakte Florian nach.

»Du bist wohl im Tal der Ahnungslosen aufgewachsen. Eriskirch liegt nicht auf dem Mars, sondern gehört noch zu unserem Dienstbereich. Übrigens: Erzähl bloß niemandem, dass du den Strandbad-Tipp von mir bekommen hast.«

»Bist du sicher, dass es sich um ein Gewaltverbrechen und keinen Pennälerstreich handelt?«

»Bist du heute eigentlich schwer von Begriff? Du redest mit Matty, Bullenprofi schon ein halbes Leben lang, falls du das vergessen hast. Ja, es handelt sich wahrscheinlich um ein Gewaltverbrechen, weniger wahrscheinlich um einen Selbstmord. Wer hängt sich schon am Fünf-Meter-Brett in einem Strandbad auf! Ich wüsste bequemere Methoden. Also sattle die Hühner, bevor der Markt verlaufen ist.«

Florian ließ in der Redaktion des »Seekuriers« alles stehen und liegen, bretterte nicht ganz regelkonform über die Rheinbrücke und schaffte es in letzter Minute in Staad bei Konstanz auf die Fähre nach Meersburg. Er blieb im Auto sitzen und nestelte an seinem Navi herum, bis er das Strandbad Eriskirch als Fahrtziel eingegeben hatte. 31 Kilometer. Aber nicht die Entfernung war das Problem, sondern die völlig überlastete Bundesstraße 31. Kolonnenverkehr bis zum Abkotzen. Und warum? Weil die Verkehrsstrategen der Ortschaft Hagnau ein 30er-Tempolimit verpasst hatten. Ein Nadelöhr vom Feinsten. Man hätte während der Ortsdurchquerung zum Friseur gehen können. In Eriskirch kam er deshalb erst an, als die Show schon fast gelaufen war.

»Stopp! Das Bad ist geschlossen.«

Breitbeinig wie ein Bootcampaufseher versperrte der Uniformierte den Eingang. Florian nestelte seinen Presseausweis aus der Brusttasche.

»O.k.«, nickte die breitschultrige Barriere. »Aber keinen Schritt weiter wie die Absperrbänder um das Becken.«

»Das Bad sieht aus, als sei es in dieser Saison noch gar nicht in Betrieb gewesen«, wunderte sich Florian.

»War es auch nicht. Die Wasseranalysen waren jämmerlich. Das Regierungspräsidium Stuttgart hat deshalb den Stecker gezogen und ein Badeverbot verhängt.«

»Badeverbot?«

»Keimbelastung durch die stark verschmutzte Schussen oder so ähnlich. Wenn Sie Genaueres wissen wollen, reden Sie mit der Presseabteilung.«

Hinter dem Strandbadeingang standen sich mehrere Uniformierte teilnahmslos die Beine in den Bauch, als müssten sie dafür sorgen, dass niemand das Schwimmbecken klaut. Die Jungs von der Spurensicherung hatten es noch vor Florian nach Eriskirch geschafft. Mit Metallkoffern geisterten sie in weißen Einweg-Overalls wie Außerirdische in der Gegend herum. Einer war mit einem schwarzen Plastikeimer unterwegs und sammelte alles auf, was ihm verdächtig erschien. Auf dem Sprungturm lag bäuchlings einer der Schneemänner und bearbeitete mit einem Pinsel die Kante des Fünf-Meter-Brettes. Der Strick baumelte noch dran, von dem das Opfer schon abgeschnitten worden war. Zwei Kerle in Neoprenanzügen hockten wie bestellt und nicht abgeholt auf dem Beckenrand. Florian reimte sich zusammen, wie die Bergung vor sich gegangen war. Wahrscheinlich hatten die Typen vom THW oder der Feuerwehr die Leiche abgeschnitten und geborgen. Das Neoprenduo dürfte sich für den Fall bereitgehalten haben, dass sie ins Wasser gefallen wäre. Florian nickte. So musste es sich abgespielt haben.

Die tote Frau lag in einem kornblumenblauen Kleid rücklings auf einer Plastikunterlage. Ein Spurensicherer inspizierte die widerwärtigen blauroten Würgemale um ihren Hals.

»Wir müssen in unseren Bericht aufnehmen, dass sie mit dem Rücken auf einer feuchten Unterlage gelegen haben muss, bevor der Täter sie erhängte«, sagte er zu seinem Kollegen. »Könnte ein feuchter Holzboden gewesen sein.«

Der zweite Spurensicherer sah sich ihre Beine an, die an den Waden Kratzspuren aufwiesen.

»Der linke Schuh fehlt!«, bellte er. »Ist euch das nicht aufgefallen?«

Das Neoprenduo schaute sich unentschlossen an, bis sich einer entschied, nach der fehlenden Fußbekleidung zu suchen. Nach zwei Versuchen tauchte er auf und hielt den Schuh wie eine Trophäe in der ausgestreckten Hand. Zwei gelangweilte Typen in dunklen Anzügen aus der Kleiderspende klappten den Deckel des Sarges auf, in dem die Tote weggebracht werden sollte.

Auf der gegenüberliegenden Seite des Schwimmbeckens wieselte Polizeipaparazzo Matty kamerabehängt durch das Gelände.

»Du hast das Beste verpasst«, raunte er Florian zu. »Das hättest du sehen sollen, wie die Typen die Leiche vom Strick holten. Selten so etwas Krasses vor die Linse bekommen.«

Florian sah sich um.

»Ich habe Zoffinger noch gar nicht gesehen.«

»James Bond 2.0 ist im Anmarsch. Wahrscheinlich hängt er auf der B31 im Stau fest. Oder er musste unterwegs noch einen Fleischkäsewecken einwerfen.«

Für Florian blieb im Eriskircher Strandbad nicht mehr viel zu tun. Die Details über die Tote würden ohnehin erst in ein paar Tagen ans Licht kommen. Zu sehen gab es im Augenblick auch nichts mehr. Die Hauptshow, wie Matty sie bezeichnete, hatte er verpasst. Blieb nur noch der geordnete Rückzug in sein Büro in Konstanz. Eilig hatte er es nicht mehr, jetzt an seinem letzten Arbeitstag beim »Seekurier«. Am nächsten Tag würde er ein neues Leben antreten, sein zwölfmonatiges Sabbatjahr. Er nahm sich Zeit, ließ sich auf der Rückfahrt im Kolonnenverkehr durch Friedrichshafen treiben, ärgerte sich nicht einmal mehr über den Stopp&Go-Verkehr in Hagnau, sondern freute sich diebisch, als ihn mitten im Ort ein rücksichtsloser Motorradfahrer kamikazehaft überholte und prompt von der Radarfalle geblitzt wurde.

Freitagnachmittag. In den Fluren des »Seekuriers« herrschte entspannte Wochenendstimmung. Kein Terroranschlag, kein Diesel-Gate und kein Ministerrücktritt brachte die Redakteure ins Rotieren. Für Florian war ohnehin Schicht im Schacht. Höchstens noch die letzten E-Mails checken. Matty hatte aus dem Strandbad in Eriskirch bereits ein paar Bilder von der Erhängten geschickt.

»Mit allen guten Wünschen zum bevorstehenden Sabbatjahr«, stand im mitgeschickten Text.

Florian druckte fünf Bilder aus und breitete sie auf seinen Schreibtisch aus. Quasi ein Zeichen der Amtsübergabe an den Kollegen, der sich weiter um den Fall kümmern würde. So richtig tot sah die Frau trotz der blonden, an der Stirn klebenden Pudelfrisur eigentlich nicht aus. Quicklebendig allerdings auch nicht. Wie ein enges Halsband zogen sich die hässlichen rotblauen Striemen um ihren Hals. Schade um ihr kornblumenblaues Kleid mit den weißen Punkten, dachte er. Kaum war ihm der Gedanke gekommen, schämte er sich. Wie konnte er in Anbetracht des gewaltsamen Todes der Frau überhaupt an ein ruiniertes Kleidungsstück denken! Er sah sich eines der Fotos genauer an. Aber was konnte man aus dem Gesicht einer erhängten Leiche schon herauslesen? Älter als Mitte 30 war sie bestimmt nicht, hatte ein schmales Gesicht, blondes Haar, das ihr wie ein Büschel nasses Stroh auf dem Kopf hing.

Er warf einen Blick durch das Fenster auf die Dächerlandschaft der Altstadt. Rote und braune Ziegel, Dachtraufen, hie und da ein betoniertes Flachdach, in der Entfernung der Konstanzer Münsterturm.

Über den Dachfirst direkt vor seinem Büro spazierte eine schwarze Katze. Von links nach rechts. Schon als

Bub hatten sie ihm eingetrichtert: schwarze Katze von rechts: Glück und Schwein gehabt; schwarze Katze von links: Ärger, Unglück, Tod. Um im letzteren Fall einen Schlamassel abzuwenden, musste man drei Steine über den Weg der Katze werfen. Oder auf einen Stein spucken.

Die Mieze hatte sich hingesetzt, um sich zu putzen. Nach einer Weile drehte sie auf dem Dachfirst um und marschierte den Weg zurück, den sie gekommen war. Von rechts nach links.

»Na also«, dachte Florian. »Ums Verderben noch mal herumgekommen.«

Amüsiert über das Kokettieren mit dem schwachsinnigen Aberglauben schwang er seinen Rucksack auf die Schulter. Ein letzter Blick in sein Büro, das er ein Jahr lang nicht mehr betreten würde. Draußen vor dem Fenster flanierte immer noch der schwarze Haustiger auf dem Dachfirst. Er hatte wieder umgedreht und schlenderte jetzt von links nach rechts. Kein gutes Omen!

Als sich Florian auf seinen letzten Gang durch die Redaktion machte, fiel ihm seine ziemlich feuchte Abschiedsfete vor einer knappen Woche in der Kantine des Zeitungsgebäudes ein. Am nächsten Morgen hatte er zwei Reparaturseidel bemühen müssen, um halbwegs gerade aus der Wäsche schauen zu können. Einer war bei der Sause nicht dabei gewesen, dem er jetzt zum Abschied als Erstem die Hand schütteln würde. Im Kulturressort nebenan roch es nach einer Mischung aus Veilchenduft und Erkältungsbad. Aus einem Lautsprecher säuselte belangloses Gedudel wie im Supermarkt. Ignaz Schuler badete einen Teebeutel wie ein Jojo in einer Tasse mit heißem Wasser. Als einer der wenigen in der Redaktion pflegte Florian mit ihm ein ziemlich distanziertes Verhältnis, weil er ein richtiger Griffelspitzer war, überkorrekt, unnahbar, humorresistent; einer, der morgens erst einmal seine Schreibtischunterlage einnorden musste, standardmäßig Pullunder mit entsetzlichem Rautenmuster trug und immer aussah, als habe ihm seine Gouvernante die Fliege zu eng um den Hals gebunden.

»Ich wünsche dir eine geruhsame Auszeit«, flötete der Gestriegelte und streckte Florian das Patschhändchen hin, als fürchtete er, gebissen zu werden.

»Geruhsam? Alles, bloß das nicht«, entgegnete Florian, als er bereits nach der Türklinke griff.

Nächster auf der Abschiedstournee war der Chef vom Dienst, den jeder in der Redaktion nur unter dem Spitznamen Old Schweiß kannte. Hinter seinem Schreibtisch schwitzend, pflegte er vor sich hin zu dampfen. Glücklicherweise war er nicht da. Also kein feuchtklebriges Händeschütteln, keine Dunstwolke, die einem noch eine Stunde später in der Nase hing. Auch die Sportredaktion war verriegelt und verrammelt, weil die Typen vermutlich in gesponserten Sportklamotten auf einem Tennisplatz herumhingen.

Das Ende des Flurs teilten sich die Ressorts Wirtschaft und Politik, die selbst ernannten Think Tanks der Redaktion. Die Schreiberlinge hatten bereits pünktlich wie die Maurer das Wochenende eingeläutet und einen Kasten Bier aktiviert, um den Übergang von Arbeit zu Freizeit etwas geschmeidiger zu gestalten.

»Seht euch den an!«, tönte es aus der bereits auf Frohsinn eingestimmten Runde. »Wenn das nicht unser Burnout geschädigter Langzeiturlauber ist.«

»Headline: Auf der Suche nach einer neuen Herausforderung!«, trompetete einer hinter seinem Monitor.

»Nur keinen Neid, ihr Suffköpfe«, konterte Florian. »Hättet ihr eure Kohle nicht in Straßennutten angelegt und euer Hirn nicht in Pils und Weizenbier eingeweicht, könntet ihr euch so eine Auszeit auch leisten.«

Letzte Station auf der Abschiedstour: die Chefredaktion.

»Hand aufs Herz: Ich beneide dich«, gestand der Redaktionsleiter, der immer einen Leidenszug um die Mundwinkel hatte, als stünde er kurz vor der Kreuzigung. »Ein Sabbatjahr! Zwölf Monate in der Hängematte! Würde mir perfekt in den Kram passen. Aber ich müsste mich vermutlich in einer Billigabsteige einmieten oder mir in der Schweiz einen Ziegenstall mit Stromanschluss zulegen. Bei mir zu Hause? Keine ruhige Minute. Du kennst ja meine Frau und meine hyperaktiven drei Plagen. Also halte ich lieber hier die Stellung.«

»Zwölf Monate in der Hängematte? Definitiv mein Untergang«, vermutete Florian. »Wäre mir nicht nur zu langweilig, sondern auch zu geisttötend. Übrigens: Der aktuelle Fall mit der Strandbadfrau liegt auf meinem Schreibtisch. Die Sache hätte ich noch gerne recherchiert, weil sich dahinter eine fetzige Story verbergen könnte. Die Fotos der Toten, die ich von Matty bekommen habe, liegen auch auf meinem Schreibtisch.«

»Falls du von deinen Informanten etwas über den Fall zu hören bekommst, lass es uns wissen. Vom Journalisten wirst du hoffentlich nicht zum Schriftsteller verkommen. Da wird auch dein Sabbatjahr nichts dran ändern. Dein direkter Draht zur Polente wird uns fehlen.«

»Keine Sorge. Die Kollegen sind auch nicht auf den Kopf gefallen.«

»Willst du in deiner freien Zeit tatsächlich einen Krimi schreiben? Schon eine Idee, ein Thema?«

Florian signalisierte mit einer Grimasse Unschlüssigkeit.

»Interessante Fälle sind mir in den letzten Jahren ja genügend untergekommen. An Anschauungsunterricht hat es mir auch nicht gefehlt. Bleibt bloß noch die Frage, wie man das zu Papier bringt. Wahrscheinlich wird es um einen mysteriösen Entführungsfall gehen. Vielleicht fällt mir noch etwas Packenderes ein.«

Ende der Fahnenstange. Ende und aus.

Adieu Hamsterrad? Adieu grauer Alltag? Von wegen! Grau war sein Redakteursdasein mit den sich tagtäglich abspielenden Dramen zu keiner Sekunde gewesen. Und ausgelaugt fühlte er sich auch nicht. Im Gegenteil. Hinter ihm fiel das Hauptportal des Zeitungsgebäudes ins Schloss. Der Knall hörte sich an wie der Startschuss in einen neuen Lebensabschnitt. Ein Jahr Auszeit vom Zeitungsjob, den er zwar mochte, aber zwölf Monate lang vermutlich nur gelegentlich vermissen würde. Ein Jahr den Rücken frei, um das lang geplante Buch zu schreiben. Ein Jahr nach eigener Maßgabe leben. Als überzeugter Junggeselle keine familiären Verpflichtungen wie der Chefredakteur. Knapp über dreißig, kerngesund und finanziell ziemlich unabhängig: geradezu ideale Voraussetzungen für ein zwangloses Sabbatjahr.

Florian schwang sich in den Fahrradsattel und strampelte gemächlich Richtung Hafen, ein Fluchtziel immer dann, wenn er den graugrünen Bodensee als Projektionsfläche für Unentschlossenheit, Trost oder Fernweh brauchte. Wahrscheinlich würde es am späteren Abend noch Regen oder ein Gewitter geben. Der Wind zerrte bereits an den Baumkronen und ließ vor einem Baumarkt die Werbebanner knattern. An einem Zebrastreifen stand eine Frau mit Kinderwagen. Irritiert registrierte Florian, dass sie exakt das gleiche kornblumenblaue Kleid trug wie die erhängte Leiche im Eriskircher Strandbad.

Zufall? Gab es überhaupt Zufälle? Für manche existierten keine Zufälle, für sie lief alles nach bestimmten Regeln ab. Pillepalle! Florian glaubte an keinen großen Strippenzieher, der die Menschen auf dem Planeten wuseln ließ wie Tamagotchis. Quasi per Fernbedienung. Seltsam, dass ihm gerade jetzt eine Frau im exakt gleichen Kleid über den Weg lief.

Vielleicht würde die Kornblumenfrau in seinem geplanten Roman auftauchen. Ob er wohl erst über eine grobe Rahmenhandlung nachdenken müsste? Oder eine Liste mit Hauptcharakteren entwerfen? Auf jeden Fall müsste die vollbusige Edelkurtisane Imperia, das Wahrzeichen von Konstanz, eine Rolle spielen. Die im Hafen errichtete Riesenskulptur hielt auf angewinkelten Armen zwei zwergenhafte, nackte Tatterknirpse in Händen, der eine mit Krone und Reichsapfel als Insignien weltlicher Macht, der andere mit päpstlicher Tiara als Symbol kirchlicher Autorität. Manchmal bedauerte Florian, dass er 1993, als die tonnenschwere Hure aufgestellt wurde, noch nicht beim »Seekurier« gearbeitet hatte. In bürgerlichen wie kirchlichen Kreisen rumorte es damals gewaltig, regte sich giftiger Widerstand gegen die aus Beton gegossene Schönheit. Was wäre das für ein Vergnügen gewesen, den Griffel gegen Spießbürgertum und kleinkarierten Mief zu spitzen!

Unbewusst hatten ihn seine Gedankenspiele durch die Altstadt ans Seeufer geleitet. Am altehrwürdigen Konzilgebäude stellte er sein Rad ab, weil sich zwischen Stadtgarten und Klein-Venedig Menschenmassen über die Hafenstraße schoben und an Radeln nicht einmal zu denken war. Ein alter Spruch, den er von seinem Vater kannte, fiel ihm ein: »Im Winter kommen die Nebel, im Sommer die Schwaben.« Hinter Absperrungen manövrierten Arbeiter einer Eventorganisation Berge von Ausrüstung mit Gabelstaplern durch die Gegend. Vorboten des traditionellen Konstanzer Seenachtfestes. Ein paar Momente lang überlegte er sich, seine Clique zu alarmieren, um in einer Kneipe sein Sabbatjahr gebührend einzuläuten. Dann wischte er den Gedanken weg. Zu sehr war er mit den Plänen für den neuen Lebensabschnitt beschäftigt.

Zu Hause angekommen, schloss Florian seine Wohnung im dritten Stock eines Altstadthauses auf und sah sich um wie ein Fremder. Die nächsten Wochen und Monate würde er größtenteils in diesen Wänden verbringen, die er jetzt seltsamerweise mit ganz anderen Augen sah. Zuweilen hatte er für den »Seekurier« zu Hause gearbeitet und seine Texte per E-Mail an die Redaktion geschickt. Jetzt wurde der Schreibtisch in seinem Wohnzimmer zum Dauerarbeitsplatz, an den er sich erst gewöhnen musste.

Monatelang hatte er die Idee eines Sabbatjahres vor sich hergeschoben, in schlaflosen Nächten Szenarien durchgespielt, von einem Roman geträumt, den er schreiben könnte. Jetzt saß er an seinem PC und spürte, wie ihn die leere Seite auf seinem Monitor hämisch, kritisch, geradezu herausfordernd mit einer Spur Feindseligkeit anglotzte und ihm die gehässige Botschaft suggerierte: »Du solltest dir nicht zu sicher sein, das zu schaffen, was du dir vorgenommen hast!«

In einem Anflug von Entschlossenheit langte er in die Tasten, um der unrühmlichen Schreibblockade zumindest mit dem Namen des Autors und dem Arbeitstitel des Romans ein Ende zu bereiten:

FLORIAN FALLER
»FALSCHE ZEIT, FALSCHER ORT«

Er starrte auf die ersten zwei Zeilen. Sein Megaprojekt hatte sich innerhalb weniger Augenblicke verändert, war weniger bedrohlich geworden. Verschwunden war das ablehnende, widerspenstige Weiß der ersten Seite. Ein Hoffnungsschimmer? Er wäre kein erfahrener Schreiberling gewesen, wenn er nicht daran geglaubt hätte. Aber Zuversicht war am Anfang immer ein dünnes Rinnsal.

Weil ihm nach der Drei-Zeilen-Ouvertüre nichts mehr einfiel, griff er zum Smartphone und rief Zoffinger an. Rein äußerlich war der Kriminaler ein Gemütsmensch Marke gütiger Großvater. Wasserblaue Augen, dünner Haarkranz um eine polierte Glatze, Schmerbauch. Wenn er intensiv nachdachte, klemmte er die Daumen unter seine Hosenträger – für Kriminelle, die mit ihm zu tun bekamen, Grund genug, sich warm anzuziehen. Denn der Eindruck täuschte. Zoffinger war ein Pitbull im Schaffell, einer, der sich an seinen Fällen festbiss, bis er sie gelöst hatte. Keine Lichtgestalt à la James Bond, sondern einer, der statt seiner Fäuste das Gehirn die Hauptarbeit erledigen ließ; einer, den jeder gnadenlos unterschätzte. Sein langes Berufsleben hatte ihm beigebracht, wo die Grenzen der Polizeiarbeit lagen. Ob er diese Grenzen beachtete, lag manchmal an seiner Tagesform, meist aber an der Art des Falles. Am schwersten hatten es bei ihm Kindermörder. Vor über zehn Jahren hatte er bei einem Autounfall seine Frau verloren und war seit damals in zweiter Ehe mit seinem Job verheiratet, eine geradezu ideale Beziehung.

Florian hatte Zoffinger noch nie zu Hause besucht,

ohne dass der Hausherr ihm gut gekühlten Apfelmost angeboten hätte – in einem Behältnis, aus dem schon sein Vater und vielleicht sogar sein Großvater das Kultgetränk zu sich genommen hatten. Tradition hatte eben Tradition am Bodensee.

»Ich bin ein Saurier«, gestand Zoffinger einmal. »Ich stamme aus einer Zeit, in der die Menschen glücklicherweise noch nicht einmal wussten, wie man politische Korrektheit schreibt. Ich hoffe, dass ich ein solches Urviech bleiben werde. Ich hätte nichts dagegen einzuwenden.«

»Gibt es schon neue Erkenntnisse?«, wollte Florian am Telefon wissen.

»Natürlich gibt es neue Erkenntnisse«, brummelte der Kommissar. »Ich sitze auf meinem Balkon und habe mir gerade ein kühles Mostschorle eingegossen. Mein Jogginganzug ist bei der letzten Wäsche um eine Nummer geschrumpft. Jedenfalls zwickt mich der Bund. Ich muss mir demnächst etwas anderes anziehen.«

»Pass bloß auf, dass dir dein geliebter Freizeitlook nicht unwiderruflich am Body festwächst.«

»Kapuzenpullis und Undercut-Frisuren machen nicht automatisch Rebellen und Freidenker. Jogginganzüge machen nicht automatisch Spießbürger.«

»Gütiger Himmel! Ich halte dich für keinen Spießer.«

»Bin auch keiner. Ich spare auf keine Reihenhaushälfte. Ich halte die Missionarsstellung für keinen seelsorgerischen Job und Leberknödel für kein krankhaftes Organ.«

»Sehr witzig«, kommentierte Florian. »Eigentlich dachte ich bei meiner Frage an die erhängte Frau im Eriskircher Strandbad.«

»Ach so! Die erhängte Frau im Schwimmbad. Die hat

in Eriskirch ein gut bürgerliches Dasein geführt, hat vermutlich im Kirchenchor gesungen und die Kehrwoche so bitterernst genommen, wie das im schwäbischen Grundgesetz und im Katechismus festgelegt ist.«

»Mehr hast du nicht zu bieten?«

»Was hinter der Tat steckt: keine Ahnung! Selbstmord scheidet wahrscheinlich aus. Eine Beziehungstat? Eher nicht. Wäre sie erschossen, vergiftet, erwürgt oder erschlagen worden – o.k. Aber wer hängt seine untreue Ehefrau oder Freundin aus Eifersucht an einem Sprungturm auf? Das ist doch völlig gaga.«

»Komm schon, Paul«, moserte Florian. »Ihr Ermittlungsraketen habt doch bestimmt schon ein paar aufschlussreiche Details herausgefunden.«

»Ich dachte, du hättest heute dein Sabbatjahr angetreten. Warum hackst du immer noch auf mir herum? Deinen Job beim ›Seekurier‹ macht jetzt doch ein anderer.«

»Der Fall interessiert mich, ob ich darüber schreibe oder nicht«, antwortete Florian.

»Mach mal halblang«, bremste Zoffinger die Neugier seines Gesprächspartners. »Seit wir die Frau vom Sprungbrett abgeschnitten haben, sind gerade mal ein paar Stunden vergangen. Jetzt liegt sie gut gekühlt in einem Leichenplastikbehälter in der Rechtsmedizin und wird zumindest bis morgen oder sogar bis am Montag warten müssen, ehe sich jemand mit ihr beschäftigt. Das einzig Auffallende: Sie trug sündhaft teure Ohrringe und Unterwäsche derselben Preiskategorie. Aber eigentlich dürfte ich dir das gar nicht erzählen. Auch nicht, dass wir Spuren von Schokolade an ihren Händen feststellten.«

Florian gaggerte los.

»Habe ich gelegentlich auch. So wie Millionen meiner Zeitgenossen, die sich am Abend vor der Glotze noch ein süßes Leckerli reinschieben. Was soll daran so besonders sein?«

»Weiß ich nicht. Vielleicht hat sie als letzte Tat ihres Lebens einen Schokoladenkuchen gebacken. Oder sie war Gast bei einem Kindergeburtstag, bevor sie von ihrem Mörder ins Eriskircher Strandbad geschleppt und gemeuchelt wurde. Wenn du nichts dagegen hast, würde ich mich jetzt gern meinem Feierabend widmen.«

Typisch Zoffinger, seines Zeichens Ein-Mann-Ermittler der Konstanzer Kriminalpolizei mit Sonderstatus, der es hasste wie die Pest, wenn ihm jemand in seine Arbeit hineinredete. Nicht dass er keine Kritik an sich herangelassen hätte. War er aber von einer Ermittlungsrichtung überzeugt, blieb er dabei und ließ sich von nichts und niemandem davon abbringen. Kein unbeseelter Einzelgänger, sondern ein durch und durch umgänglicher, gutmütiger Kerl Ende 50, nicht unbedingt ein Teamplayer, wenn man einmal von der Zuarbeit seiner Wasserträger im Kommissariat absah. Er war ein nachdenklicher Kombinierer und ein echtes Konstanzer Urgewächs, badischer Dickschädel und unbeugsame Kompromisslosigkeit inklusive.

Bei Florian blieb es an diesem Abend bei seinem Drei-Zeilen-Debüt, eine zugegebenermaßen extrem dürftige Performance, die ihm aber immerhin signalisierte: Ein Anfang war gemacht. Er hatte keine Ahnung, wie viele Artikel, Kommentare, Features und Reportagen er in seinem Berufsleben schon geschrieben hatte. Aber ein Buch? Ein Zweihundert- oder Dreihundert-Seiten-Projekt über zwölf Monate verteilt? Eine Geschichte, die stimmig, spannend und gut lesbar sein sollte? Das war eine andere Hausnummer.

Er schlief unruhig in dieser Nacht, träumte von einer

Miniausgabe der Imperia, die hintergründig lächelnd wie die Mona Lisa an einer Hausfassade hing und statt der zwei Zwerge zwei Bücherstapel auf den ausgestreckten Händen balancierte. Vor dem Haus standen Frauen in kornblumenblauen Kleidern in einem riesigen, kniehohen Wasserbecken. Er selbst beobachtete die seltsame Szene entrückt wie aus einem Heißluftballon, der sich immer weiter vom Geschehen entfernte, bis schließlich nur noch ein dunkler Punkt übrigblieb.

Als unten auf der Straße ein paar Besoffene mit einem Mülleimer herumkickten, schreckte er aus seinen Träumen hoch. Hundemüde schleppte er sich in die Küche, schenkte sich ein Glas Mineralwasser ein und schaltete das Radio an. Langweiliges Nachtprogramm von Radio Grenzland. Nach einem Bericht über die Nachtarbeit auf einer städtischen Sozialstation war Rolf Riedle zum Thema Heiraten am Mikrofon. Offenbar hatten die Programmmacher ein paar alte Tonkonserven ausgepackt, weil um diese Nachtzeit ohnehin kaum jemand vor dem Radio saß.

Florian fasste sich an die Stirn. Da hatten die Redakteure genau den Richtigen für dieses Thema ausgesucht. Riedle gehörte zu seinem erweiterten Freundeskreis und war Junggeselle wie er selbst. Zusammen mit einer Clique unbeirrbarer Spinner und rebellischer Feministinnen lebte er in einer ehemaligen abbruchreifen Metzgerei mit dem Namen Kommune X, die das Chaos zum Maß aller Dinge erhoben hatte. Obwohl erst Anfang 30, zierte ihn bereits eine Halbglatze, die er dadurch zu kaschieren versuchte, dass er sich schulterlange Strähnen von der linken Haarkranzseite quer über seine Platte legte. Ein geradezu kosmetisches Abenteuer. Aber Schönheit liegt bekanntlich im Auge des Betrachters. Das merkte man auch an den erotischen Gemälden, mit denen der talentfreie Freizeitmaler Riedle sein Kommunenzimmer dekoriert hatte.

Ich bin Rolf Riedle und möchte zum Thema »Heiraten gestern und heute« einige Gedanken beisteuern. Im Mittelalter waren arrangierte Hochzeiten üblich und besonders in besseren Kreisen nicht von Gefühlen getrieben, sondern durch wirtschaftliche und politische Interessen motiviert. Adelsfamilien arrangierten Hochzeiten, die primär dazu dienten, sich Besitztümer unter den Nagel zu reißen, verfeindete Klans zu versöhnen und Kriege zu führen oder zu vermeiden.

»Das hat er garantiert von Wikipedia abgeschrieben«, dachte Florian und nahm einen Schluck.

Am Morgen nach der Hochzeitsnacht erhielt die Braut von ihrem Mann traditionell ein wertvolles Geschenk, die sogenannte Morgengabe (fuhr Riedle fort). Dabei handelte es sich etwa um eine Perlenkette, eine Käsereibe oder einen Gutschein für einen dreijährigen Volkshochschulkurs zum Thema »Wie parke ich meine Pferdekutsche rückwärts ein?« Im Gegensatz zu diesen alten Zeiten verlieben sich junge Leute heute spätestens zu dem Zeitpunkt, an dem sie den Schnuller gegen die Öffnung einer Alkopop-Flasche tauschen. Sie pflegen vergnüglich interaktive Turnübungen, die früher einzig und allein der Arterhaltung dienten. Häufig lebt die junge Generation ohne Trauschein in wilden Kommunen und geht den Bund der Ehe erst ein, nachdem die eigenen Sprösslinge die erste Rentenberechnung beantragt haben.

Statistisch betrachtet stieg das Heiratsalter in den letzten Jahren beständig an und liegt heute bei Männern bei 32,6 Jahren und bei Frauen bei 29,6 Jahren. Was lernen wir daraus? Gar nix! Aussagekräftiger ist die Tatsache, dass bei Töchtern die ersten Symptome von Torschlusspanik auftre-

ten, lange bevor sie von ihren Müttern dazu gezwungen werden. Söhne schulden ihre Testosteronsteuerung nicht nur ihren vorprogrammierten Genen, sondern auch ihren vor Potenzgehabe strotzenden Vätern, die sich vor ihren verwunderten Nachkommen unterschwellig gerne als Beglücker ganzer Erdteile präsentieren. Übrigens: In der spanischen Sprache ist der Begriff für Ehefrauen und der Begriff für Handschellen identisch – las esposas ...

Florian schaltete das Radio aus. Unverdauliche Kost für seine Ohren um diese Nachtzeit. Die restliche Heiratsaufklärung vom Beziehungsexperten Rolf Riedle bekam er nicht mehr mit. Er wankte zurück in sein Schlafzimmer und ließ sich hundemüde in die Kissen fallen.

Während die Rechtsmediziner mit der toten Kornblumenfrau beschäftigt waren, grasten Zoffingers Leute ganz Eriskirch samt Umgebung ab, um die Identität der Ermordeten herauszufinden. Vermisstenmeldungen hatten zu keinem brauchbaren Ergebnis geführt. Den entscheidenden Treffer landeten die Spezialisten von der kriminaltechnischen Untersuchung. Ihnen waren die exquisiten Schuhe der Toten aufgefallen, handgefertigte Ballerinas eines italienischen Herstellers. Im Bodenseekreis wurden sie in nur zwei Läden verkauft, einem in Friedrichshafen und in einer Boutique in Ravensburg. Dort war die Frau mit dem Namen Judith Sommer Stammkundin und hatte sich Schuhe zum Anprobieren schon mehrfach nach Hause liefern lassen. In den Falkenrainweg 7 in Eriskirch.

Als Zoffinger an der Adresse in dem aufgeräumten Wohngebiet ankam, hatten sich seine Kollegen bereits Zugang zu dem Einfamilienhaus verschafft. Das Gebäude lag direkt an der Straße, der dahinterliegende Garten reichte bis an das Ufer der durch den Ort fließenden

Schussen. Persönlichen Unterlagen zufolge war die 36 Jahre alte Wohnungsinhaberin von Beruf Modedesignerin und hatte jahrelang für ein Mailänder Unternehmen gearbeitet, aus dem sie vor zwei Jahren ausgeschieden war. Offensichtlich lebte sie alleine. Jedenfalls stand im Bad nur eine einsame Zahnbürste. Auch sonst gab es keine Hinweise auf eine zweite Person. Ein Festnetztelefon existierte nicht, ein Smartphone lag auch nirgends herum. Aber in einem Karton in einer Abstellkammer war ein offenbar ausgedientes Handy entsorgt. Zoffingers technische Hilfstruppen erweckten es zum Leben und konnten das Telefonverzeichnis auslesen. Weder Einbruchsspuren noch durchwühlte Schränke oder Schubladen. Keinerlei Anzeichen für ein gewaltsames Eindringen; nichts, was auf eine Gewalttat hätte schließen lassen. Auf dem Wohnzimmertisch lag ein Kündigungsschreiben an ihren Vermieter mit dem Hinweis auf einen Umzug in eine Eigentumswohnung nach Konstanz. Die Beamten gingen in der Nachbarschaft Klinkenputzen und fanden heraus, dass man sie in der Gemeinde so gut wie nie gesehen hatte.

»Klar«, meinte eine Nachbarin, »wir haben uns gegrüßt, wenn wir uns auf der Straße zufällig begegnet sind. Häufig kam das allerdings nicht vor. Ich vermute, dass sie lieber zurückgezogen lebte. Wer's mag ...«

Also keine Anhaltspunkte auf ein Verbrechen in der Eriskircher Wohnung – bis die Spürnasen im Keller auf eine Seilrolle stießen, von der ein Stück abgeschnitten worden war. Auf der Kellertreppe fanden sich Schleifspuren. Zoffinger erinnerte sich an die Kratzer an den Waden der Frau. Wahrscheinlich war sie im Keller erdrosselt und dann rücklings die Treppe hinaufgezogen worden. Aber wie war sie ins Strandbad gebracht worden? Über die durch Äcker und Felder führende Riedstraße bis zum Parkplatz beim Bad? In einer Wohngegend wie dieser eine Leiche in ein Auto zu verfrachten, wäre selbst bei Nacht und Nebel ein riskantes Unternehmen gewesen. Die Gefahr, von Spätheimkehrern, Schlafwandlern, Albtraumgeplagten und Rentnern, die mitten in der Nacht zum Pinkeln müssen, entdeckt zu werden, wäre zu groß gewesen.

Der Kommissar trottete von der Terrasse der Erdgeschosswohnung in den ungepflegten Garten hinaus. An manchen Stellen stand das Gras hüfthoch. Ein Sturm hatte von einem Baum einen mächtigen Ast abgerissen, der von Moos überwuchert wie eine seltsame Skulptur auf dem Boden lag. An der Böschung zum Flussufer machte das Terrain einen völlig verwilderten Eindruck, als hätte sich seit Jahren niemand mehr um die Bäume und Büsche gekümmert. An einer Stelle führte ein nicht mehr genutzter Trampelpfad direkt ans Wasser auf eine kleine, morsche Plattform. Eine bessere Möglichkeit, eine Leiche von dem Anwesen abzutransportieren, gab es nicht. Am Ufer der Schussen lagen mehrere alte Holzkähne vertäut. Die ermordete Frau auf diese Weise ins Strandbad zu bringen, bot sich geradezu an. Ein Seitenarm des Flüsschens machte in der Nähe des Schwimmbads eine große Schleife. Ein kräftiger Mann wäre durchaus in der Lage gewesen, die Leiche von dort bis ins Strandbad zu tragen. Oder man hätte sie durch die Flussmündung in den Bodensee bis ins Bad transportieren können, das nur etwa einen halben Kilometer entfernt lag.

Was Zoffinger aber noch mehr als der Transport interessierte, war die Frage, warum der oder die Täter sie nicht einfach im Keller ihres Hauses hatten liegen lassen. Sie am Sprungturm aufzuhängen, war aufwändig, von einem einzigen Täter kaum zu schaffen und barg außerdem das Risiko, dass jemand die bizarre Aktion mitbekam. Eines war klar: Es handelte sich um keinen normalen Mord, sondern um ein Gewaltverbrechen mit einer Botschaft, eine unmissverständliche Warnung, als hätten die Täter in die Öffentlichkeit trompeten wollen: »Seht alle her! So kann es jemandem gehen, der uns in die Quere kommt.« Die Lösung des Rätsels – darüber bestand bei Zoffinger kein Zweifel – lag im Umfeld der Frau, hatte mit ihren Kontakten zu tun. In dieser Dunkelzone würde er Antworten finden.

Am folgenden Tag raffte er sich trotz aller inneren Widerstände auf und stiefelte in die Rechtsmedizin, um sich nach eventuell ersten Ergebnissen der Obduktion zu erkundigen. Selbst nach Jahrzehnten im Polizeidienst hatte er sich an das Totenreich noch nicht gewöhnt, in der die Grünkittel ihre Arbeit verrichteten. Institutsleiter Dr. Ulrich Herrlinger hatte sich beim Segeln den Arm gebrochen und ließ sich durch einen Kollegen vertreten, der so blass und ausgezehrt aussah, dass er auf dem Seziertisch vermutlich eine bessere Figur gemacht hätte als aufrecht stehend daneben.

»Und? Irgendetwas Erhellendes?«

Der Forensiker schüttelte den Kopf.

»Nicht wirklich. Alles im grünen Bereich. Eigentlich keine Auffälligkeiten. Ein Drogenjunkie war sie jedenfalls nicht.«

Zoffinger war bereits auf der Flucht aus der gekachelten Schreckenskammer, als ihm die Halbleiche hinterherrief:

»Eines noch. In ihrem Nacken haben wir ein kleines Tattoo gefunden. Sieht aus wie eine Abbildung mit einer längeren und zwei kürzeren Spitzen. Wir haben nachforschen lassen. Mit Erfolg. Es handelt sich um einen stilisierten prähistorischen Haifischzahn. Diese durch Gezeitenströme und Brandungswellen ausgegrabenen Beißerchen von Urzeithaien findet man hauptsächlich am niederländischen Nordseestrand zwischen den Küstenorten Cadzand und Nieuwvliet. Man bezeichnet die Souvenirstücke auch als ›schwarzes Gold von Cadzand‹. Manche Leute tragen sie als Glücksbringer.«

»Hat ihr offenbar nicht viel genützt«, dachte der Kommissar, als er mit langen Schritten aus der Rechtsmedizin ins Freie stürmte, wo ihn ein sanfter Regenschauer im Diesseits begrüßte und daran erinnerte, dass es auch ein Leben vor dem Tod gab.

2
TATORT INSEL REICHENAU

Das Gewaltverbrechen rüttelte die Insel Reichenau durch wie ein Erdbeben mittlerer Stärke. Fassungslosigkeit, wohin man schaute. Auf dem Münsterplatz standen Leute beieinander, die bereits von der scheußlichen Tat erfahren hatten, die sich wie ein Lauffeuer in Mittelzell verbreitete. Vor der Touristeninformation in der Pirminstraße wartete eine Gruppe französischer Besucher auf den Bus und konnte sich die seltsame Hektik nicht erklären, in die der sonst beschauliche Inselort über Nacht verfallen war. Normalerweise tratschten die Leute über die Wetterprognosen für die nächsten Tage, über die missratenen Kinder in der Nachbarschaft oder gaben mehr oder minder interessierten Gesprächspartnern die letzten persönlichen Gesundheitsbulletins bekannt. Aber an diesem Tag war alles anders. Was in der Nacht zuvor im Kräutergarten beim Münster St. Maria und Markus in Mittelzell passiert war, sprengte jede Vorstellungskraft.

Kriminalhauptkommissar Paul Zoffinger machte sich in seinem Büro eben über ein fingerdick mit Leberwurst bestrichenes Vesperbrot her, als sein Telefon bimmelte. Eine Entgleisung, fast schon ein Sakrileg, weil jeder im Amt wusste, dass Paul, wie er von seinen Kollegen genannt wurde, zwischen 9 Uhr und 9.10 Uhr die Welt anhielt, keine Kapitalverbrechen duldete und für solche Delikte auch zehn Minuten lang nicht zuständig war. Schließlich gab es für archaische, erdnahe und durch und durch bodenständige Menschen wie Zoffinger im Leben noch ein paar wichtigere Sachen als Mord und Totschlag.

»Wer stört?«

Drei, vier Atemzüge später.

»Entschuldigen Sie bitte! Ich dachte, dass mich einer meiner Kollegen nervt.«

Gespannt lauschte er in den Hörer seines Festnetztelefons. Mit einer geradezu zeremoniellen Bewegung legte er das Pausenbrot auf das Papier zurück, aus dem er es eben ausgewickelt hatte.

»Qualität hat einen Namen: Metzgerei Forster« stand darauf in einem symbolisierten Erntekranz aus dicken Würsten.

»Klostergarten beim Münster in Mittelzell? Habe ich das richtig verstanden? ... Gut. Ich bin in einer halben Stunde da. Lassen Sie alles so, wie es ist. Rühren Sie nichts an.«

Ein toter Mönch im Klostergarten in Mittelzell auf der Insel Reichenau. Der Tag fing ja gut an. Allen Anzeichen nach Opfer einer Gewalttat. In Sekundenschnelle schoss dem Hauptkommissar der grauenhafte Mord im normannischen Städtchen Saint-Étienne-du-Rouvray im Jahr 2016 durch den Kopf, als zwei junge Männer einem Geistlichen während einer katholischen Messe die Kehle durchtrennten. Aber ein islamistischer Terroranschlag dort, wo Ökobauern und Tomatenzüchter die Tagesabläufe bestimmten? Ein Attentat in der idyllischen Bodenseeprovinz mitten zwischen Salatäckern, Gurkenplantagen, Rebgärten und Gewächshäusern? Undenkbar. Oder doch nicht?

Am Stadtrand von Konstanz bog er in den auf die Insel Reichenau führenden Damm ein – eine fast schnurgerade Pappelallee durch ein undurchdringliches Schilfgelände. Schwungvoll rutschte bei einem Bremsmanöver sein mitgebrachtes Vesperbrot vom Beifahrersitz. Er ließ es im Fußraum liegen, weil er die Fahrt nicht an einem der Alleebäume vorzeitig beenden wollte. Im Autoradio dudelte Diskomusik aus den 80er-Jahren. Er wollte das Geheule schon abdrehen, als die Moderatorin einen Bericht über einen aktuellen Einsatz der Verkehrspolizei ankündigte. Rolf Riedle berichtete aus dem Stadtzentrum in Konstanz.

Heute Vormittag gegen 22.30 Uhr ist es auf der Marktstätte zu einem polizeibekannten Vorfall gekommen. Ein in der örtlichen Vollzugsanstalt einsitzender Wärter konnte bei einem Freigang offenbar einen Häftling überlisten und mit einem als Geisel genommenen Fahrrad eines zufällig in der Nähe befindlichen Metzgereigehilfen fliehen. Wohin, sagte er nicht. Das Motorrad wurde später auf der Marktstätte aufgefunden. Am Chassis, am linken Vorderreifen und am Kofferraum wurden DNA-Spuren gefunden, die aber bislang nur unmenschlichen Ursprüngen zugeordnet werden konnten. Die Polizei war sehr schnell vor Ort, obwohl sie von ihrem Einsatz überhaupt nichts wusste. Und das trotz der Entfernung zum Tatort, der ja nicht in Helsinki oder Abu Dhabi liegt, sondern mitten in Deutschland. In einem uneinsichtigen Hinterhof machte die Polizei einen möglichen Komplizen dingfest. Nach dem Grund seines Daseins befragt, verneinte er. Der Täter wurde von den Sicherheitskräften weiträumig abgesperrt und der Tatort von den Beamten außer Gefecht gesetzt.

Himmelherrgott! Zoffinger bearbeitete sein Lenkrad mit der Faust. Muss man sich einen solchen Stuss gefallen lassen? Hat dieser Ignorant zu tief in einen Haschtopf gelangt oder will er seine Zuhörer auf den Arm nehmen? Florian hatte schon ein paar Mal von Riedle erzählt, der zum Teil bizarre Reportagen ablieferte, mit denen er sich bei offensichtlich minderbemittelten Hörern eine gewisse Reputation erarbeitet hatte. Der Kommissar holte tief Luft. Wieder einmal eine Nahidioterfahrung.

Er parkte beim Münster in Mittelzell und rätselte noch immer darüber, wer einen Mönch auf der Reichenau warum umbringen könnte. Ein Zufallsopfer? Irrsinnige, Verblendete, Unzurechnungsfähige und Bekloppte liefen in Mengen auf den Straßen herum. Rache? Aber für was? Zwischenmenschliche Spannungen? Die Reichenau war alles andere als ein sozialer Brennpunkt, kein Scherbenviertel, von einem Getto so weit entfernt wie der Vatikan. Kirchenhass? Aber warum würde sich ein Täter einen Kräutergarten aussuchen und keinen Schauplatz mit größerer Symbolkraft?

Zwei uniformierte Polizeibeamte waren damit beschäftigt, den innerhalb einer mannshohen Natursteinmauer liegenden Garten mit Plastikbändern abzusperren. Grüppchen von Einwohnern standen mit betretenen Gesichtern herum, tuschelten, entwarfen abstruse Verschwörungstheorien und bizarre Mordszenarien. Aber kein Katastrophentourismus, eher lähmendes Entsetzen über ein unbegreifliches Verbrechen. Quasi vor der eigenen Haustür.

»Der Bürgermeister kann Sie leider nicht begrüßen, weil er in Urlaub ist«, empfing ein Mann mittleren Alters Paul Zoffinger und drückte ihm die Hand wie jemand, der mit landwirtschaftlichem Gerät mindestens so gut umgehen kann wie mit einer PC-Tastatur. »Willy Leuthold, Gemeinderat der Gemeinde Reichenau.«

»Seit ewigen Zeiten wohne ich in Konstanz«, gestand Zoffinger. »Aber auf der Reichenau war ich seit Langem nicht mehr. Dennoch pflege ich innige Beziehungen mit der Insel. Auf dem Sankt-Stephans-Platz, nicht weit von meiner Stadtwohnung entfernt, versorge ich mich fast jeden Freitag mit Inseltomaten. Gelegentlich mit einem Fläschchen Kerner, auch von der Reichenau. Was mir auf der Fahrt hierher aufgefallen ist: Rebflächen sieht man wenig.«

»Die Zeiten ändern sich«, antwortete Leuthold. »Wie Sie vielleicht wissen, war die Reichenau früher in erster Linie ein Weinproduzent. Bis ein Frost den Rebstöcken Ende der 1920er-Jahre den Garaus machte. Die Bauern rissen alles aus und fingen mit dem Gemüseanbau an, um nicht mehr nur allein vom Wein abhängig zu sein. Heute werden wieder auf knapp 20 Hektar Fläche Sorten wie Gutedel, Müller-Thurgau, Blauer Spätburgunder, Muskateller und Kerner angebaut.«

Einer der Polizisten hob das Absperrband hoch, um die beiden Männer in den Kräutergarten zu lassen.

»Strabos Kräutergarten«, erklärte Leuthold und machte eine ausladende Handbewegung. »Kennen Sie die Geschichte?«

»Die kennt jeder Konstanzer, zumindest jeder Konstanzer Gartenfreund. Der vom Reichenauer Abt Walahfrid Strabo im 9. Jahrhundert verfasste ›Hortulus‹ war schließlich der erste Gartenratgeber Europas, ein botanisches Frühwerk über diesen Kräutergarten in Versform. Wenn ich mich recht erinnere, beschrieb er 23 Heilpflanzen und erläuterte, welchen Zwecken sie dienen können. Richtig?«

»Hoppla!«, staunte der Gemeinderat. »Offensichtlich haben Sie in der Schule gut aufgepasst.«

»Irrtum«, antwortete Zoffinger augenzwinkernd. »Vor ein paar Wochen fiel mir per Zufall ein Bodenseereiseführer in die Hände.«

Der kleine Klostergarten bestand aus einer akkuraten Anordnung von schmalen Beeten, getrennt durch eselgraue Kieswege. Nicht ganz Zoffingers Gartenfavorit, der eher üppige, ausufernde und leicht verwilderte Grundstücke mochte, in denen nicht Harke und Schaufel, sondern die Natur selbst Regie führte. Weiße Täfelchen benannten die jeweiligen Kräuter und ihre lateinischen Namen.

Mitten in einem der Beete erhob sich ein aus zwei groben Holzbalken gezimmertes Kreuz. Ausgebuddelte Erde lag verstreut auf dem Weg, Pflanzen waren zertrampelt. Allzu viel Zeit hatte sich der Täter für sein »Werk« ganz offensichtlich nicht genommen, weil das Kruzifix ziemlich schräg im Boden steckte. Auf die Balken war ein Bischofsgewand aus rotem, samtartigem Stoff mit goldenen Borten getackert, wahrscheinlich ein zweckentfremdetes Nikolauskostüm. Darüber eine von bunten batteriegespeisten LEDs umrandete Mitra, aus Karton gebastelt und mit rotem und goldfarbenem Stoff überzogen. Zwei Schritte entfernt lag der tote Mönch in brauner Kutte halb im Beet und halb auf dem Kiesweg, der die Salbei-, Liebstöckel-, Kerbel- und Rettichbeete voneinander trennte. So richtig tot sah er eigentlich nicht aus. Eher wie einer, der beim Unkrautjäten hingefallen und nicht mehr hochgekommen war. Die schräg einfallende Morgensonne beleuchtete sein stoppelbärtiges bleiches Gesicht wie ein Theaterspotlight. Beim Sturz war ihm der untere Saum seiner Kutte hochgerutscht und gab die mageren Unterschenkel und die Füße frei, die in schwarzen Socken und Gesundheitssandalen mit Klettverschlüssen steckten.

»Wir haben nichts angefasst«, stotterte einer der Polizisten, als ihm Zoffinger einen fragenden Blick zuwarf.

Er drehte den Toten auf die Seite. Unter seinem Rücken war eine Blutlache so groß wie zwei Handflächen bereits im Boden versickert. Den Rest hatte sein dicker Habit aufgesogen. Die Ursache der Stichverletzung war schnell klar. Einer der Polizisten fand unter einer Hecke ein Messer mit einer langen, schmalen Klinge.

»Ein Schuss wäre aufgefallen«, sagte Zoffinger mehr zu sich selbst. »Einen Messerstich kriegt niemand mit.«

»Mein Gott«, jammerte Leuthold. »Ein so widerwärtiges Verbrechen an einem Ort der Besinnung und Ruhe. Unfassbar! Einfach unfassbar!«

»Kennen Sie den Kuttenträger?«

»Natürlich kenne ich ihn. Jeder in Mittelzell kennt ihn. Das ist Bruder Aurelius von der Mönchsgemeinschaft Strabo-Haus.«

»Ich bin nicht bibelfest«, gestand Zoffinger. »Aber wenn ich mich nicht täusche, existiert das Kloster Reichenau schon seit über 100 Jahren nicht mehr. Warum gibt es hier überhaupt noch Mönche?«

»Das Kloster gibt es seit 250 Jahren nicht mehr«, korrigierte ihn Leuthold. »Es wurde 1757 aufgelöst. Vor knapp 20 Jahren gründete eine Gruppe von Mönchen im Auftrag ihres Mutterklosters eine neue Klostergemeinschaft auf der Reichenau. In Anknüpfung an die historische Tradition der Insel sollte sie für neue monastische Aktivitäten sorgen.«

»Also eine klösterliche Zweigstelle. Und was genau machen die Mönche hier?«

»Zwei von ihnen, Bruder Petrus und Bruder Sebastian, beschäftigen sich mit der Restaurierung wertvoller Bücher und Manuskripte aus der alten Klosterbibliothek.

Zwei andere, mit denen wir von der Ortsverwaltung öfters zu tun haben, kümmern sich um administrative Fragen.«

»Und Bruder Aurelius?«

»Ich persönlich hatte eigentlich nie mit ihm zu tun«, meinte der Leuthold. »Man grüßte sich, wenn man sich auf der Straße begegnete ... Wofür er im Strabo-Haus zuständig war, weiß ich offen gestanden nicht.«

»Kein Problem«, winkte Zoffinger ab. »Ich muss mich bei den Herren Mönchen ohnehin noch umsehen. Haben Sie je etwas von Streitigkeiten in diesem Strabo-Haus oder Problemen zwischen den Mönchen und den Einwohnern mitbekommen?«

»Die Strabo-Mönche gehören zur Inselfamilie, wenn man das so sagen darf«, meinte Leuthold. »Probleme gab es meines Wissens nie. Das sind freundliche, hilfsbereite Männer, die bestens in unsere Gemeinschaft integriert sind und die hier jeder schätzt. Fast jeder.«

»Können Sie mir das ›fast‹ näher erläutern?«

»Hier läuft ein Kerl herum, der schon einige Male mit sonderbaren Aktionen aufgefallen ist. Dass er alles Kirchliche hasst, kann und will er nicht leugnen.«

»Hat er auch einen Namen?«

»Bodo Weihstock. Ein junger Kerl, nicht einmal unsympathisch, aber irgendwie von einem anderen Stern.«

Der Kommissar drehte sich zu dem Holzkreuz um.

»Ich habe zwar schon davon gehört, dass antireligiöse Fanatiker Gipfelkreuze auf Bergen gefällt haben. Aber von so etwas wie dem hier habe ich noch nie etwas mitbekommen. Die welken Pflanzenbüschel an den Seitenarmen des Kreuzes sehen nicht aus, als seien sie zwecks Dekoration angebracht worden. Scheint dasselbe Kraut zu sein, das auch um den Toten herumdrapiert wurde.«

Leuthold wusste Bescheid.

»Christliche Symbolik spielte bei der Anlage solcher Kräutergärten immer eine große Rolle. Da haben wir auch großen Wert daraufgelegt, als wir den Garten 1991 nach dem historischen Vorbild von Walahfrid Strabo neugestalteten. Das Johanniskraut am Kreuz und um den Toten diente den Menschen früher zum Zweck, finstere Mächte abzuwehren und sich vor Dämonen und Zauberei zu schützen.«

»Bei Bruder Aurelius hat das Kraut eklatant versagt«, stellte Zoffinger fest. »Kommt mir vor, als sei diese Symbolik ad absurdum geführt oder geradezu verhöhnt worden. Allein schon durch diese beleuchtete Mitra!«

Der Kommissar erinnerte sich an einen alten Film des italienischen Regisseurs Federico Fellini. In einer aberwitzigen Szene führten Schauspielerinnen und Schauspieler auf Rollschuhen und Fahrrädern extravagante Mode für Nonnen, Messdiener, Priester, Bischöfe und Päpste vor, unter anderem mit beleuchteten Mitras und Tiaras. Auf eine gewisse Art und Weise belustigte ihn die am Holzkreuz befestigte Bischofsmütze, wenngleich er den Mord an dem Mönch für eine durch und durch verabscheuungswürdige Tat hielt. Zoffinger behielt das aber für sich, weil er nicht wusste, wie Leuthold religiös gepolt war.

»Die Menschen auf der Reichenau waren aufgrund der Geschichte schon immer stark mit dem Christentum verbunden«, meinte der Gemeinderat. »Einen Mord in einem Klostergarten und so ein Kreuz verstehen die Leute nicht nur als Vandalismus, sondern als einen Anschlag auf ihre christlichen Werte. Sie müssen den oder die Täter kriegen. Mit allen Mitteln. Sollten wir vielleicht eine Belohnung für sachdienliche Hinweise ausloben, wie es im Kino und im Fernsehen immer so schön heißt? Eine

Geldprämie? Oder einen Gratisflug mit dem Zeppelin über den Bodensee?«

»Langsam, langsam«, beruhigte ihn Zoffinger. »So schnell wird an der Polizeifront nicht geschossen. Lassen Sie uns erst einmal unsere Arbeit machen. Ich kann Ihnen zwar nichts versprechen. Aber ich bin mir sicher, dass wir diese Bluttat aufklären und den oder die Täter zur Rechenschaft ziehen.«

Er wandte sich an die beiden Polizisten.

»Hat jemand vergangene Nacht im Dorf etwas Ungewöhnliches mitbekommen? Schreie, seltsame nächtliche Umtriebe, Personen, die zu später Stunde unterwegs waren?«

Die beiden Uniformträger zuckten mit den Schultern. Dann fiel dem Gemeinderat etwas ein. Ein Bauer hatte ihm erzählt, dass er gegen zwei Uhr auf dem Heimweg von einer Hochzeit war. Aus einiger Entfernung waren ihm die leuchtenden LEDs der Mitra aufgefallen. Weil er aber nach der feuchtfröhlichen Feier zu müde war, hatte er sich nicht um die seltsame Beleuchtung gekümmert. Entdeckt hatte den Toten gegen 7 Uhr morgens ein Pennäler. Auf dem Weg in die Schule hatte er sein Moped am Kräutergarten angehalten, um seiner Freundin aus einer neben dem Garten liegenden Blumenwiese eine Sonnenblume zu klauen.

»Gibt es auf der Insel einen Holzhandel? Irgendwo muss sich der Täter die zwei Balken für das Kreuz besorgt haben. Macht euch im Dorf schlau, ob jemand solche Hölzer vermisst.«

Zoffinger überließ den Kräutergarten seinen Kollegen von der Spurensicherung, die mittlerweile die Regie am Tatort übernommen hatten. Auf Tritt- oder Fahrspuren konnte man kaum hoffen, weil es seit Tagen nicht mehr geregnet hatte und der Boden steinhart verbacken war. Aber irgendetwas ließ sich immer finden. Er rief im Kommissariat bei seinen Schreibtischkollegen an und ordnete an, alles an Informationen über den toten Mönch zusammenzutragen. Wichtig war, einen ersten Anhaltspunkt, ein erstes Puzzleteilchen zu finden, um die Ermittlungen überhaupt in Gang zu bringen.

Die Mönchsgemeinschaft Strabo-Haus residierte in einem zweigeschossigen Gebäudetrakt des ehemaligen Klosters. Durch einen langen Gang, in dem es nach Weltabgeschiedenheit, Weihrauch und Parkettpflegemittel roch, erreichte Zoffinger einen Raum, durch dessen halb geöffnete Tür Gebetsgemurmel drang. Fünf Mönche knieten vor einem Wandaltar mit brennenden Kerzen und einem Bronzekreuz, um das ein Trauerflor gewunden war. Zoffinger räusperte sich, um auf sich aufmerksam zu machen.

»Wir sind erschüttert und können uns diese frevelhafte Tat nicht erklären«, meinte Bruder Michael, dem Entsetzen und Ratlosigkeit ins Gesicht geschrieben standen. »Bruder Aurelius war zwar erst seit eineinhalb Jahren bei uns. Aber seine Tatkraft und Entschlossenheit, sein Engagement für unsere Sache wird uns fehlen.«

»Wann haben Sie ihn zum letzten Mal gesehen?«

»Um 19 Uhr haben wir die letzte gemeinsame Gebetszeit. Danach ist jeder von uns auf sein Zimmer gegangen. Aurelius auch.«

»Hat jemand von Ihnen mitbekommen, dass er gegen später das Haus verlassen oder Besuch bekommen hat? Eine Ahnung, was er mitten in der Nacht im Kräutergarten zu suchen hatte?«

Ratlosigkeit in fünf Gesichtern.

»Hat er mit einem von Ihnen über persönliche Probleme gesprochen? Hat er seinem Ärger über irgendetwas oder irgendjemanden Luft gemacht?«

Wieder keine Antworten.

»Hat er sich in den letzten Tagen verändert, sich vielleicht außergewöhnlich verhalten?«

Noch während er die Frage stellte, ahnte Zoffinger bereits, dass er auch darauf keine Antwort bekommen würde.

»Wo war Bruder Aurelius eigentlich, bevor er auf die Reichenau kam?«

»Er wurde uns von unserem Mutterkloster geschickt«, antwortete Bruder Sebastian. »Soviel wir wissen, lebte er in den Jahren zuvor in der italienischen Schweiz, wenn ich mich recht erinnere, im Valle Maggia im Tessin. Ich glaube, er hat in einer Unterhaltung einmal ein kleines Kloster mit dem Namen Sankt Jakob erwähnt.«

»Er wurde vom Mutterkloster geschickt?«

»Richtig. Von der Abtei St. Bonifaz in Beuron. Vielleicht haben Sie schon von ihr gehört.«

»Dann werde ich mich dort erkundigen«, beschloss Zoffinger, weil die Aussichten auf verwertbare Informationen bei diesem Mönchsquintett eher unwahrscheinlich waren. »Oder am besten gleich in diesem Kloster Sankt Jakob in der italienischen Schweiz.«

»Das wird Ihnen nichts nützen«, entgegnete der Wortführer der Mönche. »Die Niederlassung existiert nicht mehr. Sie musste aufgegeben werden, weil der Nachwuchs fehlte. Kein Problem, das die schweizerische Gemeinschaft allein betrifft. Leider.«

»Wenn ich mich nicht täusche, lassen Sie sich entweder bei Ihren richtigen oder angenommenen Vornamen nennen. Wissen Sie, wie Bruder Aurelius mit vollem bürgerlichem Namen hieß?«

Der Mönch wandte sich seinen Mitbrüdern zu und erntete nur Kopfschütteln.

»Danach müssten Sie sich in St. Bonifaz erkundigen. Bei uns war er nur unter dem Namen Bruder Aurelius bekannt.«

Bruder Sebastian druckste herum.

»Wenn Sie uns jetzt vielleicht entschuldigen wollen. Der Schock sitzt uns tief in den Knochen. Wir hätten Ihnen gerne geholfen, aber ...«

Bruder Michael hob mit einer Geste der Hilflosigkeit die Schultern.

»Eines noch«, sagte Zoffinger, »ich müsste noch einen Blick in das Zimmer von Bruder Aurelius werfen. Mit was hat er sich hier eigentlich beschäftigt? Hatte er spezielle Aufgaben?«

Einer der Mönche, der vorausgegangen war, öffnete die schwere Holztür zu einem Raum, dessen Ausstattung Zoffingers Frage in aller Deutlichkeit beantwortete.

»Das sieht ja aus wie eine Hexenküche«, rutschte dem Kriminaler heraus.

Als er die betretenen Gesichter der Mönche registrierte, grinste Zoffinger spitzbübisch.

»Hexenküche ist vielleicht in klösterlicher Umgebung nicht das richtige Wort. Verzeihen Sie.«

»Kein Problem«, winkte der Hauptmönch ab. »Auch wir sind im 21. Jahrhundert angekommen. Aber das Reich von Bruder Aurelius hat mit schwarzer Magie nichts zu tun.«

Nach einem Drogenlabor für Crystal Meth oder andere synthetische Drogen sieht das nicht aus, dachte Zoffinger. Vor ihm auf einem rissigen Holztisch voller diverser Laborutensilien, Tiegeln, Beutelchen, Gläschen, Pötten und Schüsselchen stand ein aufgeklappter, aber nicht eingeschalteter Laptop. Von Wand zu Wand hingen Büschel getrockneter Heilkräuter und Arzneipflanzen auf gespannten Wäscheleinen. Auf der Fensterseite des Raumes waren handschriftlich gekritzelte oder ausgedruckte Rezepte wie in einer Giftmischerbude mit Malerkrepp an die Wand geklebt. Auf einem ausgeschalteten Bunsenbrenner wippte in einer bauchigen Flasche eine giftig funkelnde Brühe hin und her, als Zoffinger ein paar Schritte über den federnden Dielenboden machte.

Der Kommissar zeigte auf den Laptop, der aufgeklappt auf dem Tisch stand.

»Den muss ich mitnehmen. Vielleicht hilft er uns, das Verbrechen aufzuklären. Sie bekommen ihn natürlich bei nächster Gelegenheit zurück.«

In den Tagen nach dem Mord standen auf der Insel Reichenau Routinebefragungen an: Haustüren abklappern, Informationen sammeln über alles, was vielleicht Licht in diesen mysteriösen Fall bringen konnte. Wer wusste Näheres über Bruder Aurelius? Hatte er jemandem etwas über seine Zeit erzählt, bevor er auf die Reichenau gekommen war? Gab es Streit, Rivalitäten? Was hatte Aurelius am letzten Tag seines Lebens gemacht? Mit wem hatte er den letzten Kontakt? Diesen Job überließ Zoffinger seinen Mitarbeitern. Er selbst war dazu da, lose Enden zusammenzubinden und zwei und zwei zusammenzuzählen. Wie immer.

Als nützliche Quelle erwies sich Zoffingers eigene Behörde. Die Polizei hatte in den zurückliegenden Jahren wiederholt mit einem gewissen Bodo Weihstock zu tun gehabt, der in Mittelzell wohnte und durch kirchenfeindliche Aktionen aufgefallen war. Einmal war er mit einem auf volle Lautstärke gedrehten Gettoblaster in einen Weihnachtsgottesdienst marschiert. In den Akten war sogar vermerkt, was der Radiorekorder spielte: »I can't get no satisfaction« von den Rolling Stones.

»Zumindest kein schlechter Musikgeschmack«, dachte Zoffinger bei der Lektüre.

Ein anderes Mal hatte der Kerl das Strabo-Haus mit Farbbeuteln beworfen und einer religiösen Statue ein knallgelbes Röckchen mit aufgedruckten roten Herzen umgebunden. Worum es ihm bei seinen Aktionen ging, machte er mit einem Transparent so groß wie ein Betttuch an der Fassade seines ziemlich heruntergekommenen Wohnhauses deutlich. Die Aufschrift lautete: »Rote Karte für klerikale Kinderverderber«.

»Der undurchsichtige Weihstock hat nicht alle Tassen im Schrank«, moserte ein Mittelzeller, der sich neben Zoffinger in der örtlichen Bäckerei mit einer Tüte Brezeln versorgte. »Mit seinem Protest gegen die Missbrauchsskandale in der katholischen Kirche mag er zwar recht haben. Aber so ganz richtig tickt der Kerl nicht. Vielen hier auf der Reichenau ist er ein Dorn im Auge. Ob er überhaupt frei herumlaufen sollte? Wahrscheinlich wäre er in einer geschlossenen Psychiatrie besser aufgehoben.«

»Würden Sie ihm einen Mord zutrauen?«

Der Brezelkäufer zögerte mit der Antwort und warf der Verkäuferin hinter den Backwarenbergen einen hilfesuchenden Blick zu.

»Liebe Güte! Wem traut man schon einen Mord zu? Eigentlich keinem. Aber du kannst in niemanden hineinsehen.«

»Außer bei der Obduktion«, witzelte einer, der die Bäckerei eben betrat.

Als Bodo Weihstock Zoffinger bei der ersten Vernehmung gegenübersaß, erinnerte er ihn wegen seines von

Aknenarben übersäten Gesichts an den Schauspieler Eddie Constantine, der in den 1960er-Jahren als draufgängerischer FBI-Agent Lemmy Caution auf der Kinoleinwand für Furore gesorgt hatte. Weihstock drängte sich als Mörder von Bruder Aurelius geradezu auf. In der Mordnacht sei er mit seinem Pick-up um den Überlinger See herumgefahren und zwischen 23 und 24 Uhr mit der Fähre von Meersburg nach Konstanz zurückgekehrt. Der Fahrschein? Weggeworfen. Von der Fährenbesatzung konnte sich niemand an Weihstocks schwarzen Pick-up erinnern, der seit einem Unfall auf der Beifahrerseite mit einer auffälligen roten Tür ausgestattet war. Also kein Alibi.

Auf den ersten Blick passte Bodo Weihstock ideal in den Fall. Eigentlich zu ideal. Ein Kirchenhasser bringt nach mehreren antikirchlichen Aktionen einen Mönch um die Ecke? Zuerst infantile Aktionen wie Farbbeutelwürfe und Verunzierung von religiösen Symbolen und dann plötzlich ein Kapitalverbrechen wie Mord? Was hätte Weihstock damit erreicht? Dass es einen Klosterbruder weniger auf der Welt gab? Was für ein grandioser Erfolg! Zoffingers Bauchgefühl sagte ihm, dass in diesem Fall noch etwas anderes eine Rolle spielte. Seine Mitarbeiter drehten auf der Suche nach dem Background von Aurelius jeden Stein um. Was sie nach und nach herausfanden, bestätigte seine Vermutung.

Zoffinger traf sich nach Feierabend im Biergarten in Klein-Venedig mit Florian, der wie immer in solchen Fällen vor Neugier fast platzte.

»Eine ziemlich schräge Angelegenheit, dieser Mönchsmord«, befand er. »Hast du schon eine heiße Spur?«

»Eine brandheiße Spur, einen Hauptverdächtigen, aber keinen Mörder weit und breit«, fasste Zoffinger seine bisherigen Ermittlungsergebnisse zusammen. »Hast du dem Journalismus nun für ein Jahr abgeschworen oder nicht?«

»Der Fall interessiert mich trotz meines Sabbatjahres«, erklärte Florian. »Wäre ein Gärtner oder ein Landwirt umgebracht worden, sähe der Fall wahrscheinlich anders aus. Aber ein umgebrachter Mönch! Und dann die Sache mit der beleuchteten Mitra! Wenn das kein fetziges Boulevardthema ist!«

Der Hauptkommissar nahm einen tiefen Schluck aus seinem Bierkrug.

»Also angeborener Wissensdrang«, vermutete er.

Florian nickte. »Vielleicht kann ich aus dir ja noch ein paar Informationen herauskitzeln, die ich für meinen Roman verwenden kann.«

Eine halbe Stunde später stromerte zufällig Vera vorbei, die sich mit einer Freundin getroffen hatte und auf dem Nachhauseweg war. Vera Hannig war mit 24 Jahren das Nesthäkchen im Freundeskreis um Zoffinger und Florian, studierte Geschichte an der Uni Konstanz und schrieb gerade ihre Magisterarbeit zum Thema »Justiz im mittelalterlichen Konstanz«. Sie setzte sich zu den beiden Männern an den Tisch, bestellte sich ein Wasser sowie einen XXL-Eisbecher mit Sahnemütze und hörte interessiert zu, was Zoffinger unter dem Siegel der Verschwiegenheit über den Fall Bruder Aurelius ausplauderte.

»Ist dieser spleenige Bodo Weihstock endgültig von der Angel?«, hakte Florian nach.

»Er zappelt noch«, antwortete Zoffinger. »Die Spurensicherung ist in seinem Pick-up auf rote Fasern gestoßen, die eindeutig dem Nikolausgewand am Kreuz zuzuordnen sind. Dass Weihstock das Kreuz aufgestellt hat, kann er also nicht mehr leugnen. Wahrscheinlich ein weiterer Anlauf, um die Kirche madig zu machen. Aber ich glaube nicht, dass er den Mönch umgebracht hat. Vielleicht schlief Bruder Aurelius schlecht, machte einen nächtlichen Spaziergang, entdeckte dabei die leuchtende Mitra im Kräutergarten und lief dort seinem Mörder in die Arme. So richtig transparent ist der Fall für mich aber noch nicht.«

Vera mischte sich ein.

»Ist das Narbengesicht eigentlich weitläufig mit dem Maler Anselm von Weihstock verwandt?«

Zoffinger zog die Mundwinkel nach unten.

»Anselm von Weihstock? Picasso ist mir bekannt, Matisse, van Gogh, Rembrandt o.k. Von einem Anselm von Weihstock habe ich noch nie gehört. Wie kommst du darauf, dass mein Bodo etwas mit diesem Maler zu tun haben könnte?«

»In unserer Gegend ist Weihstock ein eher seltener Familienname. Mir jedenfalls ist er im ganzen Bodenseeraum noch nie untergekommen. Hieße er Müller, Maier oder Huber wäre ich wahrscheinlich nicht draufgekommen. Aber ich meine mich erinnern zu können, dass dieser Anselm von Weihstock in mittelalterlichen Dokumenten auftaucht, weil er sich in Konstanz kräftig mit kirchlichen Würdenträgern anlegte. Das würde ins Bild deines antiklerikalen Reichenaurebellen passen.«

Zoffinger nahm sich vor nachzuhaken.

»Am besten, ich hole mir professionelle Hilfe. Einen Fachmann für mittelalterliche Malerei. Ob es Verbindungen zwischen dem alten und dem jüngeren Weihstock gibt, wird ja herauszufinden sein.«

Florian bot an, sich im Kulturressort des »Seekuriers« nach wissenschaftlicher Unterstützung zu erkundigen. Kollege Griffelspitzer hatte einen Tipp: die Stadthistorikerin und Kunstexpertin Dr. Heidelinde Schlehdorn.

»Dass ich jemals helfen sollte, einen Kriminalfall aufzuklären, hätte ich nicht in meinen kühnsten Träumen gedacht«, gab die joviale Expertin zu, als Zoffinger sie in ihrem Büro aufsuchte.

Was der Kriminaler während der folgenden Unterhaltung erfuhr, hätte aufschlussreicher kaum sein können. Der Maler Anselm von Weihstock lebte von 1429 bis 1496. Wann der gebürtige Bayer nach Konstanz kam, war nicht bekannt. Dass er seit 1457 als Kirchenmaler beschäftigt war, ließ sich anhand historischer Aufzeichnungen nachweisen. Im Zuge von jüngsten Restaurierungsarbeiten in der aus dem späten 13. Jahrhundert stammenden Konstanzer Dreifaltigkeitskirche wurden zwischen den Langhausfenstern bis dahin unentdeckte Fresken freigelegt, die in Teilen vermutlich von Anselm von Weihstock stammten. Später widmete sich der Künstler der Gemäldemalerei und stellte unter anderem ein im Erdgeschoss des Konzilgebäudes aufgehängtes Werk her, das in einem Katalog von Dr. Schlehdorn abgebildet war. In nachgedunkelten, düsteren Farben war eine Szene mit Kirchenoberen dargestellt, die sich offenbar angeregt, wenn nicht sogar echauffiert mit einem Mann am rechten Bildrand unterhielten, den Malutensilien als Künstler auswiesen. Wahrscheinlich handelt es sich dabei um den Maler selbst, also um Anselm von Weihstock.

»Bin mal gespannt, wann die gute Frau auf den Punkt kommt«, dachte Zoffinger, traute sich aber nicht, ihren Redefluss zu unterbrechen.

Die am deutlichsten dargestellte Person auf dem Gemälde war auf der linken Bildseite ein hoch aufgeschossener Bischof in vollem Ornat. Tiefe Falten um die Mundwinkel und ein stechender Blick unter buschigen

Augenbrauen ließen darauf schließen, dass es sich nicht unbedingt um die fleischgewordene Liebenswürdigkeit handelte. Anhand eines Ringes und eines schweren, in Gold gefassten Amuletts hatten ihn Kunstexperten unzweifelhaft als Bischof Frowin von Wittental identifiziert, eine äußerst widersprüchliche historische Gestalt. In den Konstanzer Hexenprozessen des 15. Jahrhunderts hatte er eine maßgebliche Rolle gespielt und war unter dem Namen »Teufelsengel« in die Annalen der Geschichte eingegangen, weil er Dutzende Angeklagte – sowohl Frauen wie Männer – der Hexerei beschuldigt hatte und zum Teil auf grausame Weise umbringen ließ. Das Delikate dabei: Bei seinen zahlreichen Opfern handelte es sich nicht selten um gut betuchte Bürger und Bürgerinnen, deren Hab und Gut er konfiszieren und seinem eigenen Vermögen zuschlagen ließ.

Einem dieser fürchterlichen Prozesse fiel im Jahr 1484 auch der Maler Anselm von Weihstock zum Opfer. Wegen verunglimpfender Äußerungen über die katholische Kirche und schwerer Anschuldigungen gegen den Bischof hatten ihn Nachbarn im Stadtteil Niederburg denunziert, was ihn am Ende Kopf und Kragen kostete.

»Einen wirklich triftigen Grund für sein Todesurteil gab es also nicht?«, wollte Zoffinger wissen.

»Das ist das Pikante an der Angelegenheit«, antwortete Dr. Schlehdorn und fuhr mit ihrem Vortrag fort.

Experten hatten schon lange vermutet, dass es sich bei dem im Konzil hängenden Werk von Anselm von Weihstock um eine Übermalung handelte. Das Gemälde mit herkömmlichen Methoden zu untersuchen, wurde verworfen, weil Wissenschaftler eines Instituts für Restaurierungs- und Konservierungswissenschaft in Köln eine neue, geradezu revolutionäre Untersuchungstechnik erfunden hatten, um Fälschungen zu entlarven oder Übermalungen sichtbar zu machen.

»Das Verfahren nennt sich Röntgenfluoreszenzanalyse«, erklärte Dr. Schlehdorn. »Die Fachleute scannen das Gemälde, um die charakteristische Strahlung verschiedener Elemente herauszufinden, über die sich die chemische Zusammensetzung von Materialien feststellen lässt.«

»Klingt kompliziert«, meinte Zoffinger.

»Ist es auch. Und dauert außerdem verdammt lange. Ist man beim Scannen an hoher Auflösung interessiert, fallen gigantische Datenmengen an, weil das Kunstwerk Pixel für Pixel abgetastet wird, was schließlich zu einer Darstellung der tieferliegenden Schichten führt.«

»Und das ganze Prozedere lässt das Gemälde unbeschädigt?«

»Die Strahlung hinterlässt keine noch so kleine Spur.«

Bei dieser Röntgenfluoreszenzanalyse stellte sich heraus, dass die erste, originale Version des Bildes in einigen Details von der Übermalung abwich. Der Bischof, dem eine grässliche Teufelsfratze über die Schulter schaute, hob beschwörend und abwehrend zugleich die Hände. Der Maler auf der anderen Seite des Bildes zeigte mit wutentbranntem Gesicht und ausgestrecktem Arm und Zeigefinger auf den Geistlichen, unschwer zu erkennen als unflätige Anschuldigung.

»Um was für einen Konflikt zwischen Bischof und Maler es sich handelte und warum die erste Version des Gemäldes übermalt worden war, stellte die Kunstexperten zunächst vor ein Rätsel«, fuhr Dr. Schlehdorn fort. »Aber manchmal geht es Wissenschaftlern wie Ihnen, Herr Zoffinger: Sie wollen einen Fall unbedingt knacken. Sie fanden heraus, dass Anselm von Weihstock von der damals nicht zimperlichen Geistlichkeit gezwungen wurde, sein Werk zu ›entgiften‹, sprich die heiklen Teile, die den abgebildeten Bischof betrafen, zu übermalen. Man hätte das Gemälde auch einfach zerstören können, tat es aber nicht – aus welchen Gründen auch immer. Vielleicht wollte man den Künstler durch eine erzwungene Korrektur des Bildes erniedrigen. Vielleicht bedrohte man ihn, vielleicht versprach man ihm, auf Repressalien zu verzichten, wenn er sich zu einer politisch korrekten Darstellung drängen ließ. In Konstanz hatten solche Zusicherungen schließlich eine gewisse Tradition, wenn ich Sie an den berühmten Fall des Ketzers Jan Hus erinnern darf. Beim Konstanzer Konzil versprach man ihm freies Geleit, nur um ihn hinterher auf dem Scheiterhaufen zu verbrennen.«

»Was ist mit dem Maler passiert? Auch ein Ende auf dem Scheiterhaufen?«

»Bischof Frowin von Wittental erklärte im Nachhinein sämtliche Vereinbarungen mit dem Maler für null und nichtig und machte ihm den Prozess. Am 6. Juli 1484, exakt 69 Jahre nach Jan Hus, wurde Anselm von Weihstock unter dem Gejohle der Schaulustigen zum Richtplatz geführt, der vermutlich in der Straße Zum Hussenstein auf der Westseite der Altstadt lag. Mit verbundenen Augen musste er sich vor den Scharfrichter knien, der ihn enthauptete und seinen Kopf zur Abschreckung auf einen Pfahl spießte.«

Zoffinger schüttelte sich, als Dr. Schlehdorn unbeirrt fortfuhr.

»Dabei war dem armen Maler eigentlich noch das Glück beschieden. Enthauptung …«

Sie räusperte sich angewidert.

»Enthauptung galt damals als schmerzlose und zudem

ehrenhafte Hinrichtungsart, zu der privilegierte Verurteilte ›begnadigt‹ werden konnten. Andere wurden in diesen dunklen Zeiten auf geradezu bestialische Weise umgebracht, man könnte auch sagen, zu Tode gequält. Einzelheiten erspare ich Ihnen lieber.«

Zoffinger war alles andere als ein dünnhäutiger Jammerlappen. Wenn es jedoch um menschliche Schicksale ging, bewies er Empathie. Auf dem Weg ins Kommissariat ging ihm die Geschichte des Malers durch den Kopf. Plötzlich erinnerte er sich, dass seine Kollegen im Polizeibericht über die Durchsuchung der Wohnung von Bodo Weihstock Fotos erwähnt hatten, die sie in einer Schublade gefunden hatten. Was darauf zu sehen war, wusste er nicht mehr. Aber die Akte auf seinem Schreibtisch erwähnte sieben Aufnahmen, die der Wohnungsinhaber von einem einzigen Kunstwerk gemacht hatte. Zoffinger ahnte, um welches Gemälde es sich handelte. Einen Tag später überprüften die Kollegen nochmals Weihstocks Wohnung und sicherten die Bilder. Alle zeigten den goldgerahmten Schinken, der im Erdgeschoss des Konzils an der Wand hing.

»Bodo Weihstock!«, murmelte Zoffinger und trommelte mit den Fingern auf seine Schreibtischunterlage, »die Schlinge um deinen Hals zieht sich doch noch zu.«

Der Kerl saß in Untersuchungshaft und hatte nichts anderes im Sinn, als sich über die unbequeme Matratze in seiner Zelle zu beklagen. Dass er Mordverdächtiger war, schien ihn nicht sonderlich zu kümmern. Seine Vernehmung ließ sich Zoffinger nicht entgehen. Er setzte sich seinem Gast gegenüber auf einen Stuhl, klemmte die Daumen unter die Hosenträger, die seinen Bauch in drei Abschnitte teilten, und blickte an Weihstock vorbei an die Wand. Eine Minute, zwei Minuten, drei Minuten.

Ohne ihn anzusehen, merkte Zoffinger, wie sein Gegenüber langsam nervös wurde.

»Ich hab niemanden umgebracht«, fuhr es schließlich aus ihm heraus. »Die widerliche, selbstgefällige Popengemeinde kann mich zwar kreuzweise. Aber ich würde mir an keinem von ihnen die Hände schmutzig machen.«

Zoffinger unterzog seine Fingernägel einer akkuraten Inspektion, als würde ihn das Verhör überhaupt nicht interessieren. Dann langte er in seinen Aktenordner, zog die sieben Fotos aus Weihstocks Wohnung heraus und blätterte sie wie einen Royal Flash auf den Tisch.

»Sie scheinen ein Kunstkenner zu sein, vielleicht auch ein Sammler. Warum haben Sie das Gemälde im Konzil fotografiert?«

»Hätte ich das nicht machen dürfen? Ist das Fotografieren im Konzil verboten?«

»Ich will wissen, warum Sie gerade dieses Gemälde aufgenommen haben.«

Bodo Weihstock langte nach den Fotos, suchte eines heraus und warf es Zoffinger hin.

»Setzen Sie Ihre Brille auf, dann können Sie vielleicht die Signatur erkennen. Fällt Ihnen da etwas auf?«

Zoffinger zog eine Schnute.

»Ich weiß, wer das Bild gemalt hat. Anselm von Weihstock. Das ist ein – sagen wir mal – unüblicher Namen hier am Bodensee. Wie Ihrer eben auch.«

»Muss ich mich für meinen Namen rechtfertigen? Ist der vielleicht nicht gestattet?«

Bodo Weihstock musterte den Kriminaler mit zusammengekniffenen Augen, was seinem Narbengesicht einen beinharten Ausdruck verlieh.

»Ich glaube nicht, dass Sie blöd sind. Natürlich ist Ihnen die Namensgleichheit zwischen dem Maler und mir längst aufgefallen, wenn auch das blaublütige ›von‹ mittlerweile untergegangen ist. Glücklicherweise. Ja – meine Familiengeschichte behauptet, dass unter meinen Vorfahren mehrere Maler waren; heißt, aller Vermutung nach bin ich ein später Abkömmling von Anselm von Weihstock. Nein – ich bin kein Mörder und wüsste auch gar nicht, weshalb ich den Reichenauer Mönch hätte umbringen sollen.«

»Wenn Sie wollen, kann ich Ihnen bei der Klärung dieser Frage helfen. Man nennt das Motivsuche. Sie, Bodo Weihstock, sind als Kirchenfeind und Katholikenhasser polizeibekannt.«

Zoffinger schlug mit Schwung seine Akte auf.

»Hier! Plakat am Münstereingang mit der Aufschrift ›Popen! Finger weg von unseren Kindern‹. Dann eine private Postwurfaktion mit einem Flyer, der einen zombieähnlichen Geistlichen hinter Gittern zeigt. An einem Karfreitag eine nächtliche Ein-Personen-Mahnwache mit brennender Fackel vor dem Strabo-Haus. Sachbeschädigung durch Farbbeutelwürfe … Soll ich weitermachen?«

»Alles Aktionen im Sinne von friedlichem Bürgerprotest«.

»Wir haben in Ihrer Wohnung Unterlagen gefunden, die beweisen, dass Sie über das Schicksal von Anselm von Weihstock Bescheid wissen. Sie haben recherchiert und herausgefunden, dass er seine bittere Anklage gegen den Hexenrichter Bischof Frowin von Wittental in ein Gemälde gefasst hat. Sie wissen auch, auf welch widerwärtige Art und Weise ihr Urahn von seinem geistlichen Widersacher umgebracht wurde.«

Zoffinger schnaubte wie ein Pferd und ließ seine Hosenträger auf die Brust schnalzen, weil ihn seine Anschuldigungen gegen den Kirchenhasser in Rage gebracht hatten.

»Bodo Weihstock! Sie sind auf einem Rachefeldzug, auf einem sehr, sehr späten Rachefeldzug gegen katholische Würdenträger, weil sie die Kirchenvertreter für den grässlichen Tod Ihres Stammvaters verantwortlich machen. Zwar zu Recht, was aber noch lange keinen Mord rechtfertigt! Das neben dem Toten errichtete Kreuz weist unübersehbar in Richtung einer antikirchlichen Aktion. In Ihre Richtung.«

»Mit Verlaub«, gab das Narbengesicht emotionslos zurück. »Sie sind nicht ganz dicht. Legen Sie mir nur einen einzigen Beweis vor, dass ich für den Mord an dem Mönch verantwortlich bin, und Sie können mich einbuchten, solange es Ihnen Spaß macht. Noch einmal: Ich habe mit dem Mord nichts zu tun.«

Zoffinger beschloss, das Thema zu wechseln.

»Von was leben Sie eigentlich? Haben Sie einen regulären Job? Oder haben Sie im Lotto gewonnen?«

Weihstock ließ sich Zeit mit der Antwort.

»Das Haus, in dem ich wohne, gehört mir. Ich hab's von meinem Vater geerbt. Der ist gestorben, als ich 16 war.«

Jetzt kommt die Geschichte von der verpfuschten Kindheit, dachte Zoffinger. Mutter geht auf den Strich, Vater säuft und schlägert. Kein Schwein kümmert sich um die Kinder.

»Und Ihre Mutter?«

»Kann mich nicht an sie erinnern. Weil ich noch klein war, als sie weggegangen ist. Ich bin in einer Pflegefamilie aufgewachsen. Mein Vater? Habe ich später kennengelernt, ehe er wieder verschwunden ist. Er hat mir außer dem Haus mehrere Grundstücke und Gewächshäuser hinterlassen. Von der Pacht kann ich bestens leben. Wie gesagt: Mein Erzeuger ist gestorben. Dabei laufen ein paar andere herum, die eher verdient hätten, vom Planeten getilgt zu werden.«

Zoffinger wurde hellhörig.

»Denken Sie da an jemanden speziell?« Er fixierte Weihstock, der mit einem angetrockneten Fleck auf seinem Jackenärmel beschäftigt war. »Zum Beispiel an Bruder Aurelius?«

»Bruder Aurelius!«, prustete Weihstock. »Ich kann diese Kutten- und Talarträger auf den Tod nicht ausstehen. Mit dieser ganzen Mischpoke will ich nichts zu tun haben. Für mich ist das alles klerikaler Abschaum. Mag sein, dass ich diesem Bruder Aurelius hin und wieder über den Weg gelaufen bin. Das ist auf der Reichenau ja gerade unvermeidbar. Mittelzell ist schließlich ein Dorf und keine Großstadt. Natürlich habe ich den einen oder anderen Kuttenträger mal auf der Straße gesehen. Um wen es sich dabei handelte – keine Ahnung.«

»Sie hatten mit Bruder Aurelius also definitiv nichts zu tun?«

»Nein, sagte ich ja schon. Ich bin auf Popen schlecht zu sprechen. Aus gutem Grund. Haben Sie sich eigentlich mal Gedanken darüber gemacht, was für Verbrechen im Zeichen des Kreuzes verübt wurden? Kreuzzüge, Inquisition, Hexenverbrennungen, Teufelsaustreibungen, pädophile Seelsorger … Schauen Sie sich die gegenwärtigen Kriege und Konflikte in unserer Welt an. Jede Wette, dass 98 Prozent einen religiösen Hintergrund haben. Zugegeben: Das kann ich nicht ändern. Aber ich kann die Leute hier vor meiner Haustür auf Missstände aufmerksam machen. Und genau das tu ich und werde es auch in Zukunft tun. Und zwar gewaltfrei!«

Dass Bodo Weihstock kein Alibi vorweisen konnte, machte ihn nicht automatisch zum Täter. Tatsächlich hatte Zoffinger keinen einzigen eindeutigen Beweis gegen seinen Hauptverdächtigen in der Hand. Rache war zwar ein starkes Motiv, aber eine blutige Vergeltungsaktion nach über 500 Jahren? Dünnes Eis, gestand er sich ein. Ziemlich dünnes Eis. Und das neben der Mönchsleiche errichtete Kreuz? Wenn dieser Weihstock tatsächlich nicht der Täter war, hatte der richtige Mörder vielleicht mit Bedacht eine falsche Spur Richtung Bodo Weihstock gelegt, dessen Kirchenhass auf der Insel bekannt war. Und Zoffinger war prompt darauf hereingefallen.

Weihstock blieb noch einen Tag in seiner Zelle und auf seiner unbequemen Matratze, auf der sich schon andere Verdächtige Kreuzschmerzen zugelegt hatten. Dann ließ ihn Zoffinger trotz aller Zweifel gehen und konzentrierte sich auf das Umfeld von Bruder Aurelius. In der Abtei St. Bonifaz brachte er nach langem Hin und Her in Erfahrung, dass der Mönch mit bürgerlichem Namen Richard Bloder geheißen hatte und vom Mutterkloster quasi als Medizinmann auf die Reichenau geschickt worden war. Der Grund: Er kannte sich offensichtlich mit Heilkräutern aus und sollte an die alte Kräutergartentradition des Walafrid von Strabo anknüpfen.

An einem verlängerten Wochenende entschloss sich Zoffinger, einen Ausflug ins Valle Maggia in der italienischen Schweiz zu unternehmen – halb beruflich, um sich das aufgegebene Kloster Sankt Jakob anzusehen, halb privat, weil ohnehin wieder einmal ein Tapetenwechsel anstand. Florian schloss sich ihm zusammen mit seiner Freundin an. Karin Maiwald war Tierärztin und kam nach drei Wochenenddiensten in ihrer Konstanzer Tierklinik fast auf dem Zahnfleisch daher. Florian hatte sie vor Jahren mitten in der Nacht auf dem Bodanrück kennengelernt, als sowohl sie als auch er zufällig zu einem Verkehrsunfall kamen, bei dem ein eiliger Kurierfahrer einen Rehbock schwer verletzt hatte und Florian das Tier samt Karin ins Hospital fuhr. Seit damals pflegten sie eine Nah-/Fernbeziehung, je nachdem, wie ihnen der Sinn stand. Manchmal verbrachte man ganze Wochenenden zusammen. Manchmal zog man sich zurück und genoss Freiheit und Eigenständigkeit.

Um den üblichen Stau vor dem Gotthardtunnel kamen sie glücklicherweise herum, brauchten aber trotzdem über fünf Stunden bis nach Cevio, den Hauptort im Valle Maggia.

»Jetzt kannst du mal dein Italienisch auspacken, sofern noch etwas davon vorhanden ist«, meinte Florian, als sie auf den Geistlichen zugingen, der eben aus der örtlichen Kirche kam. Der winkte lachend ab.

»Kein Problem. Sie können deutsch mit mir reden. Ich habe es hoffentlich noch nicht verlernt seit meiner Zeit auf dem Priesterseminar der Diözese Regensburg. Wie kann ich Ihnen helfen?«

»Einen schnuckeligen Ort haben Sie sich ausgesucht«, sagte Karin, um nicht gleich mit der Tür ins Haus zu fallen. »Wie viele Schäflein betreuen Sie denn hier?«

»Sie wissen sicher, was ein Jojo ist. Die Bevölkerung in Cevio verhält sich seit Langem wie ein Jojo«, erklärte der Geistliche. »Einmal unten, einmal oben. Ende des 19. Jahrhunderts setzte eine große Auswanderungswelle ein. Die Leute verschwanden sogar nach Kalifornien. Nachdem es dann in der Nachkriegszeit wieder eine Zeit lang aufwärtsging, setzte in den 1970er-Jahre die nächste Abwanderung ein. Ein Jojo eben. Heute leben noch etwa 1100 Menschen hier.«

»Hoffentlich alles Katholiken«, witzelte Florian.

Der Pfarrer schüttelte sich lachend.

»Wäre toll. Aber ich bin auch mit 75 Prozent zufrieden.«

»Was mich zum eigentlichen Grund unseres Aufenthalts bringt«, lenkte Zoffinger das Gespräch in seine Richtung. »Wir wollten eigentlich dem Kloster St. Jakob einen Besuch abstatten.«

»St. Jakob in Bosco Gurin?«

»Nein, St. Jakob im Valle Maggia.«

»Das IST das Kloster in Bosco Gurin. Das heißt, es WAR das Kloster. Die Gebäude stehen heute leer, seit die letzten Mönche weggegangen sind. Vor Jahren ging eine Lawine ab und riss zwei Nebengebäude mit sich. Der Grund für die Schließung war das allerdings nicht. Das hatte in erster Linie mit dem fehlenden Nachwuchs zu tun.«

»Wie lange ist die Schließung denn her?«

»Zwei, drei Jahre schätze ich.«

»Haben Sie die letzten Mönche gekannt?«

»Natürlich habe ich sie gekannt. An hohen kirchlichen Feiertagen haben wir immer zusammen eine Messe gelesen.«

»War vielleicht ein Bruder Aurelius darunter? Der hier!«

Zoffinger langte in seine Jackentasche und zog ein Foto des Mönchs heraus, das er im Strabo-Haus auf der Reichenau ausgeliehen hatte.

Der Pfarrer wühlte in seinem Talar, bis er seine Brille fand. Dann stellte er sich so hin, dass die Sonne auf das Bild fiel und hielt es vor sich.

»Den habe ich noch nie gesehen«, antwortete er. »Und einen Bruder Aurelius gab es hier auch nicht. Nicht zu meiner Zeit, und ich bin seit 18 Jahren hier. Warum wollen Sie das eigentlich wissen?«

»Er ist ein entfernter Verwandter von mir«, schwindelte Zoffinger. »Ich habe ihn vor Jahren aus den Augen verloren.«

»Vielleicht haben Sie sich geirrt, wenn Sie glauben, dass dieser Aurelius in St. Jakob war. Aber fragen Sie in Bosco Gurin zur Sicherheit nach. Mit der Verständigung werden Sie kein Problem haben. Der Ort ist die einzige Gemeinde im Kanton Tessin, in der das sogenannte Gurinerdeutsch gesprochen wird, ein deutscher Walserdialekt. Das mag sich in Ihren Ohren etwas seltsam anhören. Aber Sie werden mit den Leuten reden können.«

Zoffinger und seine beiden Freunde hatten sich schon verabschiedet, als ihnen der Geistliche nachrief.

»Vielleicht kann Ihnen auch die Klosterkonföderation weiterhelfen, eine Vereinigung aller selbstständigen Klöster und Abteien. Weltweit. Die würde ich einfach mal kontaktieren.«

In Cevio zweigte die Straße ins Seitental Val Rovana ab, eine wahre Kurvenorgie bis nach Bosco Gurin auf über 1500 Meter Höhe. Kein Wunder, dass der ganze Dorfkern unter Denkmalschutz stand. Das Trio flanierte zwischen älteren, von Wind und Wetter mit einer dunklen Patina überzogenen Blockhäusern und aus zugeschlagenem Naturstein erbauten Gebäuden hindurch wie durch ein Freilichtmuseum. Etwas außerhalb stand an einer Bergflanke das verlassene Kloster St. Jakob. Zwei offenbar durch den Lawinenabgang zerstörte Trakte waren nur noch an den Grundrissen und zerborstenen Gebäudeteilen zu erkennen.

Das Haupthaus schmückte sich mit einem hübschen Portal, umrahmt von barockem Architekturschmuck.

»Allzu weit wird dich die Klosterruine in deinen Ermittlungen nicht bringen«, lästerte Karin. »Aber die hübsche Gegend entschädigt für entgangene Kriminalerfreude.«

Nach einem Spaziergang durch den Ort fuhren sie zurück nach Cevio, um sich ein Restaurant für ein entspanntes Abendessen zu suchen. Durch Zufall stießen sie auf das Grotto di Franci, ein zur Hälfte in eine Felshöhle hineingebautes Lokal mit grob zugehauenen Steintischen und -bänken auf unterschiedlichen Ebenen und einem Ambiente mit offenem Grill, das Florian an frühere Campingferien erinnerte.

Als die Bedienung Karin die kalte Wassermelonensuppe servierte, fiel ihr Blick auf das auf dem Tisch liegende Foto von Bruder Aurelius.

»Was für ein Zufall!«, jubelte sie. »Falls Sie Ihren Freund oder Bekannten treffen, richten Sie ihm meine besten Grüße aus.«

Zoffinger fuhr wie elektrisiert zusammen.

»Sie kennen den Herrn?«

»Natürlich kenne ich ihn. Allerdings ohne die komische Kutte. Vor ungefähr drei Wochen war er mit Freunden hier. Eine am Ende lustige Runde, kann ich Ihnen sagen – und extrem spendabel. Warum ich ihn erkenne? Kann mich nicht erinnern, jemals zuvor ein so großzügiges, man muss schon sagen bombastisches Trinkgeld bekommen zu haben.«

»Haben Sie mitbekommen, über was sich die Männer unterhalten haben?«

»Professionelles Servicepersonal kümmert sich nicht um die Tischgespräche der Gäste«, antwortete die Kellnerin schnippisch.

Zoffinger zückte seinen Dienstausweis.

»Wir ermitteln in einem äußerst schwierigen Fall und suchen den Herrn als wichtigen Zeugen. Sie könnten Licht ins Dunkel bringen. Jede noch so unbedeutend erscheinende Information könnte uns helfen. Wir sind auf Leute wie Sie wirklich angewiesen. Sie würden uns einen großen Dienst erweisen.«

Die Reserviertheit der jungen Dame weichte auf.

»Wenn ich zum Nachschenken kam, ging es zwischen den Dreien offenbar meist um finanzielle Sachen. Wahrscheinlich handelte es sich um Banker oder Investoren. Gegen später war von Finanzen nicht mehr die Rede. Verständlicherweise.«

»Ist Ihnen sonst noch etwas in Erinnerung geblieben?«

»Na ja, die Männer hatten am Ende ganz schön getankt. Als sie mich nach ihrem Gelage baten, ein Taxi zu rufen, habe ich Ihnen geraten, die paar Schritte zu Fuß zu gehen. Waren ja nur wenige Meter bis zum Hotel.«

»Unser Hotel, das Albergo Belluno gleich die Straße entlang?«

»Richtig. Ich nehme mal an, dass die Truppe den halben Kilometer geschafft hat. Trotz eingeschränkter Beweglichkeit«, kicherte sie.

»Langsam, aber sicher nimmt der Fall Aurelius Konturen an«, freute sich Zoffinger auf dem kurzen Weg ins Hotel.

»Aber du hast immer noch keine Ahnung, wer sich hinter der Mönchskutte tatsächlich verbirgt«, gab Florian zu bedenken.

»Das wird sich hoffentlich in ein paar Minuten ändern.« Aus Zoffinger sprach die pure Zuversicht.

Im Albergo herrschte nicht viel Betrieb. Florian und Karin verzogen sich auf ihr Zimmer. Zoffinger widmete sich der jungen Dame, die hinter der Rezeption gelangweilt in einer Zeitschrift blätterte, und zeigte ihr das Foto von Bruder Aurelius. Es bedurfte einiger Erklärungen und Überredungskünste, bis sie sich bereit erklärte, Anmeldung und Hotelrechnung des ehemaligen Gastes herauszusuchen. Die Kopie seines Reisepasses wies den Gast als Richard Bloder aus, der Klarname von Bruder Aurelius. Denselben Namen trug die Kreditkarte, mit der er die Rechnung für sich und seine beiden Freunde beglichen hatte. Dann folgte die nächste pikante Überraschung. Der Rechnungsbetrag wurde für zwei Einzel- und ein Doppelzimmer fällig. Ein Doppelzimmer! Aurelius hatte das Nachtlager ganz unzölibatär mit einer Dame geteilt, die Renate Leggi hieß und während des Saufgelages ihres Freundes in der Spa-Abteilung des Hauses eine orientalische Ganzkörpermassage genossen hatte. Auch das stand auf der Rechnung.

Saubere Ermittlungsarbeit! Bruder Aurelius hatte seinen Tessin-Ausflug also unter seinem weltlichen Namen unternommen. Fragte sich nur – warum? Vielleicht wäre er als Mönch in seinem Habit zu sehr aufgefallen. Oder er wollte den Schweizabstecher mit seinen bislang unbekannten Gesprächspartnern geheim halten. Gab es einen triftigen Grund dafür?

Zoffinger jubelte innerlich und freute sich während der ganzen Fahrt zurück an den Bodensee über seinen erfolgreichen Fischzug. Endlich hatte er etwas in der Hand, um das Geheimnis des rätselhaften Bruders Aurelius zu lüften. Zu gerne hätte er mehr über die Teilnehmer des konspirativen Treffens im Valle Maggia gewusst und was genau bei der Tafelrunde besprochen wurde.

3
EIN KOMPLIZIERTER FALL

An einem verregneten Nachmittag tauchte im Kriminalkommissariat in Konstanz ein seltsamer Besucher auf, hoch aufgeschossen wie ein Basketballer, gekleidet wie eine Schaufensterpuppe aus den frühen Sechzigern, es fehlten nur noch die Knickerbockerhosen: stechender Blick, wie man Rasputin von alten Fotos kennt, und klapprig wie eine Werbung für Hungerkünstler – ein menschgewordenes Gegenprogramm zum eher stattlichen Hauptkommissar Zoffinger, der seine Körperbeule vor allem seiner Überzeugung verdankte, dass der Mensch nicht vom Brot allein lebt.

»Radomir Laumann von der Finanzbehörde«, stellte sich der Lange vor und hängte seinen tropfnassen Hut an den Garderobenhaken hinter der Tür.

»Aha! Slawische Abstammung«, kombinierte der Kommissar.

»Nein, nur eine waghalsige Mutter. Meinen Besuch habe ich Ihnen ja angekündigt. Genau genommen arbeite ich in einer Sondereinheit aus Kriminalpolizei und Steuerfahndung, die unter anderem wegen des Verdachts der Beihilfe zur Steuerhinterziehung ermittelt. Um nur einen von zahlreichen Aufgabenbereichen zu nennen. Ich würde mich mit Ihnen gerne über den Mordfall Bruder

Aurelius unterhalten, weil ich von Amts wegen auch das eine oder andere beizutragen hätte.«

Stocksteif wie ein Laternenpfahl stand dieser Fahndungsheini vor Zoffingers Schreibtisch und zupfte an seiner gepunkteten Fliege, als müsse er sich für seinen Auftritt entschuldigen. Offenbar war er in Zeitnot oder wollte schleunigst den nächsten Zug zurück nach Berlin erreichen. Oder er hatte einen unaufschiebbaren Termin bei einer Rebirthing-Beratung. Möglicherweise hasste er es auch nur, um Dinge herumzureden. Der Kommissar konnte sich einen Scherz nicht verkneifen.

»Hat der gute Aurelius vergessen, seine Kirchensteuer zu zahlen?«

Laumann überhörte die Frage.

»Ihre Mordermittlung besitzt Dimensionen, die hier vor Ort offenbar noch nicht überblickbar sind.«

»Das müssen Sie mir erklären.« Zoffinger zog die Stirn kraus, weil er es nicht allzu sehr schätzte, wenn ein Wildfremder seine Methoden kritisierte.

»Was hat das Gewaltverbrechen auf der Reichenau mit Steuerhinterziehung zu tun? Dass mit diesem Bruder Aurelius etwas nicht stimmt, ist uns mittlerweile auch klar.«

Er zeigte auf einen Stuhl, damit sich sein Besucher endlich hinsetzte.

»Zu Anfang unserer Nachforschungen lief alles auf eine Art verspätete Fehde hinaus«, erklärte Zoffinger. »Einen Tatverdächtigen haben wir schon. Aber wir vermuten, dass er nicht der Täter ist und ein anderes Motiv als eine Uraltrache hinter dem Mord steckt.«

»Wir vermuten das nicht nur«, tönte Laumann mit gebremstem Stolz in der Stimme. »Wir haben handfeste Beweise dafür. Natürlich handelt es sich vordergründig um einen Mordfall. Aber die Frage nach dem zentralen Motiv scheint mir bislang ungelöst.«

»Zentrales Motiv?« Zoffinger wurde hellhörig.

»Wie ich bereits ausführte«, setzte der Besucher neu an. »Der Fall sieht nur für den oberflächlichen Beobachter wie ein Mordfall von der Stange aus. Ich sollte vielleicht noch sagen, dass mein Auftraggeber nicht nur mit der Finanzbehörde, sondern auch mit der Staatsanwaltschaft und dem Bundeskriminalamt in engstem Kontakt steht. Meine Sondereinheit ist sozusagen ein Verbindungsglied zwischen diesen drei Dienststellen. Ich schlage vor, wir beide tauschen unsere Informationen aus. In aller Fairness. Sie müssen den Mord aufklären. Wir müssen die Tragweite des Falles erfassen.«

Zoffinger rätselte immer noch, wann sein Besucher die Katze aus dem Sack lassen und was dabei herauskommen würde. Sein knurrender Magen erinnerte ihn daran, dass die Zeit reif für ein Abendessen war. Er lud Laumann in ein Lokal in Klein-Venedig ein, wo sie den Fall in einer angenehmeren Umgebung weiterbesprechen konnten. Über einen Teller Käsespätzle gebeugt, erzählte Zoffinger von seinem ursprünglichen Verdacht gegen Bodo Weihstock und seiner Vermutung, dass der Fall etwas mit der Enthauptung von Weihstocks Vorfahren und später Rache zu tun haben könnte.

»Alles wies zu Anfang auf diesen Reichenauer Katholikenhasser hin. Nachdem sich dieser Verdacht im Zuge unserer Ermittlungen aber nicht erhärtete, begannen wir im weiteren Umfeld zu ermitteln. Wir haben das Bundeskriminalamt bislang nicht kontaktiert, weil wir erst in den letzten Tagen zu neuen Erkenntnissen gekommen sind.«

Zoffinger schob seinen Teller zur Seite.

»Wir sind der Identität von Bruder Aurelius auf die Spur gekommen. Auf der Reichenau arbeitete er unter diesem Namen in der Klostergemeinschaft Strabo-Haus. Im Mutterkloster St. Bonifaz in Beuron war sein bürgerlicher Name bekannt: Richard Bloder. Nach Recherchen im Tessin habe ich herausgefunden, dass er einen auf diesen Namen ausgestellten deutschen Reisepass und eine Kreditkarte besaß und in der Schweiz offenbar Kontakte pflegte. Geschäftliche ebenso wie private, im letzten Fall nachweislich mit einer Dame namens Renate Leggi, mit der er in einem Hotel im Valle Maggia das Zimmer teilte. Näheres konnte ich noch nicht herausfinden, weil Richard Bloder im deutschen Melderegister mit einem Sperrvermerk belegt ist. Wahrscheinlich nicht ohne triftigen Grund.«

Laumann spielte mit einem auf dem Tisch liegenden Bierdeckel und hörte aufmerksam zu, bis Zoffinger mit seiner Sicht der Dinge fertig war.

»Vielleicht haben Sie schon einmal von der Seven-Mile-Beach-Akte gehört«, tastete sich Laumann vor.

Zoffinger maunzte mit vollem Mund, was sich wie eine Bestätigung anhörte. Erst nachdem er geschluckt hatte, konnte er sich verständlich machen.

»Hat mit einem Datenleck zu tun, mit geklauten Informationen über Steuertricks von Superreichen, Prominenten und organisierter Kriminalität. So etwas Ähnliches wie die Panama Papers.«

»Sie sagen es!«, bestätigte der Besucher aus Berlin. »Diese Akte löste eine längst überfällige Debatte über Steuerschlupflöcher, Briefkastenfirmen und Steueroasen aus. Nicht nur bei uns, sondern auch international. Über Steuermoral übrigens auch. Bei diesen Dokumenten handelt es sich um vertrauliche Unterlagen des in Georgetown auf den Cayman Islands ansässigen Offshoredienstleisters McCarthy & Partners. Inhalt: legale Strategien der Steuervermeidung, aber auch Steuer- und Geldwäschedelikte. Außerdem Verkauf anonymer Briefkastenfirmen, mit deren Hilfe sich jedes auch noch so windige Finanzgeschäft verschleiern lässt.«

»Wie und durch wen geriet diese Seven-Mile-Beach-Akte an die Öffentlichkeit?«

»Eine Gruppe bis heute nicht identifizierter Whistleblower schickte die Unterlagen an das International Consortium for Investigative Journalists, ein Recherchenetzwerk von über 100 Enthüllungsjournalisten aus mehreren Ländern – Abertausende Bankauszüge, Urkunden, E-Mails, Faxe, Briefe, Kreditverträge und Rechnungen als PDF-, Text- und Bilddateien, insgesamt 27 Gigabyte Daten. Eine riesige Informationslawine über Zehntausende Briefkastenfirmen, Trusts und Stiftungen, die in den vergangenen 20 Jahren auf den Cayman Islands gegründet wurden. Gelinde gesagt hat der Datentsunami ein Erdbeben ausgelöst.«

»Vertrauliche Dokumente, die kriminelle Machenschaften enthüllen?«, hakte Zoffinger nach.

Laumann wackelte mit dem Kopf wie ein Plastikdackel auf einer Hutablage.

»Offshorefirmen sind grundsätzlich nicht illegal. Aber die Seven-Mile-Beach-Akte legt offen, dass viele undurchsichtige Firmengeflechte ein hochgradiges Interesse daran haben, die tatsächlichen Strippenzieher zu anonymisieren. Warum? Weil es sich in Wahrheit um Mafiaorganisationen, Waffenhändler, Geldwäschezirkel, kriminelle Topmanager, Bordellkönige und sogar korrupte Staats- und Regierungschefs samt Familien und Beratern handelt – ausgefuchste Profis, die Briefkastenfirmen für

Geheimoperationen und dreckige Deals verwenden. D.h. ob jemand Geiseln nimmt, Waffen schmuggelt, Lösegeld zahlt, als Flüchtlingsschlepper Millionen verdient oder Provisionen für kriminelle Geschäfte kassiert: Ohne Logistik ist das nicht zu machen. Man braucht Bankkonten, Kreditkarten, Bargeld, Transportmittel vom Fischkutter bis zum Flugzeug. Je besser diese Logistik getarnt ist, desto erfolgreicher lässt es sich arbeiten.«

»Müssen die Strippenzieher immer auf die Caymans fliegen und bei McCarthy & Partners, oder wie immer dieser Laden heißt, an die Tür klopfen?«

Er erntete ein müdes Lächeln.

»Zum Firmenkonstrukt von McCarthy & Partners gehören Dutzende Filialen auf der ganzen Welt, etwa in Bangkok, London, Hongkong und Amsterdam. Die nächstgelegene im Bodenseeraum befindet sich quasi vor Ihrer Haustür. In Zürich.«

»Mir ist immer noch nicht klar, was das alles mit meinem Mordfall zu tun hat«, seufzte Zoffinger. »Dass die Mafia die Bodenseeregion schon vor Jahrzehnten als Rückzugsgebiet entdeckt hat, ist uns bekannt. Aus Ihren Ausführungen schließe ich, dass Sie sich vielleicht besser einen Termin beim Leiter unseres Wirtschaftsressorts und nicht bei mir besorgt hätten.«

»Ihr Mord im Klostergarten hat mit organisierter Kriminalität und mit der Seven-Mile-Beach-Akte mehr zu tun, als Ihnen vermutlich lieb ist.«

Laumann sah sich um und beugte sich über den Tisch, als beabsichtige er, seinen Kinnbart in Zoffingers Bierseidel zu baden.

»Bruder Aurelius war deutscher Staatsbürger. Bevor er das braune Mönchshabit anlegte, arbeitete er unter seinem bürgerlichen Namen Richard Bloder in der Züricher

Filiale von McCarthy & Partners – korrekt, unauffällig und erfolgreich. Anfang Juni trat er einen regulären zweiwöchigen Portugalurlaub an, nachdem ihn eine in einem kleinen Nest im Hinterland von Porto lebende Verwandte zu ihrer Hochzeit eingeladen hatte. Über diesen Urlaub informierte er seinen Arbeitgeber ordnungsgemäß. Er flog von Zürich nach Lissabon, verbrachte dort zwei Tage, reiste dann aber nicht wie ursprünglich geplant Richtung Porto weiter, sondern setzte sich nach Rio de Janeiro und von dort nach Venezuela ab, wo sich seine Spur verlor. Vermutlich von Caracas aus nahm er mit der Journalistenorganisation International Consortium for Investigative Journalists Kontakt auf und leitete erste Informationen über die krummen, kriminellen Geschäfte von McCarthy & Partners an sie weiter.«

»Wann war McCarthy & Partners klar, dass sich einer ihrer Mitarbeiter mit ein paar Festplatten voller brisanter Unterlagen abgesetzt hatte?«, wollte Zoffinger wissen.

»Vor Antritt und in den ersten Tagen seines Urlaubs mit Sicherheit nicht. Sonst hätte die Firma seine Reise garantiert verhindert oder ihn unterwegs abgefangen. Spätestens als die ersten Enthüllungen in der Presse durchsickerten, gingen den Bossen die Augen auf. Wahrscheinlich schon früher. Sonst hätte sich Aurelius kaum die Mühe gemacht, seine Fluchtspuren so gewissenhaft zu verwischen, wie er es tat. Die Chefs von McCarthy & Partners ahnten natürlich, was ihnen blühte, fuhren sofort schwere Geschütze auf und kündigten an, Aurelius wegen Denunziantentum juristisch zu belangen. Sie beschuldigten ihn, sich mit gefälschten Firmeninterna den Nimbus eines von Zivilcourage motivierten Whistleblowers erschleichen zu wollen. Anwälte und Privatdetektive wurden aufgeboten, um den auf der Flucht befindlichen

Enthüller zu finden und mundtot zu machen. Wer sich mit solchen Leuten anlegt, tut gut daran, sich auf der Straße einmal öfter als üblich umzusehen.«

»Vom Saulus zum Paulus, vom Finanzhai zum Wohltäter. Aurelius muss bewusst gewesen sein, was für ein gefährliches Spiel er spielt«, meinte Zoffinger.

»Todsicher!«, antwortete Laumann. »Sonst hätte er sich vermutlich nicht dazu durchgerungen, sich über die Botschaft in Caracas an die deutschen Behörden zu wenden. Also an uns. Er teilte uns damals mit, dass er sich in der venezolanischen Hauptstadt gut versteckt halte und Vorkehrungen getroffen habe, um vor unliebsamen Besuchern geschützt zu sein.«

»Wie ging die Geschichte dann weiter? Fürchtete er schon damals um sein Leben?«

»Natürlich. Längst hatte er mitbekommen, dass ihm die Häscher von McCarthy & Partners auf den Fersen waren. In einem bekannten Restaurant der venezolanischen Hauptstadt entging er einem Anschlag nur dadurch, dass ihn ein gedungener Mörder mit einem anderen Gast verwechselte, der ihm ähnelte und unglücklicherweise mit dem Rücken zur Tür saß. Auf einem Parkplatz in Caracas, wo Aurelius seinen Mietwagen abstellen wollte, kam es zu einer wilden Schießerei mit seinen Verfolgern, denen er nur knapp entkommen konnte. Um nicht aufzufallen, besorgte er sich an einer Tankstelle Aufkleber, mit denen er mehrere gut sichtbare Einschusslöcher in seinem Wagen überklebte. Kurzum: Ihm wurde der Boden zu heiß, und wir boten ihm einen Handel an: Er liefert uns weiteres belastbares Material über Steuerflüchtlinge, kriminelle Offshorefirmen und ihre Hintermänner. Wir sorgen für eine sichere Reise nach Deutschland und nehmen ihn unter einem neuen Namen in ein Zeugenschutzprogramm auf, statten ihn mit einer neuen Identität als Bruder Aurelius aus und verstecken ihn mithilfe der Abtei St. Bonifaz im Strabo-Haus auf der Reichenau als Kräuterexperten. Diese neue Vita bot sich förmlich an. Aurelius ging nie auf eine normale öffentliche Schule, sondern wurde in einem katholischen Klosterinternat erzogen. Das brachte unsere Leute auf die Idee, ihn mit einer Mönchsidentität auszustatten. Das Strabo-Haus erschien uns passend, weil es sich um eine kleine, nicht im Brennpunkt der Öffentlichkeit stehende Klostergemeinschaft handelt.«

»Ich nehme mal an, dass sich Ihre Ermittlungen nicht nur auf Bruder Aurelius, sondern auch auf seinen Arbeitgeber McCarthy & Partners erstrecken«, vermutete Zoffinger.

»In Kooperation mit schweizerischen und internationalen Stellen fanden wir heraus, dass die Offshorekonstrukte von McCarthy & Partners nicht nur Steuerhinterziehern und Wirtschaftskriminellen geholfen haben, sondern auch Kreisen, die aus gutem Grund einen starken Bedarf an Verschleierung haben: Waffenschieber und Geheimdienste. In einem Bankschließfach wurden Dokumente entdeckt, in denen es auch um verbotenen Waffenhandel ging. Erwähnt wurde in diesem Zusammenhang eine Hackergruppe mit dem Namen ›Pathfinders‹. Ihr waren offenbar von Bruder Aurelius Unterlagen über Offshorefirmen zugespielt worden, die in illegale Deals und Lieferungen in Konfliktgebiete verstrickt waren. Da die Hacker-Leaks von sprachlichen und grammatikalischen Fehlern gespickt waren, lag die Vermutung nahe, dass eventuell russische Geheimdienstkreise hinter ›Pathfinders‹ stecken. Unter den Offshorefirmen sollen speziell zwei im Verdacht stehen, als private Dienstleister Organisationen und sogar Staaten bei sensiblen Cyberoperationen geholfen zu haben.«

Zoffinger langte vor lauter Aufregung immer schneller zu seinem Bierseidel. Laumann redete, als müsse er sich von einer inneren Last befreien.

»Noch bevor wir mit Bruder Aurelius – ich bleibe jetzt mal bei diesem Namen – handelseinig wurden, durchleuchteten wir in seinem Umfeld natürlich alles, was es zu durchleuchten gab. Wir fanden heraus, dass in vergangenen Jahren mehrmals Top-Secret-Informationen über bei McCarthy & Partners niedergelassene Offshorefirmen durchgesickert und im Internet erschienen waren. Dadurch alarmierte innerbetriebliche Ermittler schlossen aus abgefangenen Internetkommunikationen, dass diese Informationen von einem oder mehreren unbekannten Whistleblowern stammten.«

Der Kommissar wollte eine Frage stellen, aber Laumann stoppte ihn mit einer Handbewegung.

»Noch bevor wir Richard Bloder den Zeugenschutz anboten, kümmerten wir uns natürlich auch um sein familiäres Umfeld, speziell um seine Frau. Das ist Standardprozedere. Bloder war seit einigen Jahren geschieden. Seine Ex-Frau nahm nach der Trennung übrigens wieder ihren Mädchennamen Renate Leggi an. Bei dem Treffen im Valle Maggia könnte es sich also um ein Versöhnungstreffen gehandelt haben. Frau Leggi erzählte uns, dass ihr Mann regelmäßig Arbeit aus seinem Job nach Hause gebracht hatte, in den ersten Jahren in Gestalt von Papieren, später als CDs oder DVDs, dann auf Festplatten. Nächtelang sei er wie ein Nerd in seinem mit Aktenordnern, Büchern und Zeitungen zugemüllten Büro am Laptop gesessen. Persönlich sei er kein schwieriger Mensch gewesen, ein bisschen exzentrisch und versponnen, an Politik eher uninteressiert, aber immer mit einem offenen Herzen für Menschen auf der weniger sonnigen Seite des Lebens. Später checkten wir mit Bloders Einverständnis zwei seiner Laptops. Mit dem Thema Sicherheit ging er mehr als fahrlässig um. Wir erkannten schnell, dass es selbst ein mittelmäßig begabter Computernutzer geschafft hätte, die Rechner zu hacken und Daten zu kopieren.«

Zoffinger hatte es aufgegeben, sich in Laumanns Redeschwall einzumischen.

»Geradezu umwerfend war in unseren Ermittlungen der Nachweis zweier finanzieller Transaktionen. Die Kanzlei McCarthy & Partners hatte ihm – das muss man sich mal vorstellen – aus einem nebulösen, von einer Liechtensteiner Stiftung verwalteten ›Reptilienfonds‹ einen Betrag in Höhe von 300.000 Euro überwiesen. In Worten dreihunderttausend Euro! Unserem Verständnis nach ein saftiges Schweigegeld und ein vermutlich einmaliger Vorgang, dass eine beklaute Firma den Datendieb bezahlt, damit der nicht noch weitere Geheimnisse ausplaudert.«

»Das ist allerdings ein starkes Stück, soweit ich das beurteilen kann.«

»Aber es kommt noch besser«, trumpfte Laumann auf. »Halten Sie sich fest! Aurelius verweigerte die Überweisung und schickte sie kurzerhand zurück – als Zeichen dafür, dass er sich nicht kaufen lassen wollte.«

»Er lehnte 300.000 Euro Schweigegeld ab? Respekt!«

»Wenn ein Betrag in dieser Höhe auf ein Privatkonto überwiesen wird, gehen in jeder Bank die roten Lichter an«, erklärte Laumann. »Besteht ein Verdacht auf Geldwäsche, so sind etwa Banken, Versicherungen und der Zoll zu einer Meldung verpflichtet. Das beginnt schon bei Beträgen von 10.000 Euro. Wenn 300.000 Euro fließen, erst recht.«

»Als gewiefter Finanzhai hätte er doch bestimmt eine Möglichkeit gefunden, die Zahlung zu verschleiern«, meinte Zoffinger.

»Wir können nur spekulieren, warum er diesen Riesenbatzen ausschlug. Sicher ist, dass die Rücküberweisung ein Meldeverfahren der Bank verhindert hat. Bruder Aurelius war nicht am Zeug zu flicken. Hätte er die Zahlung akzeptiert, wäre er nicht darum herumgekommen, den Geldgeber offenzulegen. Dann hätte er aber auch seine Deckung aufgegeben und wäre nicht nur mit McCarthy & Partners in den Clinch gegangen, sondern auch ins Fadenkreuz der Hintermänner der Offshorefirmen geraten – und genauso ist es ja auch gekommen. Trotz der Ablehnung der 300.000 Euro. Wahrscheinlich trauten die Offshorekriminellen dem Frieden nicht und beschlossen, keine halben Sachen zu machen.«

»Das ist garantiert nicht das Ende Ihrer Geschichte«, schätzte der Kommissar. Laumann hatte den Faden bereits wiederaufgenommen.

»Schnell stellte sich heraus, dass die sowohl dem Journalistennetzwerk als auch uns zugeleiteten Informationen nur die Spitze eines Eisbergs waren. Es zeigte sich, dass Offshorefirmen zwielichtigen Figuren aus der Schattenwelt der Kriminalität geholfen haben, Doppelleben zu führen und Steuern in dreistelliger Millionenhöhe zu hinterziehen, verbotene Waffengeschäfte einzufädeln und sich im Drogenhandel zu engagieren. Ein ganz besonderer Schlaumeier hat zum Beispiel mit üblen Tricks über eine Briefkastenfirma die Pensionskasse eines südamerikanischen Ölkonzerns geplündert. Andere haben mit schmutzigem Geld Wahlkämpfe und

Al-Qaida-Operationen, wenn nicht sogar ganze Kriege finanziert.«

Laumann pumpte wie ein Maikäfer, weil ihn seine eigene Geschichte aufgerüttelt hatte.

»Es versteht sich wohl von selbst, dass wir ein hochgradiges Interesse daran hatten, Bruder Aurelius auf unsere Seite zu bringen. Quasi als Kronzeugen.«

»Wie und warum seine Tarnung auf der Reichenau aufgeflogen ist, wissen Sie vermutlich nicht?«, tastete sich Zoffinger vor und erntete eine Miene des Bedauerns.

»Nein, wissen wir nicht. Irgendjemand muss nicht dichtgehalten haben. Wissen Sie, in diesem sumpfigen Gelände wird teilweise mit so exorbitanten Summen bestochen, dass man beinahe Verständnis dafür haben muss, wenn jemand umfällt. Ich weiß, das ist ein fürchterliches Eingeständnis. Aber es trifft zu. Kann man Nein sagen, wenn für eine kleine, aber zielführende Information eine sechsstellige Summe oder eine Zusicherung angeboten wird, dass der Familie nichts passiert?«

»Apropos Familie«, hakte sich Zoffinger ein. »»Im Tessin war Aurelius Ihren Ermittlungen zufolge mit seiner Ex-Ehefrau zusammen. Wissen Sie Näheres über diese Renate Leggi?«

»Im Augenblick noch nicht. Vielleicht hat Aurelius sie ins Vertrauen gezogen. Vielleicht hat sie ihn bei seinen Operationen unterstützt. Allem Anschein nach ist sie unauffindbar abgetaucht. Möglich wäre auch, dass sie im Ausland geheiratet und einen neuen Namen angenommen hat.«

Laumann holte Luft.

»Was ich aber noch sagen wollte: Vielleicht sollte man den Mord an Bruder Aurelius im Augenblick nicht an die große Glocke hängen.«

Zoffinger sah sein Gegenüber fragend an.

»Soll das heißen, dass die Konstanzer Kripo besser verschweigt, dass es sich bei Bruder Aurelius in Wahrheit um einen Whistleblower mit falscher Vita im Zeugenschutz handelt?«

Als Laumann sein Apfelsaftschorle zur Seite schob und sich Bier & Korn bestellte, das Gedeck hinunterstürzte wie ein Verdurstender, sich seine Fliege vom Hals riss und sie wie eine zerknüllte Socke in die Manteltasche stopfte, kam Zoffinger der Gedanke, dass er seinen Besucher vielleicht falsch eingeschätzt hatte.

»Ich kann und will Ihnen nichts empfehlen. Ich stelle mir nur vor, was für Auswirkungen eine Offenlegung der tatsächlichen Dimensionen dieses Falles hätte. Bedenken Sie bitte, dass die gesamte Tragweite der Seven-Mile-Beach-Akte im Augenblick noch gar nicht zu überblicken ist.«

»Sie meinen, dass noch gar nicht klar ist, wer sich die Finger schmutzig gemacht hat?«, fragte Zoffinger nach.

»So könnte man es ausdrücken«, räumte er ein. »Verstehen Sie mich richtig: Wir haben kein Interesse daran, die Hintergründe des Falles unter den Teppich zu kehren. Aber wir müssen vermeiden, die Gäule scheu zu machen, bevor wir genau wissen, welche Kreise die Angelegenheit noch ziehen könnte. Wird bekannt, dass Bruder Aurelius Insiderwissen über die Kanzlei McCarthy & Partners publik machte und damit ein hochkarätiger Whistleblower war, könnte das unsere weiteren Ermittlungen empfindlich stören.«

»Fragt sich nur, wie ich den Fall aufklären soll, ohne das Geheimnis von Aurelius zu lüften.«

»Mein Vorschlag«, meinte Laumann, »gehen Sie offiziell zunächst einmal davon aus, dass der Mönch im Alleingang in unsaubere Finanzgeschäfte verwickelt war. Damit bleiben Sie sogar bei der Wahrheit. Halten Sie das, was ich Ihnen gerade erzählt habe, aber noch eine Weile zurück. Vielleicht finden Sie noch weiteres Beweismaterial. Ich wette meinen Kopf darauf, dass Aurelius hier auf der Reichenau irgendwo veruntreutes Material gebunkert hat, Dokumente, Kopien, Datenträger wie Festplatten oder DVDs, vielleicht einen Laptop oder ein Tablet. Zoffinger, finden Sie dieses Material! Sie kennen ja die örtlichen Verhältnisse. Diese Dokumente mit ihrer internationalen Tragweite wären wahrscheinlich brisanter als alles, was je über Ihren Schreibtisch gegangen ist. Sie könnten geheime Machenschaften von Finanzeliten, Vetternwirtschaft an der Spitze internationaler Organisationen und kriminelle Umtriebe von Offshorefirmen ans Tageslicht bringen und Bruder Aurelius posthum zu einem wahren Helden unserer Zeit machen. Er hat Missstände aufgezeigt und dabei sein Leben riskiert. Ich glaube, wir sind ihm die totale Aufklärung dieses Falles schuldig.«

Laumann langte mit einer vertraulichen, fast kumpelhaften Geste über den Tisch und legte seine Hand auf die Zoffingers.

»Aber seien Sie um Himmels willen vorsichtig. Die Brigaden von McCarthy & Partners sind unterwegs und kommen garantiert über kurz oder lang auch auf die Reichenau. Wir sind nicht die Einzigen, die es auf den goldenen Gral abgesehen haben. Unsere Konkurrenten sind die Mörder von Bruder Aurelius, die vermutlich an versteckte Unterlagen heranwollen, koste es, was es wolle.«

»Jetzt wird mir auch klar, warum der Mord so demonstrativ symbolträchtig war«, überlegte Zoffinger. »Man hätte Aurelius doch einfach umbringen und seine Leiche im See versenken können. Aber so wie er umgebracht wurde, konnte man das Verbrechen einerseits als die Tat eines Kirchenfeindes verschleiern und andererseits ein Signal an potenzielle Whistleblower schicken: ›Haltet besser die Klappe oder es geht euch genauso‹.«

Als er am nächsten Tag in sein Büro kam, stellte Zoffinger fest, dass Laumanns Hut noch am Haken hinter der Tür hing. Er grinste, weil der Abend mit seinem neuen Freund aus Berlin nach dem Informationsaustausch unerwartet eine feuchtfröhliche Wende genommen hatte. Er besorgte sich eine Schachtel und schickte die mittlerweile getrocknete Kopfbedeckung nach Berlin. Vier Tage später kam ein kleines Päckchen zurück. Mit einem angebrochenen Röhrchen Kopfschmerztabletten und einem handgeschriebenen Zettel: »Herzlichen Dank für den netten Abend. Dein Radomir.«

4
ÜBERFALL

Was macht man, wenn einem als Schreiberling nichts Vernünftiges einfällt? Man starrt aus dem Fenster, bis einen das langweilige Geglotze zwingt, den einen oder anderen verwertbaren Gedanken zu fassen. Oder man geht bummeln, weil Straßenlärm und Menschengewusel manchmal unvermutete Geistesblitze auslösen. Etwa so, wie wenn man einen Blick auf eine randvolle Bäckereitheke wirft und plötzlich von einem Bärenhunger überfallen wird. Man kann auch einkaufen gehen, um seine Langeweile und Antriebslosigkeit im Konsum zu ertränken. Exakt aus diesem Grund flanierte Florian durch das Konstanzer Einkaufszentrum Lago und lief zufällig Vera über den Weg.

»Na, auf Spurensuche, du Krimischreiber?«

»Eher auf der Suche nach ein paar bequemen Sportschuhen. Und du?«

»Eine Freundin hat Geburtstag. Ich suche ein kleines Geschenk, Kosmetik oder etwas Ähnliches. Hast du Zeit für einen Cappuccino?«

Florian hatte Zeit. Er hatte eigentlich jede Menge Zeit, weil es mit seiner Schreiberei nicht so voranging wie geplant.

»Ehrlich gestanden! Ich weiß immer noch nicht so recht, um was es sich in meinem Krimi handeln soll.«

»Ich dachte, du hättest dich für einen Entführungsfall entschieden.«

»Das war die ursprüngliche Idee«, antwortete Florian. »Aber das ist ja das Tolle an einer Geschichte. Du kannst Plots, Charaktere, Zeiten und Örtlichkeiten nach Belieben ändern, schiebst sie herum wie Schachfiguren. Bei jeder neuen Idee ist es so, als würdest du eine neue kleine Welt erschaffen.«

»Also nix mit Entführung?«

»Die Idee ist noch nicht vom Tisch. Vielleicht fällt mir noch etwas Prickelnderes ein, etwas mit Konstanzer Lokalkolorit. Schließlich soll es sich um einen Bodenseekrimi handeln.«

»Wenn du an Großstadtgangs und organisierte Kriminalität denkst, hättest du dir vielleicht eine nervenaufreibendere Stadt aussuchen sollen«, meinte Vera.

Florian schüttelte den Kopf.

»Nicht unbedingt. Ist doch besonders spannend, einen Kriminalfall in einer Stadt anzusiedeln, die in der breiten Öffentlichkeit eher durch Beschaulichkeit und Geschichtsträchtigkeit bekannt ist.«

»Apropos Geschichte. Vom Konstanzer Konzil würde ich die Finger lassen«, riet Vera. »Das Thema haben andere schon ausgelutscht. Aber ein historischer Stoff würde sich für Konstanz und die Bodenseeregion schon anbieten. Themen gäbe es in Hülle und Fülle. Man braucht nur an die mittelalterliche Rechtsprechung zu denken. Skandalurteile des Konstanzer Ratsgerichts am laufenden Band. Ich habe gelesen, dass im Spätmittelalter nach dem Konstanzer Konzil jeder zweite Dieb zum Tod verurteilt wurde. Stell dir das mal vor!«

»An die Konstanzer Stadtgeschichte habe ich auch schon gedacht. Du kennst dich auf diesem Gebiet doch aus. Kein Tipp von der Fachfrau, keine außergewöhnliche historische Begebenheit, keine literarisch verwertbaren Betrügereien, Wirtschaftsverbrechen oder bewaffnete Überfälle? Kein mysteriöser Mordfall im Angebot?«

»Vor zwei Wochen«, erzählte Vera, »habe ich im Auftrag der Uni eine Gruppe Vertreter der eidgenössischen Abfallwirtschaft durch die Stadt geführt – mit einem gewissermaßen anrüchigen Thema: Ehgräben, auch Schissgruoba, Danziger oder Prifets genannt. Die gab es übrigens auch in Schweizer Städten. Das waren im Mittelalter schmale Gassen auf den Rückseiten von Häusern, in denen die Leute ihren Abfall entsorgten, indem sie ihn einfach aus den Fenstern kippten. Häufig waren die Gräben von Klohäuschen überbaut, die wie Schwalbennester an den Fassaden hingen und in denen die Leute ihr Geschäft erledigten – im freien Fall.«

»Ein Ehgraben als mittelalterlicher Tatort«, überlegte Florian amüsiert. »Ich stelle mir gerade Zoffinger vor, wie er in so einer Kloake ermitteln müsste.«

Vera war als Geschichtsstudentin ganz in ihrem Metier.

»Zweimal im Jahr wurden die Ehgräben von Totengräbern und ihren Knechten von dem gereinigt, was der Regen nicht bereits weggeschwemmt hatte. Heute muss man allerdings genau hinschauen. So ohne Weiteres erkennt man die früheren Jauchebäche nicht. Als Kanalisationsersatz dienen sie natürlich schon lange nicht mehr. Glücklicherweise. An den infernalischen Gestank, den sie im Mittelalter verbreiteten, mag man heute im Zeichen von Ökologie und organisierter Abfallwirtschaft gar nicht mehr denken.«

Florian wurde hellhörig.

»Von solchen Ehgräben habe ich noch nie gehört«, gestand er. »So ein mittelalterliches Donnerbalkenrevier würde ich mir mal gerne anschauen. Sind nicht Archäologen ganz scharf auf solche Stätten, weil sich von Abfallhaufen auf die Lebensbedingungen früherer Menschen schließen lässt? Ein Ehgraben als Tatort mit Lokalkolorit. Könnte ich mir in meinem Roman vorstellen.«

»In diesen Kloaken wurden zerbrochene Küchenschüsseln, kaputtes Kinderspielzeug, zerdepperte Flaschen und sonstiger Abfall gefunden. Ermordete wohl weniger.«

»Ich will zwar kein Lexikon über die hygienischen Zustände im Mittelalter verfassen. Aber gibt es solche Ehgräben noch?«

»Wenn du dir das mittelalterliche Entsorgungsprinzip ansehen willst: Beim ›Haus zum Elefant‹ in der Salmannsweilergasse fing ein Ehgraben an und verlief bis hinunter zum Fischmarkt. Ein anderer, der am Ende in den Hirschgraben mündete, ist zwischen den Häusern Paradiesstraße 14 und Obermarkt 22 zu erkennen. Der wahrscheinlich längste verlief auf der Südseite der Kanzleistraße, überquerte die Rosgartenstraße und mündete bei der heutigen Dammgasse in den See.«

Florian ließ Sportschuhe Sportschuhe sein und machte sich auf den Weg zu seiner Freundin Karin, mit der er sich telefonisch verabredet hatte. Bilder von geköpften Dieben, Furcht einflößenden Henkersknechten und stinkenden Ehgräben zogen in seinem Kopfkino vorbei.

Einmal, zweimal, dreimal klingelte er. Karin war zu Hause, definitiv. Schließlich hatte er sie eben erst an der Strippe gehabt. Als sie schließlich öffnete, stand sie vor ihm in einer Plastikschürze, ellbogenlangen Gummihandschuhen und einem Kopftuch wie Witwe Bolte von Wilhelm Busch. Florian starrte zwei Sekunden lang auf ihr Outfit und brach dann in Gelächter aus.

»Ich hoffe nur, dass der Obduzierte wirklich tot ist«, prustete er los.

Karin winkte ihn mit einer Kopfbewegung in die Wohnung.

»Ich bin mit Bobby beschäftigt. Es dauert noch ein paar Minuten.«

»Waaas?« Florian gefror das Lachen im Gesicht. »Was ist passiert? Ist er tot?«

Karin brauchte nicht zu antworten, weil Bobby just in diesem Augenblick um die Ecke kam und sich an Florians Hosenbeine schmiegte. Er nahm den kleinen Tiger auf den Arm und knuddelte ihn.

»Du glaubst doch wohl nicht im Ernst, dass ich meinen Mitbewohner sezieren würde!«

»Hast du nicht eben behauptet, mit Bobby beschäftigt zu sein? In dieser Aufmachung! Was treibst du da eigentlich?«

Karin hantierte in ihrer Küche mit Töpfen und Tiegeln herum, zerkleinerte mit einem Stößel Kräuter in einem Steinmörser und hatte unterschiedlich farbige Tinkturen in Minifläschchen herumstehen. Florian nahm ein paar Riechproben.

»Das ist alles kerngesund für den lieben Bobby, von Goldrute, Spirulina und Brennnessel bis Sanddorn, Labkraut und Wermut. Man rührt die Mischungen unter das Futter, in ziemlich kleinen Mengen natürlich.«

»Das Pelzknäuel ist sich nicht zu schade, dieses Zeug zu fressen?«

Karin schob Florian zur Seite und packte ihr Veterinärwissen aus.

»Die Inhaltsstoffe der Kräuter wirken antiseptisch und blutreinigend, stärken das Immunsystem und verbessern den Prozess der Fellerneuerung.«

»Könnte ich auch etwas davon abbekommen? Gegen eine Fellerneuerung wäre nichts einzuwenden«, blödelte Florian.

»Bei dir wäre eher Thymian gegen Gehirnerweichung angesagt. Mir fehlen übrigens noch ein paar Zutaten für Bobbys Drogencocktail – Schachtelhalm, Wiesenklee und Ringelblume zum Beispiel. Die muss ich noch besorgen. Kommst du mit?«

»Wird das jetzt ein Shoppingabenteuer durch sämtliche Einkaufsmärkte in Konstanz und Umgebung?«

»Quatsch! Ich kaufe die Kräuter in meinem Spezialgeschäft. Frisch vom Acker. Vieles kommt von der Reichenau.«

»Dank Walafrid von Strabo«, setzte Florian hinzu und erntete einen wohlwollenden Blick. »Seit Zoffinger auf der Insel den Mönchsmord bearbeitet, bin ich informiert. Was sagt uns das? Aus Gewaltverbrechen kann man viel lernen!«

Karins Kräuterquelle lag in einem von mehreren schäbigen Gebäudetrakten umgebenen Hinterhof, den talentfreie Graffitischmierer in eine hirnlose Sprayergalerie verwandelt hatten. In den oberen Etagen hingen die Fensterläden schräg wie nach einem Siebener-Erdbeben in ihren Angeln. Die gräulichen Fassaden hatten garantiert seit Jahrzehnten keine Tünche mehr gesehen. Perfekte Beweismittel für die städtische Feinstaubbelastung. Vor der Eingangstür parkte ein schwarzes SUV. Ein bulliger Kerl mit Stoppelfrisur in einer nietenbesetzten Lederjacke kam eben aus dem Laden, zirkelte sich eine verspiegelte Sonnenbrille auf die Nase und warf sich auf den Fahrersitz. Florian sah ihm beim Wegfahren nach und wunderte sich über das fremde Kennzeichen. Schwarze Schrift auf weißem Grund. An beiden Enden ein blaues

Feld. Am linken Rand eine Art Adlerwappen, darunter das Nationalitätszeichen AL. Er überlegte einen Augenblick, bis er darauf kam: Albanien.

Im unaufgeräumten Laden schlug ihnen ein verwirrender Geruch entgegen, der sie von einer Duftnuance in die nächste katapultierte. Erst sommerwarmes Holz, dann Rosenduft, eine Spur Salbei oder vielleicht doch eher Zimt und Rosmarin. In Glasvitrinen warteten große und kleine braune Papier- und Zellophantüten, Fläschchen, Holzkisten und Blechdosen mit hübschem Design auf Käufer. Zwei Regale voller Bücher über Volksheilkunde, Wildkräuter, Heilpflanzen und Antifaltenrezepte dienten als Raumteiler.

»Der Typ könnte seinen Saustall auch mal putzen«, moserte Florian und deutete auf eine dunkle Flüssigkeit auf dem Verkaufstresen, die angefangen hatte, einen kleinen Stapel Visitenkarten von unten rot einzufärben.

»Mann«, keuchte Karin. »Das sieht aus wie Blut.«

Sie drehte sich abrupt um und ließ den Blick durch den Laden schweifen.

»Hallo, Herr Sutter? Sind Sie da? Ich bin's. Karin Maiwald, die Tierärztin.«

Keine Antwort.

»Herr Sutter?«

Florian vernahm ein Geräusch, das sich wie ein Scharren auf Holzboden anhörte. Nach drei, vier Schritten stand er hinter dem Raumteiler.

»Verdammt! Hierher, Karin!«, schnaufte er und bückte sich zu dem Mann, der zusammengekrümmt auf dem Boden lag. Gemeinsam setzten sie ihn auf und lehnten ihn mit dem Rücken gegen das Regal.

»Um Himmels willen! Was ist denn passiert?«

Sutter hockte mit geschlossenen Augen da. Zwei-,

dreimal atmete er tief durch, hielt sich an Florian fest und stemmte sich auf wackligen Beinen hoch.

»Den Stuhl, bitte«, stöhnte er und zeigte auf einen uralten Bürosessel. Von einer Platzwunde an der linken Stirn rieselte ein dünner Faden Blut über sein mageres Gesicht und tropfte vom Kinn auf seine Wollweste, wo sich ein dunkler Fleck gebildet hatte.

Karin rief mit dem Smartphone einen Notarzt an. Florian kniete vor dem alten Sutter und hielt ihm die Hand.

»War das der Kerl, der eben Ihr Geschäft verlassen hat?«

Sutter zog die Luft durch die Nase und nickte kaum merklich.

»Haben Sie eine Ahnung, weshalb er Sie angegriffen hat?«

Der Alte ließ das Kinn auf die Brust sinken und murmelte etwas.

»Ich habe Sie nicht verstanden, Herr Sutter. Warum hat der Kerl Sie angegriffen?«

»Er wollte wissen, von wo ich meine Kräuter beziehe.«

»Das ist doch wohl kein großes Geschäftsgeheimnis. Wo kaufen Sie denn die Kräuter?«, erkundigte sich Florian.

»Auf der Reichenau. Seit Jahren schon. Ich weiß auch gar nicht, was daran so interessant sein soll.«

»Und? Das war alles?«

Sutter winkte erschöpft ab.

»Er behauptete, Bruder Aurelius vom Strabo-Haus habe mir nicht nur Kräuter geliefert, sondern mir etwas zum Aufbewahren gegeben. Schwachsinn! Was hätte mir der Mönch denn geben sollen?! Keine Ahnung, was der Kerl damit meinte.«

Karin und Florian blieben im Kräuterladen, bis der

Notarzt kam und Sutter in den Ambulanzwagen verfrachtet war. Karin versprach, den Laden abzuschließen und in den nächsten Tagen nach dem Rechten zu sehen.

»Sie sollten den Fall anzeigen«, riet der Notarzt, als er in seinen Wagen stieg. »Einen alten, hilflosen Mann zusammenschlagen! Das geht überhaupt nicht!«

Florian war schon hellhörig geworden, als Sutter den Namen Bruder Aurelius erwähnte. Von Zoffinger war er grob über den Mord an dem Reichenauer Mönch informiert worden. Es gehörte nicht viel dazu, zwei und zwei zu addieren und den Schluss zu ziehen, dass der albanische Schläger etwas mit der Gewalttat im Klostergarten zu tun haben könnte.

»Meine Vermutung!«, kommentierte Zoffinger die Nachricht, als Florian ihm von dem seltsamen Überfall auf den Besitzer des Kräuterladens erzählte. »Aurelius hatte noch etwas in der Hinterhand, das er vermutlich als Faustpfand, als Überlebensgarantie versteckt hielt. Aber ich gehe davon aus, dass er sein Leben auch nicht hätte retten können, wenn er seinem Mörder das Versteck verraten hätte. Aurelius war zum brandheißen Risiko für die Züricher Kanzlei und deren Hauptsitz auf den Cayman-Inseln geworden.«

Auf der Reichenau brachen nicht lange nach dem Ableben von Bruder Aurelius ungewohnte Zeiten an, unruhige Zeiten. Hatte schon der Mord an dem Mönch und die Verhaftung des rebellischen Bodo Weihstock die Inselbevölkerung aufgewühlt und verunsichert, so kam in den folgenden Tagen noch einiges hinzu, was der Inselatmosphäre nicht eben zuträglich war.

Nicht weit vom Strabo-Haus entfernt hatte Bruder Aurelius von einem Bauern einen luftigen Schuppen gepachtet, in dem er gebündelte Kräuter zum Trocknen aufgehängt hatte. In einer Nacht brachen Unbekannte das Tor auf, räumten sämtliche Regale aus und kippten den Inhalt der Kisten und Kartons auf den Boden. In derselben Nacht verschafften sich vermutlich dieselben Täter Zugang zum Münster in Mittelzell und knackten die schmiedeeiserne Tür zur ehemaligen Sakristei, in der die Schatzkammer des Münsters untergebracht war. Einige Glasvitrinen in dem gotischen Raum wurden zwar gewaltsam geöffnet, von den unschätzbaren Reliquienschreinen, liturgischen Büchern, Kreuzen und kostbaren Kelchen fehlte jedoch nichts. Auch eines der Prunkstücke der Sammlung, der über 1200 Jahre alte gläserne Smaragd Karls des Großen, war unangetastet – für Zoffinger ein Beweis, dass es sich bei den nächtlichen »Besuchern« um keine Sakralräuber gehandelt hatte, sondern dass sie auf der Suche nach etwas anderem gewesen waren. Selbst im Beichtstuhl hatten die Eindringlinge nach Verstecken gesucht. Mehrere Inselbewohner berichteten von Personen, die garantiert keine Touristen waren, sich auf verdächtige Weise auf der Insel herumtrieben und sich nach den Mönchen des Strabo-Hauses und deren Gewohnheiten erkundigten.

Zoffinger war fest entschlossen, diesen Fall zu lösen. Zwei Tage und Nächte lang ließ er von seinen Leuten den Reichenaudamm auf die Insel überwachen. Trotzdem durchstöberten Unbekannte in der zweiten Nacht die Büros der Gemeindeverwaltung, die sich neben dem Pfarrhaus in einem der Konventgebäude befand. Nicht einmal das Allerheiligste der Inselwinzer, das 800 Jahre alte Weingewölbe an der Rückseite des Münsters, in dem der örtliche Winzerverein die Reichenauweine kelterte, blieb verschont. Das ließ nur einen Schluss zu: Die unwillkommenen Besucher mussten über den See auf die Insel gekommen sein.

Zoffinger schickte zwei seiner Hilfskräfte auf den Bodanrück nach Allensbach. Die Gemeinde lag dem Jachthafen Herrenbrücke am Reichenauer Nordufer genau gegenüber. Wenn jemand auf dem Wasserweg auf die Insel gekommen war, dann mit hoher Wahrscheinlichkeit aus Allensbach. Die Befragungen im kleinen Hafen blieben jedoch erfolglos. Niemandem war ein Boot geklaut worden. Vermietungen hatte es im fraglichen Zeitraum auch keine gegeben. Als Zoffingers Mitarbeiter mit der kleinen Personenfähre auf die Reichenau zurückkehrten, landeten sie einen Treffer. Der Bootsführer erinnerte sich, drei Ausländer mit südländischem Aussehen übergesetzt zu haben. Sie waren ihm aufgefallen, weil sie die Passage zuerst irrtümlich mit Dollarscheinen bezahlen wollten, die sie offenbar mit Euroscheinen verwechselten. Sie hätten Rucksäcke und ein kleines Zelt bei sich gehabt, seien aber eigentlich nicht wie Wanderer ausgerüstet gewesen.

»Habt ihr euch in der Umgebung des Allensbacher Hafens nach dem Trio erkundigt? In Pensionen, Restaurants usw.?«, wollte Zoffinger von seinen Mitarbeitern wissen.

Betretenes Schweigen.

Die zweite Ermittlungsrunde in Allensbach war von Erfolg gekrönt. Einer Pensionswirtin war ein großer schwarzer Wagen aufgefallen, der beim Einparken mit der hinteren Stoßstange einen Fahrradständer gerammt hatte. Triumphierend hielt einer der beiden Schnüffler Zoffinger ein Plastikbeutelchen mit Lackbröseln unter die Nase, die er vom Fahrradständer in Allensbach abgekratzt hatte.

Obwohl Florian von alledem nichts wusste, nahm er sich vor, in Konstanz nach dem SUV mit dem albanischen Kennzeichen Ausschau zu halten, den er vor Sutters Laden gesehen hatte. Als gewiefter Journalist wusste er, dass im Rotlichtmilieu Albaner tatkräftig mitmischten. Also sah er sich an mehreren Abenden im Puffviertel um und entdeckte nach einigen Versuchen tatsächlich den Wagen mit dem albanischen Kennzeichen vor dem »Club Elaine«, einem stadtbekannten Bordell. In einer Seitenstraße parkte in einer Hofeinfahrt ein feuerwehrroter Sportwagen mit Schweizer Kennzeichen. Keine Überraschung für Florian. Er wusste, dass das »Elaine« bevorzugt von Eidgenossen frequentiert wurde, weil in Konstanz erotische Turnübungen viel günstiger waren als in der Schweiz.

Auf eine Patchouli-Duftorgie hatte er keine Lust und auf sinnentleertes Gelaber mit Animierdamen auch nicht. Also parkte er vor einer benachbarten Autovermietung, von wo er den »Club Elaine« im Blick hatte.

Eine halbe Stunde verging. Dann verließ der Kerl, den Florian vor dem Kräuterladen gesehen hatte, zusammen mit einem anderen Gast den Club. Sie diskutierten eine Weile, worüber Florian nur mutmaßen konnte. Der Bullige mit den hervorstehenden Jochbeinen zündete sich eine Zigarette an, drehte das offenbar leere Streichholzbriefchen gedankenlos hin und her und warf es schließlich weg. Als die beiden wegfuhren, schoss Florian aus dem Wagen, las das Briefchen auf und beeilte sich, den Wagen des Albaners nicht aus dem Blick zu verlieren. Gemächlich fuhr der Kerl bis zum Sternenplatz, bog auf die Rheinbrücke ab und ließ sich quer durch die Innenstadt bis fast zum Schweizer Zoll am Emmishofer Tor treiben. Nicht weit vom Gebäude der Bundespolizeiinspektion entfernt parkte er und verschwand in der Pizzeria Da Vinci. Das weggeworfene Streichholzbriefchen lag immer noch neben Florian auf dem Beifahrersitz. Er knipste die Innenbeleuchtung an und warf einen Blick darauf. Von den Konturen Siziliens umrandet stand in geschwungener Schrift Pizzeria Da Vinci. Offenbar war der Albaner dort ein häufiger Gast.

Plötzlich fiel Florian ein, woher er den Namen der Gaststätte kannte. Vera Hannig kellnerte dort ab und zu, um sich für ihr Studium ein paar Euros zu verdienen. Er nahm sich vor, sie bei nächster Gelegenheit nach dem gewalttätigen Albaner zu fragen. Dass der etwas mit dem Mordfall auf der Reichenau zu tun hatte, lag auf der Hand, seit er dem Kräuterhändler an die Gurgel gegangen war.

5
EINE MYSTERIÖSE ENTDECKUNG

Zwei Tage später. Florian brütete am frühen Nachmittag in seinem Wohnzimmer über seinem Romanpuzzle, dessen Teile einfach nicht zusammenpassen wollten. Man hätte sein Geschreibsel auch als Sammlung von Textfetzen bezeichnen können – ungewöhnliche Schauplätze, Charaktereigenschaften von Typen, Namen und Situationen, deren Verwendung und Verknüpfung noch in den Sternen stand.

Dass der Himmel immer dunkler wurde, bekam er erst mit, als er die Tasten auf seiner Tastatur kaum mehr erkennen konnte. Ein Blick aus dem Fenster jagte ihm einen Schrecken ein. Der abgesackte Himmel hing so dicht über den Hausdächern, dass man ihn hätte mit Händen greifen können. Kein durchgängiges Rußschwarz, sondern ein chaotisches Gemansche sich ständig verändernder Wolkenklumpen, zwischen denen an transparenteren Stellen der pure Schwefel giftig gelb auf die Erde zu fallen schien. Händelsüchtiger Wind pfiff bösartig heulend durch die Fensterritzen seiner Altbauwohnung. Zehn Minuten später fielen vereinzelte Tropfen schwer wie Kieselsteine. Nur eine halbe Minute lang. Dann rissen die Himmelsschleusen auf. Durch den Wasserschleier waren die benachbarten Häuser nur noch schemenhaft zu erkennen. Fasziniert und zugleich beängstigt starrte Florian auf das tobende Sturmdrama. Blitze zündeten Trommelfeuer. Kein Gewitterdonner, eher knallharte Detonationen von ohrenbetäubender Lautstärke. Vorsichtshalber fuhr er seinen Rechner herunter und zog den Stromstecker aus der Wandbuchse.

Plötzlich setzte ein Hagel-Inferno ein, das mit wütenden Böen die Blätter von zwei vor dem Haus stehenden Kastanienbäumen drosch und haufenweise in drei Gullis schwemmte, die eine halbe Minute später verstopft waren. In einem Hauseingang suchte ein Mann Schutz, der konsterniert auf eine völlig zerfetzte Regenschirmleiche in seinen Händen schaute. Innerhalb weniger Minuten verwandelte sich die Straße vor Florians Haus in einen Eisfluss, der sich wie von Geisterhand gesteuert im Schneckentempo über das leichte Gefälle bewegte. Eine unwirkliche Szenerie.

Der Orkan dauerte nicht einmal eine Stunde. Florian hatte den Monstersturm verfolgt wie ein Katastrophenmovie. Radio Grenzland, immer an Aktualität interessiert, schickte eine Horrornachricht nach der anderen über den Äther. Die Temperatur im Stadtgebiet war innerhalb weniger Minuten von 24 auf 15 Grad Celsius gefallen. Die Laube hatte sich den Berichten zufolge in einen reißenden Sturzbach verwandelt, der sogar geparkte Autos wegtrug. Ein Baum war in der Nähe des Bahnhofs auf die Gleise gestürzt und blockierte die Schienen.

»Wir schalten jetzt zu unserem Reporter Rolf Riedle, der in der Stadt unterwegs ist«, kündigte der Moderator an.

Der schwefelgiftige Gewitterhimmel über Konstanz ist auf zerstörerische Weise auf die Erde gefallen, keuchte Rolf in sein Mikrofon. *Was heimtückische Sturmmonster, Ha-*

gelkanoniere und Regenlegionäre in der Stadt angerichtet haben, sprengt jede menschliche Vorstellungskraft, sogar meine. Wohin man schaut: Chaos pur. Obwohl man sich vor jeder Übertreibung hüten sollte. Denn dass in unserem Gemeinwesen kein Stein auf dem anderen geblieben ist, kann man so nicht behaupten. Polizei- und Rettungskräfte, Feuerwehr, Aufräumdienste, private Putzkolonnen und Autowaschanlagen gehen über die Grenzen ihrer Leistungsfähigkeit hinaus und tun das Menschenmögliche, um die Vitalfunktionen der heimgesuchten, zerschmetterten Bodenseemetropole am Leben zu erhalten oder die Stadt dort, wo es nötig erscheint, auf dem Totenbett zu reanimieren. Selbst Vögel kann man dabei beobachten, wie sie die Ärmel hochkrempeln und ihre Nester wieder herrichten ...

»Mann, Rolf!«, stöhnte Florian, »deine fortschreitende Gehirnerweichung nimmt Ausmaße an.«

Riedle setzte in seinem Bericht zum grandiosen Finale an.

Wie ich von den Rettungskräften höre, herrscht auf dem Inseldamm zur Reichenau Land unter. Berichte, dass in ufernahen Gebieten manche Einwohner zusammen mit Kleinvieh und Haushaltsgeräten auf Bäume geflüchtet sind, kann ich im Augenblick nicht bestätigen. Dass das Unwetter Flächen so groß wie Bushaltestellen aus dem Dach des Konstanzer Münsters herausgerissen hat, ist hingegen Tatsache. Viele Hausfassaden ähneln denen in Aleppo. Kahle, entlaubte Bäume sehen aus, als sei über Nacht der Winter hereingebrochen. Tiefgaragen und Keller hat der Sturzregen in Schwimmbäder verwandelt, in denen man keinen Eintritt bezahlen muss ...

»Gütiger Himmel!« Florian raufte sich die Haare. »Ich wusste gar nicht, dass Alkohol eine derart zerstörerische Wirkung hat.« Entnervt drehte er das Gerät ab.

Tatsächlich hatte das Gewitter gewütet wie seit Jahrzehnten nicht mehr, hatte mit Blumenkübeln auf Dachterrassen Bowling gespielt und mit schweren Sturmböen Sonnenschirme von Balkonen gerissen. Starkregen mit über 80 Litern pro Quadratmeter und Hagelkörnern so groß wie Mozartkugeln verwandelte Straßen und Gassen innerhalb von Minuten in schlammbraune, reißende Bäche. Tausende Haushalte waren ohne Strom.

Karin rief an. Sie wohnte am ungeschützten Seeufer und war nur noch am Schluchzen.

»Du solltest mal meinen Garten sehen. Der sieht aus, als hätte ihn jemand mit dem Mähdrescher bearbeitet. Alles im Eimer. Ich könnte heulen.«

Das tat sie auch.

»Läuft bei dir das Radio?«, erkundigte sich Florian, weil er durch das Smartphone im Hintergrund Musik hörte.

»Leider«, antwortete Karin. »Der liebe Rolf hat eben mal wieder eine Reportage vom Feinsten abgesondert. Ich frage mich, ob der Kerl an Unterzuckerung oder an progressiver Geisteskrankheit leidet.«

»Hab ich mitbekommen. Vielleicht sollten wir ihm mal einen anderen Job empfehlen. Dieses groteske Gelaber hält ja kein Mensch aus. Bin gespannt, wie lange sich der Sender das sinnentleerte Gestammel noch gefallen lässt.«

»Vor ein paar Minuten hat übrigens Vera angerufen«, griff Karin ein anderes Thema auf. »Sie sollte heute Abend eigentlich in der Pizzeria Da Vinci kellnern. Aber daraus wird wohl nichts, weil die Untergeschosse während des Gewitters vollgelaufen sind. Augenblick! Bei mir klingelt es.«

Vera war gekommen und hörte sich ziemlich aufgeregt an. Später erfuhr Florian auch den Grund für das Brimborium. Am Telefon hatte ihr der Chef der Pizzeria von der Überschwemmung berichtet und ihr mitgeteilt, dass das Lokal geschlossen war und er wegen eines dringenden Termins für drei oder vier Tage nicht anwesend sei. Per Taxi hatte er ihr die Schlüssel für das Lokal geschickt. Und in einem Umschlag 800 Euro in bar mit der Bitte, die Feuerwehr das überflutete Kellergeschoss abpumpen zu lassen und sich um alles zu kümmern.

Am nächsten Morgen alarmierte Vera die Jungs von der Feuerwehr, die zusammen mit dem Technischen Hilfswerk anrückten. Schon am Abend zuvor hatte sie ihre Clique alarmiert und um seelischen wie physischen Beistand gebeten. Jeder rätselte, warum der Pizzeriaboss Luigi die Feuerwehr nicht schon am vorigen Tag gerufen hatte und sich in so einer Notsituation nicht selbst um die Angelegenheit kümmerte, sondern den Job auf seine Hilfskellnerin Vera abwälzte.

»Uns ist schleierhaft, von wo das Wasser überhaupt in den Keller kam«, meinte einer der Feuerwehrmänner. »Die Emmishofer Straße war nachweislich durch das gestrige Unwetter nicht überschwemmt. Aus umliegenden Haushalten haben wir keine Anrufe bekommen. Also: Wo kommt die ganze Sauerei eigentlich her?«

Die Pumpen waren noch nicht lange in Betrieb, als sich der Wasserstand im Untergeschoss des Lokals senkte und im Kellerboden eine Luke sichtbar wurde, die durch den Wasserdruck offenbar hochgehoben worden war. Die Hilfstruppen von Feuerwehr und Technischem Hilfswerk fielen aus allen Wolken, als unter der Klappe eine schmale Treppe zum Vorschein kam, die über ein Dutzend Stufen in einen gemauerten mannshohen Gang führte, in dem immer noch kniehoch schlammbraunes Wasser stand. Vera und Florian folgten den Feuerwehrleuten. Es roch muffig wie in einem schlecht gelüfteten Keller. Karin war die ganze Aktion nicht ganz geheuer. Sie blieb in der Pizzeria und fing schon mal an, die Böden vom Dreck zu befreien.

Mit einer Handlampe leuchtete einer der Feuerwehrleute in den Tunnel. Das Wasser war nach zwei Stunden so weit abgelaufen, dass auf dem verschlammten Boden eine seltsame Konstruktion sichtbar wurde – eine Art Schienenweg, nicht aus Gleisen, sondern aus aneinandergesetzten verzinkten Dachtraufen. Darauf stand ein kleiner, in einen Mantel aus feuchtem Dreck gehüllter Karren auf Gummireifen, an dem hinten und vorne zwei stabile Ösen für Zugseile befestigt waren. An der Decke des Tunnels, dessen Ende nicht auszumachen war, verlief eine notdürftig befestigte Stromleitung mit einer elektrischen Birne alle zehn bis zwölf Meter.

»Für mich sieht das verdammt verdächtig aus«, befand einer der Feuerwehrleute. »Der Tunnel kann eigentlich nur in die Schweiz führen, wenn ich mir den Verlauf richtig vorstelle. Dann die Dachtraufenbahn und das Wägelchen! Das schreit ja geradezu nach Schmuggel. Am besten, ich rufe das Drogendezernat an.«

»Ich kenne jemanden bei der Kriminalpolizei. Der sollte sich die Sache vielleicht anschauen«, schlug Florian vor und wählte Zoffingers Nummer.

Vera hockte auf der Treppe vor dem Tunneleingang und starrte nachdenklich auf ihre verdreckten Gummistiefel. Florian diskutierte mit einem Feuerwehrmann über das außergewöhnliche unterirdische Transportsystem, während sich sein Kollege mit der Handlampe in den Tunnel begab.

»Mich würde interessieren, was auf diesem Wagen transportiert wurde.«

»Aus dem Mittelalter stammt der jedenfalls nicht«, scherzte der Brandmeister.

Dass Veras Geschichtsstudium bisher nicht ganz für die Katz gewesen war, bewahrheitete sich in diesem Augenblick.

»Konstanz war im Mittelalter eine befestigte Stadt mit allem Drum und Dran – Stadtmauern, Toren wie dem Schnetztor, Pulverturm und Rheintorturm, Zinnen, hölzernen Wehrgängen. Über drei Kilometer lang war die äußere, bis zu zwölf Meter hohe Umfassungsmauer, die im 15. Jahrhundert die Innenstadt schützte. Ein zweiter Befestigungswall entstand während des Dreißigjährigen Krieges. Bis Mitte des 19. Jahrhunderts stand an dieser Stelle das durch die Stadtbefestigung führende Emmishofer Tor. 1855 rückten Abbruchunternehmen an, weil Platz für eine Stadterweiterung geschaffen werden musste und die Technik der Kriegskunst solche Mauerwerke längst überflüssig gemacht hatte.«

Wie um sich selbst recht zu geben, stemmte sie die Arme in die Hüften.

»Ich gehe jede Wette ein, dass es sich bei diesem unterirdischen Gang um ein mittelalterliches Überbleibsel handelt. Vermutlich hat man den tief genug liegenden Gang später einfach ignoriert, weil er die neuen Baumaßnahmen nicht behinderte. Vielleicht ist euch noch nie die winzige Grünanlage gerade mal ein paar Schritte von hier zwischen Emmishofer Straße und Schwedenschanze aufgefallen. Da liegen drei Felsbrocken mit blauen Plaketten drauf, Überbleibsel der ehemaligen Stadtbefestigung, die 1856 und 1857 abgebrochen wurde.«

»Falls der Tunnel nicht aus späterer Zeit stammt«,

meinte der Feuerwehrmann. »Aber das müssten Archäologen und Bauhistoriker eigentlich herausfinden können.«

»Solche alten Funde sind nichts Einmaliges«, wusste Vera. »Gleich um die Ecke stießen Arbeiter beim Bau neuer Wohnungen auf Fundamente, die auf ein größeres Gebäude schließen ließen. Noch wertvoller waren große Mengen Holzteile, etwa ein massiver Eichenbalken, den die Fachleute vom Archäologischen Landesmuseum als Welle einer Mühle aus dem 15. Jahrhundert identifizierten. Manche Mauerstücke begrenzten wahrscheinlich den zur Mühle führenden Kanal. Aber bei diesem Gang hier handelt es sich garantiert um nichts, was mit dieser Mühle in Verbindung stand. Ich habe eine andere Vermutung. Eine historische Besonderheit, die einiges erklären könnte.«

»Die da wäre?«, drängelte Florian.

»Ein Fluchttunnel! Aus vielen Befestigungsanlagen führten solche Gänge aus befestigten Städten heraus. Für Konstanz ist das sogar nachgewiesen. Im Oktober 1414 kam Papst Johannes XXIII. aus Pisa zum Konstanzer Konzil. Alte Dokumente beschreiben, wie der Pontifex mit Kardinalsgefolge nach einer wahren Knochentour über den Arlbergpass am Stadtrand von Konstanz von einer städtischen Abordnung unter Führung des Bürgermeisters willkommen geheißen wurde. Durch das damals noch im Bau befindliche Kreuzlinger Tor ritt er auf einem Schimmel die heutige Hussen- und Wessenbergstraße entlang zum Münster, wo er eine Woche später mit einem feierlichen Hochamt das Konzil eröffnete. Als sich die Stimmung während des Konzils immer stärker gegen ihn wandte, musste er einen ziemlich unrühmlichen Rückzug antreten. Als Knappe verkleidet flüchtete er im

März 1415 klammheimlich in einer Nacht- und Nebelaktion Richtung Steckborn aus der Stadt, entweder durch das Kreuzlinger oder das Emmishofer Tor. Durchaus vorstellbar, dass ein Tunnel wie dieser hier sein unbemerktes Entkommen erleichterte.«

»Hübsche Geschichte«, räumte Florian ein. »Jetzt müssten wir im Tunnel nur noch die päpstliche Tiara finden.«

Karin meldete sich von oben.

»Paul steht vor der Tür.«

»Paul? Ich kenne keinen Paul«, behauptete Florian.

»Paul Zoffinger, du Pfeife!«

»Der heißt bei mir nicht Paul, sondern Zoffinger. Einfach Zoffinger. Die Fleisch und Blut gewordene Wiederauferstehung von Philipp Marlow.«

»Das habe ich gehört, du Krimistümper«, antwortete der Kommissar, als Florian den Kopf aus der Bodenluke streckte.

Sie kletterten alle nach oben, damit Zoffinger Platz hatte, sich selbst ein Bild vom Geheimgang zu machen.

Karin stand im Kellerflur und stützte sich auf einen Schrubber.

»Als ihr euch den Tunnel angeschaut habt, ist mir hier oben etwas aufgefallen. Ein leichtes Summen. Ich habe mich umgesehen und die Ursache gefunden: die Stromzähler. Wenn ich das richtig mitbekommen habe, ist das Restaurant geschlossen, der Wirt auf Reisen und sonst niemand im Haus. Ich frage mich, warum die Stromzähler rasen, als müssten sie Rundenrekorde brechen.«

»Oben in der Kneipe laufen ein paar Kühlschränke«, überlegte Vera. »Die hat Luigi garantiert nicht abgestellt. Aber ziehen die dermaßen viel Elektrizität? Andere gierige Stromfresser? Keine Ahnung.«

Zoffinger tauchte aus der Bodenluke auf.

»Wir sind hier nur wenige Schritte von der Schweizer Grenze entfernt. Vermutlich führt der Tunnel geradewegs in die Schweiz. Aber wo genau endet der geheimnisvolle Gang, und was wurde auf dem Wägelchen hin- und hergeschoben? Die Beleuchtung an der Tunneldecke wurde jedenfalls nicht installiert, um den Ratten den internationalen Grenzverkehr zu erleichtern.«

»Für mich ein eindeutiger Fall von Schmuggeltunnel«, beschloss Florian. »Aber Kaffee, Schweizer Teigwaren und Käse wird man nicht transportiert haben. Drogen schon eher.«

»Dann wäre ich aber fehl am Platz«, meinte Zoffinger. »Wäre deshalb besser, ich würde den Kollegen vom Drogendezernat das Feld überlassen.«

Vera machte Zoffinger auf die rasenden Stromzähler aufmerksam.

»Entweder die Geräte spinnen oder irgendetwas zieht mörderisch Strom. Wo führt eigentlich die Tür am Ende des Flurs hin?«

Vera schüttelte den Kopf. »Falls sie abgeschlossen ist: Ich habe mal gesehen, wie Luigi einen Schlüsselbund hinter dem Tresen in eine Schublade warf.«

Als Zoffinger die hinter drei Treppenstufen liegende Stahltür aufschloss, schlug ihm ein Schwall kalter Luft entgegen, als hätte er eine Klimaschleuse zum Nordpol aufgestoßen.

»Läge die Kühlkammer nicht fast einen halben Meter höher als der Kellerboden, hätten wir hier drin nach dem Wassereinbruch Schlittschuh laufen können«, witzelte er.

An der linken Wand waren Dutzende runde 10-Liter-Plastikbehälter mit Drehverschlüssen gestapelt. Gelbe Etiketten gaben über den Inhalt Aufschluss.

»Mich laust der Affe: Kamelmilchpulver! Kann mir mal jemand erklären, was eine Pizzeria mit Kamelmilchpulver macht?«

Florian drehte einen der Bottiche in den Händen, schraubte den Deckel ab, steckte erst die Nase, dann den abgeleckten kleinen Finger hinein.

»Nicht schlecht! Aber auf meiner Pizza möchte ich das Zeug nicht haben. Verdammt! Was macht ein italienischer Pizzeriawirt mit Kamelmilchpulver?«

Zoffinger überhörte die Frage, weil er sich auf der anderen Seite des Raumes zu schaffen machte, wo ein breiter Riesenschrank bis fast an die Decke reichte. Auf dem Boden fiel ihm eine halbkreisförmige Kratzspur auf, die nur davon herrühren konnte, dass der Schrank ausschwenkbar war. An der Rückwand löste er eine Arretierung und zog das leicht bewegliche Riesenmöbel nach vorn. Dahinter kam eine weitere, unverschlossene Tür zum Vorschein. Im angrenzenden Raum herrschten die gleichen sibirischen Temperaturen wie im ersten. Auf den ersten Blick kam sich Zoffinger vor wie in einem mit mannshohen Kühlschränken und Tiefgefriertruhen vollgestellten Showroom einer Küchenmöbelfirma. Auf einem Tisch lagen neben Papierkram ein paar durchsichtige Beutel mit gerebeltem, getrocknetem Grünzeug herum.

»Für die Pizzen oben im Lokal ist das nicht gedacht. Falls es sich wider Erwarten um Oregano handelt, dürft ihr mich in Zukunft Fräulein Agathe Christie nennen«, sagte Zoffinger lachend.

Vera hielt die Nase in einen Beutel und nickte vielsagend. Florian nahm auch einen tiefen Atemzug und grinste.

Noch bevor Zoffinger laut Stopp rufen konnte, hatte

Florian eine Kühlschranktür aufgerissen. In Reih und Glied standen braune Kartons mit nicht identifizierbaren Aufschriften. Er hob einen Deckel hoch und fiel aus allen Wolken. In glänzendes gelbbraunes Papier gehüllte Schokoladentafeln stapelten sich. Florian öffnete den nächsten Karton: dasselbe Bild.

»Hat mich meine Nase doch nicht betrogen. Schon von Anfang an hatte ich den Eindruck, dass es in der Pizzeria nicht nur nach Käse und Salami, sondern auch nach einem Hauch Schokolade duftet.«

»Stooop!«, brüllte Zoffinger. »Ab sofort gilt: Niemand fasst hier etwas mit bloßen Händen an! Vielleicht sind wir in einem Drogendepot gelandet. Damit wäre das ein Fall für die Jungs vom Drogendezernat. Verstanden? Ärger mit denen und der Spurensicherung würde ich gerne vermeiden. Also haltet euch zurück.«

Dann setzte er grinsend noch einen drauf.

»Sonst muss ich euch wegen Behinderung der Ermittlungen sofort aus dem Verkehr ziehen …«

»und zur Exekution freigeben«, machte Florian den Satz vollständig. »Mach mal einen Punkt, Marlow. Ohne unsere Spürnasen wärst du auf diesen Fall gar nicht aufmerksam geworden.«

»Sag bloß, die haben Cannabis auf die Pizzen gestreut«, überlegte Karin. »Das wäre ja der Hammer!«

»Nie und nimmer!«, schwor Vera. »Ich bin zwar keine Kifferin, aber den typischen Geruch kenne ich. Bin ja schließlich nicht im Nonnenkloster aufgewachsen. Würde die Küche mit Dope kochen, hätte ich das mitbekommen. Hasch auf der Pizza! Euch geht es wohl nicht gut!« Zoffinger legte ihr den Arm um die Schultern.

»Niemand behauptet, dass du für deinen sauberen Chef, der sich vermutlich aus gutem Grund abgesetzt hat,

Pizza Erba aufträgst – falls man Haschpizza in Italien so nennt.

Dieses Zeug hier …«

Er schüttelte den Beutel mit dem zerhackten Kraut, »lässt sich auch auf andere Art und Weise verarbeiten – in Schokolade zum Beispiel. Und genau das scheint hier passiert zu sein. Hier …«

Er hob ein gebundenes Notizbuch hoch.

»Hier haben die Schokoladenköche sogar unterschiedliche Rezepte notiert. Hört mal her!«

ZUTATEN FÜR 1000 GR

30-50 g fein gemahlenes Cannabis mit Knospen
1000 g dunkle Schokolade (geraspelt)

ZUBEREITUNG

Cannabis zunächst decarboxylieren. Dazu Backofen auf möglichst genau 115 Grad Celsius aufheizen, mindestens 30 Minuten lang backen, um THC zu aktivieren. Schokolade sachte über Dampf schmelzen und hin und wieder umrühren. Decarboxyliertes Cannabis mit den fein gemahlenen Knospen aus dem Backofen untermischen. Die Schokolade zum Aushärten in Formen gießen und aus geringer Höhe auf einen Tisch fallen lassen, damit sich Luftblasen auflösen. Die fertigen Formen in den Kühlschrank stellen.

Die Wirkung …

»Den restlichen Text kann ich nicht lesen, weil die Seite abgerissen ist.«

Zoffinger blätterte durch das Büchlein, auf dessen erster Innenseite eine Widmung stand. Vermutlich auf Holländisch: Veel succes en al het beste. Das ließ sich selbst für Sprachunkundige als »Viel Erfolg und alles

Beste« deuten. Darunter befand sich ein kleines Symbol, als hätte man es mit einem Stempel aufgedrückt. Es zeigte ein pechschwarzes Gebilde mit einem längeren und zwei kürzeren Zacken, zwischen denen sich eine leichte Ausbuchtung befand. Auf der letzten Seite des Buches waren mehrere Adressen in den Niederlanden aufgelistet. Der Kommissar zog sein Smartphone aus der Tasche und fotografierte die seltsame Widmung samt Adressenliste.

»Könnte sein, dass die Betreiber dieses Kühlraums Geschäfte mit Holland machen«, vermutete er. »Wahrscheinlich kommt die Schokolade aus den Niederlanden oder sie findet dort Abnehmer.«

»Würde Sinn machen.« Karin stützte sich auf ihren Schrubber. »Die Holländer haben doch eine viel liberalere Drogenpolitik als wir. Man braucht ja nur an die Coffeeshops zu denken, die es offenbar an jeder Straßenecke gibt. Das hier ist jedenfalls keine Drogenküche. Wo sind die Maschinen, die man zur Herstellung braucht? Zum Mischen, Conchieren, Walzen?«

Der Kommissar hatte immer noch das Rezeptbuch in der Hand und blätterte darin. Eben wollte er es schließen, als sein Blick nochmals auf die Widmung fiel.

»Wenn ich mich bloß erinnern könnte! Dieses seltsame Symbol habe ich schon einmal irgendwo gesehen ...«

Wieder und wieder überflog er die Eintragung, bis ihm plötzlich die Erleuchtung kam. Der Forensiker in der Rechtsmedizin hatte ihm ein solches Tattoo gezeigt, das die ermordete Judith Sommer im Nacken trug. Stimmte der Stempel aus dem Rezeptbuch mit ihrem Tattoo überein, lag die Vermutung auf der Hand, dass sie irgendetwas mit dem Drogendepot zu tun hatte.

»Segensreiche Technik«, murmelte Zoffinger, als er die

eben geschossenen Fotos per Smartphone an seine Kollegen schickte. Sollten die sich um die holländischen Adressen und das seltsame Symbol kümmern.

»Wenn hier nichts von dem süßen Zeug hergestellt wurde, welchem Zweck dient dann dieses saukalte Lager?«, dachte Vera laut nach.

»Ich frage mich auch, in welchem Zusammenhang der geheimnisvolle Tunnel mit diesem Kühlraum steht«, rätselte Zoffinger. »Wurde die Schokolade durch den Gang aus der Schweiz hierhergebracht oder von hier in die Schweiz geschmuggelt? Für normale Schokolade hätte man keinen unterirdischen Geheimstollen gebraucht. Für diese Haschleckerli schon.«

Karin hatte immer noch ihren Schrubber in der Hand und klopfte damit gegen einen Kanister mit Kamelmilchpulver.

»Wenn wir keine Drogenküche gefunden haben: Was für einen Sinn machen dann die Behälter mit dem Pulver?«

Angestrengtes Überlegen. Dann kam Vera mit einer Idee.

»Vielleicht wollte man eine Produktion erst aufbauen und hat zunächst dafür gesorgt, dass der nötige Rohstoff vorhanden ist. Kamelmilchpulver und Dope. Warum sollte sonst ein Rezeptbuch herumliegen?«

Florian beteiligte sich nicht an den Spekulationen, sondern interessierte sich mehr für das Naheliegende.

»Haschschokolade! Davon habe ich noch nie gehört«, staunte er. »Wie heißt es so schön? Probieren geht über Studieren. Am besten, wir fahren uns gleich mal eine Probe ein.«

»Untersteh dich«, herrschte ihn Zoffinger an. »Das hier ist ein Tatort und keine Probierbude.«

»Tatort? Ich sehe hier niemanden, der gemeuchelt worden wäre!«

»Es soll auch Tatorte geben, die mit Mord nichts zu tun haben«, erklärte Zoffinger. »Hier hat jemand mit Cannabis experimentiert und sich damit auf verbotenes Terrain begeben. Also ein Tatort!«

»Tatort hin oder her!«, quengelte Florian weiter. »Jeder ein Rippchen Schokolade? Das kann doch deinem Tatort egal sein!«

»Das kannst du getrost vergessen. Niemand rührt die Schokolade an.«

»Mann, Mann«, mischte sich Vera ein. »Wir sind doch unter uns. Ob in den Kühlschränken eine Tafel Schokolade mehr oder weniger liegt, ist doch vollkommen egal. Auch deine Kriminaltechniker werden sich das eine oder andere Täfelchen unter den Nagel reißen – und nach der Untersuchung im Labor nicht unbedingt in den Mülleimer werfen oder zu den Asservaten legen.«

»Ihr seid doch völlig übergeschnappt! Könnt ihr euch eigentlich vorstellen, wie sich das auf meinen Job auswirken würde, falls jemand Wind davon bekäme? Kriminalhauptkommissar Zoffinger verteilt Beweisstücke mit Cannabisinhalt im Drogenlabor an seine Freunde! Ihr habt wirklich nicht alle Tassen im Schrank.«

»Wir kennen uns schon lange genug, und du weißt, dass jeder von uns schweigt wie ein Grab.« Florian hob die Hand wie zum Schwur. »Ich würde mich sogar bereit erklären, einen gewissen Obolus für ein Täfelchen zu entrichten.«

»Darum geht es doch gar nicht«, polterte Zoffinger. »Ich sage es nochmals: Wir stehen hier ganz offensichtlich in einem Drogendepot, also an einem Tatort.«

»Ist doch egal«, befand Karin. »Keiner von uns hat

jemals Bekanntschaft mit Cannabisschokolade gemacht. Offenbar betreten wir alle hier Neuland. Mich würde auch interessieren, wie das Zeug schmeckt. Wir müssen uns ja nicht zudröhnen.«

»Stimmen wir ab!«, schlug Florian vor. »Wer ist für eine Kostprobe?«

Ein Blick in die Runde genügte.

»Drei zu eins! Also: Sei kein Frosch!«, sagte er zu Zoffinger. »Wir feiern keine Haschparty, sondern wollen nur wissen, ob es sich tatsächlich um Cannabisschokolade handelt. Stell dir vor, du alarmierst deine Kollegen und die finden heraus, dass es sich um ein gut gekühltes Süßwarenlager handelt. Mann, du bist doch auch sonst kein Erbsenzähler.«

»Das Rezeptbuch und der gerebelte Stoff in der Plastiktüte sind für mich Beweis genug.«

»Eigentlich nicht«, meinte Vera. »Kann ja sein, dass jemand plante, Kifferschokolade herzustellen. Dass der Stoff in den gekühlten Tafeln tatsächlich enthalten ist, wissen wir ohne Probe überhaupt nicht. Und ob die Rezepte in dem Büchlein nicht nur kulinarische Anregungen sind, wissen wir auch nicht.«

Zoffingers Gegenwehr weichte sichtlich auf. Nachdem noch ein paar Argumente für und wider hin- und hergeflogen waren, riss Florian wild entschlossen einen der Kühlschränke auf, in dem ein offener Karton stand und nahm zwei 100-Gramm-Tafeln heraus. Vom Format her sahen sie aus wie herkömmliche Schokolade. Aber die Verpackung ließ darauf schließen, dass es sich um etwas Besonderes handelte. Auf der Vorderseite war ein stilisiertes Minarett zu sehen, das sich aus einer gelben Dünenwüste erhob. Der Textaufdruck bestand aus einem schwungvollen Schriftzug.

»Fragt sich nur, warum die Verpackungen diese arabischen Hieroglyphen tragen und keine lateinische Aufschrift. Für den europäischen Markt bestimmte Schokolade wäre garantiert anders beschriftet.«

»Sind Süßigkeiten in der arabischen Welt solche Renner wie bei uns?«, fragte Vera in die Runde. »Und ob in diesen Ländern Drogen wie Cannabis überhaupt eine Rolle spielen? Keine Ahnung! Und du, Zoffinger?«

Der Kommissar zog eine Schnute, was wahrscheinlich gleichbedeutend war mit »Dito«.

»Wie machen wir das mit der Probe?«, brachte Karin das Problem zurück auf den Punkt. »Hier in dieser Kühlkammer habe ich eigentlich keine Lust dazu. Außerdem ist mir schon seit einer Viertelstunde hundekalt.«

Zoffinger hielt sich merklich zurück, weil er sich immer noch nicht so recht traute, über seinen Schatten zu springen. Florian riss den Kühlschrank ein zweites Mal auf, holte zwei weitere Tafeln aus dem Karton und verteilte sie.

»Am besten, wir lassen uns den Spaß zu Hause schmecken«, schlug Karin vor. »Es muss ja nicht gleich eine ganze Tafel pro Person sein.«

Zu Hause deponierte Zoffinger seine Haschprobe im Kühlschrank. Schon bei der Verteilung der Tafeln im Kühlraum hatte er sich gegen einen heroischen Selbstversuch entschieden. Nein, die Courage fehlte ihm nicht, aber mit Drogen hatte er noch nie zu tun gehabt. Das einzig vergnügungssteuerpflichtige in seinem Haushalt wartete in einem gelb-schwarz geringelten Krug, dem Erbstück seines Vaters, und schmeckte unverkennbar nach Apfelmost. Davon abgesehen gelegentlich ein Bier oder ein paar Gläser Wein. Das war's denn auch schon an der Drogenfront.

Nach dem langen, ereignisreichen Tag schielte Zoffinger schon auf sein Bett, als sich sein Smartphone meldete. Trotz der vorgerückten Stunde hatten die Kollegen in der Rechtsmedizin Dr. Herrlinger aufgetrieben, der das Symbol aus dem Rezeptbuch mit der Tätowierung auf dem Nacken von Judith Sommer verglichen hatte. Hundertprozentige Übereinstimmung. Der Rechtsmediziner hängte seiner Mitteilung sogar ein Foto an, damit sich der Kommissar selbst überzeugen konnte. Eine Viertelstunde später rief er persönlich an.

»Die beiden Symbole gleichen sich wie ein Ei dem anderen. Sie stellen übrigens einen stilisierten prähistorischen Haifischzahn dar …«

»Das schwarze Gold von Cadzand«, nahm ihm Zoffinger den Wind aus den Segeln. »Gilt bei manchen Leuten als Glücksbringer.«

»Ich sehe, Sie haben sich informiert.« Dr. Herrlinger klang enttäuscht. Fast eingeschnappt.

»Allgemeinbildung«, setzte der Kommissar betont hochnäsig nach, als er bereits auf der Bettkante saß. Er schätzte Menschen nicht allzu sehr, die ständig mit ihrem Wissen zu renommieren versuchten.

Als er am nächsten Tag ins Büro fuhr, ging Zoffinger immer noch Judith Sommers Tattoo durch den Kopf. Sie musste in irgendeiner Verbindung mit dem Schokoladenparadies unter der Pizzeria Da Vinci stehen. Doch nicht nur der Schnippler aus dem Obduktionssaal hatte wichtige Neuigkeiten geliefert. Bei genauerer Überprüfung des Depots fand die Spurensicherung heraus, dass bei manchen Tafeln der arabische Aufdruck und das stilisierte Minarett auf der Verpackung im Farbton leicht unterschiedlich war. Abweichende Druckqualität, dachten die Schnüffler zunächst. Doch dann entdeckte einer, der

der Sache auf den Grund gehen wollte, dass nicht nur die Hülle, sondern auch der Inhalt unterschiedlich war. Im einen Fall handelte es sich um Haschschokolade, im anderen um Tafeln aus einer wertvolleren Ware: aus reinem gepressten Marihuana.

6
KIDNAPPING

Es sollte ein amüsanter Abend werden. Ursprünglich.

Vera hatte in der »Bleiche« einen Tisch mit Blick auf den Seerhein reserviert. Das Lokal in einem alten Industriekomplex war wegen seiner gehobenen regionalen Küche ein beliebter Treffpunkt, wenn es einmal etwas Besonderes sein sollte. Wie an diesem Abend, als es guten Grund zum Feiern gab: Veras bestandenes Magisterexamen. Sie hatte drei Kommilitoninnen eingeladen. Zoffinger war auch da. Florian hatte bereits einen verstohlenen Blick in die Speisekarte gewagt und liebäugelte mit einem Zwiebelrostbraten mit grünen Bohnen und Bratkartoffeln. Seine Freundin Karin – da hätte er seinen Kopf darauf gewettet – würde sich garantiert mit einem Zanderfilet anfreunden. Aufgetaucht war sie noch nicht, obwohl sonst ein Muster an Pünktlichkeit.

Als sie eine halbe Stunde nach der vereinbarten Zeit immer noch nicht erschienen war, rief Florian sie auf dem Smartphone an. Keine Antwort. Nicht einmal die Mailbox meldete sich. Er versuchte es auf dem Festnetz. Ohne Erfolg. Nach längerer Wartezeit entschied sich die ausgehungerte Tischrunde, ohne Karin mit dem Essen anzufangen. Florian wurde immer unruhiger, weil er sich ihre Verspätung nicht erklären konnte. Eilig und ohne großen

Genuss verschlang er seinen Zwiebelrostbraten und schob den leeren Teller von sich, um in Karins nicht weit entfernte Wohnung zu fahren. Drinnen brannte Licht, aber auf das Klingeln reagierte niemand. Mit seinem eigenen Schlüssel sperrte er die Tür auf und stolperte bereits in der Diele über Berge von Klamotten und ausgekippte Schubladen.

»Einbruch!« war das Erste, was ihm durch den Kopf schoss. Er rief nach Karin, hastete durch die durchwühlten Zimmer, riss die Balkontür auf und brüllte in den Garten. Nichts. Der Haustiger Bobby hockte mitten in dem Chaos etwas verstört an seinem Lieblingsplatz auf der Couch. Karin handhabte hausfrauliche Tätigkeiten zwar ziemlich unkonventionell. Aber ein solcher Saustall wäre selbst ihr über die Hutschnur gegangen: aufgerissene Schranktüren, die Matratze im Schlafzimmer vom Bettrost gezerrt und brutal aufgeschlitzt, Bilder und Fotos von den Wänden gerissen und auf den Boden geworfen. Nicht einmal die Küchenschränke waren verschont geblieben. Alle Anzeichen deuteten darauf hin, dass die Langfinger nach Geld oder Wertgegenständen gesucht hatten – und zwar ohne Rücksicht auf Verluste. Was Florian aber regelrecht in Panik versetzte: Karins Smartphone lag im Wohnzimmer, ihr Rucksack, ohne den sie nicht einmal den Weg bis zum Briefkasten gegangen wäre, hing an der Garderobe. Irgendetwas stimmte nicht.

Florian rief die Polizei an, meldete den Einbruch und gab Karins Adresse durch. Dann sagte er Vera Bescheid. Eine Viertelstunde später hielt ein Streifenwagen vor dem Haus.

»Da muss ja ziemlich heftig etwas abgegangen sein«, konstatierte einer der beiden Beamten. »Hatten Sie Streit mit der Wohnungsbesitzerin?«

Florian musste sich bremsen, weil er den Einbruch in einem anderen Licht sah als die beiden Polizisten.

»Könnte es sein, dass sich Ihre Freundin eine Auszeit genommen hat, vielleicht zu einem Besuch weggefahren ist?«

»Ihr Auto steht draußen«, machte Florian klar. »Und heute Abend waren wir fest verabredet. So einen Termin einfach zu ignorieren, passt nicht zu ihr. Das passt überhaupt nicht.«

»Ich habe heute Nachmittag noch mit ihr telefoniert«, bestätigte Vera, die den Abend in der »Bleiche« abgebrochen hatte. »Da war alles in Ordnung. Sie hat sich auf unser Treffen gefreut. War sogar richtig aufgekratzt.«

»Was meinen Sie mit aufgekratzt? Hat die Dame Drogen konsumiert?«

»Himmel, Arsch und Zwirn«, fluchte Florian. »Legen Sie doch nicht jedes Wort auf die Goldwaage. Hier hat ganz offensichtlich ein Einbruch stattgefunden, und Sie tun so, als hätte das Opfer sein Unglück selbst verschuldet.«

»Hier hat kein Einbruch stattgefunden«, bekräftigte der Polizist trocken. »Weder an der Haus- noch an der Balkontür oder den Fenstern sind Spuren eines gewalttätigen Eindringens zu sehen. Sie muss die Täter selbst hereingelassen haben.«

Florian merkte, wie sehr er sich zusammennehmen musste, damit ihm nicht die Gäule durchgingen.

»Kann ich eine Vermisstenanzeige aufgeben?«

Die beiden Polizisten sahen sich an nach dem Motto »Wie sage ich es meinem Kind?« Einer hob beschwichtigend die Hände.

»Vielleicht sollten Sie damit bis morgen früh warten. Häufig tauchen verschwunden geglaubte Personen nach kurzer Zeit wieder auf. Eine Fahndung können wir einleiten, wenn die Vermutung besteht, dass die betreffende Person in Gefahr oder möglicherweise bereits Opfer einer Straftat geworden ist.«

»Und die durchwühlte Wohnung?«, protestierte Florian. »Lässt die Situation nicht darauf schließen, dass hier eine Straftat begangen wurde? Oder glauben Sie vielleicht, meine Freundin hätte das Chaos selbst angerichtet?«

Auch Vera warf sich in die Bresche.

»Ich weiß nicht, was ihr passiert ist. Aber ich finde auch, dass es Anlass gibt, die Frau zur Fahndung auszuschreiben. Alle Anzeichen deuten darauf hin, dass sie einem Verbrechen zum Opfer gefallen ist. Sie sollten aktiv werden.«

»Wenn Sie darauf bestehen«, knickten die Beamten ein. »Sie müssen uns zwecks Vermisstenanzeige auf die Wache begleiteten. Nehmen Sie bitte ein möglichst aktuelles Foto Ihrer Freundin mit.«

Es war schon lange nach Mitternacht, als Florian den Polizeiposten verließ. Nieselregen setzte ein, als er auf dem Weg zu seinem Auto war. Er ließ sich auf den Fahrersitz fallen und starrte durch den verzerrenden Tröpfchenschleier der Windschutzscheibe auf eine Straßenlampe vor der Polizeistation. Nach Hause fahren und sich ins Bett legen? Keine Sekunde lang dachte er daran. Aber was konnte er jetzt tun? Einfach abwarten, wenn Karin vielleicht verletzt oder hilflos im Regen herumirrte? In der Hoffnung, sie dort anzutreffen, fuhr er noch mal in ihre Wohnung. Keine Spur. Ziellos ließ er sich durch die gottverlassenen Straßen treiben, stierte in leere Straßenzüge und dunkle Einfahrten, fluchte über den Nieselregen und die verständnislose Polizei und über alles, was ihn ohnmächtig und unsicher und wehrlos machte.

Nach einer wirren Nacht schreckte er am nächsten Morgen hoch, taumelte unausgeschlafen durch seine Wohnung und wünschte sich trotz aller verstörenden Träume, dass ihm die Wirklichkeit noch eine Weile erspart geblieben wäre. Nach wie vor konnte er sich keinen Reim darauf machen, was in Karins Wohnung vorgefallen war. Falls sie von Dieben überfallen worden wäre, warum war sie dann spurlos verschwunden? Die saure Milch, die er in seinen Kaffee goss, zog ekelhafte weiße Schlieren. Unfähig, einen klaren Gedanken zu fassen, kippte er die Tasse in den Ausguss und sah zu, wie das Gebräu im Nirwana versickerte. Was, wenn auch Karin nie wieder auftauchte?

Noch bevor sein frischer Kaffee durch den Filter gelaufen war, klingelte das Telefon. Zoffinger hatte den Vermisstenfall auf den Tisch bekommen.

»Mysteriöse Angelegenheit. Wir haben noch keine Spur von Karin. Aber die Kollegen von der Spurensicherung nehmen sich ihre Wohnung jetzt vor. Vielleicht finden sie Anhaltspunkte. Kannst du hinfahren und mit deinem Schlüssel die Tür aufschließen? Ich bin in ein paar Minuten auch da.«

Florian ließ Kaffee Kaffee sein, stürzte in sein Auto und fuhr in Karins Wohnung. Die Spusi-Schnüffler warteten schon.

»Ich nehme an, du hast in diesem Durcheinander alles so gelassen, wie es war«, vermutete Zoffinger. »Mach dir keine Sorgen. Wir werden Hinweise finden, was hier los war.«

Er behielt recht. Im Mülleimer des Badezimmers lag ein zerknülltes Abschminktuch mit einem roten Kussmund. Darunter mit Kajalstift der Zusatz »Hilfe – Entführung«. Karin hatte die Spur aller Vermutung nach heimlich gelegt, als die Verbrecher ihr vor Verlassen der Wohnung noch gestattet hatten, auf die Toilette zu gehen.

»Eindeutiger Beweis dafür, dass die Freundschaft mit einem Krimi schreibenden Journalisten abfärbt«, scherzte der Kommissar, um seinen niedergeschlagenen Freund aufzumuntern. »Der Trick mit dem Abschminktuch hilft uns weiter.«

»Karin entführt! Das gibt's doch gar nicht! Wie sind die Verbrecher überhaupt auf sie gestoßen? Es muss sich um eine Verwechslung handeln. Wer entführt eine junge Tierärztin und warum? Das macht doch überhaupt keinen Sinn. Oder soll aus der Tierklinik irgendein Köter freigepresst werden?«

»Eine Verwechslung? Mit wem hätte sie verwechselt werden können? Kennst du Frauen, die ihr ähnlich sehen?«

Florian wischte die Frage mit einer Handbewegung weg.

»Zwei Häuser weiter wohnt die schwerreiche Witwe eines ehemaligen Bankmanagers. Die sieht Karin zwar nicht ähnlich, aber vielleicht hatten es die Entführer auf sie abgesehen und haben sich in der Haustür geirrt. Die Nachbarin sitzt bestimmt auf einem gut gepolsterten Bankkonto. Das hätte sich finanziell eher gelohnt.«

»Für Entführungen gibt es nicht nur finanzielle Gründe. Lösegeldforderungen sind zwar häufig, es kann sich aber auch um ein politisches Druckmittel, um einen sexuellen Übergriff oder sogar um selbst inszeniertes Kidnapping handeln. Mit was für einem Motiv wir es im Falle von Karin zu tun haben, ist mir absolut schleierhaft.«

Erste Hinweise über ihr Verschwinden erhielt Zoffinger bereits eine halbe Stunde später aus dem Kommissariat. Anton Sutter, Besitzer der Konstanzer Kräuterhandlung, hatte sich gemeldet. Der Kommissar erinnerte sich. Der alte Mann war vor einigen Tagen von einem Albaner zusammengeschlagen worden, der ihn verdächtigte, für Bruder Aurelius pikante Dokumente zu verstecken. Jetzt war der Gewalttäter zusammen mit einem Kumpan wieder aufgetaucht und setzte ihn unter Druck. Sutter hatte gerade eine neue Lieferung für Karins Kater gepackt, mit Adresse versehen und wollte das Päckchen zur Post bringen. Mit wilden Drohungen versuchten die beiden herauszubekommen, in welcher Beziehung Karin zum Reichenauer Kräutermönch stand. Aber Sutter war nur ein harmloser Lieferant. Das genügte dem ungemütlichen Doppelpack aber nicht. Sie nahmen die adressierte Lieferung mit und fuhren offenbar sofort zu Karins Wohnung. Bevor die beiden den Laden verließen, drohten sie Sutter mit drastischen Konsequenzen, falls er es wagen würde, die Polizei zu benachrichtigen. Kein Wunder, dass der eingeschüchterte Kräuterpapst eine Nacht verstreichen ließ, ehe er genug Courage geschöpft hatte, um die Angelegenheit anzuzeigen.

»Diese miesen Haderlumpen sind vollkommen von der Rolle«, schäumte Florian. »Was soll Karin mit dem ermordeten Mönch zu tun haben? Glauben die wirklich, dass sie für den Kräuterfreak etwas Brisantes versteckt hat, bloß weil sie ab und zu seine verdammten Mischungen kaufte? Ich fass es nicht!«

Seit Sutters Anzeige lag das Motiv der Entführung auf der Hand. Zoffinger kurbelte die Fahndung sowohl nach Karin als auch den Tätern an, aber die Ausgangslage war schwierig. Es gab keinerlei Hinweise darauf, wohin die Täter Karin gebracht hatten. Sie konnten sich noch in

Konstanz und Umgebung aufhalten. Möglicherweise hatten sie sich aber noch in der Nacht abgesetzt. Florian erinnerte sich an den schwarzen Wagen mit albanischem Kennzeichen und den bulligen Fahrer vor dem Kräuterladen. Er und Anton Sutter waren die Einzigen, die Angaben zu den potenziellen Entführern machen konnten. In Karins Nachbarschaft war niemandem etwas Ungewöhnliches aufgefallen. Niemand hatte ein verdächtiges Fahrzeug bemerkt.

In Florians Kopf jagte ein Horrorszenario das andere. Würde er seine Freundin jemals wiedersehen? War sie vielleicht noch in der ersten Nacht ins Ausland geschafft worden, als ihr Name noch nicht im Fahndungscomputer hinterlegt war? Je länger Karin verschwunden blieb, desto größer war die Wahrscheinlichkeit, dass die Entführung tragisch endete. Das hatte er bei den Recherchen für seinen Krimi schon mehr als einmal gelesen.

Seine Freundin war nun schon seit 24 Stunden verschwunden. Kein Anruf, kein Lebenszeichen, kein gar nichts. Florian beschloss, sich im Rotlichtbezirk umzusehen, wo er den stämmigen Albaner vor dem »Club Elaine« gesehen hatte. Zwei, drei Stunden hing er in der Nähe des Parkplatzes herum, zermarterte sich den Schädel über Karins Schicksal, stieg ab und zu aus, um sich die Beine zu vertreten und ließ sich dann wieder krank und groggy vor Sorge hinters Steuer fallen. Provozierend langsam zählte die Digitaluhr auf dem Armaturenbrett die Minuten. Ab und zu flog die Clubtür auf und entließ johlende Gäste in die Dunkelheit.

Die vorige Nacht, in der er kein Auge zugetan hatte, forderte ihren Tribut. Irgendwann musste er eingenickt sein. Er schreckte hoch, als ein Streifenwagen neben ihm hielt und ihm die Beamten mitten ins Gesicht leuchteten.

Ausweiskontrolle, Fahrzeugpapiere, Halterabfrage.
»Haben Sie Alkohol getrunken?«
»Heute noch nicht. Aber eigentlich hätte ich einen Kasten Bier bitter nötig. Meine Freundin ist entführt worden. Vermutlich sucht ihr nach ihr.«
»Wie heißt sie denn?«
»Karin Maiwald.«
»Ist sie das hier?«
Der Beamte hielt Florian eine Fotokopie vor die Nase.
»Das ist sie. Ein ziemlich beschissenes Foto. Sie sieht viel besser aus als auf dieser miesen Kopie. Wahrscheinlich habt ihr das Foto von Zoffinger bekommen.«
»Kennen Sie ihn?«
»Seit über zehn Jahren. Wir sind gute Freunde. Grüßen Sie ihn von mir.«
»Was machen Sie eigentlich hier mitten in der Nacht? Haben Sie keine Wohnung mit einem bequemen Bett?«
»Ich warte. Ich weiß nur nicht genau auf was«, antwortete Florian.
Zu Hause beschloss er, in den sozialen Netzwerken eine Vermisstensuche zu starten. Bevor sein Rechner aber ganz hochgefahren war, übermannte ihn die bleischwere Müdigkeit. Ohnehin konnte er keinen vernünftigen Gedanken fassen. Er schleppte sich in sein Schlafzimmer, warf sich, ohne sich auszuziehen, auf das Bett und war nach einem tiefen, kraftlosen Atemzug bereits weggetreten in die andere Welt.
Es war schon fast 9 Uhr, als ihn der Klingelton seines Smartphones weckte. Zoffinger war dran.
»Wir haben Karin gefunden. Sie sitzt bei mir im Büro. Es geht ihr gut, keinerlei Blessuren. Ich muss jetzt mit ihr reden. In etwa zwei Stunden kannst du sie hier abholen. Alles klar?«

»Wo habt ihr sie denn aufgegriffen?«

»Für Einzelheiten habe ich jetzt keine Zeit«, antwortete der Kommissar knapp. »Alles Weitere später.«

Karin hielt sich an der Tasse Kaffee fest, die ihr Zoffingers Sekretärin zusammen mit einem Teller Schokoladenkekse hingestellt hatte.

»Können wir reden oder sollen wir das Gespräch auf den Nachmittag verschieben?«

Karin schüttelte energisch den Kopf.

»Ist schon in Ordnung. Reden wir jetzt. Zurück in meine Wohnung will ich jetzt ohnehin nicht. Ich nehme an, dass ich ein paar Tage bei Florian einziehe.«

»Gab es schon früher mal einen Kontakt zwischen dir und deinen Entführern?«, versuchte sich Zoffinger an die Vorkommnisse heranzutasten.

»Nein, natürlich nicht«, entrüstete sich Karin. »Bis auf damals, als Florian und mir der Albaner vor Sutters Laden entgegenkam, nachdem er den Ladenbesitzer zusammengeschlagen hatte. Den Kerl habe ich damals auf dem Parkplatz vor dem Kräutergeschäft aber gar nicht richtig wahrgenommen.«

»Und sein sauberer Kollege? Wie sah der aus? Du hast bei deiner Entführung ja auch den zweiten Mann gesehen.«

»Ziemlich groß und im Unterschied zu seinem Kompagnon mit keiner typischen Verbrechervisage ausgestattet. Er machte eigentlich einen zivilisierten Eindruck und war der Tonangebende von den beiden. Seiner Sprache nach ein echter Italiener, während der andere Italienisch mit deutlichem Akzent sprach. Aber Deutsch sprachen beide, nur nicht untereinander.«

»O.k! So weit, so gut. Am besten, wir fertigen nach deinen Angaben hinterher noch ein Phantombild der beiden an. Vielleicht hilft uns das weiter. Wie haben sich die Kerle Zugang zu deiner Wohnung verschafft? Einbruchspuren haben wir nirgends festgestellt.«

»Logisch. Sie haben am späten Nachmittag als Paketzusteller bei mir geklingelt. Ich schätze gegen 18 Uhr. Normalerweise bekomme ich Post und Pakete spätestens um die Mittagszeit und habe mich deshalb gewundert, dass die Sendung so spät kam.«

»Hattest du etwas bestellt?«

»Ja. Eine Packung Kräuter für meinen Kater. Normalerweise hole ich die Zutaten selbst in Sutters Kräuterladen ab. Diesmal hatte ich keine Lust auf einen Stadtgang und bat ihn, mir die Lieferung per Post zu schicken.«

»Du hast ihnen also selbst die Tür geöffnet. Sind sie gewalttätig geworden?«

»Sie haben mich in die Wohnung gedrängt und die Tür geschlossen. Gewalttätig waren sie nicht, aber ziemlich ruppig im Ton. Sie wollten wissen, warum ich bei Sutter regelmäßig die Reichenau-Kräuter bestelle und wie gut ich den Mönch Aurelius kenne. Als ich ihnen sagte, dass ich die Kräuter für meinen Kater brauche, haben sie sich halbtot gelacht. Und dass ich diesen Aurelius überhaupt nicht kenne und noch nie gesehen habe, haben sie mir offensichtlich nicht geglaubt.«

»Deine Wohnung sieht ziemlich chaotisch aus. Ich nehme an, die Typen haben alles umgedreht. Haben sie sich darüber ausgelassen, was sie überhaupt suchten?«

»Sie haben zwei Stunden lang planlos alles aus Schränken, Regalen und Schubladen gerissen. Dabei ging es ihnen nur um Papiere und CDs bzw. DVDs. Sie setzten mich aufs Sofa, sodass sie mich ständig im Blick hatten. Ich schwor Stein und Bein, dass ich mit dem Mönch von der Reichenau absolut nichts zu tun habe. Genützt hat es nichts. Ich darf gar nicht daran denken, was für ein Saustall mich zu Hause erwartet.«

»Wie ging es dann draußen weiter? Ihr seid doch bestimmt mit dem Auto weggefahren.«

Karin erzählte, wie sie von den beiden in einem vor dem Haus geparkten Fahrzeug auf den Beifahrersitz gesetzt wurde und eine verklebte Skibrille auf die Nase bekam. An einer Stelle hatte sich das Klebeband ein kleines Stückchen aufgerollt, sodass sie erkennen konnte, dass die Fahrt auf der B33 in westlicher Richtung stadtauswärts ging. Dafür sprach auch, dass sie einmal während der kurzen Fahrt den auf der Bahnlinie Singen-Konstanz verkehrenden Seehas an seinen weißen Waggons und den roten Streifen am Dach erkennen konnte. Schon nach ca. zehn Minuten bog der Wagen nach links ab und parkte kurz darauf an einer Stelle, an der es faulig und verrottet roch.

Zoffinger spritzte wie elektrisiert von seinem Stuhl, machte einen Satz auf den an die Wand gepinnten Stadtplan zu und fuhr mit dem Finger auf der B33 stadtauswärts bis auf die Höhe des Wollmatinger Bahnhofs, wo ein Weg nach links auf einen Parkplatz bei der städtischen Kläranlage abbog.

»Hier, genau hier müsst ihr geparkt haben«, hauchte er vor Aufregung. »Wie ging es dann weiter?«

»Wir gingen zu Fuß. Auf einem wassergebundenen Weg. Nicht länger als zehn Minuten. Dann kamen wir an einem Schuppen oder einer Hütte an, in der sie mir die Brille abnahmen. Elektrisches Licht gab es keines, aber die Kerle hatten eine auf dem Boden stehende Gaslampe angezündet. Sie setzten mich auf ein Bett aus Strohballen und machten mein rechtes Handgelenk mit einem Kabelbinder an einem rostigen Eisenträger fest.

Auf einem ziemlich mitgenommenen Arbeitstisch lagen Werkzeuge, die wie Folterwerkzeuge aussehen sollten. Aber die Typen hatten zwei Zangen, eine Handsäge und einen Drahtschneider so dilettantisch hindrapiert, dass mir sofort klar war, dass sie mich nur in Angst und Schrecken versetzen wollten. An einer Zange klebte noch der Preisaufkleber eines Baumarktes.«

Zoffinger wusste, dass Karin eine Frau war, die hart im Nehmen sein konnte. Er bewunderte sie, wie ruhig und abgeklärt sie den Sachverhalt erzählte.

»Natürlich ging es wieder um irgendwelche Unterlagen des Reichenauer Mönchs, kaum dass wir in dem Schuppen angekommen waren. Ich tat so, als sei ich vom Folterinstrumentarium auf dem Tisch stark eingeschüchtert und flehte sie an, mir nichts zu tun, weil ich absolut nichts mit dem Kuttenträger zu tun hatte. Irgendwann ließen sie mich alleine. Mit den Nerven ziemlich am Ende muss ich eingeschlafen sein. Glücklicherweise. Denn so ging die Zeit schneller vorbei. Ich wachte erst auf, als ein junger Typ die Scheunentür ziemlich geräuschvoll aufriss. Er schnitt den Kabelbinder durch, half mir auf meine eingeschlafenen Beine und meinte, wir müssten so schnell wie möglich verschwinden.«

»Kannst du dich erinnern, wie er aussah?«, wollte Zoffinger wissen.

»Vielleicht Mitte 20, mittelgroß. Eigentlich hatte er nichts Besonderes an sich. Wir gingen in der Dunkelheit einen schmalen Weg entlang, auf dem ich kaum etwas erkennen konnte. Aber ich glaube, dass wir auf dem Gottlieber Weg durch das Wollmatinger Ried marschiert sind. Ich war da schon mal mit einer Kollegin, um Biber zu beobachten.«

»Wahrscheinlich seid ihr wieder zum Parkplatz gekommen, auf dem es so unangenehm roch. Bei der Kläranlage«, meinte Zoffinger. »Über was habt ihr gesprochen?«

»Er hat mir erzählt, er sei durch unglückliche persönliche Umstände in halbseidene Geschäfte mit den beiden Entführern verwickelt worden, wolle so kriminelle Aktionen aber auf keinen Fall mittragen und habe sich deshalb entschlossen, mich zu befreien.«

»Wie ging es auf dem Parkplatz weiter?«

»Er war ziemlich panisch und meinte, wir müssten uns so schnell wie möglich verdünnisieren und dafür sorgen, dass uns niemand folgt. Bei der Polizei wollte er mich auf keinen Fall abliefern, weil er dadurch mit meiner Entführung in Verbindung gebracht worden wäre. Wir fuhren auf den Bodanrück, weil mein Befreier erst einmal in Ruhe nachdenken wollte. Auf einem Waldparkplatz setzten wir uns an einen Picknicktisch und redeten. Ich bot ihm sogar Geld an, wenn er mich in meiner Wohnung absetzte. Er meinte, das sei garantiert der erste Ort, an dem die Entführer nach meinem Verschwinden nach mir suchen würden.«

»Über die Hintergründe deiner Entführung habt ihr nicht gesprochen?«

»Doch. Natürlich. Darum ging es eigentlich die ganze Zeit. Er redete mir gut zu, das Versteck der geheimnisvollen Dokumente des Reichenauer Mönchs schnellstens preiszugeben, weil ich mir sonst lebensgefährlichen Ärger mit den Auftraggebern meiner Entführer einhandeln würde. Je drängender seine Ratschläge wurden, desto klarer wurde mir, dass der Kerl nur aus mir herausbekommen wollte, was ich den beiden Entführern möglicherweise verschwiegen hatte. Ein abgekartetes Spiel. Böse Entführer, guter Entführer. Jede Wette, dass der Typ mit den beiden unter einer Decke steckte. Eine Doppelentführung sozusagen. Er sollte sich mein Vertrauen erschleichen, damit ich über die verdammten Dokumente auspackte, von denen ich keine Ahnung hatte.«

»Wie hat er sich verhalten, als er feststellte, dass bei dir nichts zu holen war? Ließ er dich einfach laufen?«

»Glücklicherweise nicht auf dem Waldparkplatz. Nach langem Hin und Her brachte er mich zurück auf den Parkplatz bei der stinkenden Kläranlage, drückte mir zwei Euro zum Telefonieren in die Hand – und weg war er.«

»Und?«

»Was heißt da und? Was hätte ich denn mit zwei Euro anfangen sollen? Kein Münztelefon weit und breit. Vor dem Supermarkt Kaufland an der Carl-Benz-Straße habe ich eine junge Frau gebeten, mir kurz ihr Smartphone zu leihen, um dich anzurufen. Dann haben mich deine Kollegen abgeholt.«

Florian tigerte im Kommissariat auf dem Flur herum, bis Karins Vernehmung beendet war, kribbelig, nervös wie selten, angespannt und überdreht. Beim Verlassen des Büros holte sie der Stress der vergangenen beiden Tage ein. Als Florian sie in die Arme schloss, konnte sie ein paar Tränen nicht unterdrücken. Zoffinger sah den beiden nach, bis sie um die Ecke ins Treppenhaus bogen. Glücklicherweise war die Entführung ohne Misshandlungen abgelaufen. Nicht auszumalen, was ihr hätte passieren können. Wie sie die Sache verarbeiten würde, stand auf einem anderen Blatt. Aber er kannte Karin gut genug, um zu wissen, dass sie nicht leicht aus dem Gleichgewicht zu bringen war. Und bei Florian war sie gut aufgehoben.

Jetzt ging es darum, den beiden Entführern das Handwerk zu legen und die Rolle aufzuklären, die Karins seltsamer Befreier in dem Fall gespielt hatte. Zoffingers Kollegen erstellten nach Karins Angaben einen detaillierten Zeitplan, wie das Kidnapping abgelaufen war, und versuchten Spuren an den von ihr genannten Örtlichkeiten zu sichern. Als es darum ging, die bisherigen Informationen zusammenzufassen, wollten die Kollegen nicht recht mit der Sprache heraus, bis sich einer ein Herz fasste.

»Wir wissen, dass du mit Karin Maiwald befreundet bist. Deshalb wirst du das, was wir herausgefunden haben, nicht hören wollen. Aber so, wie von ihr geschildert, kann die Entführung nicht abgelaufen sein.«

Die Nachricht traf Zoffinger wie ein Donnerschlag. Karin eine Schwindlerin? Hatte sie die Entführung nur vorgetäuscht? Und wenn ja, warum? In seinem Kopf überschlugen sich wirre Vermutungen und Verschwörungstheorien, während sich gleichzeitig jede Faser seines Inneren dagegen wehrte, Florians Partnerin einer Falschaussage zu verdächtigen.

Was die Kollegen als Beweise vorlegten, war keine unangenehme Überraschung, sondern ein richtiger Schlag ins Kontor. Karin konnte den parallel zur B33 verkehrenden »Seehas«, der normalerweise im 30-Minuten-Takt zwischen Konstanz, Radolfzell, Singen und Engen pendelt, weder gesehen noch gehört haben. Aus Altersschwäche war neben den Gleisen am Tag zuvor ein Baum umgestürzt und hatte einen Teil der Oberleitung abgerissen, d.h. die Strecke konnte zur fraglichen Zeit gar nicht befahren werden. Die Gegend um den Gottlieber Weg im Wollmatinger Ried war mit Suchhunden Quadratmeter für Quadratmeter abgesucht worden. Ergebnis: Eine Scheune oder eine Hütte, in der man Karin hätte gefangen halten können, existierte nicht.

»Deine saubere Freundin Karin hat dich nach Strich und Faden verarscht«, konstatierte einer aus dem Team.

»Die Lady würde ich mir mal kräftig zur Brust nehmen.«

Zoffinger war fassungslos. Nie hätte er sich vorstellen können, dass ihn eine vermeintlich treue Seele wie Karin so hintergehen würde. Aber warum hatte sie ihn angelogen? War eventuell die ganze Entführung fingiert und wenn ja, aus welchem Grund? Und Florian? Hatte er bei diesem mysteriösen Kidnapping seine Finger im Spiel?

Es kostete Zoffinger einiges an Überwindung, seinen Freund anzurufen und Karin, die samt Bobby für einige Tage zu ihm gezogen war, nochmals auf das Kommissariat zu bestellen. Den wahren Grund dafür nannte er nicht. Es gäbe neue Erkenntnisse, meinte er lapidar.

Als Karin schließlich vor ihm saß, war er noch keine drei Sätze losgeworden, als sie ihm ins Wort fiel.

»Ich weiß, warum ich hier bin. Der Ärger, den ich verursacht habe, tut mir entsetzlich leid. Aber ich kann über die Sache keine weiteren Angaben machen.«

Zoffinger sah sie lange an. Irgendetwas schien sie umzutreiben. Sie traute sich nicht einmal, ihm in die Augen zu sehen.

»Wir gehen momentan davon aus, dass du tatsächlich entführt worden bist, aber …«

»Natürlich bin ich entführt worden«, fiel sie ihm heftig ins Wort.

»Aber die ganze Sache hat sich anders abgespielt, als von dir erzählt. Im Wollmatinger Ried gibt es in der näheren Umgebung des Parkplatzes keine Scheune, keinen Schuppen, keinen Stadel und auch sonst nichts, in dem man dich hätte gefangen halten können. Würdest du mir das bitte erklären?«

Sie sah mit leerem Gesicht, in dem ab und zu die Mundwinkel zuckten, an Zoffinger vorbei, schlug dann die Augen nieder und starrte vor sich auf die Tischplatte:

eine verlorene, gequälte Seele. Er spürte, dass er ihr eine Brücke bauen, an ihr Vertrauen ihm gegenüber appellieren musste.

»Es muss einen triftigen Grund geben, warum du mir einen Bären aufbindest. Aber du kommst aus dieser Nummer nicht mehr heraus, ohne dass die Wahrheit auf dem Tisch liegt. Das verstehst du bestimmt. Erpresserischer Menschenraub ist kein Kavaliersdelikt. Wir können die Angelegenheit nicht auf sich beruhen lassen. Also meine Frage: Setzt man dich unter Druck? Droht man dir? Bist du deshalb zur Märchentante geworden?«

Am Ende gab Karin auf. Ihr Bollwerk, das sie um sich hochgezogen hatte, fiel einfach in sich zusammen. Leise und fast emotionslos berichtete sie von ihrer Entführung, die in Wahrheit tatsächlich einen anderen Verlauf genommen hatte. Sie war nicht ins Wollmatinger Ried, sondern in einen mehrstöckigen Wohnblock mit Tiefgarage in der Konstanzer Innenstadt verschleppt und in einer Wohnung eingeschlossen worden, in der die Entführer die Fensterscheiben mit Zeitungspapier zugeklebt hatten. Wieder und wieder hatten ihr die Entführer Gewalt angedroht, weil sie davon überzeugt waren, dass Bruder Aurelius sie mit Drogen versorgte und ihr anvertraut hatte, wo er seine Whistleblower-Unterlagen versteckt hatte. Da halfen keine Beteuerungen, dass es sich bei den Lieferungen von Anton Sutter ausschließlich um Heilkräuter für ihren Kater Bobby handelte. Für die beiden unseligen Typen lag auf der Hand, dass sie mit dem Reichenauer Mönch unter einer Decke steckte und wusste, wo er die Dokumente aus der Kanzlei McCarthy & Partners gebunkert hatte.

»Ich gebe zu, geschwindelt zu haben«, schloss sie ihr Geständnis. »Aber mir blieb nichts anderes übrig.«

»Man hat dich also gezwungen, uns diese Version aufzutischen?«

Im Verhörraum des Kommissariats herrschte Totenstille. Die Spannung war mit Händen zu greifen. Zoffinger war entschlossen, seine Frage ohne nachzuhaken und ohne jeden Kommentar auszusitzen, bis er eine Antwort erhielt. Lange würde Karin das dröhnende Schweigen ohnehin nicht aushalten. Er sah ihr an, wie sie innerlich mit sich kämpfend auf ihrem Stuhl mit dem Oberkörper wippte und die Tischplatte fixierte.

»Sie haben gedroht, nicht nur mich, sondern auch Florian umzubringen, falls ich etwas über den tatsächlichen Verlauf der Entführung ausplaudere«, fuhr es nach quälend langen Minuten aus ihr heraus.

Mit einer hektischen, verzweifelten Geste fuhr sie sich durch die Haare und warf ihre geballten Fäuste vor sich auf die Tischplatte.

»Verdammt! Ich will nicht, dass Florian in diese Geschichte verstrickt wird. Ich will nicht, dass er sich in nächster Zeit auf der Straße ständig umsehen muss, wegen durchtrennter Bremsleitungen einen seltsamen Unfall erleidet oder eines Nachts Besuch von einem Rollkommando bekommt. Das müsstest du doch verstehen!«

Sie sprang auf und ging mit energischen Schritten auf und ab.

»Du musst mir versprechen, alles dafür zu tun, dass ihm nichts passiert. Versprochen?«

Zoffinger nickte. Natürlich hatte er Verständnis für ihre vertrackte Situation. Aber er musste zwei Morde und eine Entführung aufklären. Und das beste Mittel, sowohl Karin als auch Florian zu schützen, war, die Entführer hinter Schloss und Riegel zu bringen.

»Wie ist das Kidnapping eigentlich zu Ende gegangen?

Haben sie dich laufen lassen, oder hat es deinen Befreier tatsächlich gegeben?«

»Als mich die Entführer in die Wohnung brachten, war der junge Kerl schon da. Als sie mich über meine Verbindung mit dem Mönch ausquetschten, hielt er sich auffallend zurück und gab mir hin und wieder aus einer Flasche zu trinken. Als seine beiden Kollegen verschwanden, setzte er mir wieder die verklebte Brille auf, machte mich los und bugsierte mich in die Tiefgarage. Dem Straßenlärm und den häufigen Stopps nach zu schließen fuhren wir durch die Innenstadt. Von der Rheinbrücke konnte ich für einen Moment den See erkennen. Am Sternenplatz bogen wir nach links ab, also vermutlich in die Spanierstraße und weiter auf der B33. Dass der Kerl mich auf dem Parkplatz bei der Kläranlage am Wollmatinger Ried abgesetzt hat, stimmt. Wahrscheinlich hat er mich aus der Stadt gefahren, um Zeit zu gewinnen, ehe ich dich anrufen konnte.«

»Da du die Stümper, die dich entführt haben, gesehen hast, muss ich dich bitten, unserem Polizeizeichner bei den Phantomfotos des Trios zu helfen. Je schneller wir die Typen finden, desto ruhiger kannst du wieder schlafen. Und Florian auch.«

Das Quartier, in dem Karin gefangen gehalten worden war, wurde rasch gefunden. Dank ihrer präzisen Erinnerungen. Sie konnte in ihrem Gefangenenquartier zwar nicht aus den Fenstern sehen, hörte aber ausländische Musik aus einem offenbar türkischen oder arabischen Geschäft und herumtollende Kinder, was auf einen in der Nähe befindlichen Kindergarten schließen ließ. Außerdem schlug die Turmuhr einer Kirche alle volle Stunde an, was den Ermittlern wichtige Hinweise verschaffte. Das ›Dreieck‹ Türkengeschäft, Kinderhort und Kirche wies auf den Stadtteil Paradies hin, wo es zwischen diesen Bezugspunkten nur einen einzigen, wegen einer bevorstehenden Renovierung zur Hälfte leer stehenden Wohnblock mit Tiefgarage gab. Karin konnte sich erinnern, dass sie in einer Wohnung im dritten oder vierten Obergeschoss festgehalten wurde, in dem es nach feuchtem Mauerputz roch.

Alles war in dem fast leeren Apartment noch so wie vorher. Am Heizkörper hing sogar noch die Kette, mit der sie festgemacht worden war. Auch die Fenster waren noch zugeklebt.

»Ich muss aus meiner Wohnung noch ein paar Sachen holen«, sagte Karin, als sie Zoffingers Büro verließ. »Sind dort noch deine Leute bei der Spurensuche, oder wer hat den Schlüssel?«

Der Kommissar langte in seine Schreibtischschublade und reichte ihr den Wohnungsschlüssel.

»Ich sag einem Kollegen Bescheid, der dich hinbringt. Bis der Fall geklärt ist, solltest du vorsichtig sein. Ich nehme zwar an, dass es deine Entführer bei Drohungen belassen, aber man weiß nie … Verstehe mich recht: Ich will keine Gäule scheu machen, aber ich will auch nicht, dass dir oder Florian etwas passiert.«

Karin stand schon in der Tür, als sie sich noch mal zu Zoffinger umdrehte.

»Ich hoffe sehr, dass diese Angelegenheit in Zukunft nicht zwischen uns steht«, sagte sie ernst. »Es tut mir verdammt leid, dich belogen haben. Das hätte ich nicht machen dürfen. Vielleicht kannst du mir verzeihen.«

Der Kommissar ging auf sie zu und nahm sie in den Arm. Die beste Art von Vergebung.

7
EIN TUNNEL AUF DEM HASCHISCH-HIGHWAY

Genüsslich näherte sich Zoffinger am Abend seinem Kühlschrank, in dem er einen Leckerbissen aufbewahrt hatte: ein Badisches Schäufele mit Kartoffelsalat von der Frischetheke seines Lieblingsmetzgers. Da er den Salat nicht kalt mochte, wärmte er das Schüsselchen in der Mikrowelle kurz auf, träufelte einen Schuss heiße Brühe darüber und ließ seine Mahlzeit ziehen, bevor er sich ihr behutsam näherte, wie es sich für einen Genussmenschen gehört.

Kaum hatte er den letzten Happen geschluckt, fiel ihm ein, dass ein paar Minuten zuvor sein Blick im Kühlschrank auf die unberührte Tafel Haschschokolade aus der Pizzeria Da Vinci gefallen war. Er setzte sich an seinen PC, um die kulinarische Abendgestaltung sinnvoll abzurunden: mit einem digitalen Nachtisch. Das Internet ließ ihn in die Welt der Chocolatiers der etwas anderen Art eintauchen. Schon längst hatte er geplant, sich über ein Produkt schlau zu machen, mit dem er in seinem bisherigen Leben noch nie zu tun gehabt hatte: Kamelmilch, einer Hauptzutat der in der Pizzeria gefundenen Haschschokolade.

Die Europäische Union hatte offenbar mit den Vereinigten Arabischen Emiraten ein Abkommen geschlossen, das den Import von Kamelmilch in die EU erlaubte. Frische Kamelmilch war nicht lange haltbar, weshalb Hersteller auf die Idee kamen, über schonende Gefriertrocknung länger beständiges Kamelmilchpulver zu produzieren, so wie es in der Kühlkammer der Pizzeria Da Vinci lagerte. Manche Fachleute schrieben der Milch bzw. dem Pulver eine Wunderwirkung bei Krankheiten wie Krebs, Aids, Magen-Darm-Problemen oder Hepatitis zu. Andere hielten das für Hokuspokus, gaben aber zu, dass das Kamelprodukt einen relativ hohen Gehalt an Ascorbinsäure hatte und eine Alternative für Kuhmilchallergiker sein könnte. Mittlerweile gab es laut Internet schon ein erkleckliches Warenangebot aus Kamelmilch, von Eis und Seife bis Pralinen und eben Schokolade.

Zoffinger rätselte immer noch über das seltsame Depot im Keller der Pizzeria. Warum gab es von dort einen vermutlich in die Schweiz führenden Tunnel, der ganz offensichtlich nicht nur in längst vergangenen Zeiten genutzt wurde? Schokoladenschmuggel in die Schweiz? Das wäre wie Eulen nach Athen zu tragen. Cannabis-Vollmilchschokolade aus Schweizer Produktion mit Hanfsamen konnte man online bestellen, allerdings ohne den Wirkstoff THC, auf den es die meisten Dope-Fans abgesehen hatten. Lohnte sich ein Schmuggel mit THC-haltiger Kamelmilchschokolade überhaupt? Eine holländische Kamelfarm bot die Frischmilch der Tiere, das »weiße Gold der Wüste«, für sechs Euro pro Liter an, Kamelmilchpulver für 60 bis über 100 Euro pro Kilo. Ein relativ hoher Preis, der zur Folge hatte, dass eine normale 100-Gramm-Tafel ungefähr 30 Euro kostete. Ohne THC. Rechnete man noch einen Schuss von drei Gramm Marihuana hinzu, landete man locker bei einem Preis von 40 bis 50 Euro. Pro Tafel! In den Kühlschränken unter der Pizzeria Da Vinci lagerten seiner Schätzung nach mindestens 2000 Tafeln, deren Wert sich also auf bis zu 100.000 Euro belief. Nach hiesigen Verhältnissen. Als Schmuggelgut war das High-Speed-Leckerli in manchen Ländern wahrscheinlich ein Mehrfaches wert.

Nach allem, was Zoffinger in der seltsamen Kühlkammer unter der Pizzeria gesehen hatte, zweifelte er keine Sekunde daran, dass die Kühlschränke zum Platzen voll waren mit Haschschokolade in arabischen Verpackungen. Noch bevor die Fachleute von der kriminaltechnischen Untersuchung den letzten Beweis dafür lieferten, versuchte er bei seinen Kollegen von der Wirtschaftskriminalität herauszufinden, welche Absatzländer für die Täfelchen mit Minarett- und Dünenmotiven überhaupt infrage kamen.

»Nach deinem Anruf habe ich mich mit ein paar Zahlen schlaugemacht.« Bastian Lohmaier schlug schwungvoll einen Ordner auf.

»Apropos Schokolade. Punkt eins: Ich habe die Aufschrift auf den Tafeln überprüfen lassen. Es handelt sich tatsächlich um arabische Schrift. Punkt zwei: Damit liegt nahe, dass es sich um ein Produkt handelt, das für arabische Abnehmerländer bestimmt ist. Punkt drei: Mit Abstand größter Süßwarenmarkt in der Golfregion ist Saudi-Arabien. Der am schnellsten wachsende auch. Schokolade macht mit über der Hälfte den Löwenanteil des gesamten Angebotes aus. Der Einzelhandelsumsatz betrug im Jahr 2011 etwa 680 Millionen US-Dollar. Neuere Zahlen habe ich nicht, aber Schätzungen zufolge wird er bis heute um weitere 50 Prozent angewachsen sein. Für ausländische Lieferanten wird der saudische Markt immer interessanter, weil sich der Marktwert umgesetzter Süßwaren bis Ende des Jahrzehnts auf mindestens drei Milliarden US-Dollar steigern soll.«

»Wahrscheinlich kommt der süße Kram nicht unbedingt auf legalem Weg ins Land«, vermutete Zoffinger.

»Vor allem dann nicht, wenn es sich um ein psychoaktives Genussmittel wie in deinem Fall handelt«, gab ihm Lohmaier recht. »Auf Drogenhandel steht in Saudi-Arabien zwar die Todesstrafe, aber trotz dieser drastischen Schariastrafe floriert das illegale Geschäft. Tendenz: rasant wachsend. Amphetamin-Pillen, Haschisch, Heroin – die absoluten Renner. Vielleicht nachvollziehbar angesichts der vergnügungsfeindlichen Strukturen im restriktiven Königreich, wo das Kinoverbot erst vor Kurzem aufgehoben wurde. Besser Betuchte haben trotz der regen Religionspolizei längst Mittel und Wege gefunden, hinter verschlossenen Türen Lastern wie Alkohol, Drogen und Sex zu frönen. Das gilt hauptsächlich für die Jugend der arabischen Oberschicht.«

»Gibt es zentrale Organisationen, die den Drogenhandel kontrollieren?«

»Die Frage solltest du besser dem Bundeskriminalamt oder der Zollfahndung stellen. Man weiß, dass viele aus Jemen, Ägypten, Pakistan, Syrien und Äthiopien stammende Schmuggler oder Dealer ihre Hände im Spiel haben. Aber auch Mitglieder der saudischen Oberschicht, wie ein Fall auf dem Beiruter Flughafen zeigte. An Bord des Privatflugzeugs eines Prinzen, das nach Saudi-Arabien fliegen sollte, fanden Ermittler 40 Koffer mit zwei Tonnen Amphetamin-Pillen und Kokain. Verkaufswert sage und schreibe 300 Millionen Dollar.«

»Da kommt mein Fall mit ein paar Tausend Tafeln Gaumenbomben ja richtig mickrig daher«, meinte Zoffinger.

»Was dich hoffentlich nicht davon abhält, der Sache auf den Grund zu gehen«, meinte Lohmaier lachend.

Der Kommissar winkte ab.

»Keine Sorge! Das Schokogeheimnis werden wir lüften. Aber um von Saudi-Arabien an den Bodensee zurückzukehren: Gibt es Erkenntnisse über Schmuggelrouten von hier etwa durch die Schweiz? Die Mafia ist in unserer Region nachweislich sehr aktiv.«

»Das Landeskriminalamt hat den Ndrangheta-Clan aus dem süditalienischen Kalabrien schon lange auf dem Schirm. Über die Jahre ist er zur mächtigsten Mafiaorganisation in Europa herangewachsen. Er hat sich ausgebreitet wie ein Krebsgeschwür. Beängstigend ist aber nicht nur dieser Wildwuchs, sondern ein neueres Tätigkeitsfeld: Was Drogen-, Menschen- und Waffenhandel anbelangt, arbeitet der Clan immer intensiver mit Dschihadisten des sogenannten Islamischen Staats zusammen. Diese brandgefährliche Kooperation macht uns Kopfzerbrechen.«

»Hab davon gehört«, nickte Zoffinger. »Offenbar spielt dabei auch die berühmt-berüchtigte Albanien-Connection eine Rolle.«

»Stichwort Albanien-Connection! Wir haben Beweise dafür, dass der IS zusammen mit der albanischen Mafia in Albanien Marihuanafarmen betreibt. 200 Kilometer südlich der Hauptstadt Tirana liegt in den Bergen das Dorf Lazarat. Beinahmen ›Cannabismetropole Europas‹. Der Grund: Jahr für Jahr fahren die lokalen Bauern eine Ernte von 900 Tonnen Hasch ein. Geschätzter Marktwert: 4,5 Milliarden Euro. Vor ein paar Jahren unternahmen Anti-Terror-Einheiten eine Razzia und legten damit Feuer an ein Pulverfass. Die Drogenfarmer wehrten sich nicht nur mit Händen und Füßen gegen die Einsatzkräfte, sondern leisteten mit Mörserkanonen, Granatwerfern und Maschinengewehren erbitterten Widerstand und brachen einen regelrechten Krieg vom Zaun. Tagelang beschossen sich die beiden Parteien. Am Ende setzten sich die Einsatzkräfte durch, konfiszierten über 100 Tonnen Marihuana und machten Tausenden Cannabispflanzen den Garaus.«

»Weiß man, wie die Drogen von Albanien ins Ausland transportiert werden?«

»Der größte Teil geht nach neuesten Erkenntnissen per Schiff oder Schnellboot über die Adria nach Griechenland und Italien. Zum Beispiel nach Brindisi, gerade mal 140 km von der albanischen Küste entfernt, und von dort nach ganz Europa. Kann also durchaus sein, dass das Marihuana in deiner Schokolade aus Albanien stammt.«

»In diesem Fall würde der Tunnel am Emmishofer Zoll als Importroute, als Haschisch-Highway zwischen der Schweiz und Konstanz, Sinn machen«, überlegte Zoffinger. »In umgekehrter Richtung als Exportroute für Haschschokolade auf dem Weg in arabische Länder auch«, ergänzte Lohmaier.

Das aufschlussreiche Gespräch mit seinem Kollegen von der Wirtschaftskriminalität motivierte Zoffinger zu einem Ermittlungsschritt, den er sich bereits vor Tagen vorgenommen hatte: eine Begehung des Tunnels unter der Pizzeria Da Vinci, um herauszufinden, wo der geheimnisvolle Gang in die Schweiz endete. Da der Wirt Luigi immer noch nicht aufgetaucht war, schaute Vera hin und wieder nach dem Rechten und lüftete das Haus, um die nach der Überschwemmung immer noch gestaute Feuchtigkeit im Kellergeschoss trocknen zu lassen. Zoffinger kündigte ihr seinen Besuch an und war nicht überrascht, dass auch Florian da war.

»Aha«, meinte der Kommissar, »hat der Konstanzer Buschfunk mal wieder gut funktioniert.«

»Als ich hörte, dass du den Tunnel checken willst, dachte ich, du könntest zwei zusätzliche Augen gut gebrauchen«.

»Wie kommst du denn auf diese Idee?«

»Na ja, so ganz unproblematisch ist das nicht, wenn ein deutscher Kriminaler unautorisiert in der Schweiz ermittelt«, gab Florian zu denken.

»Ich will mir ja nur den Tunnel anschauen und herausfinden, wo er endet.«

»Das ist genau das, was ich meine. Im Tunnel selbst wird dich niemand fragen, was du dort zu suchen hast. Am Ende des Ganges unter Umständen schon, wenn du plötzlich in der Schalterhalle einer Bank oder im Wohnzimmer einer Rentnerin stehst.«

»So dramatisch wird die Sache mit Sicherheit nicht.«

»Die Feuerwehrleute meinten, man müsse im Tunnel nach der Überschwemmung erst die Statik prüfen, ob er überhaupt noch begehbar ist«, sagte Vera. »Könnte ja sein, dass er durch die Wassermassen beschädigt wurde.«

»Wenn der Gang jetzt noch nicht eingestürzt ist, wird er wohl noch eine Weile halten«, meine Florian. »Du hast doch behauptet, dass er ein Überbleibsel einer Stadtmauer aus dem Mittelalter ist. Und wenn er seit damals durchgehalten hat, wird er unsere Inspektionstour auch noch überstehen.«

»Von UNSERER Inspektionstour war bislang nicht die Rede«, stichelte Zoffinger.

Florian druckste herum.

»Ich wollte dir nur anbieten, dich zu begleiten. Ich hab sogar meinen Ausweis eingesteckt, falls wir kontrolliert werden.«

»Ihr werdet nicht kontrolliert«, mischte sich Vera ein. »Vermutlich kennt ihr die Geschichte der Gemarkung Tägermoos auf der schweizerischen Seite. Juristisch betrachtet handelt es sich zwar um Schweizer Staatsgebiet. Aber seit über 500 Jahren wird das Gebiet von der Stadt Konstanz verwaltet. Auch die Polizei- und Steuerhoheit obliegt ihr.«

»Richtig«, nickte Florian. »Ein einmaliges staatsrechtliches Kuriosum. Bis weit ins 18. Jahrhundert befand sich dort die Konstanzer Richtstätte samt Galgen. Vor einem halben Jahr habe ich einen Artikel darüber geschrieben. In den 1770er-Jahren wurde an einer Diebin das letzte Todesurteil vollstreckt. Enthauptung! Heute erinnert nur noch der Namen Galgenweg an die makabre Stätte.«

»Das muss man sich mal vorstellen: Eine Frau, die geklaut hat, wird um einen Kopf kürzer gemacht.« Vera schüttelte sich. »Mit Schmugglern ist man vermutlich humaner umgegangen, sonst hätte wahrscheinlich die Hälfte der Bevölkerung des Konstanzer Stadtteils Paradies auf der Richtstätte den letzten Schnaufer getan. Deutsche Bauern trieben bei Nacht und Nebel ihr Vieh über die Grenze, um es unter Umgehung von Exportbeschränkungen in der Schweiz zu verhökern. Umgekehrt funktionierte der illegale grenzüberschreitende Warenverkehr aber auch. Während der Wirtschaftskrise in den 1920er-Jahre sollen Konstanzer Bauern durch den Schwarzhandel mit Baustoffen und Luxuswaren aus der Schweiz einen sauberen Reibach gemacht haben.«

»Tägermoos! Ich kenne zwar den Namen, weiß aber nicht so recht, was es ist«, meinte Zoffinger. »Ich dachte immer, dass es sich um ein Konstanzer Randviertel handelt.«

»Das Gebiet ist eine Randerscheinung, weil es dort

außer Äckern und Feldern für den Bioanbau von Gemüse nicht viel gibt. Trotzdem schwelt der Konflikt zwischen den Grenznachbarn um diesen Flecken Land schon lange. Gäbe es den latenten Streit nicht, hätten entweder die Schweizer oder die Konstanzer das anderthalb Quadratkilometer große Gebiet längst der Bebauung geopfert. So aber blockiert jede Seite die Vorschläge der anderen. Ein halbes Dutzend Konstanzer Landwirte ist im Tägermoos noch aktiv. Sie zahlen in der Schweiz keine Einkommenssteuer und dürfen ihr Gemüse zollfrei über den Tägerwiler Zoll nach Konstanz bringen.«

»Hört sich an wie ein praktisches Schlupfloch in der deutsch-schweizerischen Grenze«, meinte Zoffinger. »Sieht fast so aus, als hätten unsere Schokoladenhändler mit dem bis heute unbekannten Tunnel einen noch zweckdienlicheren Weg über die Grenze gefunden. Wird Zeit, dass ich mich drüben in Tägermoos mal umsehe.«

»Sherlock Holmes hatte Dr. Watson«, frotzelte Florian. »Du hast mich.«

Mit einer Handlampe bewaffnet war er bereits auf dem Weg zur Einstiegsluke. Zoffinger kapitulierte und winkte nur ab, als er ihm folgte. Als Florian den Schalter für die Tunnelbeleuchtung betätigte, flackerten die an der tonnenförmigen Decke befestigten Lampen ein paar Mal und tauchten den aus grob behauenen Feldsteinen gemauerten, fast mannshohen Gang in kaltes Licht. An einigen Stellen waren auf dem gestampften Boden noch dunkle Flecken zu sehen, die wahrscheinlich von der Überschwemmung herrührten. Manche Dachrinnenschienen für das Transportwägelchen hatte das eindringende Wasser verschoben.

»Was sind denn das für Ritzzeichnungen auf manchen Mauersteinen?«

Florian richtete den Lichtstrahl seiner Lampe auf ein solches kleines Kunstwerk.

»Keine Ahnung«, sagte Zoffinger. »Da müsstest du Vera fragen. Die kennt sich aus mit so etwas.«

»Die kriegst du aber nur mit sieben Pferden in den Tunnel, seit die Leute vom Technischen Hilfswerk von Baufälligkeit gefaselt haben. Apropos Baufälligkeit. Ich prüfe mal, ob wir hier unten notfalls eine Telefonverbindung hätten.«

Er zog sein Smartphone aus der Tasche, steckte es aber nach wenigen Augenblicken wieder ein.

»Keine Chance. Bleibt nur die Hoffnung, dass uns der Stollen nicht begräbt.«

»Das Kolosseum in Rom steht nach 2000 Jahren auch noch.« Zoffinger verströmte Zuversicht.

Es fiel den beiden schwer einzuschätzen, wie weit sie im Tunnel schon vorgedrungen waren, zumal nach etwa 150 Metern die elektrische Beleuchtung nicht mehr funktionierte. Florian knipste seine Handlampe an, um den Weg zwischen den verzinkten Dachtraufenschienen auszuleuchten. Der Gang wurde niedriger, sodass sie ihre Köpfe einziehen mussten. Nach weiteren gefühlten 50 Metern endete der Stollen an einer Treppe, die aus den gleichen Felssteinen bestand wie die Tunnelwände. Seitlich angebracht war eine mit einer Kurbel ausgestattete Trommel, mit der das am Transportwägelchen befestigte Seil auf- und abgewickelt werden konnte. Am oberen Ende der Stufen versperrte eine mächtige Eisenplatte mit einer eingepassten Luke den weiteren Weg. Zoffinger rüttelte daran und stemmte sich mit ganzer Kraft dagegen.

»Keine Chance. Das Ding ist offensichtlich von der anderen Seite abgeschlossen. Jetzt müssen wir wohl den ganzen blöden Tunnel zurückkriechen und wissen immer noch nicht genau, wo er endet.«

Florian fuchtelte mit seiner Lampe herum und entdeckte an der Wand eine Kette, die durch ein Loch von der Tunneldecke herunterhing. Beherzt zog er daran. Über ihnen klackte es, und ein Riegel sprang auf.

»Sauberer Mechanismus! Die Drogenschieber haben an alles gedacht.«

Zoffinger hob die Luke hoch und kletterte hindurch.

Im plötzlichen Tageslicht kniff er die Augen zusammen und schaute sich um. Offensichtlich waren sie in einer Scheune oder einem Lagerschuppen gelandet. In einer Ecke parkte ein in die Jahre gekommener Traktor. Gartengeräte und große Holzkisten standen herum. In manchen lagen ein paar übrig gebliebene verwelkte Salatblätter. An einer Seitenwand war in saubere Scheite gespaltenes Brennholz aufgeschichtet. Zoffinger hantierte an einem verschlossenen Schrank herum, der ihm nicht lange Widerstand leistete. Im Innern lag eine Menge Krimskram herum, darunter zwei leere Plastikbehälter, die den Milchpulverkanistern in der Kühlkammer unter der Pizzeria ähnelten. Daneben stapelten sich mehrere Säcke mit Kunstdünger, Pflanzenschutzmitteln und Sonnenkollektoren, die vermutlich noch auf dem Dach verbaut werden sollten. Zwei stabile Holzkisten unterschieden sich von den anderen. Sie hatten höhere Seitenwände und waren mit einem doppelten Boden ausgestattet, der für den Transport von Sellerieknollen, Kartoffeln oder Kohlköpfen absolut keinen Sinn machte. Zoffinger fand heraus, dass die Hohlräume mit Isoliermaterial und Blech fein säuberlich ausgekleidet waren.

»Wenn das keine Verstecke für Schmuggelgut sind, habe ich meinen Beruf verfehlt«, vermutete Zoffinger.

»Klarer Fall! Die haben dort Haschschokolade gebunkert und Obst und Gemüse oben draufgeladen. Da kommt doch niemand auf die Idee, die Ernte abladen und den Boden der Kisten untersuchen zu lassen. An der löchrigen Schweizer-Käse-Grenze zwischen dem Tägermoos und Konstanz schon gar nicht. Die Bauern kommen und gehen, wie es ihnen passt.«

Florian machte sich an dem großen Rolltor zu schaffen, das den einzigen Ein- und Ausgang bildete.

»Jetzt sind wir verratzt!«, fluchte er. »Den Riegel kriegen wir ohne Schlüssel nie und nimmer auf. Das heißt, wir wissen immer noch nicht genau, wo diese Scheune eigentlich steht.«

»Wir wissen es NOCH nicht«, verbesserte ihn der Kommissar. »Das wird sich aber gleich ändern. Fass mal mit an.«

Sie kippten eine der Holzkisten um und legten zwecks Aufstiegshilfe zwei Kunstdüngersäcke daneben, damit Zoffinger ohne große Mühe hinaufsteigen und durch ein Fenster ins Freie blicken konnte.

»Alles klar. Konstanzer Straße einen Katzensprung hinter dem Emmishofer Zoll. Wie ich vermutet habe. Nur ein paar Meter hinter der Scheune verläuft der Grenzbach. Ich kenne die Stelle. Die Scheune ist mir natürlich noch nie aufgefallen. Wahrscheinlich bin ich auf dem Weg nach Kreuzlingen hier schon zu oft vorbeigekommen. Routine macht blind.« Florian legte die Denkerstirn in Falten.

»Die Frage ist, welchen Weg die Drogenschokolade von hier genommen hat. Falls die Pizzeria Da Vinci tatsächlich nur ein Zwischenlager war, das Zeug durch den Tunnel in diesen Schuppen gebracht und in den Holzkisten versteckt wurde: Wie ging es dann weiter?« »Eigentlich ist das nicht mein Bier. Das Drogendezernat muss sich darum kümmern. Wenn ich aber nicht herausfinde, was es mit dieser verdammten Schokolade auf sich hat, werde ich unter Umständen meine Mordermittlungen an die Wand fahren. Irgendwie hängt das alles zusammen. Auf geht's! Wir kriechen durch den Tunnel zurück und versuchen, im Tägermoos herauszufinden, was es mit der Scheune auf sich hat.«

Am Emmishofer Zoll herrschte um diese Tageszeit Langeweile. Ein Beamter vertrieb sich die Zeit damit, seine Fingernägel an der Uniformjacke zu polieren. Zoffinger hatte die Scheune, in der der Tunnel endete, bereits im Blick. Auf der Straße davor brachte eine ältere Frau einem kleinen Jungen das Laufradfahren bei.

»Oma im Einsatz«, scherzte Florian und zeigte auf den Kleinen. »Die Konstanzer Straße könnte man um diese Tageszeit geradezu in eine Spielstraße umwandeln.«

»Da haben Sie schon recht«, meinte die Frau. »Die Wohngegend war vor Jahren schon mal lebhafter. Heute herrscht nur noch zu Stoßzeiten viel Pendlerverkehr. Sonst könnte man hier Radieschen pflanzen. Man denkt ja ohnehin darüber nach, die Straße ganz für den Durchgangsverkehr zu sperren.«

»Apropos Radieschen«, sagte Zoffinger. »Die müssen Sie vermutlich nicht selbst anpflanzen. Schließlich leben Sie hier im Tägermoos an der Quelle.«

»Wenn Sie die Ackerflächen meinen, stimmt das«, gab sie ihm recht. »Wir sind mit Grünzeug bestens versorgt. Daraus hat einer sogar ein Bombengeschäft gemacht.«

Sie zeigte mit der freien Hand zum Schuppen hinüber.

»Wie meinen Sie das?«

»Der Landwirt, dem die Scheune gehört, hat einen Bringdienst für frisches Gemüse organisiert. Schon vor zwei, drei Jahren hat er damit angefangen. Jede Woche freitags fährt er die Straßen in Tägerwilen, Triboltingen und teilweise auch in Kreuzlingen ab und liefert den Leuten die erntefrische Ware an die Haustür.«

Florian warf seinem Freund einen vielsagenden Blick zu. Ein rollender Bauernmarkt. Keine schlechte Idee, um nicht nur Rettich & Co., sondern auch süße Drogen zu verticken. Auf dem Weg zurück nach Konstanz grübelten die beiden.

»Dass der Bauer die Schokolade an private Kundschaft liefert, glaube ich nicht«, meinte Zoffinger an seinen Begleiter gewandt, nachdem sich die Oma wieder dem Laufradfahrer widmete. »Gedopte Schokolade in Minarett-Verpackung für Schweizer Hausfrauen oder Schulkinder? Nie und nimmer!«

»Aber ein gut getarntes Verteilersystem wäre der mobile Markt schon«, gab Florian zu bedenken.

»Absolut. Ich gehe aber eher davon aus, dass der Bauer irgendwo in der näheren Umgebung entweder einen Zwischenhändler versorgt oder die Schokolade in ein anderes Depot überführt. Das Naschkatzenmaterial in direkter Nähe zum Zoll in dieser Scheune abholen zu lassen, wäre zu auffällig.«

Wie recht er hatte, stellte sich einige Tage später heraus. Nicht in Tägermoos, sondern in Chiasso am schweizerisch-italienischen Zoll. Auf dem Parkplatz eines Nachtklubs wurde nachts die Seitenscheibe eines Kleintransporters eingeschlagen. Der Fahrer hatte auf seinem Sitz versehentlich gut sichtbar ein iPhone und eine Brieftasche liegen lassen. Der Einbruch wurde beobachtet und der Polizei gemeldet, die zufällig in der Gegend auf Streife war. Der flüchtige Täter wurde gefasst, aber es dauerte eine Weile, bis der Fahrzeughalter ausfindig gemacht war. Als die Polizei den beschädigten Transporter näher untersuchte, fand sie auf der Ladefläche hinter Umzugsgut 3200 Tafeln einer Schokoladenmarke, die in der Schweiz unbekannt war und nirgends verkauft wurde. Die Aufdrucke auf den Tafeln in arabischer Sprache machten die Beamten stutzig. Da der Fahrer keine schlüssige Erklärung weder über die Herkunft der Ware noch über ihre Destination lieferte, wurde er vorläufig festgenommen. Dass die Polizei ein goldenes Händchen gehabt hatte, war spätestens ab dem Zeitpunkt klar, als einem Polizisten der typische Marihuanageruch der Schokolade in die Nase stieg.

Im Zuge der weiteren Ermittlungen konnte sich ein Schweizer Zöllner am Grenzübergang daran erinnern, dass er den in der italienischen Provinz Reggio Calabria registrierten Kleintransporter schon Wochen zuvor kontrolliert hatte. Auch damals hatte der Wagen Umzugsgut geladen, darunter ein außergewöhnliches Nachtkästchen mit geschnitzten Blumenmotiven, das der Zöllner nur allzu gut kannte: Er hatte exakt das gleiche Möbelstück zu Hause.

Eine Kronzeugenregelung konnte dem verhafteten Fahrer nicht angeboten werden, weil es die in der Schweiz nicht gibt. Als ihm die Staatsanwaltschaft aber Strafmilderung im Falle einer umfassenden Aussage in Aussicht stellte, wurde er gesprächiger. Das geladene Umzugsgut diente – was mittlerweile bekannt war – als Tarnung. Die Schokolade hatte der Fahrer in einer Shisha-Bar in Kreuzlingen abgeholt, um sie in Genua auf ein Containerschiff nach Taiwan zu bringen, das auch im saudi-arabischen Jeddah Ladung löschen sollte.

Zoffinger war ganz aus dem Häuschen, als ihm die erfolgreiche Polizeiaktion in Chiasso zu Ohren kam. Endlich erhärtete sich sein Verdacht, dass die Haschschokolade aus der Pizzeria Da Vinci tatsächlich für den arabischen Raum bestimmt war. Seine Schweizer Kollegen, mit denen er ein kollegiales Verhältnis pflegte, blieben natürlich nicht untätig und staunten nicht schlecht, als Zoffinger ihnen vom Tunnel unter der Grenze berichtete.

Der Kommissar, ein eingeschworener Nichtraucher, hatte seine letzte Zigarette als 13-Jähriger gepafft und war deshalb für einen Besuch in der Shisha-Bar in Kreuzlingen mehr als ungeeignet. Sein Freund Florian war zwar kein beinharter Kippenfreak, sondern eher ein Gelegenheitsraucher, der jedoch bei zwei Marokko-Urlauben bereits Shisha-Erfahrungen gesammelt hatte.

»Ich übernehme das«, bot er an. »Vielleicht kommt mir etwas vor die Linse, was dir weiterhilft. Wenn nicht, habe ich zumindest meinen Spaß gehabt.«

»Du solltest dort besser nicht alleine auftauchen«, empfahl ihm der Kommissar. »Aber keine weibliche Begleitung. Nimm einen Kumpel mit oder mehrere.«

»Vielleicht hat Rolf Riedle Interesse. Der könnte sich über einen Besuch in einer Shisha-Bar doch in einer seiner gewöhnungsbedürftigen Radioreportagen austoben.«

Zoffinger lächelte gequält.

»Was der gute Rolf mit seinen Erfahrungen in der Shisha-Lounge anfangen würde, ist seine Sache. Wenn er aber als Radiomoderator aufträte, würde es eng werden. Drogenhändler hegen Journalisten gegenüber verständlicherweise eine abgrundtiefe Abneigung. Dann kannst du dir gleich ein Schild um den Hals hängen: ›Ich versuche euch alle hochgehen zu lassen‹. Mit solchen Typen ist nicht zu spaßen.«

»Wie heißt der Laden eigentlich?«

»Shisha-Bar Babylon. Das Lokal liegt in der Konstanzer Straße nur ein paar Gehminuten vom Emmishofer Zoll entfernt. Bis vor drei Jahren befand sich dort eine Bankfiliale. Da die Gegend aber ziemlich abschiffte, zogen die Kreditheinis aus und machten dem Wasserpfeifenimperium Platz.«

Rolf Riedle ging auf Florians Vorschlag ohne groß nachzudenken ein. Hinter der Eingangstür der Lounge empfing die beiden die mannsgroße Skulptur eines Beduinen, der eine Wasserpfeife in Händen hielt und auf ein liegendes Kamel mit hübschen Troddeln am Zaumzeug blickte. Staunend standen sie in der ehemaligen Schalterhalle, in der es statt nach Banknoten nun nach Fruchtaromen roch. An der Decke hing ein Kronleuchter aus bunten Glassteinchen, der einer umgedrehten Monsteretagere ähnelte. Vom Leuchter zogen sich Stoffbahnen in allen Farben bis an die Wände des Lokals, das aussah wie eine upgedatete Filiale von Tausendundeiner Nacht: Plastikpalmen unter einem Himmel mit LED-Sternchen, hintergrundbeleuchtete Vitrinen mit orientalischem Nippes, Wandteppiche, irdene Amphoren, aus denen glutäugige Plastikkobras glotzten, und Wandgemälde mit Haremszenen in Palastumgebung. Drei, vier andere Tisch waren besetzt, der Betrieb im Lokal hielt sich stark in Grenzen.

Florian ließ sich an einem niedrigen Tischchen zwischen Bergen von Kissen auf eine Polstercouch fallen. Riedle lümmelte sich in einen riesigen Ohrensessel, in dem er trotz seiner stolzen 1,90 geradezu versank und aussah wie ein Kleinwüchsiger. Auf dem Tisch lag eine überdimensionale Shisha-Karte mit kaum zu entziffernden Angeboten. Nach ein paar Minuten schlurfte ein als Ali Baba verkleideter Kellner heran und wollte wissen, für welches Shisha-Aroma sich die neuen Gäste entschieden hatten. Florian rang sich zu Pfirsisch-Guava-Breeze durch, sein Begleiter wählte Caramel-Apfel.

»Was für Biersorten habt ihr hier?«, wollte Riedle wissen.

»Gar keine«, antwortete der Turbanträger. »Wir servieren nur Tee.«

Riedle blieb der Mund offen stehen.

»Überhaupt kein Bier? Wein auch nicht?«

»Kein Bier, kein Wein. Nur Tee.«

»Whiskey oder Schnaps auch nicht?«

»Nein, auch nicht. Nur Tee.«

Um zu vermeiden, dass sein Freund in seiner Abfrage alle weltweit verfügbaren Alkoholika durchdeklinieren würde, warf sich Florian in die Bresche.

»Zweimal Minztee«, bat er den bereits leicht genervten Kellner, um eine Diskussion über Sinn oder Unsinn eines Alkoholverbotes erst gar nicht in Gang kommen zu lassen.

»Tee! Ich glaube, ich spinne«, giftete Riedle, als sich Ali Baba auf den Weg in die Küche machte. »Tee ist was für Grippekranke oder hinfällige englische Lords. Wenn ich das gewusst hätte! Nie und nimmer …«

»Lass mal gut sein«, bremste ihn Florian. »Schlucken wir die Kröte. Ich hatte auch keine Ahnung, dass es hier nichts Vernünftiges zu trinken gibt. Wir holen das hinterher in einer Kneipe nach.«

Zwei Armlängen von ihrem Tisch entfernt saßen drei Typen in einer Nische und führten eine aufgeregte Diskussion auf Türkisch oder Arabisch. Dass jemand mithören könnte, fürchteten sie offenbar nicht, nachdem sie den beiden neuen Gästen prüfende Blicke zugeworfen und sie offenbar als ungefährlich taxiert hatten. Einer sprang mehrmals gestikulierend auf und schien sich kaum beruhigen zu lassen. Florian hätte zwei Seiten seines Romans dafür gegeben, wenn er die angeregte Unterhaltung hätte verstehen können. Die drei zitierten Ali Baba herbei und bellten ihm eine Bestellung entgegen, die der unterwürfige Kellner in respektvoller Entfernung entgegennahm. Ein paar Augenblicke später war er zurück und stellte eine Kristallschale auf den Tisch. Der Inhalt sah aus wie Bruchschokolade.

Als das Stammgasttrio eine halbe Stunde später immer noch diskutierend das Lokal verließ, packte Florian die Gelegenheit beim Schopf, stromerte auf dem Weg auf die Toilette an dem Nachbartisch vorbei, tupfte mit dem abgeleckten Finger ein paar übrig gebliebene Brösel aus der Schale und leckte sie ab. Grinsend kam er vom Klo zurück. »Eindeutig Haschschokolade«, flüsterte er Riedle zu. »Wenn ich bloß wüsste, wie ich an das Zeug rankommen könnte.«

»Nicht verzagen, Riedle fragen!«, tönte sein Kompagnon und winkte den Kellner heran.

»Könnten wir vielleicht etwas zum Knabbern haben?«

Ali Baba nickte und kam mit einem Schüsselchen zurück. Nüsse! Riedle fluchte, Florian nuckelte an seiner Wasserpfeife, bis ihm ganz blümerant wurde.

Drei Gläser Heißgetränk und jeweils eine Shisha lang hielt das Teemuffelduo durch. Zum Finale der anderen Art marschierten sie in die Konstanzer Altstadt, um sich bei ein paar Aufbaubieren von der Assam- und Darjeelingattacke zu erholen.

»Über diesen Shisha-Besuch muss ich unbedingt eine Reportage machen«, faselte Riedle. »Ich hab auch schon eine Idee.«

Sein Geistesblitz ging ein paar Tage später über den Äther.

Tee ist ein legendäres Getränk, in der kalten wie in der warmen Jahreszeit. Im Sommer fülle ich kalten Tee in eine Thermoskanne, weil er schön kühl bleibt. Im Winter mache ich das mit heißem Tee. Jedes Mal wundere ich mich, woher meine Kanne weiß, wann Winter und wann Sommer ist. Kürzlich entschied ich mich zu einem Tagesausflug nach Kreuzlingen. Am Emmishofer Zoll stoppte mich ein Uniformierter.

»Obstwasser, Cognac, Zigaretten, Haschisch?«, fragte er mich.

»Nein, danke«, antwortete ich. „Ich muss noch fahren. Aber gegen einen Tee hätte ich nichts einzuwenden«. Offensichtlich hatten wir uns missverstanden, und ich kam erst in einer Kreuzlinger Teestube zu einem Heißgetränk.

»Darf es Tee oder Kaffee sein?«, erkundigte sich der Ober. Ich entschied mich für Tee, den ich am Zoll nicht bekommen hatte.

»Leitungswasser, Brunnenwasser, stilles Wasser oder Quellwasser?«

»Quellwasser.«

»Chinesischen, indischen, ceylonischen, kenianischen, äthiopischen oder japanischen Tee?«

Kaum hatte ich mich für japanischen entschieden, kam die nächste Frage.

»Mit oder ohne Zucker?«

»Mit Zucker, bitte!«

»Kandiszucker, Rohrzucker, Traubenzucker, Rübenzucker oder Palmzucker?«

»Rohrzucker, bitte.«

»Aus Brasilien, Kuba, USA, Südafrika, Australien oder den Philippinen?«

»Brasilianischen.«

»Mit Sahne oder Milch?«
»Bitte mit Milch.«
»Von welchem Rind? Holstein, Jersey, Hereford oder Vorderwäldler?«
Plötzlich schoss mir eine Idee in den Kopf, um der Litanei ein Ende zu bereiten und meine Nerven zu beruhigen.
»Entschuldigen Sie bitte. Aber ich nehme doch lieber einen Weinbrand, Cognac, französisch aus der Petite Champagne, Fasslagerung, Reifezeit 25 Jahre.«
»Cognacschwenker, Ballonglas, kurzes sphärisches Weinglas, Degustationsglas?«

Riedle schloss seine Tee-Reportage mit einer wahren Erkenntnis: *»Was lehrt uns das? Man muss wissen, wann man aufzugeben hat!«*

Da Florian Zoffinger noch über seinen Shisha-Besuch informieren wollte, stiefelte er ins Polizeipräsidium, um James Bond alias Sherlock Holmes alias Hercule Poirot in sein Wasserpfeifenabenteuer einzuweihen. Bahnbrechende Neuerungen hatte der Ausflug nicht gebracht, aber immerhin den Beweis geliefert, dass im Babylon dubiose Stammgäste mit Drogenschokolade versorgt wurden.

Seit Tagen zermarterte sich Zoffinger den Schädel, wie er die Ermittlungen in seinen Mordfällen voranbringen könnte. Was die erhängte Frau aus Eriskirch betraf, musste er sein untrügliches Bauchgefühl erst gar nicht aktivieren, um aus den gefundenen Fingerabdrücken und dem Symbol im Rezeptbuch darauf zu schließen, dass Judith Sommer in die Drogenschieberei in der Pizzeria Da Vinci verstrickt war. Auf welche Weise, blieb noch herauszufinden.

Schon von Anfang an hatte Zoffinger dafür gesorgt, dass das Schokoladendepot im Kühlraum bis auf ein paar zur Untersuchung abgezweigte Tafeln unangetastet blieb. Quasi als Köder. Rechnete er den Wert der Haschschokolade und der reinen Marihuanatafeln hoch, kam er leicht auf eine halbe Million Euro. Kein Drogenschieber würde einen so wertvollen Vorrat so mir nichts dir nichts kampflos aufgeben, sondern über kurz oder lang versuchen, die Ware in Sicherheit zu bringen. Pizzeria und Tunnel von Kollegen überwachen zu lassen, kam wegen des zeitlichen Aufwands und der dadurch anfallenden Kosten nicht infrage. Also wurde im Kellergeschoss eine winzige Überwachungskamera mit einem Wireless-Bewegungsmelder installiert, der selbst den Ausflug einer Kellerassel direkt ans Präsidium übermittelt hätte. Danach hieß es abwarten.

Das Alarmsystem meldete sich drei Tage später kurz vor Mitternacht. Zwei Männer hatten die Eingangstür zur Pizzeria aufgeschlossen, aber nicht bemerkt, dass sie von einem hungrigen Besoffenen dabei beobachtet worden waren. Die Tür hatten die beiden hinter sich nicht mehr zugesperrt, sodass der alkoholschwangere Nachtschwärmer auf der verzweifelten Suche nach einer Pizza in das leere dunkle Lokal stolperte, ein paar Stühle umwarf und die beiden Einbrecher auf den Plan rief, die sich mittlerweile im Keller zu schaffen machten. Während der stumme Bewegungsmelder Alarm auslöste, versuchten die beiden, die aufgebrachte Schnapsamsel zuerst mit Argumenten, dann mit roher Gewalt aus dem Lokal zu drängen. Es kam zu einer handfesten Auseinandersetzung zum Nachteil des Einzelkämpfers, der immer noch hungrig, aber mit blutiger Nase auf der Straße vor dem Lokal landete. Den beiden Einbrechern wurde der Boden zu heiß, weil der Kerl draußen Randale machte und damit zu rechnen war, dass irgendwann die Trachtengruppe in Polizeigestalt auftauchte.

Die erschien auch tatsächlich auf der Bildfläche, nur um festzustellen, dass die Pizzeriatür immer noch offenstand und im Kellerdepot nichts geklaut worden war. Aber die Überwachungskamera hatte eine kurze, aber erhellende Sequenz aufgenommen, auf der die beiden Eindringlinge deutlich zu erkennen waren. Und nicht nur das. Die Kamera hatte auch aufgezeichnet, dass die beiden die Bodenluke zum Tunnel bereits geöffnet hatten. Wahrscheinlich hatten sie den Restaurantschlüssel vom flüchtigen Wirt Luigi bekommen, vielleicht auch den Auftrag, Schokolade und Marihuana durch den unterirdischen Gang ins Tägermoos zu schaffen.

Die Schweizer Polizei fand in Tägerwilen und Kreuzlingen heraus, dass der Scheunenbesitzer am schweizerischen Ende des Schmuggeltunnels für den Tag nach dem Einbruch in die Pizzeria eine Marktrunde geplant hatte. Die Beamten legten sich auf die Lauer. Aber weder der Bauer noch die beiden Pizzeria-Einbrecher erschienen. Vermutlich hatten sie die Warenübergabe telefonisch abgesagt, weil die Situation nach dem gescheiterten Stoßtruppversuch in der Pizzeria zu unsicher war.

Zoffinger einigte sich mit den Drogenschnüfflern darauf, das Schokoladendepot möglichst unauffällig in einer Nacht-und-Nebel-Aktion zu räumen. Vielleicht hatten die beiden Einbrecher bei ihrer Stippvisite Lunte gerochen und mitbekommen, dass das Kühllager aufgeflogen war. Der Kommissar setzte auf die Auswertung der Videoaufzeichnungen und landete einen Treffer. Er bat Karin und Florian zu einer virtuellen Gegenüberstellung ins Kommissariat und zeigte den beiden die Videoclips aus der Pizzeria. Karin erkannte ihre Entführer auf den ersten Blick. Florian zweifelte nur eine Sekunde, dass es sich bei dem vierschrötigen, untersetzten Kerl um den Fahrer des albanischen Wagens handelte, der den Kräuterhändler Sutter zusammengeschlagen hatte.

Zwei Tage später staunte Zoffinger nicht schlecht, als er zu Hause sein Frühstück zubereitete und in Radio Grenzland einen Bericht über die Überwachungsaktion in der Pizzeria hörte. Er war noch nicht einmal richtig in seinem Büro angekommen, als er zum Telefonhörer griff und ziemlich angesäuert Florian anrief.

»Wenn ich mich recht erinnere, hatte ich dich darum gebeten, über unser letztes Gespräch hier im Kommissariat Stillschweigen zu behalten. Heute früh habe ich durch Zufall mitbekommen, dass Einzelheiten des Einsatzes an Radio Grenzland durchgesickert sind. Bist du die inkontinente Stelle? Hast du mit Rolf Riedle über die Sache gesprochen?«

Florian schwor Stein und Bein, über sein Gespräch mit Zoffinger kein Sterbenswörtchen verloren zu haben. Auch nicht gegenüber Rolf Riedle, obwohl er mit ihm telefoniert hatte.

»Vielleicht ist dir die eine oder andere Information entfleucht, als du ihn angerufen hast.«

Florian protestierte.

»Erstens habe nicht ich ihn angerufen, sondern er hat sich bei mir gemeldet. Zweitens ging es bei unserem Gespräch mit keiner Silbe um deinen Fall. Wo der Sender die Informationen her hat, erfährst du am besten von Rolf selbst.«

Zoffinger griff die Idee auf und lud Riedle zu einem Gespräch ein. Das Treffen verlief anders als geplant. Rolf kam mit einem Gesicht an, das farblich kaum von seinem graugrünen Parka zu unterscheiden war.

»Welche Laus ist denn dir über die Leber gelaufen?«, erkundigte sich Zoffinger.

»Probleme, Probleme, Probleme«, stammelte sein Gast.

»So schlimm wird es schon nicht sein. Also raus mit der Sprache!«

Riedle erzählte. Nach seiner Teereportage war er am folgenden Morgen in die Redaktion gekommen, wo die Luft brannte. Der Redaktionsleiter brüllte, dass sich die Tapeten von der Bürowand zu lösen begannen. Einhellige Meinung in der Kollegenrunde: Riedle hatte seinen Beitrag entweder sturzbesoffen oder im Drogenrausch abgeliefert. Als weitere Alternative brachte eine wohlwollende Kollegin Brutalunterzuckerung ins Gespräch. Riedle selbst hockte nur da, ließ den verbalen Tornado über sich ergehen und nickte nur, als er mit sofortiger Wirkung von allen redaktionellen Aufgaben freigestellt wurde.

»Ich glaube es immer noch nicht«, sinnierte der Radiomann. »Der Sender hat mich fristlos gekündigt. Einfach so! Richtig rausgeschmissen haben sie mich. Gut, vielleicht ist es mit mir hin und wieder durchgegangen. Vielleicht klopft bei mir schon der Wahnsinn von innen an die Schädeldecke. Immerhin bin ich schon 28.«

Riedle sackte in sich zusammen. Nur mit viel Wohlwollen hätte man ihn als ein Häuflein Elend bezeichnen können, so wie er schniefend auf seinem Stuhl hockte, das Kinn auf der Brust, die Hände zwischen den Knien eingeklemmt wie ein zu lebenslanger Haft Verurteilter.

»Gekündigt? Ich dachte, dass deine Reportagen bei den Hörern gut ankommen«, schwindelte Zoffinger, weil er es nicht übers Herz brachte, das zu sagen, was er tatsächlich über Riedles Radiojournalismus dachte.

»Wegen unüberbrückbarer Differenzen«, legte Riedle nach.

Offenbar hatten die Radiohäuptlinge die Schnauze voll vom merkwürdigen Humorverständnis ihres Mitarbeiters.

»Einen akuten Anlass für die Kündigung gab es nicht?«

Riedle hob mühevoll den Kopf, als sei er aus Stahlbeton. Nach einer Weile langte er in die Tasche und zog ein handliches Diktiergerät heraus.

»Vielleicht hat es mit meiner letzten Reportage zu tun«, vermutete er. »Ich finde, dass es sich um einen ziemlich harmlosen Bericht handelte.«

Er legte das Gerät vor Zoffinger auf den Schreibtisch und schaltete es ein.

Hier spricht Rolf Riedle von Radio Grenzland. Am heutigen Mittwoch war es wieder einmal so weit: Politik traf Schule. Mehrere deutsche Spitzenpolitiker statteten einer Konstanzer Hauptschule einen Informationsbesuch ab. Einhellige Meinung: Politiker erreichen junge Leute längst nicht mehr über Massenmedien wie Zeitungen, Radio oder Fernsehen, schon gar nicht mittels Wahlkampfveranstaltungen. Sie müssen, um Stimmen zu keilen und Sympathien zu sammeln, dorthin gehen, wo ihnen die Jugendlichen nicht entkommen können: Besserungsanstalten, Kifferpartys, Komasaufgelage und hauptsächlich Schulen, in denen der Anwesenheitszwang rigoros durchgesetzt wird.

Zu Beginn hielt der Schulleiter einen zweistündigen Vortrag zu einem unbekannten Thema. Danach stellten die Volksvertreter in kurzen Statements zunächst ihre Parteien und ihre primären Ziele vor. Die CDU-Vertreterin lobte bereits Erreichtes wie blühende Landschaften, blühende Städte, blühende Gärten, blühende Blumenkästen und blühende Fantasien. Ein SPD-Mann meinte, seine Partei sei schon immer der Anwalt der kleinen Leute gewesen, weshalb man auch in Zukunft auf Wähler mit einer maximalen Größe von 1,60 m setzen werde. Eine Grünen-Vertreterin, ehemalige Ökomissionarin auf einer Bohrinsel, kündigte ihren Einsatz für ein Veggie-Jahr und für sprachliche Säuberungen ein. Ihre Vorschläge: Aus Redewendungen wie »Herr der Lage« sollte »Dame und Herr der Lage« gemacht werden, aus »Den Seinen gibt's der Herr im Schlafe« jetzt »Den Seinen gibt's der Herr und die Dame im Schlafe« und aus »Das Schiff sank mit Mann und Maus« jetzt »Das Schiff sank mit Frau, Mann und femininer wie maskuliner Maus«. Alle Politiker gemeinsam setzten sich dafür ein, Goethe und Schiller aus den Lehrplänen zu tilgen, weil nicht mit letzter Sicherheit feststellbar war, dass die beiden Dichter hingebungsvolle Anhänger der Mülltrennung waren.

Von den Schülern nach ihren Lieblingstieren befragt, nannten die Politiker folgende Kreaturen: Regenwurm, Kröte, Bettmilbe, Asselspinne, Hausschabe, Schmeißfliege, Köcherfliegenlarve, Kellerassel und Nacktmul. Auch für die bevorzugten Freizeithobbys der Politiker interessierten sich die Kinder. Auf den vordersten Plätzen landeten quantenphysikalische Berechnung und Seilhüpfen. Bei der Frage nach Lieblingsfilmen machten folgende Blockbuster das Rennen: »Voll auf die Nüsse«, »Im Land der Raketenwürmer«, »Blutfehde am Blanco Canyon«, »Robin Hood und seine lüsternen Mädchen«, »Pudelmützen-Rambos« und »Auf dem Highway sind die Schlampen los«.

Bei einer anschließenden Diskussion verneinten alle anwesenden und nicht anwesenden Politiker vehement, dass es sich bei der Schulvisite um den Versuch einer Imagepolitur vor den anstehenden Wahlen handelte. Auch bestritten die Teilnehmer, mit ihrer Kleidung gezielt Ungezwungenheit demonstrieren zu wollen. Baggyhosen, Stringtangas, Klemp-

nerkostüme, Darth-Vader-Mäntel, Gothic-Leggings, Babydolls, Push-ups und Umstandskleidung gehörten mittlerweile längst zum Standard in allen Bundestagen, Landtagen und Kreißsälen.

Nach der akustischen Präsentation trollte sich Rolf Riedle und zog sich, wie zu hören war, mit einem Kasten Bier und einer Mundharmonika zum Wundenlecken in den Keller seiner Kommune zurück.

Die Reaktionen in den sozialen Medien auf seine jüngste Reportage hätten unterschiedlicher nicht sein können. Es gab Hörer, die die Reportage als eine völlig unangebrachte Verhohnepipelung von Politikern aller Couleur betrachteten. Andere zweifelten an der Professionalität des Reporters. Wieder andere machten sich Gedanken darüber, ob Rolf Riedle nicht besser als Anstaltssprecher in einer Psychiatrie aufgehoben wäre.

Mit ungläubigem Staunen stellten die Radiomacher aber in den folgenden Tagen auch fest, dass die meisten Anrufer Riedles Bericht als herzerfrischende Comiceinlage verstanden und eine Fortsetzung seiner Beiträge forderten. Im Internet formierten sich Fans und Followers, die offenbar mitbekommen hatten, dass ihn der Sender fristlos entlassen hatte. Die Pro-Riedle-Gemeinde explodierte innerhalb kurzer Zeit geradezu. Man warf dem Sender Duckmäusertum, Humorlosigkeit und Bammel vor, Kante zu zeigen. Wenige Tage später krochen die Programmmacher angesichts des öffentlichen Drucks zu Kreuze. Riedle durfte an seinen Arbeitsplatz zurückkehren und über eine neue, auf ihn zugeschnittene Serie nachdenken: kurze, unregelmäßige Gaga-Auftritte im Stil seiner bisherigen gewöhnungsbedürftigen Reportagen.

8
STRIPSHOW AUF ASPHALT

Geregelter Ausnahmezustand in Konstanz. Seit Tagen bastelte die Bodenseemetropole am größten Event des Jahres, dem traditionellen Seenachtsfest. Jahr für Jahr schwemmte die Riesenfete am zweiten Augustwochenende Zehntausende Besucher ans Seeufer und verwandelte das Hafengebiet mit Klein-Venedig, Stadtgarten und Seestraße in einen wuselnden Ameisenhaufen. Bei Polizei, Wasserschutzpolizei und Ordnungskräften herrschte Urlaubssperre, weil der Besuchertsunami sonst nicht in den Griff zu bekommen war. Angesichts mehrerer islamistischer Anschläge in Europa stand Sicherheit ganz oben auf dem Prioritätenzettel, wenngleich von keiner konkreten Gefährdungslage auszugehen war. Beamte wurden neben Pfefferspray und Handschellen auch mit Pistolen ausgerüstet. Lückenlose Taschenkontrollen waren bereits im Vorfeld angekündigt worden, um die Leute davon abzuhalten, mit Taschen und Rucksäcken auf der Partymeile aufzutauchen. Selbst Evakuierungspläne hatte man durchgespielt.

Zoffinger war während der Fete noch nie in Alarm versetzt worden. Handgemenge zwischen streitlustigen Besoffenen, Taschendiebstähle, Beleidigungen und Zechprellerei waren Bagatelldelikte, mit denen das Kriminalkommissariat nichts zu tun hatte. Dieses Mal hatte der Chefkriminalist ein ungutes Bauchgefühl, ohne die Ursache dafür auch nur im Entferntesten ausmachen zu können.

Die Clique um Florian hatte zu einer Gartenparty an die Seestraße eingeladen. Veras Tante besaß in schnuckeliger Lage ein nicht mehr ganz taufrisches Zweifamilienhaus in einem leicht verwilderten Grundstück, das bis an das steinige Seeufer reichte und zur Straße hin von einer hohen Hecke umgeben war. Die Tante verbrachte die meiste Zeit des Jahres auf den Kanarischen Inseln. Vera bewohnte eine ganze Etage des Hauses, musste dafür aber den Garten vor dem Abdriften in eine unbewohnbare Wildnis bewahren – eine Vereinbarung, die von vorneweg zum Scheitern verurteilt war. Als Zoffinger eintraf, hatte sie zusammen mit Karin einen Steinwurf vom Seeufer entfernt einen Biertisch und zwei Bänke neben einem in Qualm gehüllten Grill aufgestellt, auf dem Florian Würstchen und Steaks in Briketts verwandelte. Seit Langem war wieder einmal Rolf Riedle mit von der Partie, der die Radioshow seines Senders zum Seenachtsfest zwei Kollegen überlassen hatte – oder überlassen musste.

Fast hätte Zoffinger den Ego-Shooter-Klingelton seines Smartphones im Plopp-Plopp zerplatzender Galaxien und explodierender Kometen überhört. Der Anruf kam kurz nach halb elf, als wirbelnde Sonnenräder, Sterne speiende Vulkane, Wasserfälle, Fontänen und Funkenschweife gerade angefangen hatten, die auf dem tintigen See herumirrenden Girlandenschiffe, Jachten und Segelboote in magisches Licht zu tauchen. Ein paar Atemzüge lang spielte er mit dem Gedanken, den Signalton einfach zu überhören.

»Was liegt an?«

Gespannt horchte er in sein Gerät.

»Diese Idioten hätten sich wohl keinen günstigeren Zeitpunkt aussuchen können«, fluchte er, als er sein Smartphone einsteckte. »Tut mir leid. Die Pflicht ruft!«

»Du wirst uns jetzt doch nicht verlassen wollen. Was ist denn passiert?«, wollte Karin wissen.

»Zweierlei ist los. Auf dem Folterschiff hat es offenbar eine Auseinandersetzung gegeben. Darüber weiß man aber noch nichts Genaues.«

»Das ist doch der Kahn, auf dem die Lack- und Lederfreaks ihre Sexpartys veranstalten«, proletete Rolf Riedle und grinste süffisant. »Seit Jahren sind diese Erotiktouren den Spießbürgern ein Dorn im Auge. Stockkonservative Pedanten und kleinkarierte Erbsenzähler eben. Bringt dich jetzt die Wasserschutzpolizei auf den Sexdampfer? Ohne Wetlook-Zipper-Pants, Pentagramm um den Hals und neunschwänzige Peitsche im Gürtel lassen sie einen Vertreter des Establishments wie dich wahrscheinlich gar nicht an Bord.«

Zoffinger winkte ab.

»Was auf dem Schiff los war, interessiert mich im Augenblick nicht. Aufschlussreicher ist der zweite Fall. Auf der Reichenau ist irgendein Vollpfosten ins Strabo-Haus eingebrochen. Die Mönche haben ihn, wie ich höre, in einer Vorratskammer eingeschlossen. Insel Reichenau, Mönche, Strabo-Haus – da gehen bei mir sämtliche Warnlampen an. Handelte es sich um einen normalen Einbruch, wäre mir das heute Abend wurscht. Aber der Einbruch könnte unter Umständen mit dem Mord an Bruder Aurelius zu tun haben.«

»Du willst jetzt tatsächlich los?«, Florian biss in ein Nahrungsmittel, das ursprünglich eine Wurst gewesen war. »Was ist mit den drei oder vier Flaschen Bier, die du intus hast?« Zoffinger hob hilflos die Schultern.

Florian würgte einen Bissen hinunter, schnürte seine Grillschürze los und warf sie auf die Bierbank.

»Ich fahre dich. Ich hab nur eine halbe Flasche Bier im Bauch. Mehr war für den Grillmeister bislang nicht drin. Keine Widerrede!«

Der glitzernde Farbenspuk am Himmel hatte sich in der Dunkelheit längst verflüchtigt, als sie auf den Damm zur Insel Reichenau einbogen und die Pappelallee zu beiden Seiten der Scheinwerfer vorbeizog. Ein paar verspätete Feuerwerker entluden noch ihre Ladungen. In Mittelzell zuckten die Blaulichter von zwei Streifenwagen wie ein verspäteter Feuerwerksbeitrag über die Fassade des Strabo-Hauses, vor dem sich ein Menschengrüppchen zusammengerottet hatte.

»Lagebericht«, bat Zoffinger einen der Polizisten und achtete wegen seiner Bierfahne darauf, genügend Abstand zu ihm zu halten.

Offenbar war den Mönchen am Abend ein Mann aufgefallen, der sich in einer an das Strabo-Haus angebauten Vorratskammer zu schaffen machte. Geistesgegenwärtig warf Bruder Michael die schwere Tür zu, legte den Riegel um und rief die Polizei an. Noch bevor die Beamten eintrafen, endete die Gefangenschaft des ungebetenen Besuchers geradezu filmreif. Offenbar alarmierte er mit seinem Handy Kollegen, die sich in der Nähe aufgehalten haben mussten. Minuten später tauchte ein schwerer Geländewagen mit zwei Männern auf. Was folgte, war eine Befreiungsaktion Marke Hollywood.

»Ich hatte mich im Haus versteckt«, berichtete Bruder Michael immer noch atemlos, »weil ich nicht wusste, ob die Leute bewaffnet sind. Ich bekam mit, wie sie ein Abschleppseil auf der einen Seite am Fenstergitter der Vorratskammer und auf der anderen Seite am Abschlepphaken des Autos befestigten. Dann heulte der Motor auf und ein ekelhaftes Geräusch folgte, als das Fenstergitter samt einem Teil des Mauerwerks aus der Wand gerissen wurde. Ich dachte, ich sehe nicht richtig. Schauen Sie sich bloß mal dieses Loch an!«

»Wie viele Männer waren an der Aktion beteiligt?«

»Der Einbrecher natürlich und die beiden anderen im Wagen.«

Zoffinger kombinierte. Entweder war das Trio bereits von der Insel verschwunden, noch bevor er und Florian ankamen, oder die Typen hielten sich noch immer auf der Reichenau versteckt. Jedenfalls erinnerte er sich, dass ihnen auf dem Weg über den Inseldamm niemand entgegengekommen war. Dass es der Einbrecher weder auf die Konservendosen in den Regalen noch auf die Kartoffelkisten abgesehen hatte, war klar. Was er wirklich gesucht hatte, ahnte Zoffinger.

»War der Raum heute Abend verschlossen?«

»Wahrscheinlich nicht. Wir schließen ihn selten ab. Wer hätte uns schon ein paar Kartoffeln klauen sollen? Im Gemüseparadies auf der Reichenau! Da gibt es bessere Möglichkeiten, an landwirtschaftliche Erzeugnisse zu kommen, als unsere Vorratskammer.«

»Außer Vorräten wird dort nichts gebunkert?«

»Ich verstehe Ihre Frage nicht. Was sollten wir in der Kammer sonst noch einlagern? Gut, ab und zu stellen wir dort unser gemeinschaftliches Fahrrad unter. Sonst nur unsere Vorräte.«

»Unterlagen, Dokumente, irgendwelcher Papierkram beispielsweise? Digitale Datenträger?«

»Definitiv nicht.«

»Und Bruder Aurelius? Hatte er hin und wieder in der Vorratskammer zu tun?«

Bruder Michael kicherte und hielt sich dann verlegen den Mund zu.

»Bruder Aurelius garantiert nicht. Wahrscheinlich wusste er nicht einmal, dass es die Vorratskammer gab. Er hatte genug mit seinen Pflänzchen und Kräutern zu tun.«

Einer der Polizisten zupfte Zoffinger am Ärmel.

»Eben kommt eine Meldung herein. Am Jachthafen hat ein später Spaziergänger seinen Hund Gassi geführt und drei Männer beobachtet. Sie zogen die Abdeckplane von einem aufgebockten Segelschiff und stülpten sie über ein Auto, das auf dem Bootsparkplatz neben dem Restaurant abgestellt ist.«

»Saubere Arbeit«, lobte ihn Zoffinger. »Das muss ich mir ansehen!«

»Ich will mich ja nicht in Ihre Ermittlungen einmischen. Aber ich habe einem Kollegen Bescheid gegeben. Der hat einen Mantrailer-Hund und wartet am Jachthafen auf Sie.« Zoffinger schaute den Uniformierten respektvoll an.

»An Ihnen, Herr Kollege, ist ein Kriminaler verloren gegangen. Besten Dank für Ihren Einsatz.«

Sie hätten zwar zu Fuß zum nur Schritte entfernten Landeplatz gehen können. Aber in Anbetracht der fortgeschrittenen Stunde und der verputzten vier Biere beschloss Zoffinger, sich von Florian fahren zu lassen. Als der Wagen am Hafenrestaurant vorbeirollte, tauchte im Scheinwerferlicht ein Mann im Trainingsanzug auf, der einen Vierbeiner an der Leine hielt.

»Sorry, Herr Hauptkommissar«, begrüßte er Zoffinger. »Um die Uniform anzuziehen, hat es nicht mehr gereicht.

Ich wollte mich gerade schlafen legen. Das hier ist übrigens Joker.«

»Völlig egal! Wir veranstalten schließlich keine nächtliche Modenschau. Lassen Sie mal sehen, was Ihr Joker draufhat.«

Er reichte dem Hundeführer einen Arbeitshandschuh, den die Kollegen im klösterlichen Vorratsraum gefunden hatten und der laut Bruder Michael keinem der Mönche gehörte. Der Suchhund schnupperte einen Moment lang daran, lief kreuz und quer über den Bootsparkplatz und blieb nach kaum 50 Metern in eindeutiger Pose vor einem zugedeckten Boot stehen.

»Soll das heißen, dass er etwas gefunden hat?«, fragte Florian.

Der Hundeführer nickte. »Gehen Sie davon aus, dass sich unter der Plane jemand versteckt.«

»Spitzenmäßig!«, meinte Zoffinger. »Fragt sich nur, wie wir den Kerl da rausbekommen, ohne uns selbst in Gefahr zu bringen.«

»Sondereinsatzkommando?« Jokers Herrchen sah Zoffinger fragend an. Der schüttelte den Kopf.

»Kein SEK! Das kriegen wir auch so hin.«

Er überlegte ein paar Herzschläge lang und schickte den Hundeführer samt Vierbeiner nach Hause.

»Florian! Dein Einsatz ist gefragt. Ich glaube, Psychotherapeuten nennen es paradoxe Intervention – auf Deutsch gesagt, ein schräges, unerwartetes Ablenkungsmanöver, um einen Täter zu überlisten. Wir können das Boot nicht einfach so kontrollieren. Zu gefährlich, falls sich jemand mit einer Waffe unter der Plane versteckt. Lass dir etwas einfallen, um den blinden Passagier im Boot abzulenken. Könnte ja auch sein, dass sich Joker getäuscht hat. Kann aber auch sein, dass sich dort das ganze Trio versteckt. Ich schleiche mich von hinten an.«

Florian glotzte wie Kinder im Kindergarten, wenn statt dem Nikolaus der Stromableser kommt.

»Und wie sieht so ein Ablenkungsmanöver aus?«

»Frag nicht so blöd. Du bist doch sonst auch nicht auf den Kopf gefallen. Sag so laut wie möglich ein Gedicht auf. Oder stimme einen Indianergesang oder eine Arie an. Ist mir wurscht, was du machst. Aber es muss optisch und akustisch laut genug sein, damit man auf dich aufmerksam wird. Paradoxe Intervention.«

»Vor lauter Aufregung fällt mir ums Verplatzen im Augenblick kein Gedicht ein. Ich könnte höchstens etwas vorlesen. Hast du etwas dabei, was sich eignen würde?«

»Normalerweise habe ich für solche Fälle immer meinen Shakespeare dabei«, spottete Zoffinger. »Erzähle meinetwegen einen Schwank aus deinem Leben oder brülle deine Lieblingsrezepte in die Nacht. Aber mach irgendetwas, um Aufmerksamkeit auf dich zu ziehen. Sonst komme ich nicht unentdeckt von hinten an das Boot heran.«

Florian nestelte in seiner Jackentasche herum.

»Hier hätte ich eine Quittung vom letzten Discountereinkauf. Die tut es doch sicher auch.«

»Ist doch scheißegal«, fluchte der Kommissar. »Hier hast du die einmalige Chance, bei der Auflösung eines Falles eine Schlüsselrolle zu spielen, und dir fällt nichts ein. Reiß dich am Riemen. Es geht los.«

Der Parkplatz lag im trüben Licht zweier Straßenlampen. Myriaden von Insekten wirbelten um den Lichtschein. In der Entfernung tuckerte ein Boot über den See. Wahrscheinlich ein später Heimkehrer vom Seenachtsfest. Das Geknarre vertäuter Segeljachten an den sechs Piers hörte sich an, als tanze jemand auf schlecht verlegtem Dielenboden. Kein Lüftchen regte sich, aber es roch nach welkem Kohl und feuchter Erde. Friedhofsruhe. Zoffinger ging einige Schritte zurück Richtung Restaurant. Außer Sichtweite schlug er einen Bogen und schlich hinter einer mannshohen Hecke zum Standort des Bootes zurück, vor dem Joker sitzengeblieben war. Irgendwo gab es garantiert eine Lücke in der Hecke, durch die er sich zwängen konnte.

Plötzlich fing jemand zu brüllen an.

»Baby, take off your coat, real slow, take off your shoes, I'll take off your shoes, Baby, take off your dress!«

Zoffinger zuckte zusammen. Vorsichtig zwängte er sich durch ein Loch in der grünen Einzäunung bis auf den Bootsparkplatz. Florian stand mitten auf der Asphaltbühne, die Beine gespreizt wie ein Entertainer bei der Eröffnung eines Matratzenzentrums, hielt sich ein imaginäres Mikrofon vor den Mund und röhrte aus voller Lunge den Welthit von Joe Cocker.

»You can leave your hat on, you can leave your hat on …«

Mit gekonntem Kick warf er erst den rechten, dann den linken Slipper von sich.

»Heilige Madonna!«, dachte der Kommissar, »der wird doch nicht …«

Zoffinger musste sich auf die Unterlippe beißen, weil er das Lachen kaum verkneifen konnte. Mit einer lasziven Geste, die er wahrscheinlich aus einem Film abgeguckt hatte, zog Florian seine Jacke aus, knöpfte sein Hemd auf, streifte es von den Schultern und ließ es vor sich auf den Boden fallen. Schwungvoll zog er den Hosengürtel aus den Laschen und schnalzte damit wie mit einer Peitsche, rollte ihn auf und warf ihn zu seinem Hemd auf den Boden.

»You can leave your hat on. Go over there, turn on the lights, all the lights, come back here, stand on that chair ...«

Zoffinger kauerte immer noch gebannt auf dem Boden und kam sich vor wie im falschen Film. Fast hätte er angesichts des improvisierten Auftritts seinen Auftrag vergessen. In einem Haus in der Nachbarschaft knipste jemand Licht an. Augenblicke später flog ein Fenster auf. Vor dem hellen Hintergrund waren die Umrisse eines Mannes zu sehen, der sich über die Fensterbrüstung lehnte.

»Halt endlich die Schnauze, du besoffener Joe-Cocker-Abklatsch«, brüllte er und schmiss krachend das Fenster zu.

»Suspicious minds are talkin', they're tryin' to tear us apart. They don't believe in this love of mine ...«

Unbeeindruckt von der missfälligen Publikumsreaktion pellte Florian seine Jeans von den Hüften. Dann stand er da in gestreiften Boxershorts wie ein Unterhosenmodel aus der Katalogwerbung. Bizarrer hätte die Parkplatzszene nicht sein können. Von einem unterdrückten Lachanfall geschüttelt, verbarg Zoffinger das Gesicht in den Händen. Als er die Augen wieder aufschlug, ließ Florian gerade seine Unterwäsche über dem Kopf kreisen wie ein gewerbsmäßiger Partystripper. Pudelnackt und im fahlen Geisterlicht der Straßenlampen bleich wie ein Weichkäse tänzelte er in Socken zwischen den aufgebockten Jachten herum und erinnerte Zoffinger an einen außer Rand und Band geratenen Saunagast.

Im selben Augenblick hob sich nur drei Armlängen vor

dem Kommissar die Bootsabdeckung, und ein Kerl streckte den Kopf heraus.

»Raise your arms up in the air and now shake'em. You give me a reason to live …«

Zoffinger vernahm Florians Finale nur noch wie durch einen Filter, weil in diesem Augenblick der Jagdinstinkt seine Aufmerksamkeit fesselte. Mit drei, vier Sätzen stand er neben dem Kerl unter der Plane, der sich erschrocken umdrehte und die Hände in den Nacken legte, als er in die Mündung von Zoffingers Waffe blickte.

»Aussteigen, sofort!«, herrschte er ihn an. Da er nicht wusste, ob ihn sein Gegenüber verstand, setzte er nach. »Get out, now!«

Mit der freien Hand schlug er die Bootsplane zurück, unter der der Fremde im Boot kauerte. Im Hintergrund hetzte Florian im Geburtstagskostüm über den Parkplatz und sammelte seine Klamotten ein.

»Und? Alles klar?«, hechelte er vor Aufregung, als er mit seinem Kleiderballen unter dem Arm neben Zoffinger stand. »Scheint so, als hätte der Trick geklappt!«

»Das war eine klasse Show, mein Lieber, eine wirklich klasse Show«, gratulierte Zoffinger. »Vielleicht solltest du dir bei Gelegenheit mal etwas anziehen.«

»Paradoxe Intervention«, brabbelte Florian vor sich hin. »Das muss ich mir merken.«

Zoffinger nickte ihm anerkennend zu, während der Fremde über die Bordwand kletterte und auf den Boden sprang. Konsterniert starrte er auf den nackten Florian wie auf einen Außerirdischen vom Planeten Porno und begriff wahrscheinlich immer noch nicht, dass er einer billigen Finte auf den Leim gegangen war. Mit Tatütata kam ein Streifenwagen um die Ecke, nachdem Zoffinger seine uniformierten Kollegen angerufen hatte.

Der Festgenommene warf dem Kommissar einen ätzenden Blick zu.

»Du bist ein Arschloch!«, giftete er.

Zoffinger rammte ihm einen Wimpernschlag später die Faust in die Magengrube.

»Das ist Polizeigewalt«, stöhnte der Kerl und hielt sich den Bauch.

»Bei uns sagt man ›Sie Arschloch‹«, korrigierte der Kommissar den Kerl. »Nix Polizeigewalt! Hier läuft das unter Erwachsenenbildung, du Pfeife.«

Er packte ihn an den Schultern und drückte ihn aufrecht gegen die Bootswand.

»Hör zu, Freundchen! Ich weiß jetzt, dass du Deutsch sprichst. Das macht es leichter, dir Folgendes mitzuteilen. Wenn du glaubst, du könntest ungestraft mein Seenachtsfest ruinieren und mich dann auch noch beleidigen, bist du extrem schief gewickelt.«

Dass Zoffinger sauer war, merkte vermutlich auch der Kerl, der entgeistert an der Bootswand lehnte.

»Einbuchten!«

Die letzte polizeiliche Dienstanweisung der Nacht ging an die Uniformierten, die dem Festgenommenen mit Handschellen vor dem Gesicht herumfuchtelten.

»Macht Schluss für heute«, befahl Zoffinger. »Aber sorgt dafür, dass niemand unkontrolliert die Insel verlässt. Die beiden anderen Vollpfosten holen wir uns morgen.«

Florian hatte es unter den skeptischen Blicken der Polizeistreife zumindest schon in seine Boxershorts geschafft. So richtig wussten die Beamten allem Anschein nach nicht, wie sie mit der Situation umgehen sollten. Ein festgenommener Einbrecher, ein ziemlich angefressener Kommissar, ein Helfer in Unterhosen – eine ziemlich schräge Situation auf einem nächtlichen Bootsparkplatz der Gemüseinsel.

»Die Socken hätte ich besser nicht in eine Pfütze geworfen«, murmelte Performancekünstler Florian, als er sein Outfit vervollständigte.

Zoffinger gluckste vor sich hin und tätschelte ihm den Rücken.

Mit nackten Füßen in den Schuhen kam Florian zu Hause an, als der Tag schon graute. Noch immer pulsierte das Adrenalin in seinen Adern, obwohl seit seiner Stripeinlage schon Stunden verflossen waren. An Schlaf war nicht zu denken. Aufgekratzt lief er in der Wohnung herum – vom Wohnzimmer in die Küche, durch den Flur in sein Schlafzimmer und zurück in sein Wohnzimmer. Zu gerne hätte er Karin von seinem Reichenau-Einsatz erzählt. Aber ein Telefonanruf morgens um halb 5? Kurz entschlossen setzte er sich an seinen PC und tippte das, was er in den letzten Stunden auf der Reichenau erlebt hatte, in die Tastatur. Man wusste ja nie, ob man so authentisches Material nicht irgendwann verwenden konnte. Der neue Tag hangelte sich schon über die Hausdächer der Altstadt, als Florian hundemüde und bettreif zweimal hintereinander denselben Satz tippte. Ein deutlicher Hinweis, dass seine körpereigene Denkfabrik bereits auf Notstrom umgeschaltet hatte.

Den Telefonanruf, auf den er in der Nacht verzichtet hatte, holte er am Morgen nach. Eigentlich war es schon Mittagszeit. Veras Gartenparty hatte bis um zwei gedauert, weil Rolf Riedle auf die Schnapsidee gekommen war, aus miteinander verklebten und um ein breites Brett angeordneten Bierdosen ein schwimmfähiges Floß zu bauen. Von früheren Feten lagen vier große Plastiksäcke voller Dosen im Fischerschuppen, die sich als Baumaterial eigneten. Die nächtliche Jungfernfahrt scheiterte nur daran, dass im Haushalt von Veras Tante nicht genügend Klebebänder vorhanden waren.

Zoffinger hatte den festgenommenen Einbrecher noch in der Nacht ins Polizeipräsidium nach Konstanz bringen lassen. Seine Vernehmung am Sonntagnachmittag dauerte nicht einmal zehn Minuten, weil der Kerl weder Angaben zu seiner Person machte noch irgendetwas Erhellendes über seinen illegalen Abstecher in die Vorratskammer der Mönche mitteilte. Er hockte nur da und stierte wortlos an die Decke. Zoffinger machte kurzen Prozess und ließ ihn in die Zelle zurückbringen. Aufschlussreichere Informationen versprach er sich ohnehin von den Kriminaltechnikern. Die hatten in der Nacht den auf dem Bootsparkplatz abgestellten Wagen sichergestellt, mit dem der Einbrecher aus der Vorratskammer des Strabo-Hauses befreit worden war. Spuren gab es in Hülle und Fülle. Im Handschuhfach lagen zwei Schreckschusspistolen, ein Magazin mit scharfer Munition, eine protzige Luxusuhr und ein Bündel Euroscheine. Im Getränkehalter steckte der Pappbecher einer Bäckerei in Stockach, von der auch eine Schachtel mit angebissenen Rosinenschnecken auf dem Rücksitz stammte.

Dass der Audi A8 bei der filmreifen Befreiungsaktion die Hauptrolle gespielt hatte, war klar wie Kloßbrühe. Das im Kofferraum liegende Abschleppseil hatte auf dem Fenstergitter des Vorratsraumes Spuren hinterlassen, die nicht einmal eine Tiefseekreatur ohne Augen hätte übersehen können. Den aufschlussreichsten Fund machten die Experten aber im Aschenbecher des Wagens. Ein zerknüllter Beleg ließ darauf schließen, dass das Auto am Tag zuvor um 11.17 Uhr in Radolfzell aufgetankt worden war. Zoffinger schickte einen Kollegen hin, der mit Neuigkeiten zurückkam. Die Tankstelle war in den vergangenen Jahren schon mehrfach überfallen worden, weshalb sich der Pächter entschlossen hatte, eine Überwachungsanlage installieren zu lassen. Die Auswertung der Bänder lohnte sich. Die Bilder zeigten drei Männer, unter denen Zoffinger sofort den Fahrer identifizieren konnte – seine »Zufallsbekanntschaft« vom Bootsparkplatz auf der Reichenau.

Aber das war noch nicht alles auf dem Video. Während der zweite Passagier die Windschutzscheibe putzte, gingen die beiden anderen in den Verkaufsraum der Tankstelle. Einer der beiden holte sich eine Tüte Chips aus dem Regal und reichte dem Verkäufer einen Geldschein. Der Fahrer bezahlte die Tankrechnung – glücklicherweise nicht bar, sondern per Kreditkarte. Nach ein paar Recherchen lagen Zoffinger die Daten vor. Der Kartenbesitzer hieß Mateo Novara, war 37 Jahre alt und wohnte in Stockach, wo er bei einer örtlichen Bank ein Konto besaß. Vom Bürgeramt ließ sich der Kommissar die Kopie eines Passfotos schicken, das er mit den Bildern von der Tankstelle vergleichen konnte.

In die zweite Vernehmung des Strabo-Haus-Einbrechers marschierte Zoffinger wie ein Lottokönig. In Feiertagslaune stürmte er in den Vernehmungsraum, stellte einen Becher Kaffee und einen Teller mit einer Rosinenschnecke vor seinen ›Gast‹, die er sich auf dem Weg ins Kommissariat in einer Bäckerei besorgt hatte.

»Guten Tag, Signore Novara«, begrüßte er den Kerl jovial. »Ich hoffe, Sie fanden es in Ihrer Zelle nicht allzu unbequem. Die Rosinenschnecke stammt übrigens nicht von Ihrer Lieblingsbäckerei in Stockach, sondern aus Konstanzer Produktion. Ich hoffe, sie schmeckt Ihnen trotzdem.«

Er packte einen mitgebrachten Karton aus und legte die beiden Schreckschusspistolen, das Magazin, die goldene Prolo-Uhr und das Bündel Euroscheine aus dem Handschuhfach des Audi auf den Tisch. Dazu die Fotos von der Überwachungskamera an der Radolfzeller Tankstelle und den Tankbeleg aus dem Aschenbecher. Dann hockte er sich hin und grinste sein Gegenüber siegessicher an.

»Was hier vor Ihnen liegt, macht Ihr Schweigen zu einem schlechten Witz. Glauben Sie im Ernst, aus dieser Nummer ungeschoren herauszukommen?«

Signore Novara ließ sich angesichts der erdrückenden Beweise nicht lange bitten. Ja, er sei in den Annex des Strabo-Hauses auf der Suche nach sakralen Wertgegenständen eingebrochen, habe aber nichts entwendet, weil es ja schließlich nichts zu stehlen gab. Und ja, er sei von zwei Kollegen aus dem Vorratsraum befreit worden und erkläre sich bereit, den dadurch entstandenen Schaden wiedergutzumachen.

Zoffinger erlitt einen Lachanfall.

»Um diese Kosten werden Sie auch nicht herumkommen, mein Lieber. Aber darüber wird später noch zu reden sein. Was mich im Augenblick interessiert: Wer hat Ihnen aus der Vorratskammer geholfen und wo befinden sich Ihre beiden Kollegen?«

Dass Novara mauerte, hatte Zoffinger erwartet. In diesem Metier Mittäter zu verpfeifen, verstieß nicht nur gegen die Ganovenehre, sondern konnte sich extrem negativ auf die körperliche Unversehrtheit auswirken. Auch im Knast hatten es »Singvögel« nicht leicht.

»Kommen wir auf Ihren Einbruch in die Vorratskammer zurück«, nahm Zoffinger den Faden wieder auf. »Sie behaupten, es auf kirchliche Sakralgegenstände abgesehen zu haben. Sie sind also ein ganz normaler Einbrecher und Dieb, wenn ich Sie richtig verstehe.«

Novara ließ den Kopf hängen und knetete seine Hände, dass die Knöchel weiß hervortraten.

»Geklaut habe ich nichts. Absolut nichts.«

»Na ja, es gab ja auch nichts zu klauen außer Konserven mit Bohneneintopf, Thunfischdosen, frisch gelegte Bioeier und vielleicht ein Bund Radieschen …«

»Goldene Kelche, Monstranzen, Messkännchen, Weihrauchfässer, Altarkreuz. Solche Sachen lassen sich auf dem Schwarzmarkt zu Geld machen«, dozierte Novara.

Sein Bemühen, den Grund für seinen Einbruch in Richtung Wertgegenstände zu lenken, war genauso auffällig wie sein Versuch, damit von seinem tatsächlichen Motiv ablenken zu wollen.

»Um solche sakralen Gegenstände zu klauen, hätten Sie ein paar Tage zuvor eine bessere Gelegenheit gehabt, Signore Novara. Da haben Sie aber nicht zugegriffen. Warum nicht?«

»Ich verstehe nicht, was Sie meinen?«, stellte der sich dumm.

»Gut, dann helfe ich Ihnen auf die Sprünge«, bot Zoffinger an. »Sie sind im Münster St. Maria und Markus in Mittelzell eingebrochen. Hat Sie vielleicht ein Anflug von tiefer Religiosität in die Kirche getrieben? Oder wollten Sie Ihren Durst mit abgestandenem Weihwasser stillen? Ich sage Ihnen, wie es war. Sie haben sich Zugang zu der verschlossenen Schatzkammer im Münster verschafft, haben Vitrinen aufgehebelt, aber wertvolle Sakralgegenstände einfach stehen lassen. Sie hätten im Prinzip alles mitgehen lassen können, haben aber darauf verzichtet. Kam Ihnen so ein Raub urplötzlich blasphemisch vor? Ich sage Ihnen, wie es tatsächlich war: Sie haben nach etwas ganz anderem gesucht!«

Novara plusterte sich auf wie ein Truthahn und wollte eben zu einer Rechtfertigung ansetzen. Aber Zoffinger fuhr ihm in die Parade.

»Versuchen Sie nicht, mich für dumm zu verkaufen. Ich habe keine Lust, mir Ihre Fantasiestorys anzuhören. Wir können schlüssig nachweisen, dass Sie sich in der Schatzkammer herumgetrieben haben. Fingerabdrücke lügen nicht! Das müssten Sie während Ihrer Verbrecherkarriere doch schon längst mitbekommen haben.«

Mateo Novara wand sich vier Tage lang wie ein Aal. Dass er am Ende kapitulierte, verdankte Zoffinger seinem besten Trumpf.

»Reden wir Tacheles! Wo waren Sie in der Nacht vom 17. auf den 18. Juli?«

Novara dachte eine Weile nach.

»Keine Ahnung! Das ist ja schon eine Weile her. Ich weiß nicht, wo ich war. Warum wollen Sie das überhaupt wissen? Das hört sich fast so an, als bräuchte ich ein Alibi.«

»Hahaha!«, schmetterte Zoffinger in den Vernehmungsraum. »Wie witzig! Ein Alibi! Irrtum, mein Guter. Sie brauchen kein Alibi. Sie brauchen ein hieb- und stichfestes Alibi, weil Sie sonst am Arsch sind. Und zwar als Mörder von Bruder Aurelius.«

Novara fiel die Kinnlade herunter.

»Heilige Muttergottes!«, stotterte er konsterniert. »Mit einem Mord habe ich nichts zu tun, das schwöre ich. Das müssen Sie mir glauben.«

»Lassen Sie die Muttergottes aus dem Spiel, Sie Dumpfbacke. Ich muss Ihnen überhaupt nichts glauben! Solange Sie mir keinen Beweis dafür liefern, dass

Sie für den Mord am Mönch Bruder Aurelius nicht infrage kommen, sind Sie mein Hauptverdächtiger. Punktum!«

Signore Novara bat sich Zeit aus, um zu überlegen, wo er in der fraglichen Nacht gewesen war. Zoffinger griff in die Trickkiste und ließ ihm Papier und Schreibzeug in die Zelle bringen, damit er seiner Erinnerung mit ein paar Notizen auf die Sprünge helfen konnte. Hintergedanke war, noch ein paar zusätzliche Informationen über das zu erfahren, was Novara in den Tagen vor und nach der Mordnacht getrieben hatte, um auf diese Weise an seine Kollegen heranzukommen. Was bei seiner Gewissenserforschung herauskam, las sich wie ein hie und da zwar lückenhafter, aber dennoch enthüllender Terminkalender. In der Mordnacht war Novara nachweislich im Spielcasino in Lindau gewesen, wo er 2200 Euro gewonnen und um 23.40 Uhr in Empfang genommen hatte, was auf dem Auszahlungsschein belegt war. Bis auf die ca. 100 km entfernte Reichenau hätte er mit dem Auto auf der B31 um den Überlinger See herum mindestens eineinhalb Stunden gebraucht, ebenso lange, wenn er den Weg mit der Fähre von Meersburg nach Konstanz abgekürzt hätte. Damit war sein Alibi unumstößlich, weil Bruder Aurelius zweifelsfrei zwischen 23 und 0.30 Uhr ermordet worden war.

Zoffinger fluchte wie ein Kesselschmied. Mit Novara war ihm nach Bodo Weihstock der zweite Mordverdächtige in Sachen Bruder Aurelius abhandengekommen.

»O.k! Was den Mord an Bruder Aurelius betrifft, sind Sie von der Angel. Was die diversen Einbrüche auf der Insel Reichenau anbelangt, sind Sie mir noch eine Antwort schuldig. Ob Sie dafür eingebuchtet werden, entscheidet das Gericht. Ich will wissen, was Sie in Mittelzell gesucht haben. Ich will wissen, wer Ihre Auftraggeber sind und wer Sie bezahlt. Solange Sie mir nicht die entsprechenden Informationen beschaffen, werde ich Ihnen auf den Zehen herumstehen, dass Sie nicht einmal mehr in der Lage sein werden, unbeobachtet eine Ihrer bevorzugten Rosinenschnecken zu kaufen. Ist das bei Ihnen angekommen?«

»Wenn ich sage, wer meine Auftraggeber sind, ist mein Leben keinen Pfifferling mehr wert«, jammerte Novara. »Ich würde denen damit einen Blankoscheck über mein Leben ausstellen.«

Er plauderte zwar keine Details aus, gab am Ende aber zu, im Auftrag einer ihm nicht näher bekannten Organisation nach Unterlagen gesucht zu haben, die sich im Besitz von Bruder Aurelius befanden. Offensichtlich handelte es sich um brisante Dokumente, die auf keinen Fall in falsche Hände kommen sollten. Zoffinger studierte den ihm vorliegenden Terminplan seines Häftlings, um auf einen Ort und einen Zeitpunkt zu stoßen, der für ein Treffen Novaras mit einem Auftraggeber passend gewesen wäre. Am 16. Juli, also dem Tag vor der Ermordung von Aurelius, schaute sich Novara laut Terminkalender in Kreuzlingen eine Ausstellung mittelalterlicher Kirchenkunst an, was dem Kommissar so glaubhaft erschien wie die Teilnahme an einem Geburtsvorbereitungskurs. Durch Zufall fand er heraus, dass die Ausstellungshalle am fraglichen Tag außerplanmäßig geschlossen hatte, weil bei Bauarbeiten auf einem benachbarten Grundstück ein Stromkabel abgerissen worden war. In der Cafeteria eines um die Ecke liegenden Hotels wollte sich Novara einen Kaffee geleistet haben.

In diesem Hotel fand an besagtem Tag ein Treffen von Finanzexperten und Anwälten statt. Zoffinger besorgte sich über Schweizer Kollegen die Gästeliste, weil ihm etwas schwante. Tatsächlich stellte sich heraus, dass an dem Meeting auch Vertreter von McCarthy & Partners teilgenommen hatten. Ein seltsames Zusammentreffen von Zufällen. Zwar kein Beweis, aber Grund genug für die Vermutung, dass sich Novara dort mit einem Mitarbeiter der in Zürich ansässigen Kanzlei getroffen hatte. Aus seinem Verdacht konstruierte Zoffinger Behauptungen, die er seinem Verdächtigen an den Kopf warf, als handele es sich um untrügliche Fakten. Novara knickte ein – Kapitulation auf der ganzen Linie. Aber es dauerte noch Stunden, ehe Zoffinger den Sack zuschnüren konnte. Kein großer Triumph für den Kommissar, höchstens ein Etappensieg. Der Mörder von Bruder Aurelius war immer noch nicht gefasst, die brisanten Dokumente blieben verschollen wie die beiden Komplizen von Novara, die sich vermutlich bei Nacht und Nebel von der Insel Reichenau abgesetzt hatten.

Zoffinger ließ den Wagen, mit dem die Vorratskammer des Strabo-Hauses wie eine Sardinenbüchse geöffnet worden war, von den Kriminaltechnikern untersuchen. Fingerabdrücke von Novara gab es wie Sand am Meer. Aber auch andere Spuren wurden gesichert, die mit denen von Karins Entführern verglichen wurden. Davon gab es in ihrer Wohnung und in dem Apartment, in dem sie an den Heizkörper gekettet war, mehr als genug. Das Ergebnis überraschte Zoffinger nicht sonderlich. Karins Entführerduo und die Befreier von Novara aus der Vorratskammer waren identisch.

Blieb die Frage, wer der junge Kerl war, der Karin losgekettet und auf den Parkplatz im Wollmatinger Ried gefahren hatte.

9
LEICHE IN LATEX

Die Einladung wollte er nicht ausschlagen, das damit verbundene Honorar auch nicht. Der Zaster sollte in ein Wasserbett, gefüllt mit türkisgrünem Wasser, investiert werden. Gebauchpinselt fühlte er sich durch das Angebot natürlich auch, und zwar von den Augenbrauen bis zum Ende seiner provokanten Kniebundhosen.

»Sie sind uns durch Ihre unkonventionellen Reportagen bekannt«, säuselte der Pressesprecher vielsagend lächelnd. »Darum haben wir uns für Sie entschieden, nachdem sich viele unserer Mitarbeiter für Sie ausgesprochen haben.«

Rolf Riedle opferte sein Wochenende gerne für einen Auftritt abseits der Radioroutine.

Eine Staubsaugerfirma aus dem Bodenseekreis wollte ihr 60-jähriges Jubiläum mit einem Knaller feiern, auch weil der Jahrestag mit dem 60. Geburtstag des Firmenchefs zusammenfiel. Nach langem Hin und Her entschied man sich für einen Betriebsausflug der etwas anderen Art – mit einem Schiff der Weißen Flotte. Man charterte also die MS Meersburg der Bodensee-Schiffsbetriebe, schipperte über den See, ließ sich von der Rockgruppe »Granit« musikalisch unterhalten und lauschte hin und wieder den Moderationen von Rolf Riedle von

Radio Grenzland, der für diesen Abend angeheuert worden war, um die Firmenangestellten mit flockigen Sprüchen bei Laune zu halten.

Schon mit seinem ersten Textbeitrag setzte Showmaster Riedle Markierungen, die erkennen ließen, was im weiteren Verlauf des Abends von ihm zu erwarten war. Sein Thema: Passend zum Anlass des zweifachen Jubiläums die magische Zahl 60.

Wer 60 Jahre alt wird, hat entweder mit seinem Leben nicht ausreichend Schindluder getrieben oder stammt von Grönlandhaien ab, die nachweislich über 400 Jahre alt werden. Viele erreichen das Etappenziel 60 in ihrem Leben gar nicht. Der berühmte mongolische Tenor Mutu ma Nata ist einen Tag vor seinem 60. Geburtstag in der Berghütte seines verwitweten Schwagers auf seinen Rauhaardackel Buxi getreten und hat sich beim Sturz an der Küchenmaschine seiner Mutter so schwer verletzt, dass er seine Geburtstagsfeier unfreiwillig ins örtliche Krematorium verlegen musste.

Der Firmenchef in der vordersten Reihe grinste etwas unsicher, was eventuell auch dem Umstand zuzuschreiben war, dass er schon vor Riedles Verbalattacke die Glückwünsche vieler Anwesenden mit mehreren Schlucken Sekt hatte quittieren müssen.

Ein anderes Beispiel!, setzte der Moderator seine Ausführungen zur magischen Zahl 60 fort. *Die rumänische Kunstturnerin Raka Milba hat am Vorabend ihres 60. Geburtstags beim Warmturnen am Stufenbarren einen Bruch der Lendenwirbel 5 bis 7, der Halswirbel 17 bis 23, eine Stauchung des hinteren Zwerchfells, einen Abriss der Hauptschlagader im Bereich des linken Thorax, eine Bänderdehnung im Halsmuskel, eine Deformation des Oberkiefers und eine Luxation sämtlicher Oberarme erlitten. Als sie nach dem Unfall mit dem Fahrrad ins Krankenhaus fahren wollte, hatte ihr Vorderreifen einen Platten, und ihre Fahrradpumpe war unauffindbar. Ihr Fußweg in die Krankenstation war umsonst, weil alle Ärzte und Krankenschwestern einen Skikurs in Bangladesh absolvierten. In ihrer Verzweiflung warf sich Raka Milba in selbstmörderischer Absicht vor den Rollator eines Düngemittelhändlers – und zwar erfolgreich.*

Die genannten Beispiele zeigen, wie extrem schwierig es ist, das 60. Lebensjahr zu vollenden. Obwohl – oder vielleicht gerade deswegen – weil die Zahl 60 eine Glückszahl ist. Das Jahr hat magischerweise 6 x 60 Tage plus 5 Tage Überschuss, die nicht gezählt werden. Der Mond T34a17 umrundet den Uranus am Rande unseres Sonnensystems in 60 Tagen, und schon Jules Verne gab seinem berühmten Roman den Titel »In 60 Tagen um die Erde«. Bereits den alten Eskimos fiel auf, dass sechs Personen insgesamt 60 Finger haben, und der Darm der Schneeziege ist nach neuesten wissenschaftlichen Erkenntnissen genau 60 Meter lang. Alles kein Zufall!

Dass es auch Negatives über die Glückszahl 60 zu berichten gibt, sollte uns nicht beeindrucken. Im Kalender der Yanomani-Indianer ist die Zahl 60 gleichbedeutend mit Wörtern wie verfault, vergammelt, hinüber, weil es noch nie einen Yanomani gab, der das 59. Lebensjahr taufrisch überstand. Geradezu abwegig ist auch die Zerlegung der Zahl 60 in ihre zwei Einzelziffern, woraus in Japan das Schimpfwort »Sie Sexnull« wurde. Natürlich sollte man auch der Zahlensymbolik Aufmerksamkeit schenken. Dreimal zwanzig ist 60. Auch das kein Zufall. 60 kommt häufig in Sagen und Märchen vor wie »Schneewittchen und die 60 Zwerge« oder im Kultsong »Über 60 Brücken sollst du gehen«. Magische Zahl des Kamasutra: 218.593 (Quersumme 28, multi-

pliziert mit der ersten Zahl = 56, plus verdoppelte erste Zahl = 60).

Die Reaktionen auf Riedles erhellendes Referat waren unterschiedlich. Was sein zuweilen bizarrer Humor nicht schaffte, erledigte am Ende das Riesenangebot an Alkoholika, das den Verdacht aufkommen ließ, dass AUF dem Schiff mindestens so viel Flüssigkeit vorhanden war wie UNTER dem Bug. Der Betriebsausflug wurde jedenfalls – aus welchen Gründen auch immer – ein durchschlagender Erfolg, was natürlich auch den Machern von Radio Grenzland zu Ohren kam. Eine Woche später ermunterte die Redaktion den Moderator, doch eine Reportage über die Weiße Flotte auf dem Bodensee zu machen, nachdem er mit den Bodensee-Schiffsbetrieben während der Jubiläumsfahrt bereits Erfahrungen gesammelt hatte.

Riedle suchte sich ein Spezialthema aus, von dem auch alteingesessene Konstanzer Radiomacher noch nie gehört hatten. In aller Herrgottsfrühe traf er sich mit einem Angestellten, der an seiner Latzhose ein knappes Namensschild mit der Aufschrift »Sepp« trug. Er schüttelte Riedle kräftig die Hand.

»Sag einfach Sepp zu mir. Das machen alle so. Sogar meine Frau. Hahaha!«

Sie steuerten im abgegrenzten Bereich des Rheinstrandbades auf ein Gefährt zu, wie Riedle es noch nie zu sehen bekommen hatte.

»Das ist meine Seekuh!«, präsentierte Sepp sein dunkelblaues Arbeitsgerät stolz. »Ich bin der einzige Konstanzer Wassercowboy, der sie reitet.«

Das Mähboot sah aus wie ein Raupenschlepper und war dazu da, die ufernahen Bereiche des Rheins und des Bodensees von störendem Seegras und sonstigem Bewuchs zu befreien.

»Hauptsächlich in den Häfen sind die Mäharbeiten nötig, damit sich keine Schlingpflanzen in den Schiffsschrauben verheddern. Hier im Rheinbad wird gemäht, damit die Leute ungestört baden können. Es gibt Stellen im See, wo das Seegras schneller und dichter wächst als anderswo. Im Eriskircher Ried zum Beispiel. Oder auch im Untersee.«

Er schwang sich in den »Sattel« und manövrierte das Amphibienfahrzeug mit seinem Kettenantrieb die Böschung hinunter ins Wasser.

»Ich würde dich mit an Bord nehmen«, erklärte der stolze Reiter. »Aber es gibt nur einen Sitzplatz. Doch du wirst auch von Land aus sehen, wie alles funktioniert.«

Langsam senkte er den an einem langen Hydraulikarm befestigten Mähbalken ins Wasser. Darüber befand sich eine breite Gitterschaufel, mit der er das abgeschnittene Seegras einsammelte und am Ufer auf einen Haufen kippte.

»Das wird alles kompostiert«, brüllte er und zeigte auf die grüne, feuchte Halde. »Ich kann auf diese Weise natürlich auch Treibgut und Müll aufsammeln. Alles, was im Wasser schwimmt. Holz, Plastikkanister, leere Flaschen, alles.«

Wieder senkte er den hydraulischen Rüssel seiner Seekuh ins Wasser und hob ihn ein paar Augenblicke später wieder hoch.

»Ab und zu fördere ich auch seltsame Sachen zu Tage. Guck dir bloß das an. Da hat einer eine Sexpuppe weggeworfen«, brüllte er lachend und zeigte auf die Schaufel, auf der eine lebensgroße Gummipuppe in schrillem Pink ausgebreitet lag wie auf einem grünen Diwan. Sepp steuerte sein Gefährt an Land, um die Ladung auf den Komposthaufen zu kippen. Riedle stand nur zwei Armlängen weit daneben und schaute interessiert zu. Der Arbeiter sprang aus seinem Sitz.

»Das Gummifräulein muss ich mir mal genauer ansehen.«

Er räumte das auf ihr liegende Seegras weg und machte mit einem Schrei plötzlich einen Satz nach hinten.

»Kruzifix! Das ist keine Puppe. Das ist eine Leiche.«

»Gibt's doch gar nicht«, murmelte Riedle und trat einen Schritt näher.

Der Körperform nach zu schließen handelte es sich um einen Mann von schlanker Statur, der in einem pinkfarbenen Ganzkörperanzug aus Latex mit eng anliegender Kapuze steckte, so dass nur sein Gesicht zu sehen war. Die mit kirschrotem Lippenstift geschminkten Lippen stachen aus dem graubleichen, etwas aufgedunsenen Gesicht geradezu provokativ heraus. Sein rechter Arm lag ausgestreckt auf dem Seegrasbett. Am kleinen Finger steckte ein Ring mit einem auffälligen blauen Stein. Auf Hüfthöhe klaffte ein Riss in seinem Anzug, der aussah, als sei der Tote an einem scharfen Gegenstand oder einem spitzen Ast hängen geblieben.

»Heiliger Bimbam! Was machen wir jetzt?«, nuschelte Sepp.

»Anrufen! Die Kriminaler. Ich weiß auch schon wen.« Riedle zog sein Smartphone aus der Tasche. Die Nummer war gespeichert. Eine halbe Stunde später war Zoffinger mit ein paar Leuten vor Ort.

»Haben Sie den Toten angefasst?«, wollte Zoffinger von Sepp wissen.

Der Arbeiter klopfte sich an die Stirn.

»Natürlich habe ich ihn angefasst. Wie hätte ich ihn sonst aus dem Wasser bergen können. Ich habe ihn mit der Schaufel meines Mähbootes vom Seegrund gehoben. Ist doch klar!«

»Ich meine, haben Sie die Leiche hier an Land mit den Händen angefasst?«

»Einen Teufel werde ich tun. Warum sollte ich den Kerl anfassen? Oder glauben Sie, ich hätte ihm seine Armbanduhr oder seine Kreditkarten geklaut?«

»Ich will nur wissen, ob an der Leiche Ihre Spuren zu finden sind, weil das von der Spurensicherung abgeglichen werden muss.«

Sepp warf dem Kommissar einen entnervten Blick zu.

»Ach, wissen Sie, wenn ich einen Toten finde – was eigentlich jeden Tag passiert – gehört bei mir Folgendes zum Standardprozedere: Akribische äußere Körperanalyse, Körpertemperatur messen, Blutalkoholgehalt bestimmen, Abdrücke vom Gebiss nehmen und bei der anschließenden Obduktion ...«

»Ist ja schon gut«, unterbrach ihn Zoffinger. »Sind Sie ein verkappter Rechtsmediziner? Sie kennen sich offenbar gut aus mit dem Prozedere.«

Sepp winkte ab.

»Ich bin Krimileser. In den Romanen steht zwar viel Unsinn, aber man bekommt eine ungefähre Vorstellung, wie es an einem Tatort zugeht.«

Zoffinger wandte sich an Rolf Riedle, der sich auf das Mähboot gesetzt hatte und die Beine baumeln ließ.

»Ist dir bei der Bergung der Leiche etwas Besonderes aufgefallen? Hatte der Tote etwas bei sich?«

Riedle schüttelte den Kopf. »War alles so, wie Sepp erzählt hat. Ich frage mich nur, ob der pinkfarbene Kerl tatsächlich ein Mensch ist.«

»Ob er ein Mensch ist?« Zoffinger sah Riedle verständnislos an.

»Vielleicht hast du noch nie davon gehört. Aber es gibt Leute, die behaupten, dass an der tiefsten Stelle des Sees eine Kolonie unbekannter Wesen lebt oder dass es auf dem Seeboden einen geheimnisvollen Zugang in eine verborgene Zivilisation, in eine Gegenwelt gibt.«

»Fang jetzt bloß nicht an zu spinnen. Du hast Glück, dass die Zeiten der Ketzerverbrennungen vorbei sind. Sonst wärst du wahrscheinlich auch dran.«

Riedle ließ sich nicht stoppen.

»Der Bodensee birgt düstere Geheimnisse. Unterwasserarchäologen haben auf dem Seegrund vor dem Ufer von Romanshorn bis Bottighofen in regelmäßigen Abständen rätselhafte, etwa zwei Meter hohe Hügel mit einem Durchmesser von 20 Metern gefunden. Kein Schwein weiß, um was es sich dabei handelt. Manche sprechen vom Bodensee-Stonehenge.«

»Ich habe auch mal gelesen, dass lila Plüschbären vor 80.000 Jahren die Erde zivilisierten«, beendete Zoffinger das Gespräch, das ihn sichtlich nervte. »Sorry, Rolf. Mein Job ruft.«

Auf dem Weg in die Rechtsmedizin wäre er fast auf ein von Autoreifen zermanschtes Eichhörnchen getreten. In das Gebäude, in dem sich im Souterrain der gekachelte Obduktionssaal befand, ging er so begeistert wie zur Darmspiegelung. Der süßlich-faulige Geruch blieb ihm jedes Mal stundenlang in der Nase hängen. Institutsleiter Dr. Ulrich Herrlinger und seine Präparatorin standen in grüner OP-Kleidung mit Haube und Mundschutz wie zwei Aliens um den Edelstahltisch.

»Petechien!«

Dr. Herrlinger beugte sich so nahe über das Gesicht der Leiche, dass Zoffinger bereits das Schlimmste befürchtete.

»Punktförmige Einblutungen in den Bindehäuten der Augen. Eindeutige Indizien für eine Gewalteinwirkung gegen den Hals.«

»Dass das Opfer stranguliert wurde, sehe ich auch ohne medizinisches Fachwissen«, urteilte der Kommissar. »Da muss ich mir nur die brutalen Würgemale am Hals ansehen. Habt ihr sonst schon Erkenntnisse?«

»Wie ich dir schon am Telefon sagte: eindeutig Mord durch Strangulation, und zwar mit einer Metallkette. Er ist definitiv nicht ertrunken, sondern war schon tot, als er ins Wasser fiel oder geworfen wurde. Schauen Sie diese Verletzung am Hals an. Lässt darauf schließen, dass der Mörder ein kräftiger Kerl war.«

Zoffinger schaute nicht hin, sondern ließ den Blick über weiß gekachelte Wände und Edelstahlkühlschränke schweifen, hinter deren Türen schon mancher Namenlose seine irdische Laufbahn beendete.

»Jetzt habe ich schon die dritte Leiche an der Backe. Und kein einziger Fall ist gelöst«, zeterte er. »Sonst noch was Besonderes?«

»Der Tote muss vor seinem Ableben durch Faustschläge schwer traktiert worden sein. Dem äußeren Erscheinungsbild nach handelt es sich zweifelsfrei um eine Wasserleiche. Eindeutiges Merkmal ist die Waschhautbildung. Das kennt man ja, wenn man zu lange in der Wanne gelegen hat und die Haut schrumpelig wird. Erkennbar ist auch, dass der Tote längere Zeit unter Wasser gelegen haben muss, weil sich das Körperfett durch Luftabschluss in typisches Fettwachs verwandelte, was den Körper wie eine Schutzhülle umgibt.«

»Die allgemeinen Details können wir uns wohl ersparen«, schlug Zoffinger vor, weil er seinen Aufenthalt im Reich der Toten so kurz wie möglich halten wollte.

»Die Erfahrung sagt: Wer im Bodensee ertrinkt, taucht nur selten wieder auf.«

Dr. Herrlinger war wie immer begierig, sein Fachwissen an den Mann zu bringen.

»In diesem Fall stehen wir vor einem speziellen Problem. Da der Tote keine Straßenkleidung, sondern diesen Latexanzug trug, befand sich die Leiche vermutlich eine ganze Zeit lang durch die im Anzug gestauten Verwesungsgase in einer Art Schwebezustand. D.h. die Strömung konnte den Körper an die Stelle in den Rheintrichter treiben, an dem er aufgefunden wurde. Heißt: Die Fundstelle ist mit Sicherheit nicht der Tatort.«

»Der Mähbootfahrer hat angegeben, dass er die Leiche nicht von der Wasseroberfläche gefischt, sondern unter Wasser gefunden hat.«

»Logisch! Vielleicht ist ihnen der Riss im Latexanzug aufgefallen. Wo immer diese Beschädigung auch herrührte: Durch das Loch konnten die Gase aus dem eng anliegenden Anzug irgendwann entweichen, was zur Folge hatte, dass der Körper abgesunken ist.«

Während sich der Rechtsmediziner weiter um die pinkfarbene Leiche kümmerte, machte sich Zoffinger auf die Suche nach der Nadel im Heuhaufen: die Identität des Toten. Warum der etwa 25- bis 30-jährige Mann den auffälligen Anzug trug, war schnell herausgefunden. Der Kommissar erinnerte sich an die Nacht des Konstanzer Feuerwerks, als er bei Veras Fete von einem Zwischenfall auf dem sogenannten Folterschiff erfuhr, mit dem Latex- und Lederapostel auf dem Bodensee kreuzten. Von Kollegen wusste er, dass es zu relativ harmlosen Handgreiflichkeiten zwischen zwei Grüppchen von Passagieren gekommen war. Er ließ sich vom Veranstalter des Events die Gästeliste schicken, die von seinen Mitarbeitern überprüft wurde. Bei Gesprächen mit Teilnehmern der Fahrt stellte sich heraus, dass der pinkfarbene Latexjünger zwar manchen Passagieren an Bord mit seinem extravaganten Outfit aufgefallen war, ihn aber offenbar niemand näher kannte.

Einen Minifortschritt in den Ermittlungen ergab ein Anruf der Bodensee-Schiffsbetriebe. Ein Reinigungstrupp hatte nach der Exkursion des Folterschiffs an Bord für Ordnung gesorgt, auch in einem Raum, in dem ein Getränkelager eingerichtet worden war. Eine Putzfrau hatte hinter einem Stapel Bierkisten ein zerdeppertes Smartphone gefunden, steckte es ein und vergaß es. Erst einen Tag später fiel ihr der Fund wieder ein, worauf sie das Gerät bei ihrem Arbeitgeber ablieferte. Der wiederum war clever genug, es bei der Polizei abzuliefern. Es konnte dem unbekannten Latexmann zugeordnet werden.

War Mr. Pink tatsächlich zu Tode gekommen, während das Torture Ship auf dem Bodensee kreuzte, musste der Mörder logischerweise ebenfalls an Bord gewesen sein. Aber wer war der Ermordete eigentlich? Die Liste der Passagiere zu durchforsten, brachte zunächst gar nichts.

Die Situation änderte sich erst, nachdem die Presse sein Foto veröffentlichte. Ein älteres, in Unteruhldingen lebendes holländisches Ehepaar namens Nesselrod meldete sich. Zoffinger machte sich auf den Weg, um bei den betagten Holländern mehr über ihren Sohn herauszufinden. Er hasste solche Horrorvisiten. Bei den Familien rissen die Befragungen in der Regel Wunden auf. Ihn selbst versetzten solche Recherchen in einen Zustand der Hilf- und Ratlosigkeit. Was sollte man jemandem sagen, der einen Familienangehörigen durch ein Gewaltverbrechen verloren hatte?

»Unbeteiligten ist das nicht zu vermitteln«, lispelte Anna Nesselrod, »aber ein Kind zu verlieren, ist so ziemlich das Schlimmste, was Eltern widerfahren kann. Und wenn es sich um eine solche Untat handelt – umso schlimmer.«

Zoffinger zögerte, sprach die Eltern aber schließlich doch auf das Outfit ihres Sohnes an, in dem er aufgefunden wurde. Beide ließen sich Zeit für eine Antwort, weil ihnen das Thema offenkundig peinlich war.

»Er hat sich in den letzten zwei, drei Jahren in eine Richtung entwickelt, die uns nicht gefiel«, gab Freddy Nesselrod zu. »Aber er war erwachsen und konnte selbst über sein Leben entscheiden, auch wenn er sich dabei immer weiter von uns entfernte. Ich glaube, es hing mit seinem geschäftlichen Erfolg zusammen, dass er sich mit Leuten umgab, denen er wahrscheinlich besser aus dem Weg gegangen wäre.«

»Was waren das denn für Leute?«, hakte der Kommissar nach.

»Junge Kerle, die mit dicken Autos und aufgetakelten jungen Frauen angaben. Hin und wieder brachte Mike Freunde und Bekannte mit nach Hause, als er noch hier wohnte. In den letzten Monaten haben wir ihn immer seltener zu Gesicht bekommen. War wahrscheinlich in erster Linie dem Umstand geschuldet, dass er seit fast einem Jahr seine eigene Wohnung hatte.«

»Sie erwähnen seinen geschäftlichen Erfolg. Was hat er eigentlich gearbeitet?«

»Noch bevor er sein Abitur absolvierte, hat er angefangen, im Internet Geschäfte zu machen. Am Anfang mit einer Tauschbörse, danach mit zum Teil eher schrägen Ideen.«

»Zum Beispiel?«

Freddy Nesselrod war es sichtlich unangenehm, darüber zu reden. Er stand auf, klappte seine Hausbar auf und schenkte sich einen dreifingerbreiten Drink ein. Zoffinger winkte ab, als ihm der Hausherr einen einladenden Blick zuwarf.

»Er entwickelte und verkaufte beispielsweise eine App mit einem Bewerbungsratgeber. Mit im Programm enthalten war ein Lebenslaufgenerator, mit dem man verkorkste Vitas, prekäre Beschäftigungsverhältnisse und Grauzonen-Werdegänge aufhübschen und auf ein bestimmtes Ziel hin ausrichten konnte. Hat mir überhaupt nicht gefallen, diese Idee. Ich kenne mich aus im Personalwesen und finde so etwas ziemlich beschissen. Aber er hat offensichtlich gut daran verdient. Wie sagt man so schön? Geld stinkt nicht. So ein hirnverbrannter Blödsinn!«

»Sie werden verstehen, dass wir uns noch in der Wohnung Ihres Sohnes umsehen müssen. Würden Sie mir bitte die Adresse aufschreiben?«

»Wir haben einen Wohnungsschlüssel, den Mike bei uns hinterlegt hat. Für den Fall der Fälle.«

»Haben Sie ihn in seiner Wohnung gelegentlich besucht?«

Frau Nesselrod schüttelte den Kopf.

»Wir haben darauf gewartet, dass er uns einladen würde. Aber er hat immer abgewinkt. Die Wohnung sei noch nicht fertig. Er sei zu beschäftigt oder hätte wichtige Termine. Na ja, wir sagten ja schon, dass er sich in letzter Zeit ziemlich rar gemacht hat.«

Zoffinger rief die Spurensicherung an, bestellte die Kollegen an die betreffende Adresse und machte sich selbst auf den Weg.

Mike Nesselrod hatte sich oberhalb von Staad nicht

weit von der Fähre nach Meersburg entfernt einen alten, nicht unter Denkmalschutz stehenden Bauernhof samt Futtersilo und Stallungen in ein hippes Loft mit über 300 Quadratmetern Wohnfläche umbauen lassen. Kein Landhaus-Charme, sondern eher großkotziges Seht-mal-her-Ambiente eines Geltungssüchtigen. Um einen offenen Innenhof zogen sich zwei verglaste Gebäudeflügel, die durch ein ehemaliges Futtersilo getrennt waren, in das der Hausherr ein etwa sechs Meter hohes Loft hatte einbauen lassen. Manche Innenwände waren nicht verputzt, sondern man hatte das alte Mauerwerk in seinem ursprünglichen Zustand belassen. Im Wohnraum alles Grau in Grau vom Estrichboden über die Sitzgruppenpolster bis zu den Teppichen. In der turnhallengroßen Küche zwei Kochinseln mit schwarz lackierten Fronten und sich in die Decke bohrenden Dunstabzugshauben, die aussahen wie Miniabschussrampen.

»Mich würde brennend interessieren, wie ein 24-Jähriger zu so viel Kohle kommt, dass er sich einen protzigen und scheußlichen Schuppen wie diesen leisten kann«, wunderte sich einer der Spurensicherer. »Der Kerl muss stinkreich gewesen sein. Mit seiner Hände Arbeit hat er das garantiert nicht geschafft.«

»Mich würde brennend interessieren, in was für einem inneren Zustand sich ein junger Mensch befinden muss, der sich eine solche Bude herrichten lässt«, entgegnete Zoffinger. »Keine Farben, keine Knuddelecke, kein Gar-nichts. Es fällt schwer, sich vorzustellen, dass hier drinnen jemand gelebt hat. Sieht eigentlich eher aus wie das Musterhaus einer Immobiliengesellschaft für Schaumschläger.«

Zoffinger war auf der Rückfahrt von Staad in sein Büro, als ihn ein Telefonanruf aus seinem Büro erreichte.

»Es gibt Neues, Paul«, krakeelte sein Kollege. »Die Kriminaltechniker konnten das im Getränkeraum des Folterschiffs gefundene Smartphone zweifelsfrei Mike Nesselrod zuordnen. Allerdings ist nach wie vor ein Rätsel, wie es in den Lagerraum gekommen ist.«

Hatten die drei Morde vielleicht etwas miteinander zu tun? Eine erhängte Frau in einem Strandbad, ein erstochener Mönch in einem klösterlichen Kräutergarten und eine Wasserleiche in einem pinkfarbenen Latexanzug? Taten eines Serienmörders? Zu viele Fragen, wie sich der Kommissar selbst eingestand.

Zunächst kümmerte sich Zoffinger um die Gästeliste des Folterschiffs, auf der Mike tatsächlich auftauchte, weil er den Schiffstrip ganz normal gebucht hatte. Als der Kommissar den Ausdruck überflog, wurde ihm ganz schwummrig. 588 Gäste waren aufgeführt. Außerdem 34 Besatzungsmitglieder vom Kapitän bis zum Servicepersonal. Wie ließ sich die Menschenmenge auf mögliche Verdächtige reduzieren? Beim Mörder von Nesselrod musste es sich nach menschlichem Ermessen um einen kräftigen Kerl oder mehrere Männer gehandelt haben. Also fielen zunächst sämtliche an Bord befindlichen Frauen durch das Raster. Übrig blieben 304 Männer. Ausländische Gäste aus Japan, den USA, zahlreiche Besatzungsmitglieder und Passagiere, die schon seit mehreren Jahren auf der Swingerfahrt mit von der Partie gewesen waren, sortierte der Kommissar aus. Am Ende war die Liste nur noch 116 Namen und immer noch eine frustrierende Erfahrung lang.

Befragungen unter den Sadomaso-Jüngern halfen zuerst auch nicht weiter. Bis auf die Tatsache, dass mehrere den Event gefilmt und fotografiert hatten. Zudem gab es ein Video des Veranstalters, das Teilnehmer käuflich erwerben konnten. Darauf war unter anderem ein Kerl zu sehen, der eine schwarze, ärmellose Lederkutte mit blutrotem Totenkopf auf dem Rücken und daran befestigten Metallketten trug. In allen Videosequenzen tauchte er mit einer gesichtsdeckenden Gasmaske auf. Auffällig war ein Tattoo auf seinem linken Unterarm – ein nadelspitzes Stilett. Offenbar hatte er einen bulligen Begleiter bei sich, der auf seinem glatt rasierten hässlichen Schädel ein Tattoo in Form einer noch hässlicheren Schlange trug.

Zoffingers Leute waren nur noch am Jammern, weil sie drei Wochen lang mit einem Abgleich der Passagierliste mit Videoaufnahmen einerseits und Aussagen von Passagieren andererseits beschäftigt waren. Doch am Ende zahlte sich die Tortur aus. Es blieb nur noch ein Kern von sechs Männern übrig, unter denen sich vermutlich der oder die Mörder befanden. Der Kerl mit der Gasmaske und sein Begleiter gehörten auch dazu. Auf zwei Videoclips und drei Fotos war das Gesicht des Gasmaskenmannes zu erkennen, als er sich an der Bar einen Drink genehmigte und die Maske abnahm, ein schmieriger Kerl mit zurückgegelten Haaren.

Nachdem weitere vier der letzten Verbliebenen durch andere Teilnehmer identifiziert waren, blieb nur noch das Duo Gasmaske und Schlangentattoo übrig. Als Zoffinger die Namen las, bekam er einen Lachanfall. Laut Gästeliste hatten die beiden ihren Fetischistentörn unter den wenig einfallsreichen Namen Silvio Berlusconi und Bud Spencer gebucht. Blieb noch herauszufinden, wie die undurchsichtigen Gestalten wirklich hießen. Zoffinger beauftragte Matty, den Polizeifotografen, aus den Fotos und Videoclips Porträtfotos der beiden herauszukopieren, um die Bilder mit der Fahndungsdatei des Bundeskriminalamtes abzugleichen. Einen Tag später warf ihm Matty zwei gestochen scharfe Bilder auf den Schreibtisch.

»Ich musste gar nicht groß herumkopieren. Mir sind beide bekannt. Die Fotos hätte ich im Internet tausendfach bekommen können. Silvio Berlusconi ist ehemaliger Ministerpräsident Italiens, Bud Spencer ein verstorbener Schauspieler fürs Grobe.«

Zoffinger starrte seinen Kollegen an wie eine Feenerscheinung. Durch intellektuelle Spritzigkeit war der Typ noch nie aufgefallen. Aber dass er sich so dämlich anstellte, war für den Kommissar eine neue Erfahrung.

»Herr, lass Hirn regnen«, stöhnte er. »Silvio Berlusconi und Bud Spencer sind Tarnnamen, TARNNAMEN, unter denen die beiden Verdächtigen ihre Folterschifftour buchten. Manometer! Ich brauche die Fotos des Duos Gasmaske und Schlangentattoo. Die Gesichter von Silvio Berlusconi und Bud Spencer kannst du dir einrahmen lassen. Ich kann nichts damit anfangen.«

Am Ende bekam Zoffinger die Bilder doch noch. Glücklicherweise. Als er die Konterfeis vor sich liegen hatte, ging ihm kein Licht, sondern ein ganzer Kronleuchter auf. Auf den ersten Blick erkannte er zwei alte, bislang allerdings namenlose Bekannte: Karins Entführerduo, die auch die beiden Einbrecher in der Pizzeria Da Vinci waren. Sofort schickte er die Fotos zur Suchabfrage an das Bundeskriminalamt. Das Resultat ließ nicht lange auf sich warten. Beide waren aktenkundig. Der Mann mit der Gasmaske war der italienische Staatsbürger Luca Lucozzi, der bereits wegen Hehlerei und Erpressung in Erscheinung getreten war und nachweislich zur Mafiaorganisation Ndrangheta gehörte. Sein Partner Korab Turku wurde der albanischen Mafia zugerechnet. Auch er war kein unbeschriebenes Blatt, sondern hatte wegen mehrerer Fälle von Körperverletzung und wegen eines großen Drogendeals vor Gericht gestanden, bei dem er allerdings aus Mangel an Beweisen mit einer läppischen Strafe davongekommen war. Auffällig war, dass sowohl Mike Nesselrod als auch das Gespann Lucozzi/Turku die Schiffstour am selben Tag buchten, vielleicht ein Hinweis, dass sie sich verabredet hatten.

Ein Beweis für die Verstrickung des Duos in den Mord an Mike Nesselrod existierte nicht. Aber alle Anzeichen deuteten auf einen Auftragsmord hin. Blieb die Frage, warum der Latexmann eventuell ins Fadenkreuz der Ndrangheta geraten war. Um Kleinigkeiten konnte es sich jedenfalls nicht handeln. Hätte er in einem italienischen Feinkostgeschäft ein Päckchen Gnocchi geklaut, wäre der mächtige süditalienische Clan, der mit Drogen- und Waffenhandel, Geldwäsche, Erpressungen, Autoschiebereien und Falschgeldkriminalität Milliarden scheffelte, garantiert nicht aktiv geworden.

Zoffinger hatte seinen Kollegen ans Herz gelegt, das Domizil von Mike Nesselrod in Staad vom Keller bis zum Dachfirst umzukrempeln und nach Spuren zu suchen, die Licht ins Dunkel des Mordfalles bringen könnten. Recherchen in lokalen und regionalen Fetischisten- und SM-Kreisen hatten ergeben, dass der pinkfarbene Latexmann hin und wieder bei einschlägigen Veranstaltungen auftauchte, aber in der Szene keine große Rolle spielte. In seinem Haus stieß die Spurensicherung auf Geschäftsunterlagen, die den Schluss zuließen, dass der Hausherr unterschiedliche Internetgeschäfte als Ein-Mann-Betrieb abwickelte.

»Der Kerl war ein Cleverle – ohne Frage«, stellte einer der Schnüffler fest, der zwischen offenen Schubladen, Papierstapeln und digitalen Datenträgern herumstöberte.

»Er hat sich mit verschiedenen Start-ups versucht, ein Online-Dating-Portal gegründet und, halte dich fest, einen Sexshop mit Magazinen geplant – in Blindenschrift. Ob etwas aus der Gaga-Idee geworden ist, geht aus den Dokumenten nicht hervor.«

Das Bild vom ausgefuchsten Existenzgründer wandelte sich, als die Beamten im Keller hinter einem Weinregal auf einen Safe stießen, in dem über 200.000 Euro, 74.000 Schweizer Franken und 14.000 US-Dollar gebunkert waren. Auf der Innenseite der Safetür klebte ein Zettel mit einer kryptischen Zahlenkolonne, die so ziemlich alles bedeuten konnte: eine internationale Telefonnummer, einen Geheimcode, Zahlensymbolik … Am Ende fanden die Tüftler die Lösung. Es handelte sich um eine Kontonummer bei einer Bank in Reggio Calabria.

»Schon wieder Reggio Calabria«, dachte Zoffinger. Dass das betreffende Geldhaus intensive Geschäftsbeziehungen mit der süditalienischen Ndrangheta pflegte, pfiffen die Spatzen sogar in Konstanzer Ermittlerkreisen von den Dächern. Und dass Mike Nesselrod den stattlichen Geldbetrag weder mit einem Dating-Portal noch mit einer Sexpostille verdient hatte, sondern eher mit krummen Mafiageschäften, drängte sich geradezu auf.

Aus dem Handschuhfach von Mike Nesselrods Auto hätte man einen Kindergarten mit Gummibärchen verpflegen können. Unter den Tüten mit dem klebrigen Süßzeug fand sich ein akkurat geführtes Fahrtenbuch, in dem der Fahrzeughalter alle seine Touren mit Datum, gefahrenen Kilometern und Reiseziel notiert hatte. Bei der Durchsicht stach einem Kollegen von Zoffinger eine mehrtägige Reise ins Auge. Mit wehenden Fahnen hastete er ins Büro seines Chefs und wedelte mit dem Fahrtenbuch in der Luft herum.

»Kannst du dich erinnern, wann sich Bruder Aurelius alias Richard Bloder im Tessin mit seinen beiden Kollegen getroffen hat?«

Zoffinger kramte zwischen Thermoskanne und Leberwurstbrot in seinen Unterlagen und fand die Notiz.

»Dann kann ich dir sagen, wer der zweite Mann bei dem Geschäftstreffen in Cevio war.«

»Und? Papst Franziskus? Jogi Löw? Donald Trump?«

»Fast richtig. Es handelte sich um einen ehemaligen Kollegen von Bruder Aurelius, mit dem er bei McCarthy & Partners zusammengearbeitet hatte. Unseren Recherchen zufolge unterstützte dieser Mitarbeiter Aurelius beim Ausstieg aus der Kanzlei und bei der Flucht nach Südamerika. Da er vor drei Wochen verstorben ist, wird er dir bei deinen Ermittlungen keine Hilfe mehr sein können.«

Der Kommissar hatte seine Kollegen nachmittags zu einem Brainstorming gebeten, um die Ergebnisse der bisherigen, allerdings ziemlich dürftigen Ermittlungen zusammenzufassen. Das Meeting war gerade vorbei, als sich in seinem Büro ein älterer Herr mit einem seltsamen Gerät in der Hand meldete.

»Ich bin Sondengänger«, erklärte er. »Das ist so etwas Ähnliches wie ein Schatzsucher. Als Rentner muss man die Tage ja irgendwie rumkriegen, ohne auf der Couch zu verschimmeln. Das hier …«

Er schüttelte das Gerät wie einen Staubwedel.

»ist mein unverzichtbarer Helfer: ein Metalldetektor. Mir geht es nicht um den Wert meiner Funde, sondern einfach um die Fundstücke selbst: Münzen, Ohrringe, Schiffsteile, Schrott, manchmal leider auch Munition aus dem letzten Weltkrieg.«

Zoffinger wunderte sich, warum der Mann so ausschweifend über sein Hobby dozierte, bis er seinen Rucksack von der Schulter zog und eine verkorkte Flasche herauszog.

»Keine Sorge!«, winkte er ab. »Ich will Sie auf kein Gläschen einladen. Die Flasche ist leer. Zumindest ist kein Wein drin.«

Er platziere sein Mitbringsel auf dem Schreibtisch vor Zoffinger, der immer noch nicht wusste, um was es eigentlich ging.

»Die Flaschenpost habe ich an einem Uferabschnitt am Seerhein gefunden. Angeschwemmte Flaschen, ganz oder zerbrochen, liegen dort häufig herum. Die hier ist mir sofort aufgefallen, weil ich den Zettel im Innern gesehen habe.«

Er drehte die Weißburgunderflasche so, dass der Kommissar durch das grünliche Glas die fetten Buchstaben auf dem Zettel sehen konnte: »Sucht die Mörder Lucky & Grusht.«

Ein Pennälerscherz? Ein Ratespiel? Oder steckte doch mehr dahinter? Die Pulle konnte nicht allzu lange im See getrieben haben, weil sich das Etikett sonst bereits abgelöst hätte. Auf dem Äußeren fanden sich wegen des Seewassers keine verwertbaren Spuren. Der Zettel im Innern: eine weiße Serviette, auf die vermutlich mit einem in roten Trauben- oder Beerensaft getauchten Finger geschrieben worden war. Fingerabdrücke und DNA-Spuren ließen sich eindeutig zuordnen. Sie gehörten dem toten Latexmann Mike Nesselrod.

Das war aber noch nicht alles. Die Grübler, Denker, Schlaumeier und Pfiffikusse in der Abteilung zerbrachen sich die Köpfe über das seltsame Tandem Lucky & Grusht. Naheliegend war, dass es sich um die Übernamen der Mörder von Mike Nesselrod handelte. Beim

Bundeskriminalamt war tatsächlich ein Ndrangheta-Mitglied mit dem Namen Lucky aktenkundig, hinter dem sich kein Geringerer als Luca Lucozzi verbarg. »Grusht« war die albanische Bezeichnung für ›Faust‹, was zu Korab Turku passte, der schon mehrfach durch gewalttätige Problemlösungen in Erscheinung getreten war.

Nachdem die Fahndung nach dem Duo infernale angelaufen war, vereinbarte Zoffinger einen Termin bei den Bodensee-Schiffsbetrieben – nicht mit der Geschäftsführung und auch mit keinem Kapitän, sondern mit dem vor Anker liegenden Folterschiff. Ein Angestellter führte ihn auf das Oberdeck. Das Getränkelager, in dem die Putzfrau das kaputte Smartphone von Mike Nesselrod gefunden hatte, befand sich in nächster Nähe zum Restaurant und war durch eine stabile Stahltür gesichert. Drinnen schnupperte Zoffinger in die Dunkelheit, ehe sein Begleiter das Licht anknipste.

»Ab und zu geht mal was zu Bruch«, erklärte er. »Sie wissen selbst: Wenn Ihnen im Keller eine Flasche Bier auf den Boden knallt, haben Sie lange was davon. Geruchsmäßig.«

Bierkisten und Weinkartons standen herum. An zwei leeren, ausgeschalteten Riesenkühlschränken standen die Türen offen. Es sah nicht so aus, als würde das Schiff in absehbarer Zeit zum nächsten Ausflug auslaufen. Eine einzige, vergitterte Luke ging nach draußen. Zoffinger besaß Fantasie genug, sich vorzustellen, wie Mike Nesselrods Smartphone in den Lagerraum gekommen war. Vermutlich hatten Luca ›Lucky‹ Lucozzi und Korab ›Grusht‹ Turku den Latexmann in einem günstigen Augenblick zusammengeschlagen, in das Depot geworfen und eingesperrt, bis sich eine Gelegenheit ergab, ihn im See zu entsorgen. Nachdem bei der Rangelei das Smartphone zu

Bruch gegangen war, sah Mike vermutlich seine letzte Stunde gekommen und nahm Rache mit der in den See geworfenen Flaschenpost. Sein Leben konnte er dadurch nicht retten. Aber eine Spur legen, um posthum seine Mörder zu Fall zu bringen.

Zoffinger war sich sicher, über kurz oder lang persönlich Bekanntschaft mit dem dubiosen Zweierteam zu machen.

10
KALTE SPUR

Es hakte an allen Ecken und Enden. Im Fall der erhängten Frau im Eriskircher Strandbad tappte Zoffinger noch im Dunkeln. Der Mord an Bruder Aurelius blieb eine Rechnung mit lauter Unbekannten. Lediglich im Fall von Mike Nesselrod zeichnete sich ein Silberstreifen am Horizont ab. Mit drei Gewaltverbrechen auf einmal hatte es der Kriminaler in seiner gesamten Laufbahn noch nie zu tun gehabt. Andere Ermittler wären in Anbetracht der bislang wenig erfolgreichen Tätersuche vielleicht in Depressionen verfallen. Anders Zoffinger. Er biss sich in seinen Fällen fest und fühlte sich durch Rückschläge eher motiviert als deprimiert.

Völlig unerwartet nahm der Mordfall Eriskirch eine Wendung. Manchmal hatte Kommissar Zufall die Hände im Spiel, manchmal griff das Schicksal ein. Das Eriskircher Strandbad war während der gesamten Sommersaison wegen zu hoher Keimbelastung geschlossen geblieben. Auf Dauer wollte das die Gemeindeverwaltung nicht hinnehmen, sondern beraumte mit einigen Fachleuten eine Begehung an, um das Problem aus der Welt zu schaffen. Beim Rundgang fiel einer Vertreterin des Bauamtes auf, dass das Fünf-Meter-Brett des Sprungturms etwas seltsam aussah. Einer der Männer kletterte hinauf, um nachzusehen.

»Leute, das glaubt ihr nicht!«, tönte er aus der Höhe. »Da hat irgendein Schwachmat doch tatsächlich den vordersten halben Meter abgesägt. Auf ziemlich dilettantische Weise.«

Die Damen und Herren standen ratlos um das Schwimmbecken. Von dem abgetrennten Teil war weit und breit nichts zu sehen.

»Gottverdammmich! Was für ein sinnloses Werk der Zerstörung«, fluchte einer.

»Bin mir nicht sicher, ob es sich um Vandalismus handelt. Aber dass jemand nach dem Mord auf diese Weise Spuren beseitigen wollte, kann ich mir auch nicht vorstellen«, meinte eine der Damen. »Die Kripo hat sich doch längst um alles gekümmert.«

»Außer sie hätten etwas Wichtiges übersehen.«

Man einigte sich darauf, der zuständigen Kripostelle in Konstanz Meldung zu machen. Schließlich konnte man nicht wissen, ob das abgesägte Sprungbrett nicht doch etwas zur Lösung des immer noch ungelösten Mordfalls beitragen konnte.

Als Zoffinger die seltsame Neuigkeit erfuhr, wollte er sich gerade dem Thema Schokoladenschmuggel widmen. Er ließ alles stehen und liegen und fuhr mit zwei Kollegen von der Spurensicherung nach Eriskirch, die sich das ramponierte Sprungbrett genauer ansehen sollten.

»Warum sägt jemand in einem Strandbad ein Sprungbrett ab?«, rätselte der Kommissar. »Purer Vandalismus? Wohl kaum! Warum musste nicht auch das Drei-Meter-Brett dran glauben? Da wäre der Täter sogar noch bequemer drangekommen. Auch sonst scheint im Bad nichts beschädigt zu sein.«

»Vielleicht hat jemand bei einem Sprung von diesem

Brett schlechte Erfahrungen gemacht. Mit einer schmerzhaften Bauchlandung zum Beispiel.«

»Quatsch!«, fuhr ihm sein Kollege in die Parade. »Das Bad war während der ganzen Saison geschlossen. Und späte Vergeltung für einen Bauchplatscher vor zwei, drei Jahren? Eine Strafaktion gegen ein Sprungbrett? Das glaubst du wohl selbst nicht. An mutwillige Sachbeschädigung glaube ich allerdings auch nicht. Sonst müsste der abgesägte Teil nach menschlichem Ermessen hier irgendwo herumliegen.«

Zoffinger hatte sein Urteil gefällt.

»Für mich liegt ein Zusammenhang mit dem Fall der strangulierten Frau auf der Hand. Jede andere Erklärung macht keinen Sinn. Ich frage mich allerdings, worin der Kontext besteht. Dass der Mörder das Teil abgesägt und mitgenommen hat, glaube ich nicht. Der muss doch mitbekommen haben, dass sämtliche Spuren von uns gesichert wurden. Da gab es doch nichts mehr zu vertuschen.«

Zoffinger hatte Glück. Diesmal kam die Fee aus einer unvermuteten Ecke. Eines Morgens tauchte in seinem Büro ein junger Kerl mit einseitig rasiertem Schädel und löchrigen, über den Knöcheln endenden Röhrenhosen auf. In den Ohrläppchen trug er Edelstahlplugs so groß wie Kronkorken, in der Unterlippe zwei hufeisenförmige Piercings.

»Hi, Mann«, sprach er Zoffinger an. »Ihr sucht immer noch nach dem Frauenmörder aus dem Eriskircher Strandbad? Ich hätte da was Schräges für euch.«

Er flegelte sich auf einen Stuhl, schlug das rechte Bein über das andere, sodass im Profil seiner Stiefelsohle eine Teufelsfratze zu erkennen war. Nervös wippte er hin und her.

»Fangen wir von vorne an«, bremste ihn sein Gastgeber. »Ich weiß gerne, mit wem ich es zu tun habe. Ich selbst bin der leitende Hauptkommissar Paul Zoffinger. Würden Sie mir bitte Ihren Namen sagen?«

»Franz Ohse«, stellte sich der Zappelphilipp vor und winkte sofort ab. »Keine Ahnung, ob meine Eltern bei meiner Taufe besoffen, bekifft oder nur witzig drauf waren. Jedenfalls macht mir mein Name längst nichts mehr aus. Nennen Sie mich einfach Froh, wie alle, die mit mir zu tun haben.«

Zoffinger war irritiert, weil er im Namen seines Besuchers nichts Ungewöhnliches erkennen konnte.

»Franz Ohse!«, half der Freak dem Kommissar auf die Sprünge. »Sprechen Sie Vor- und Zunamen mal schnell ohne Pause aus. Franzose! Kapiert?«

Froh wohnte in Überlingen, jobbte halbtags in einer Frittenbude und verdiente sich in seiner restlichen Zeit mit Hausbesuchen als PC-Doktor ein paar Euros hinzu. Er langte in die Innentasche seines Parkas und zog einen zerknitterten Flyer heraus. Auf dem Cover prangte ein großes rotes Kreuz. Darunter in fetten Buchstaben: ERSTE HILFE – Wenn Ihr Rechner einen Schnupfen hat. Zoffinger warf nur einen kurzen Blick auf die Eigenwerbung.

»Sie wissen, was das Darknet ist?«, nahm Froh den Faden wieder auf.

Zoffinger nickte. »So ungefähr.«

»Gut, dann wissen Sie auch, dass in diesem anonymen Teil des Internets nicht zu erfassen ist, wer zum Beispiel einen Raketenwerfer, einen Panzerspähwagen oder eine Kiste Falschgeld kauft oder mit Kinderpornos handelt. Warum nicht? Wegen der Verschlüsselung. Das Darknet hat sich zu einem Paralleluniversum für Horden von Kriminellen und zu einer Plattform für dreckige Geschäftemacher entwickelt. Illegal ist es nicht. Wer nicht will, dass seine Daten abgegriffen werden, ist im Darknet gut aufgehoben. Ich bin durch Zufall auf ein ziemlich krasses Angebot gestoßen. Ein Sammlerstück, und zwar eines, wie es nicht alle Tage angeboten wird: das Bruchstück eines Poolsprungbretts, an dem eine Frau erhängt wurde. Gottverdammmich! Mir ist sofort der Mordfall im Eriskircher Strandbad eingefallen, über den sich die ganze Bodenseeregion das Maul zerrissen hat. Das Angebot mit dem Brett fand ich bodenlos.«

Der Kommissar dachte eine Weile nach.

»Ich hoffe, Ihre Geschichte stammt nicht aus einem Groschenroman. Ich frage mich, warum Sie bei mir aufkreuzen und diese Geschichte erzählen?«

»Ich finde es oberbeschissen, wenn Waffenschieber, Kinderverderber und andere Schwerkriminelle eine so tolle Einrichtung wie das Darknet für ihre miesen Zwecke nutzen. In Amiland soll auf diese Weise sogar schon ein Auftragskiller vermittelt worden sein. Das muss man sich mal vorstellen. Typen, die ihr technisches Knowhow für so etwas nutzen, finde ich zum Kotzen.«

»Haben Sie auf das Kaufangebot für das Sprungbrett reagiert?«

»Mein Onkel war bei der Kripo. So einer wie Sie. Ich habe ihm von der Sache erzählt, und er hat mich eigentlich erst auf die Idee gebracht. Er hat mir geraten, zum Schein auf den Deal einzugehen, Ihnen aber auf jeden Fall Bescheid zu geben. Die Sache mit dem abgesägten Brett wäre mir eigentlich egal gewesen. Aber es könnte ja sein, dass der Verkäufer etwas mit dem Mord an der Frau zu tun hat.«

»Könnte durchaus sein«, gab ihm der Kommissar

recht. »Sie sagen, Sie sind auf den Deal eingegangen. Was heißt das genau? Haben Sie das Bruchstück gekauft?«

Froh riss abwehrend die Hände hoch.

»Ich habe dem Anbieter mitgeteilt, ich sei Sammler. Manche sammeln Briefmarken, Bierdeckel und Baseballmützen oder weiß die Hölle was noch. Ich sei auf Utensilien aus der Polizeiarbeit spezialisiert, weil ich aus einer Polizistenfamilie stamme, ließ ich den Verkäufer wissen. Ich sei auch an originalen Kuriositäten interessiert, die mit Kriminalfällen zu tun haben. Dann war die Sache klar.«

»Also haben Sie doch gekauft!«

»Nein, hab ich nicht. Ich erkundigte mich, ob er in unserer Gegend wohnt und ob wir den Deal persönlich abwickeln können, Barzahlung inklusive. Er muss tatsächlich aus der Gegend stammen, weil er sich offensichtlich gut auskennt. Wir klopften einen Termin fest, einen Preis auch. Gagamäßige 250 Euro verlangte der Arsch für das gute Stück. Ich sagte ihm, dass ich nicht für Bayern München spiele, keine Hedgefonds verwalte und auch keine Zweitvilla auf Mallorca besitze. Dann ist er mit dem Preis auf 170 Euro runtergegangen. Eigentlich wollte er sich schon gestern mit mir treffen. Keine Ahnung. Vielleicht ist er knapp bei Kasse.«

»Sie haben sich mit ihm also noch nicht getroffen?«

Froh grinste.

»Ich bin doch nicht blöd. Ich wollte Zeit schinden. Hab ihm gesagt, dass ich für zwei Tage auf Fortbildung bin. Neuer Termin für den Deal: übermorgen. Ich wollte noch genügend Zeit haben, Sie zu alarmieren. Wenn Sie den Kerl einbuchten, haben Sie vielleicht auch Ihren Strandbadmörder.«

»Wo soll das Geschäft abgewickelt werden?«

»Der Typ schlug eine Ausweichstelle an der B31 zwischen Meersburg und Überlingen vor. Um Punkt 23 Uhr. Ich bin kein Hasenfuß, aber mir war das zu riskant. Eine Verabredung mit einem, der vielleicht einen Mord auf dem Kerbholz hat? Mitten in der Nacht auf einem einsamen Platz? Ich sagte, ich hätte kein Auto und würde mich lieber auf dem Überlinger Wochenmarkt mit ihm treffen. So ganz recht war ihm mein Vorschlag offenbar nicht. Aber am Ende war er einverstanden.«

»Um diese Zeit sind auf dem Markt vermutlich jede Menge Leute unterwegs. Haben Sie eine spezielle Stelle oder ein besonderes Erkennungszeichen vereinbart?«

»Ich habe ihm gesagt, dass er mich an meinem grünen Parka erkennt. Er wollte das Brett in einer blauen Plastiktasche bei sich haben.«

»Weiß er, wie Sie aussehen, wie alt Sie sind?«

»Negativ. Darüber haben wir nicht gesprochen. Ich habe auch keine Ahnung, wie alt er sein könnte. Spielt das eine Rolle?«

»Eventuell schon«, antwortete Zoffinger. »Ich werde den Deal nicht von Ihnen, sondern von einem Ersatzmann abwickeln lassen, einem unserer Leute. Man weiß in solchen Fällen nie, was passiert und muss auf alles vorbereitet sein. Sie sollten sich selbst nicht in Gefahr begeben. Lassen Sie uns die Sache erledigen. Wir sind dafür ausgebildet.«

»Ich bin doch keine Memme«, protestierte Froh. »Glauben Sie bloß nicht, dass ich mir das Treffen mit dem Brettsäger nicht zutraue. Mein Rückzieher beim vorgeschlagenen Treffen nachts auf dem Parkplatz an der B31 war eine reine Vorsichtsmaßnahme. Auf so eine riskante Idee wären Sie ohne Rückendeckung auch nicht eingegangen. Bin kein Schisser! Das können Sie mir ruhig glauben.«

Zoffinger hatte alle Hände voll zu tun, Froh auf Normaltemperatur zu bringen, schaffte es am Ende aber, ihn zu überzeugen.

»Sie werden natürlich mit von der Partie sein. Aber in sicherem Abstand. Wir werden die Aktion professionell planen und den Kerl dingfest machen. Wenn er mit dem Mord an der Frau etwas zu tun hat, finden wir das heraus. Wenn nicht, kriegt er vermutlich wegen Sachbeschädigung eins übergebraten.«

Als Zoffinger seinem Freund Florian von der Sache erzählte, war der Feuer und Flamme.

»Du brauchst auf Steuerzahlerkosten kein Sondereinsatzkommando aufbieten. Den fingierten Deal auf dem Überlinger Markt kann ich für dich abwickeln. Du bleibst in der Nähe und nagelst den Kerl einfach fest. Ich habe bei Polizeieinsätzen mittlerweile Erfahrungen gesammelt.«

Zoffinger japste.

»Denkst du an eine Neuauflage deiner Stripshow von der Reichenau? Auf dem Überlinger Wochenmarkt zur Stoßzeit zwischen Hausfrauen und Marktständen vielleicht nicht unbedingt der Hit. Die Angelegenheit werde ich mit meinen eigenen Leuten über die Bühne ziehen. Und zwar ohne dich.«

Samstagvormittag. Auf dem Überlinger Wochenmarkt auf der Hofstatt herrschte der übliche Betrieb, keine Hektik, eher gemütliches Kleinstadttreiben. Zoffinger war mit vier Kollegen in Zivilfahrzeugen angerückt. Dem Einsatz war im Kommissariat eine minutiöse Planung vorausgegangen. Anhand eines Stadtplans hatte Zoffinger mit bunten Ortsmarken festgelegt, welchen Bereich jedes Teammitglied von wo aus überwachen sollte. Jede operative Einsatzkraft wusste Bescheid, was zu tun war.

Einer der Beamten sollte direkt am Markt zusammen mit Froh in einer im zweiten Stockwerk liegenden Wohnung Position beziehen, um den ganzen Platz im Auge zu behalten. Zwei Mann hatten den Auftrag, zusammen mit Zoffinger den Markt abzusichern. Die Wahl als Kontaktperson für den Deal mit dem Brettanbieter war auf Tony Warnke gefallen, ein ehemaliges Mitglied der Sondereinsatztruppe GSG 9, ein aufgeweckter, drahtiger Kerl mit Nahkampfausbildung.

Das Team verteilte sich schon kurz nach halb zehn auf dem Marktplatz, um zu testen, ob die digitalen Funkverbindungen untereinander tatsächlich funktionierten. Hinterher stromerte Zoffinger mit einem Einkaufskorb in der Hand wie ein Wochenendshopper über den Markt, hielt die Nase in Obstauslagen, laberte mit Marktfrauen und steckte eine Tüte mit Lauchstangen so in seinen Korb, dass das Alibigemüse gut zu sehen war. Als er am oberen Ende des Platzes um einen Bratwurststand bog, fiel sein Blick eher zufällig auf die im Freien aufgestellten Tische vor dem Rathaus, wo zwei gute Bekannte grinsend in der Sonne saßen und an ihrem Cappuccino nippten.

»Das glaube ich nicht«, raunte Zoffinger seinem Freund Florian zu. »Ich habe dir doch gesagt, dass du diesmal nicht mitspielst. Bist du verrückt geworden?«

»Mach halblang, Paul«, mischte sich Karin ein. »Ein Marktbesuch in Überlingen stand bei uns schon seit Längerem mal wieder an. Keine Aufregung. Unser Besuch hat mit deinem Fall nichts zu tun.«

»Wer's glaubt, wird selig«, brabbelte der Kommissar und trollte sich. Schließlich hatte er etwas anderes zu tun, als sich mit den beiden aufsässigen Freizeitsheriffs über Sinn oder Unsinn ihrer Anwesenheit zu unterhalten. Auf der Uhr am Münster St. Nikolaus rückten die Zeiger auf 11 Uhr vor. Zoffinger fragte über Funk noch einmal seine Kollegen ab, denen bis zu diesem Zeitpunkt nichts Ungewöhnliches aufgefallen war. Keiner hatte einen Mann mit blauer Tüte und einem größeren Gegenstand darin gesehen. Lockvogel Warnke stand in seinem grünen Parka vor einem Käsestand und unterhielt sich mit einem Verkäufer, der seine Theke in Ordnung brachte. Plötzlich meldete sich Zoffingers Funkgerät. Der Kollege vom Aussichtspunkt in der Wohnung im zweiten Stock war dran.

»Blumenstand mit dunkelgrünem VW-Oldtimerbulli auf Höhe der Commerzbank. Mann mit Sonnenbrille, braunem Trachtenjanker und Schiebermütze neben der rechten Seitentür. Sieht verdächtig aus.«

»Dran bleiben. Zugriff erst auf meinen ausdrücklichen Befehl!«, nuschelte Zoffinger in sein Gerät und machte sich auf den Weg. Vor sich sah er Tony Warnke, der ihm fast unmerklich zunickte, als er dem Käsestand den Rücken kehrte. Der Mann mit der Schiebermütze ging auf einen Obststand zu und wechselte mit der Verkäuferin ein paar Worte. Die Frau langte unter ihren Verkaufstisch und reichte dem Kerl eine blaue Tüte, in der sich allem Anschein nach etwas Unhandliches befand. Zoffinger war noch 20 oder 30 Meter von ihm entfernt, als er sich die Tasche über die Schulter hängte und seine Sonnenbrille abnahm. Eine Sekunde später nahm der Typ Warnke wahr, der auf ihn zuschlenderte.

Plötzlich brüllte jemand aus voller Lunge. Dann ging alles sehr schnell. Einer von Zoffingers Kollegen hatte versucht, zwischen zwei Marktständen hindurch zu spurten, blieb aber an einem Kinderwagen hängen, den ihm eine junge Frau mit einem Kleinkind auf dem Arm in den Weg schob. Der Buggy kippte um, der Beamte schlug der Länge nach hin, und die Frau kreischte. Der Sprungbrettverkäufer zuckte zusammen, warf einen kurzen Blick auf das Getümmel, dann auf Tony Warnke, der im selben Augenblick zum Sprint ansetzte. Der Kerl mit der Schiebermütze riss sich die Tüte von der Schulter, warf sie auf den Boden und rannte um einen Marktstand herum Richtung Rathaus, um Warnke auszuweichen. Vom Straßencafé aus hatte Florian die Szene beobachtet. Jetzt spritzte er von seinem Platz hoch, packte den nächstbesten Korbstuhl und schleuderte ihn dem Flüchtigen mit einem gezielten Wurf in die Beine. Der Kerl wollte sich gerade aufrappeln, kam aber nicht mehr dazu, weil Warnke bereits auf seinem Rücken kniete und ihm das Gesicht auf den Asphalt drückte.

»Wird hier ein neuer Bodensee-Tatort gedreht oder seid ihr verrückt geworden?«, blaffte ein Marktbesucher Zoffinger an.

»Beruhigen Sie sich. Das hier ist eine polizeiliche Maßnahme. Wir sind von der Kripo Konstanz.«

Er langte in die Tasche und hielt dem Protestler seinen Ausweis unter die Nase. Warnke hatte dem Sprungbrettverkäufer Handschellen angelegt und die Schiebermütze aufgesammelt, die ihm beim Sturz vom Kopf geflogen war.

»Nehmt ihn mit aufs Revier. Ich brauche euch hier nicht mehr«, ordnete Zoffinger an, als seine beiden Kollegen auftauchten. Der Stolperer, der über den Kinderwagen gefallen war, hielt sich den linken Arm.

»Über deinen Einsatz werden wir noch reden«, herrschte ihn Zoffinger an. »Ich würde mal sagen: Suboptimal gelaufen!«

Florian hatte sich wieder an seinen Tisch gesetzt und

hielt seiner ziemlich verdatterten Freundin das Händchen.

»Du wirst mir langsam unheimlich«, gestand Zoffinger und konnte ein Grinsen nicht unterdrücken. »Glücklicherweise hat noch niemand deine heroischen Beiträge zur Verbrechensbekämpfung in den sozialen Medien gepostet. Du könntest dich vor lauter Facebook-Likes und Starrummel nicht mehr retten.«

»Man tut, was man kann«, spielte Florian seinen Einsatz herunter. »Wenn du übrigens bei Gelegenheit mal Zeit hast, wäre ein kleines Dankeschön nicht übertrieben.«

Froh hatte seinen Beobachtungsposten mit seinem Begleiter aufgegeben und drängte sich durch die neugierige Menge, die den Tatort vor dem Straßencafé umringte.

»Mission accomplished!«, tönte er und schüttelte Zoffinger die Hand. »Ich muss sagen, Sie hatten recht, Ihre Leute die Aktion durchziehen zu lassen. War mit Sicherheit besser so. Wie geht es jetzt weiter?«

»Wir werden dem Kerl auf den Zahn fühlen und herausfinden, ob er mit dem Strandbadmord zu tun hat oder nicht. Jetzt muss ich mich um die blaue Tüte mit Inhalt kümmern. Nochmals besten Dank für Ihre Hilfe. Wir bleiben in Kontakt.«

Auf dem Markt herrschte Ausnahmezustand. Die Leute standen herum und rätselten, um was es bei dem Polizeieinsatz überhaupt gegangen war. Wie in solchen Situationen üblich, kursierten bereits erste Verschwörungstheorien. Schaumschläger und Großmäuler, die mehr wussten als andere, gab es in solchen Situationen immer. Einer wollte unter der Bomberjacke des Verhafteten einen Sprengstoffgürtel entdeckt haben. Andere behaupteten, es habe sich um eine Festnahme im Zuge einer Kindesentführung gehandelt. Wieder andere vermuteten, in letzter Minute sei ein Überfall auf die Commerzbank verhindert worden. Jedenfalls hatte sich die Überlinger Hofstatt innerhalb kürzester Zeit von einem Bauernmarkt in eine zweifelhafte Nachrichtenbörse verwandelt, in der es nach dem allgemeingültigen Motto zuging: Schlechte Nachrichten sind gute Nachrichten.

Zoffinger nahm sich die Marktfrau vor, bei der der Festgenommene seine Tüte deponiert hatte. Den Eindruck einer Komplizin machte die immer noch fassungslose Frau ganz und gar nicht.

»Er war vor einer halben Stunde hier und wollte ein Kilo Äpfel und ein paar Birnen haben. Hier liegt noch sein Einkauf.«

Sie zeigte auf den Beutel auf einer Obstkiste.

»Als es ans Bezahlen ging, merkte er, dass er kein Geld bei sich hatte. Er hat mich gefragt, ob er seine blaue Tüte mit dem sperrigen Ding kurz unter meinen Stand legen könnte, um seine Brieftasche aus dem Auto zu holen.«

Zoffinger reimte sich zusammen, wie der Kerl vorgegangen war. Vermutlich wollte er sich mit seinem Paket unter dem Arm erst zeigen, nachdem er die Situation geklärt und den Käufer im grünen Parka erkannt hatte. Dass der Einsatz durch die überhastete Aktion seines Kollegen und den Unfall mit dem Kinderwagen fast in die Hose gegangen war, wurmte ihn. Im Kommissariat würde er sich den Kollegen ordentlich zur Brust nehmen.

Der Sprungbrettvandale hieß Ludwig Lehner und arbeitete bei einer Zeitarbeitsvermittlung im Deggenhausertal im Hinterland von Friedrichshafen, wo er auch wohnte. Wahrscheinlich war er sein Leben lang untergebuttert worden, wofür sein zerbrechlich wirkendes Ego sprach. Jedenfalls war offensichtlich, dass er sein Leben mit angezogener Handbremse lebte, weil er sich nichts zutraute. Bei seiner Vernehmung wollte der Kommissar vermeiden, mit der Tür ins Haus zu fallen. Den Mord an der Frau im Eriskircher Strandbad erwähnte er zunächst mit keinem Wort, seinen Verdacht natürlich auch nicht.

»Sie waren bei Ihrer Festnahme im Besitz eines Gegenstandes, dessen Herkunft wir mittlerweile zweifelsfrei zuordnen konnten. Wir haben das abgetrennte Stück des Sprungbretts mit dem verbliebenen Rest am Sprungturm im Eriskircher Strandbad verglichen. Können Sie sich vorstellen, zu welchem Ergebnis wir gekommen sind?«

Lehner rutschte auf seinem Stuhl hin und her und fühlte sich erkennbar unwohl.

»Ich will Ihrer Erinnerung auf die Sprünge helfen«, fuhr Zoffinger fort. »Sie haben sich Zugang zum Strandbad verschafft, haben den vorderen Teil des Fünf-Meter-Brettes abgetrennt und im Darknet zum Verkauf angeboten. Würden Sie mir zustimmen?« Lehners Nicken war kaum erkennbar.

»Gut. Wenn jemand so etwas macht, tut er es wahrscheinlich nicht aus Jux und Tollerei und wahrscheinlich auch nicht aus Zerstörungswut. Warum haben Sie das Teil abgesägt?«

»Ich wollte es online zu Geld machen. Im Augenblick bin ich ziemlich knapp bei Kasse.«

»Sie bieten ein geklautes, kaputtes Teilstück eines Sprungbretts zum Kauf an? Gütiger Himmel! Was soll denn jemand mit einem solchen Fragment anfangen? Das müssen Sie mir erklären.«

Lehner hockte auf seinem Stuhl und starrte auf seine Hände. Ab und zu drehte er den Kopf zur Seite, als gäbe es dadurch eine Möglichkeit, den Fragen des Kommissars auszuweichen, seinem Bohren zu entkommen. Zoffinger sah ihm an, dass er seinen Widerstand nicht lange aufrechterhalten würde. Er kannte Typen wie ihn.

»Sie wissen doch über das Sprungbrett Bescheid«, brach es aus dem Häuflein Elend heraus. »Warum quälen Sie mich also mit Ihren Fragen?«

»Dann reden wir also Tacheles«, entschied Zoffinger. »Sie haben das Sprungbrett abgesägt, weil daran eine Frau erhängt wurde. Das würde ich eigentlich nur einem ausgewachsenen Psychopathen zutrauen. Sind Sie einer?«

»Ich sagte doch schon, dass ich das Teil verkaufen wollte.«

»Das Stück Sprungbrett war für Sie deshalb so interessant, weil es in Zusammenhang mit einem Gewaltverbrechen stand?«

»Es gibt eben Leute, die sich für solche Dinge interessieren. Sammler, die eine Schwäche für Gegenstände haben, die bei Kriminalfällen eine Rolle spielten.«

»Gehören Sie auch zu diesen Leuten?«

Nachdem er zugegeben hatte, auch ein Faible für »außergewöhnliche Sammlerstücke" – wie er sich ausdrückte – entwickelt zu haben, wurde er gesprächiger.

»Was sammeln Sie denn so?«, wollte Zoffinger wissen.

»Auktionen von Zollämtern und Justizbehörden sind ergiebige Fundgruben. Unter den Hammer kommen gepfändete und beschlagnahmte Gegenstände. Auch Sachen, die als Beweisstücke eine Rolle spielten und am Ende ausgedient haben. Da gibt es jede Menge Leute, die sich dafür interessieren. Ich bin nicht der Einzige.«

Zoffinger fuhr mit einem Kollegen ins Deggenhausertal, um sich von Lehner dessen privates Depot zeigen zu lassen. Der Kerl war als Mordverdächtiger keineswegs von der Angel. Aber nachzuweisen war ihm im Augenblick nichts. Vielleicht würde sich noch der eine oder andere Hinweis ergeben.

»Kneif mich mal. Ich glaube, ich spinne«, raunte der Kommissar seinem Kollegen zu, der neben ihm im offenen Tor der Garage stand, in der der seltsame Jäger und Sammler seine Schätze untergebracht hatte. »Das gibt es doch gar nicht.«

Staunend rieb er sich die Augen in diesem bizarren Flohmarkt, der ganz offensichtlich organisiert war wie die Asservatenkammer im Konstanzer Polizeipräsidium. Akkurat beschriftete Anhänger an jedem Gegenstand mit Fundort, Zeitpunkt und Beschreibung. Selbst eine Kladde, in der die Sammelstücke notiert waren, hing an einer Schnur von der Decke. Alte, von vertrocknetem Moos überzogene Grabsteine, Urnen, Autoteile, die unschwer erkennbar von Unfällen stammten, Flugzeugteile, die vermutlich dem Crash von DHL-Flug 611 und Bashkirian-Airlines-Flug 2937 am 1. Juli 2002 bei Überlingen zuzuordnen waren, in Tüten verpackte Bodenproben von Unfallstellen, Flüssigkeiten in kleinen und großen Behältern, Kartons, prallvolle, zugebundene Plastiksäcke, zwei Plakate von Demonstrationen …

Zoffinger versuchte eben, den auf einen Karton aufgeklebten Zettel zu entziffern, als sein Kollege einen entsetzten Schrei ausstieß. Er hatte in einer Ecke der Garage den Deckel einer Tiefkühltruhe aufgeklappt. Im Innern lag mit verrenkten Gliedmaßen eine gefrorene Frauenleiche mit einem weißen Kabelbinder um die Fußgelenke, kopfüber und nackt zwischen einer Packung Fischstäbchen, tiefgefrorenen Himbeeren und einer Salami in Zellophan. Es dauerte nur Sekunden, bis Zoffinger die Situation einschätzen konnte. Mit einem Satz stand er neben Lehner, drehte ihm mit einem Polizeigriff den rechten Arm auf den Rücken und drückte ihn nach vorne.

»Ludwig Lehner. Ich nehme Sie unter dem dringenden Verdacht des Mordes …«

Weiter kam er nicht.

»Aufhören!«, brüllte Lehner. »Hören Sie auf! Das ist eine Puppe, ein Dummy. Ich hab doch keine wirkliche Leiche gebunkert.«

Zoffinger hielt den Kerl immer noch in der Beuge. Der Kollege machte einen zögerlichen Schritt auf die Kühltruhe zu, griff widerstrebend hinein und berührte die »Leiche« an der Wade.

»Er hat recht. Wahrscheinlich Gummi!«, konstatierte er. »Verdammte Scheiße! Das ist tatsächlich eine Puppe. Mann! Habe ich mich erschrocken.«

Zoffinger hatte in seiner beruflichen Laufbahn schon mehr als einmal mit bizarren Todesfällen und menschlichen Abgründen zu tun gehabt. Was jedoch Lehner über die Kühltruhe erzählte, war kaum zu fassen. Vor ein paar Jahren hatte er an einer Führung durch das Kriminalmuseum der Schweizer Kantonspolizei am Berner Nordring teilgenommen. Zu den prominentesten Ausstellungsstücken gehörte eine Tiefkühltruhe mit einer Frauenleiche, wie sie von der Polizei am 1. August 1985 in Kehrsatz, einem Vorort der schweizerischen Hauptstadt, gefunden worden war. Das bizarre Tötungsdelikt beschäftigte damals nicht nur die Medien, sondern auch große Teile der Bevölkerung. Der Täter konnte nie ermittelt werden. Lehner war vom Anblick der Kühltruhe angeblich so fasziniert gewesen, dass er heimlich Fotos schoss und die Truhe zu Hause mit einer Schaufensterpuppe, Frostspray und Nahrungsmittelattrappen originalgetreu nachbaute.

»Verstehe ich Sie richtig: Sie haben tatsächlich eine Kopie der im Kriminalmuseum stehenden Truhe gebastelt?«, hakte Zoffinger nach.

Lehner antwortete nicht auf die Frage, sondern zog die Schublade eines Schränkchens auf, kramte darin herum und reichte dem Kommissar ein paar Fotos. »Dieses hier habe ich von der originalen Kühltruhe aufgenommen.«

In seiner Stimme war ein gewisser Stolz unüberhörbar.

»Das hier zeigt einen von Einbrechern geknackten Tresor. Samt Schweißbrenner. Bis heute habe ich leider keinen solchen Tresor bekommen, den ich entsprechend herrichten könnte.«

Er blätterte in den Bildern weiter.

»Oder dieses Foto hier. Solche gruseligen Gesichtsmasken haben Räuber getragen, die eine Bank ausräumten. Kopien fehlen mir auch noch.«

Zoffinger lehnte an der Tiefkühltruhe und starrte auf den grotesken Inhalt.

»Sind Sie ein Fetischist? Oder warum haben Sie die Truhe nachgebaut?«, platzte es aus ihm heraus.

»Eigentlich wollte ich sie an eine Film- oder TV-Gesellschaft verkaufen. Für Krimis brauchen Studios solche Requisiten«, erklärte Lehner. »Das hat noch nicht geklappt, und über das Darknet habe ich das Ding auch noch nicht losbekommen.«

Die Rückfahrt zum Kommissariat verlief ziemlich schweigsam. Zoffinger grübelte, sein Kollege nickte ab und zu ein, und Ludwig Lehner träumte wahrscheinlich von seinem nächsten Beutezug in Sachen ausgedienter Asservaten. Beim Verhör ging es dem Kommissar darum herauszufinden, ob sein Verdächtiger für den mutmaßlichen Zeitpunkt des Mordes im Eriskircher Strandbad ein Alibi vorzuweisen hatte. Erst behauptete er, eine Motorradtour durchs Allgäu unternommen und in Obersdorf übernachtet zu haben. Ein Anruf im Hotel – und Lehners Alibi war geplatzt. Die Rezeptionistin erinnerte sich aber, dass der Motorradfreak eine Woche zuvor in ihrem Haus übernachtet und bei einem Ölwechsel im Hof eine elende Sauerei veranstaltet hatte. Lehner hatte sich um eine Woche vertan. Am Ende konnte er sich aber erinnern, dass er zur fraglichen Zeit auf der Geburtstagsfete eines Freundes in Ravensburg gewesen war. Die Schnüffler brauchten für die Überprüfung eine Weile, weil der betreffende Freund nach Thailand in Urlaub geflogen war und sie die anderen Partygäste zum Teil erst nach einigen Tagen erreichen konnten. Am Ende war Lehners Alibi bestätigt und Zoffingers Verdächtigenliste um einen Namen kürzer geworden.

Die einzige heiße Spur hatte ins kalte Abseits geführt.

11
FEUER UNTERM DACH

Wieder einmal war Brainstorming angesagt. Nicht im Kriminalkommissariat, sondern in den heiligen Hallen des Drogendezernats. Jedes Mal, wenn Zoffinger seinen Kollegen dort einen Besuch abstattete, bekam er es mit einer eigenartigen Sinnestäuschung zu tun, die ihn glauben ließ, das unverkennbare Parfüm von Marihuana in der Nase zu spüren. Dabei hatte die Abteilung längst nicht mehr nur mit dem Stoff zu tun, aus dem Kifferträume sind. Wichtiger war längst der vermutlich nicht zu gewinnende Krieg gegen Kokain, Heroin und Amphetamine.

Der Chef des Dezernats hatte eine kleine Ermittlergruppe zusammengestellt, die sich in Kooperation mit Schweizer Kollegen speziell mit dem Drogendepot unter der Pizzeria Da Vinci beschäftigte. Nachdem in Chiasso an der italienischen Grenze der Kleintransporter mit eineinhalb Tonnen Haschschokolade aufgeflogen war, ging es nicht mehr vorrangig darum, von wo die Rohstoffe stammten, sondern über welche Exportrouten die stimulierenden Leckerli den Weg vom Bodensee auf diverse arabische Verbrauchermärkte fanden.

Die in dem Rezeptbuch in der Pizzeria gefundenen Adressen bewiesen, dass sowohl die Haschschokolade wie auch die reinen Marihuanatafeln von mehreren holländischen Herstellern stammten und illegal nach Deutschland eingeführt worden waren. In den Niederlanden war Marihuana zum persönlichen Gebrauch während der Hippiebewegung in den 1970er-Jahren entkriminalisiert worden. Seit damals verfolgte das Land aber eine ziemlich widersprüchliche Drogenpolitik. Legalisiert wurde Cannabis zwar nie, aber der Verkauf an Landeskinder in Coffeeshops wurde toleriert bei einem gleichzeitigen Verbot der Eigenproduktion.

»Der drogenpolitische Hickhack von toleriertem Verkauf einerseits und verbotener Produktion andererseits hat in den Niederlanden schwerwiegende Konsequenzen«, erklärte der Drogenchef. »Über die Jahre hat sich eine illegale Haschindustrie mit Tausenden Produktionsstätten breitgemacht. Sie wird von der organisierten Kriminalität dominiert, die einen Großteil der Produktion in Nachbarländer wie Frankreich, Belgien und natürlich Deutschland exportiert. Da hilft wenig, dass unsere holländischen Kollegen Jahr für Jahr über 6000 Hanfplantagen plattmachen. Die möglichen Erlöse sind einfach zu verlockend.«

Zoffinger saß im Kreis der Drogenfahnder, ließ den Vortrag eher gelangweilt über sich ergehen und grübelte darüber nach, ob bzw. wie das Drogendepot unter der Pizzeria und die beiden Mordopfer Mike Nesselrod und Judith Sommer zusammenpassten.

Er wachte aus seinen Gedanken erst auf, als einer der Schnüffler eine brandaktuelle Geschichte erzählte, die mit einem unspektakulären Thema begann: dem Wetter.

Eigentlich konnte man am Bodensee im Herbst neben typischen Nebeltagen noch mit angenehmen Temperaturen rechnen. Aber in diesem Jahr nötigte eine kalte Wetterfront dem Altweibersommer eine Pause auf. Der plötzliche Kälteeinbruch sorgte sogar dafür, dass an einem Tag eine dünne Schneedecke die Dächer der Stadt puderte. Vom Konstanzer Flughafen, der nur einen Katzensprung vom Industrieviertel entfernt lag, starteten an diesem Morgen zwei Sportflieger, die eine seltsame Entdeckung machten. Alle Hausdächer präsentierten sich in makellosem, winterlichem Weiß. Mit einer Ausnahme. Auf dem Dach einer ehemaligen Lagerhalle zeigten sich große Kreise, in denen keine einzige Schneeflocke zu überleben schien. Das gesamte Dach sah aus der Vogelschau aus wie ein schwarz-weiß gepunktetes Design. Als die Piloten nach ihrer Landung davon erzählten, hatten Zuhörer unterschiedliche Erklärungen für das seltsame Muster parat. Ein Fliegerkollege wusste, dass in der betreffenden Halle spezielle Schokoladenspezialitäten hergestellt wurden. Dass dafür aber so viel Hitze benötigt wurde, dass auf dem Dach nicht einmal Schnee liegen blieb, war unwahrscheinlich. Eine andere Deutung war einleuchtender: Unter dem Dach mussten sich intensive Wärmequellen befinden. Aber wofür?

Einen Tag später alarmierte der Mechaniker eines benachbarten Autohauses die Feuerwehr, als am frühen Morgen schwarzer Rauch aus einem Abluftschacht der Lagerhalle quoll. Die Löschwagen waren schnell vor Ort, aber das zweigeschossige Gebäude stand zu diesem Zeitpunkt bereits lichterloh in Flammen. Die Einsatzkräfte bekämpften das Feuer zunächst nicht mit Wasser, sondern mit Löschschaum, um die Schäden so gering wie möglich zu halten. Firmen und Betriebe in der näheren Umgebung wurden aufgefordert, Fenster und Türen geschlossen zu halten und wegen des starken Funkenflugs auf eventuell entstehende Brandherde zu achten.

Als das Feuer gelöscht war, mussten die Brandermittler der Polizei abwarten, bis ein Statiker grünes Licht gab und das Gebäude als nicht einsturzgefährdet eingeschätzt hatte. Im Erdgeschoss befanden sich in drei Räumen die durch Ruß und Rauchgaskondensate zum Teil eingeschwärzten Produktionsanlagen für die Herstellung von Schokolade, ein kleiner, völlig zerstörter Fabrikverkauf und ein größtenteils unbeschädigtes Büro, das wegen einer geschlossenen Stahltür kaum in Mitleidenschaft gezogen worden war. Auch im Obergeschoss gab es feuerhemmende Türen zwischen mehreren Räumen. Da sie aber offenstanden, hatten die Flammen leichtes Spiel gehabt. Ein beißender Gestank nach Ruß und verbranntem Plastik lastete über dem gesamten Stockwerk.

Nur eine einzige verriegelte Schutztür führte in den hinteren, größeren Teil der Halle. Mit schwerem Gerät verschafften sich die Feuerwehrleute Zugang und starrten schließlich in eine intensiv herb und gleichzeitig süßlich duftende Dunkelheit. Einer knipste seine Handlampe an und ließ den Lichtkegel über die Szenerie tanzen.

»Mein lieber Herr Gesangverein! Kräuter für Muttis Pizza Neapolitana sind das nicht«, witzelte einer.

»Jetzt ist mir klar, was für ein Geruch mir um die Nase wehte. Hier riecht es wie im Rotlichtviertel von Amsterdam«, sagte ein anderer.

Als Arbeitslampen auf Stative montiert waren und den Hallenteil hinter der aufgebrochenen Tür ausleuchteten, brach unter den Männern allgemeine Heiterkeit aus. Die Kommentare waren dementsprechend.

»Professionell gemacht. Das Kifferparadies hätte von der Handwerkerinnung einen Preis verdient.«

»Sorry, liebe Hobbygärtner. Wir killen jetzt euer Steckenpferd!«

»Wahrscheinlich ein Beitrag zum Wettbewerb ›Unsere Stadt soll schöner werden‹.«

»Vielleicht hat der Gartenfreund nur die falschen Setzlinge erwischt!«

»Von der monatlichen Stromrechnung bei 18 Stunden Licht am Tag könnte unsereins vermutlich gut leben.«

»Der Eigentümer hat zum Bierbrauen oder Schnapsbrennen offensichtlich keine Lust gehabt!«

»Das sind garantiert 1000 Pflanzen«, schätzte der mit der Handlampe.

»Ich erhöhe auf 2000«, verbesserte ihn ein anderer. »Mit so einem Wald lässt sich gebrauchsfertiges Marihuana in sechsstelliger Höhe herstellen. Fliegst du mit so einer Plantage nicht auf, ist das kein schlechter Nebenerwerb.«

Außer der Cannabisoase hatte ein weiterer, allerdings viel kleinerer Raum das Flammeninferno größtenteils unbeschadet überstanden, der zum Trocknen und Verarbeiten diente. Abgezupfte Blätter und Blüten lagen in drei großen Plastikwannen und waren teilweise auf einer Plastikunterlage ausgebreitet, als sei jemand beim Sortieren gewesen. Neben einem noch frischen Haufen Brennnesseln stand ein Bottich mit trübem, dubiosem Inhalt.

»Die Brühe sollten wir untersuchen lassen«, meinte der Brandmeister. »Weiß der Henker, was die da zusammengerührt haben.«

»Brennnesselsud«, tippte einer. »Die Wunderwaffe von Ökobauern. Biologische Kriegsführung pur. Mein Nachbar verwendet das Zeug als Pestizidersatz.«

Da bei gewerblichen Objekten und speziell in Fällen, die eventuell einen kriminellen Hintergrund hatten, vorsätzliche Brandstiftung nicht auszuschließen war, kamen die Experten von der Brandursachenermittlung ins Spiel, die aus Erfahrung wussten, wo neuralgische Stellen zu finden waren. Ein technischer Defekt entweder an der Belüftungsanlage in der Lagerhalle oder am Zählerkasten kam natürlich auch infrage. Im Keller stießen die Männer auf zwei Stromzähler, von denen einer das Erdgeschoss, der andere die obere Etage versorgte. Besser gesagt: versorgen sollte.

»Kreativ verkabelt durch Marke Eigenbau!«, konstatierte der Experte. »Die Stromversorgung für die Plantage läuft nicht über den zweiten Zählerkasten. Auf Deutsch: Stromklau vom Feinsten!«

Es dauerte nicht lange, bis ein Kabel gefunden war, das auf ziemlich ausgefuchste Weise mit einem in der Nachbarschaft befindlichen öffentlichen Waschsalon verbunden war. Das stellte sich aber bei näherer Untersuchung als Irrtum heraus, weil in Wahrheit die Hauptstromleitung angezapft worden war, um den von Wärmelampen und Ventilatoren in die Höhe getriebenen Stromverbrauch zu vertuschen und gleichzeitig kostengünstiger zu gestalten. Darüber, wie professionell die Freizeitelektriker bei ihrer Selbstbedienung vorgegangen waren, konnten die Ermittler nur staunen.

Es blieb nicht bei einer Überraschung. Im Erdgeschoss entgingen den Experten die typischen Brandspuren nicht. Alles wies auf einen flüssigen Brandbeschleuniger hin. Die Ermittler waren sich einig.

»Keine Frage: Benzin.«

Den Beweis lieferten ein verschmorter Plastikkanister und eine sogenannte Luntenspur. Über sie war der Kraftstoff in Brand gesetzt worden. Die Ermittler folgten ihr Richtung Gebäudeausgang bis zu einem Toilettenraum. Die stark angesengte Tür ließ sich nur schwer öffnen, weil etwas dahinter Liegendes sperrte. Im Innern sah es aus wie in einer rußschwarzen Räucherkammer und stank entsetzlich. Hinter der Tür bot sich ein Bild des Grauens. Auf dem Boden lag eine bis zur Unkenntlichkeit verkohlte Leiche mit verkrümmten Gliedmaßen. Am Handwaschbecken war der Hahn aufgedreht, was vermuten ließ, dass das bereits in Brand geratene Opfer versucht hatte, seine entflammte Kleidung mit Wasser zu löschen.

Als Zoffinger eintraf, ließ er sich von den Brandermittlern kurz ins Bild setzen. Dass Benzin als Brandbeschleuniger verwendet worden war, stand fest. Offenbar hatte die tote Person unvorsichtig mit dem Plastikkanister hantiert, wahrscheinlich die Hosen mit dem Kraftstoff in Kontakt gebracht und nicht berücksichtigt, dass es beim Entzünden zu einer starken Verpuffung und einer Stichflamme kommen konnte.

»Die warme Innentemperatur in der Halle hat die Verdampfung des Kraftstoffes begünstigt. Eine hochexplosive Wolke ist entstanden«, erklärte der Brandmeister. »Das hat der Brandstifter nicht einkalkuliert. Als seine Kleidung plötzlich Feuer fing, war seine Überlebenschance gleich null.«

In der Umgebung der Lagerhalle ließ Zoffinger alle geparkten Fahrzeuge kontrollieren. Zu Fuß oder mit dem Bus war der Brandstifter mit einem Benzinkanister in der Hand garantiert nicht an den Tatort gekommen. Als kein Auto gefunden wurde, das der Feuerteufel hätte benutzen können, war klar, dass ihn ein Komplize abgesetzt hatte. In einem Umkreis von fünf Kilometern lagen sieben Tankstellen. Nr. 5 hatte am Tag des Brandes an einen Kunden einen Fünf-Liter-Kanister samt Kraftstoff verkauft. An die Person, die bar bezahlt hatte, konnte sich der Tankstellenbetreiber nicht mehr erinnern. Eine

Überwachungskamera existierte zwar, funktionierte aber nicht.

Im Kommissariat liefen die Ermittlungen auf Hochtouren. Wem gehörte die Halle? Wer betrieb die Schokoladenfabrikation? Wo wurden die Produkte verkauft? Wer kümmerte sich um die Cannabispflanzen? Was passierte mit dem gebrauchsfertigen Marihuana? In der Rechtsmedizin hatte Dr. Herrlinger seinen nächsten Kunden auf dem Tisch, um mittels DNA-Analyse die Identität herauszufinden.

Dass das Feuer nicht auf das Büro in der Lagerhalle übergegriffen hatte, war ein Glücksfall. In einem Ordner war eine Personalaufstellung mit elf Angestellten abgeheftet, die alle im Polizeipräsidium antanzen mussten. Ob sie für die Schokoladenproduktion, für die Hanfzucht oder für beides zuständig waren, stellte sich erst im Laufe der Zeit heraus.

Zoffingers Spürhunde jubelten, als sie einen USB-Stick entdeckten, der ziemlich dilettantisch auf der Rückseite eines eingerahmten Alpenpanoramas an der Wand hing. Stutzig machte die Ermittler, dass die gefundenen Daten nichts, aber auch gar nichts aufwiesen, was ein solches Versteckspiel gerechtfertigt hätte: belanglose Briefwechsel, gescannte Zeitungsartikel über Präsentationen auf Süßigkeitenmessen, Fotos von unterschiedlichen Stadien der Schokoladenproduktion, Downloads aus dem Internet – uninteressanter, unwichtiger Datenmüll, der einen Gedanken geradezu aufnötigte: Jemand hatte gezielt eine falsche Spur gelegt. Wenn aber ein derartiges Ablenkungsmanöver inszeniert wurde, war offensichtlich, dass etwas anderes verborgen werden sollte, was diesen Aufwand lohnte. Nicht gerade begeistert traten die Ermittler zu einer zweiten Durchsuchungsrunde an. Am Ende zahlte sich die Schnüffelorgie aus. Mehr aus Zufall tastete einer der Beamten einen an der Wand hängenden Arbeitsmantel mit üppigen Schokoladenflecken ab und stieß auf einen kleinen, harten Gegenstand. Zunächst hielt er ihn für einen Ersatzknopf. Bei näherem Hinsehen entdeckte er aber ein raffiniertes Versteck. Ein kreativer Amateurschneider hatte aus dem eingenähten Waschhinweis des Kleidungsstücks ein Minitäschchen gebastelt, groß genug für eine MicroSD-Karte mit einer Kapazität von 32 GB.

Zoffinger durchfuhr es wie ein plötzlicher Hitzeschub, als er die Ergebnisse der Auswertung des Datenträgers auf den Tisch bekam. Besitzerin der Halle war eine alte Bekannte – Judith Sommer, die Erhängte aus dem Eriskircher Strandbad. Schon das Rezeptbuch aus der Pizzeria hatte den Verdacht nahegelegt, dass sie mit der Konstanzer Drogenszene zu tun hatte. Dass sie mit der Lagerhalle sogar eine Produktionsstätte für Haschisch und Marihuana besaß, war der letzte Beweis dafür.

Das war noch nicht das Ende der Fahnenstange. Judith Sommer hatte für ihre Lagerhalle einen Fünf-Jahres-Vertrag mit einem Pächter abgeschlossen, dessen Namen dem Kommissar ein paar Augenblicke lang den Atem stocken ließ. Wieder und wieder überflog er das vor ihm liegende Papier, weil er seinen Augen nicht glauben konnte. Aber unter den Pachtvertrag hatte in rundlichen, fast kindlichen Buchstaben der Pächter und gleichzeitige Geschäftsführer der Schokoladenherstellung seinen Namenszug gesetzt: Mike Nesselrod. Zählte Zoffinger zwei und zwei zusammen, ergab das ein relativ einfaches Ergebnis: Die beiden kannten sich nicht nur, sondern arbeiteten zusammen und hatte ihre Finger tief im Rauschgifthandel und damit in einem Milieu, in dem es um

Drogen, Macht, Geld, Gewalt, Verrat und Rivalitäten ging. Und manchmal auch um Mord.

Im Drogendezernat rechneten die Mitarbeiter, dass die Köpfe qualmten. Nach ersten Schätzungen wurden in der Lagerhalle etwa 2000 Cannabispflanzen professionell gehegt und gepflegt. Im Trockenraum lagen 30 Kilogramm aufgearbeitetes Marihuana in Fünf-Kilo-Portionen mit einem Marktwert von ca. 300.000 Euro. Etwa 800 erntereife Pflanzen standen in voller Blüte und hätten beim Verkauf schätzungsweise 40.000 Euro eingebracht. Einhellige Meinung im Dezernat: Engagierte, hingebungsvolle Gartenarbeit kann sich lohnen, hat aber auch ihren Preis.

Dass zumindest ein Teil der Ernte nicht verkauft, sondern vor Ort weiterverarbeitet wurde, bewies der Maschinenpark im Erdgeschoss der Lagerhalle. Zwar wurde dort tatsächlich Schokolade mit Zutaten wie Pistazien und Datteln hergestellt, einen Teil der Cannabisernte presste man aber auch maschinell in Tafeln wie herkömmliche Schokolade. Die Variation mit dem Namen »Inseltraum« kam – wie Laboruntersuchungen ergaben – mit einem relativ niedrigen Wirkstoffgehalt daher, während »Rache der Karibik« mit einem THC-Gehalt von stolzen 17 Prozent auftrumpfte.

Zum ersten Mal, seit er die jüngsten Mordermittlungen aufgenommen hatte, überkam Zoffinger der metaphorische Gedanke, ein Licht am Ende des Tunnels zu erkennen. Judith Sommer war nicht nur Eigentümerin der Lagerhalle, sondern sie zog auch die Strippen bei der technischen Ausstattung der Kifferplantage. Auf einigen Wärmelampen hatten die Schnüffler Firmenaufkleber eines Onlineshops für Gewächshausbedarf gefunden. Angeboten wurden Gerätschaften wie Wuchsleuchtmittel,

Reflektoren, Düngemittel, Luftfilter und Raumbefeuchter, aber auch Geruchsneutralisierer und wärmedämmende Folie, die sich für die Hanfzucht eigneten. Auf der MicroSD-Karte fanden sich diverse Bestellungen, auch mehrere ältere, unter denen ein spezieller Posten Zoffinger alarmierte: Kamelmilchpulver. Die Ware tauchte allerdings vor Ort nirgends auf, weder unter den Zutaten für die Schokoladenherstellung noch in den verarbeiteten Produkten. Die einzig schlüssige Verbindung bestand mit dem Depot unter der Pizzeria Da Vinci – ein letzter Beweis dafür, dass Judith Sommer das Lokal nicht unbedingt wegen delikater Pizzen frequentierte. Dasselbe galt für ihren Kompagnon Mike Nesselrod, der offenbar Regie bei der Vermarktung sowohl von Schokolade als auch Haschisch und Marihuana geführt hatte.

Stutzig machten Zoffinger einige Geschäftsverbindungen der beiden. Spielte in älteren Abrechnungen und Bestellungen noch die Pizzeria Da Vinci eine Rolle, so tauchte die italienische Gaststätte in jüngeren Dokumenten überhaupt nicht mehr auf. Es schien so, als sei die Geschäftsbeziehung nach und nach eingedämmt und schließlich ganz aufgegeben worden. Stattdessen war häufig von Kontakten ins Allgäu die Rede, die bei Zoffinger einen Verdacht aufkeimen ließ.

In Ermittlerkreisen war bekannt, dass im Bodenseeraum die kalabrische Ndangheta der Platzhirsch im Drogengeschäft war, während im Allgäu in erster Linie die Cosa Nostra aus der sizilianischen Provinz Catania bei Schutzgelderpressung, Geldfälschung und Waffenhandel die Strippen zog und den Landstrich als Drehscheibe des mitteleuropäischen Drogenhandels etabliert hatte. Waren Mike Nesselrod und Judith Sommer in einen Konkurrenzkampf zwischen den beiden Mafiaorganisationen verstrickt? Hatten sie versucht, sich aus den geschäftlichen Fesseln der Ndangheta zu befreien, um sich der Cosa Nostra zuzuwenden? Das wäre Grund genug gewesen, die beiden ins Jenseits zu befördern und ihre Lagerhalle abzufackeln. Oder hatten sie den tödlichen Versuch unternommen, sich selbstständig zu machen, sich von der Mafia zu befreien? Das hatten schon andere mit dem Leben bezahlt.

Nicht nur mit dem Allgäu hatte die Zweierseilschaft Sommer/Nesselrod ihre Verbindungen intensiviert, sondern auch mit den Niederlanden. Das untermauerte nicht nur die Tatsache, dass viele Papiere auf Niederländisch verfasst waren und beide perfekt Holländisch sprachen. Für die Kollegen im Drogendezernat war die Zielrichtung Niederlande keine Überraschung. Als im Land von Gouda und Tulpen eine restriktivere Drogenpolitik den Drogentourismus eindämmte, sich in Coffeeshops nur noch Einheimische bedienen konnten und im ganzen Land härter gegen den illegalen Cannabisanbau vorgegangen wurde, setzte in den Nachbarländern ein bislang nicht dagewesener Boom ein. Auch in weiter entfernten Regionen wie dem Bodenseeraum kamen Kiffergärtner auf die Idee, auf den profitablen Drogenzug aufzuspringen.

Dem Fass schlug es den Boden aus, als Dr. Herrlinger seinen Kollegen in die Rechtsmedizin bat und einen DNA-Volltreffer ankündigte. Zoffinger ließ sich nicht lange bitten, obwohl er wieder einmal eine ausführliche Expertenvorlesung befürchtete. Es kam, wie es kommen musste.

»Fangen wir einmal ganz vorne an«, leitete Dr. Herrlinger seinen Vortrag ein. »Bei der verbrannten Leiche aus dem Lagerhaus handelt es sich zweifellos um einen Mann, bei dem die Verbrennungen nicht nach seinem Tod eingetreten sind. Die Flammen haben ihn getötet, als er noch am Leben war. Was die todesursächlichen Faktoren anbelangt: Mit Bestimmtheit ist auszuschließen, dass dabei Gewalteinwirkung wie etwa Würgen, Drosseln, Hieb- oder Stichverletzungen im Spiel waren. Bei einer verkohlten Leiche sind wichtige Details und Spuren nicht leicht zu erkennen, sondern setzen das hohe fachliche Know-how eines Experten voraus.«

Jetzt kommt die unvermeidliche Selbstbeweihräucherungsarie, dachte Zoffinger. Unbeirrt fuhr Dr. Herrlinger fort. Langatmig packte der Rechtsmediziner sein Fachwissen aus, bis es Zoffinger zuviel wurde.

»Können wir uns vielleicht die Details ersparen? Sie haben ja offenbar herausgefunden, um wen es sich bei dem Toten handelt. Das würde mich in allererster Linie interessieren.«

»Ich dachte nur, dass Ihnen meine Ausführungen bei der Lösung Ihrer Fälle helfen würden. Da diesbezüglich aber offenbar kein Bedarf besteht: Bei der verkohlten Leiche handelt es sich um den albanischen Staatsangehörigen Korab Turku. Wollen Sie ihn nochmals sehen?«

Dr. Herrlinger langte bereits nach dem grünen Tuch, mit dem er die verkohlte Leiche zugedeckt hatte.

»Muss nicht sein!«, entfuhr es dem Kommissar, der mit seinen Gedanken bereits bei seinen Mordfällen war. Einen seiner Hauptverdächtigen konnte er von der Liste streichen. Jetzt lag auch auf der Hand, wer den Albaner ins Industrieviertel gefahren hatte. Kein anderer als Luca Lucozzi. Schließlich war das kriminelle Ndrangheta-Team bislang stets nur im Doppelpack in Erscheinung getreten. Der Kommissar jubelte innerlich, weil sich plötzlich alles ineinanderzufügen schien. Fast alles. Warum Korab Turku die Lagerhalle in Brand gesteckt hatte, stand noch in den Sternen. Um Mike Nesselrod oder Judith Sommer wirtschaftlich zu schädigen, ging es natürlich nicht, weil die beiden gar nicht mehr lebten. Wollte die Ndrangheta mit den Morden an den beiden ein Zeichen setzen, dass sie sich nicht die Butter vom Brot nehmen lassen wollte? Eines war sicher: Die Mafia hatte mit dem Großfeuer ein unliebsames Konkurrenzunternehmen mit radikalen Mitteln aus dem Weg geräumt.

Auch im Drogendezernat gingen die Ermittlungen voran. Ein findiger Kollege war der Frage nachgegangen, wie die Cannabisplantage eigentlich mit Setzlingen bestückt bzw. wie abgestorbene Pflanzen entsorgt wurden. Einen Komposthaufen in der Nähe der Lagerhalle gab es nicht. Zoffinger nahm sich vor, der Sache auf den Grund zu gehen. In der Hoffnung auf eine zündende Idee fuhr er ins Industrieviertel, wo zwei Kollegen von der Brandermittlung im Hof vor der Brandruine standen und rauchten. Eine Angestellte des benachbarten Waschsalons stellte sich zu den Männern.

»Eine Rauschgiftplantage direkt in meiner Nachbarschaft. Ich kann es immer noch nicht fassen. Eigentlich hätte mir das schon längst auffallen müssen. Aber ich habe mir schlicht und einfach nichts dabei gedacht.«

»Bei was haben Sie sich nichts gedacht?«, hakte Zoffinger nach.

»Na ja. Bei der Lagerhalle gibt es keinen Garten. Nicht einmal eine Rasenfläche. Ein paar Mal habe ich mir im Fabrikladen Schokolade gekauft. Auch im Gebäude sind mir keine Pflanzen aufgefallen, kein einziger Blumenkübel, nicht einmal ein Sträußchen auf der Verkaufstheke.«

»Und was ist daran so außergewöhnlich?«

»Ab und zu ist ein Fahrzeug erschienen, hat Pflanzenkübel gebracht und Gartenabfall abgeholt. Eigentlich hätte ich mir Gedanken darüber machen müssen, wo das Grünzeug herstammte.«

Zoffinger wurde hellhörig.

»Grünzeug? Was war das für Grünzeug? Cannabispflanzen?«

»Tut mir leid. So genau habe ich nicht hingesehen. Außerdem könnte ich Cannabis wahrscheinlich nicht von Oleander unterscheiden.«

»Erinnern Sie sich an Einzelheiten? Was war das für ein Auto? Kennzeichen? Farbe? Wie sah der Fahrer aus?«

»Der Fahrer war ein junger, schlaksiger Kerl. Vielleicht Mitte 20. Und das Auto?«

Sie kaute auf der Unterlippe und legte ihre Denkerstirn in Falten.

»Ein kleiner, dunkler Transporter, so einer mit offener Ladefläche.«

»Ein Pick-up also.«

»Wenn die Autos so heißen! Ja, ein Pick-up.«

»Hat der Kerl die Pflanzen regelmäßig transportiert?«

»Weiß ich nicht. Kann ja sein, dass ich ihn nicht bei jeder Fuhre gesehen habe. Mir ist er nur drei-, viermal aufgefallen.«

Sie war schon am Gehen, als sie sich vor ihrem Waschsalon umdrehte.

»Eben fällt mir noch etwas ein. Der Wagen war schwarz, hatte auf der Beifahrerseite aber eine Tür in einer anderen Farbe. Kann rot gewesen sein. Ja, ich glaube, die Extratür war rot.«

Zoffinger bedankte sich mit einem freundlichen Kopfnicken. Allzu ergiebig waren die Informationen auf den ersten Blick nicht. Wie viele Pick-ups kurvten in Konstanz und Umgebung auf den Straßen herum! Es könnte sich sogar um ein Fahrzeug von weiter weg gehandelt haben. Und ohne Infos über das Kennzeichen? Buchstäblich die Nadel im Heuhaufen. Aber dann schoss dem Kommissar ein eventuell richtungsweisender Gedanke durch den Kopf. War nicht Bodo Weihstock mit einer klapprigen Mühle auf vier Rädern mit einer roten Tür unterwegs?

In Zoffingers Büro hing neben dem Schreibtisch ein Sinnspruch an der Wand, der mehr als alles andere die Arbeitsphilosophie des Kommissars beschrieb: »Steter Tropfen höhlt den Stein.« Jeder in der Abteilung wusste, dass er keine Ruhe gab, bis er seine Fälle gelöst hatte. Kein Wunder, dass er eine Trefferliste aufzuweisen hatte wie kaum ein anderer.

Seine aktuellen Ermittlungen ließen allerdings noch zu wünschen übrig. Die Situation um seine Mordfälle hellte sich zwar nach und nach auf. Außer Tatverdächtigen hatte er bislang aber noch nichts Konkretes aufzuweisen.

Einen Schritt voran brachte Zoffinger ein Rentner, der sich beim Einbruchsdezernat meldete. Als er am späteren Abend wie gewöhnlich mit seinem Hund eine Runde um die Häuser drehte, war ihm aufgefallen, dass in einer leer stehenden Wohnung in der Nachbarschaft hin und wieder für kurze Zeit Licht anging und manche Rollläden tagsüber weiter hochgezogen waren als nachts. Von anderen wusste er, dass die neue Eigentümerin noch gar nicht eingezogen war. Dass jemand die Wohnung betrat oder verließ, war ihm nicht aufgefallen. Die Polizei ging der Sache nach und informierte Zoffinger, nachdem sie herausgefunden hatte, dass die fragliche Wohnung im Fliederweg 17 einer Person gehörte, mit der sich der Kommissar seit geraumer Zeit intensiv beschäftigte: Judith Sommer.

Angesichts der Heimlichtuerei des unbekannten Bewohners war nicht viel Fantasie vonnöten, um ein mögliches Szenarium zu entwerfen. Entweder hatte Judith Sommer die Wohnung vor ihrem Tod jemandem als Unterschlupf zur Verfügung gestellt oder ein Mietnomade, der untertauchen wollte, hatte sich Zutritt verschafft. Für Zoffinger lag auf der Hand, dass ein Zusammenhang mit dem gewaltsamen Tod der Frau und ihren illegalen Drogengeschäften bestehen könnte. Kurzerhand beschloss er, die Wohnung observieren zu lassen. Wie viele Person sich in dem Schlupfwinkel verbargen, war nicht abzuschätzen. Vorsichtshalber verzichtete er auf einen Alleingang und alarmierte das Sondereinsatzkommando.

Die erste Wache übernahm Tony Warnke, der schon beim Zugriff auf dem Überlinger Wochenmarkt dabei gewesen war. Kurz vor Mitternacht, als Zoffinger sich eben ins Bett legen wollte, meldete er sich.

»Fliederweg 17. Ich stehe direkt vor dem Haus. Niemand hat es betreten. Trotzdem habe ich durch ein gekipptes Fenster das Rauschen einer Wasserspülung gehört. Also muss jemand drin sein.«

»Brennt Licht?«

»Nein, kein Licht! Alles dunkel.«

»Steht ein Auto in der Nähe?«

»Direkt vor dem Haus nicht. Etwa 50 Meter entfernt zwei Pkw. Ich habe die Konstanzer Kennzeichen abgefragt. Nichts Auffälliges.«

»Hast du die Eingangstür auf Einbruchspuren überprüft?«

»Natürlich. Keine Einbruchspuren. Der Bewohner hat vermutlich einen Schlüssel.«

»Gut, Tony. Bleib, wo du bist. Verhalte dich so unauffällig wie möglich«, kommandierte der Kommissar, während er in seine Hosen stieg. »Ich sage den Jungs vom SEK Bescheid. Wir sind gleich da.«

Zoffinger parkte seinen Wagen in respektvoller Entfernung von Judith Sommers Haus. Sollte sich in der Wohnung tatsächlich jemand aufhalten, war das Überraschungsmoment wichtig. Der Fliederweg zog sich durch ein Wohngebiet für Gutsituierte. Jetzt, kurz nach Mitternacht, waren die Straßen leer und die meisten Fenster dunkel. Am frühen Abend war ein kurzer Regenguss niedergegangen, der die Nacht herb nach feuchter Erde aromatisierte.

Tony Warnke hatte sich in einer Einfahrt positioniert, von der er die Sommer-Wohnung gut im Blick hatte. Zoffinger erkannte ihn erst, als er ihm schon fast auf die Zehen trat.

»Würde jetzt lieber neben meiner Frau im warmen Bett liegen. Aber was tut man nicht alles!«

»Hat sich was verändert, seit wir telefoniert haben?«, flüsterte der Kommissar.

»Der Mann mit Hund, der die Anzeige erstattete, ist hier auf und ab gepilgert und hat mir mit seinem Gelaber fast ein Ohr abgekaut. Mir blieb schließlich nichts anderes übrig, als ihn nach Hause zu scheuchen. Der Alte hätte die ganze Aktion gefährden können.«

»Also hat er sich nicht mehr sehen lassen?«

»Glücklicherweise nicht. Ich hätte ihm sonst in seinen Allerwertesten treten müssen.«

Drei zivile SEK-Zivilfahrzeuge bogen in den Fliederweg ein. Zoffinger stoppte den Konvoi mit rudernden Armen. Lautlos sprang ein Dutzend vermummter Beamten aus den Wagen. Der Kommissar hatte mit den Kollegen schon zahlreiche Einsätze durchgeführt. Aber jetzt, als sich die Männer in ihren schwarzen Overalls, Sturmhauben und Helmen wie eine Horde Zombies unter den Bäumen am Straßenrand formierten, fiel ihm auf, wie bedrohlich und einschüchternd die Combat-Truppe auf mögliche Straftäter wirken musste.

»Irgendwelche Neuigkeiten, die wir wissen müssten?«, erkundigte sich der Chef des Teams.

»Alles wie gehabt«, antwortete der Kommissar. »Wir müssen davon ausgehen, dass sich jemand im Haus versteckt. Vorsicht ist angesagt. Keine Ahnung, ob es sich um eine oder mehrere Personen handelt. Waffen könnten im Spiel sein. Also: Haltet die Augen offen.«

Der Teamchef nickte und wandte sich seinen Leuten zu. Zoffinger zeigte auf einen SEKler, der einen Rammbock in Händen hielt, um gegebenenfalls die Eingangstür aufbrechen zu können.

»Vielleicht könnt ihr euch ohne das Ding Zutritt zum Haus verschaffen. Wäre günstig, wenn wir die Bewohner im Schlaf überraschen könnten.«

»Natürlich versuchen wir einen Zugang zunächst ohne Brachialgewalt. Aber unseren Notnagel haben wir immer dabei. Für den Fall der Fälle.«

Die Truppe machte sich an die Arbeit. Drei Mann sorgten für die Außensicherung. Einer fingerte eine Weile mit einem Spezialwerkzeug an der Tür herum und gab schließlich kopfschüttelnd auf. Sein Kollege schmetterte den Rammbock zweimal mit voller Wucht auf das Schloss. In zwei Häusern in der Nachbarschaft flogen Fenster auf, weil der Krach von berstendem Metall und splitterndem Glas eine tiefgefrorene Leiche putzmunter gemacht hätte. Die ersten SEKler waren bereits in die Wohnung gestürmt, als ein fürchterliches Geknalle die noch vor der Tür stehenden Beamten in Deckung gehen ließ. Was sich drinnen abspielte, konnte Zoffinger nicht sehen. Ein, zwei Minuten lang schien sich gar nichts zu tun. Dann kam einer der Beamten nach draußen.

»Entwarnung! Der Blödmann hat die erste Tür im Flur mit einer Sprengfalle gesichert. Alles roger!«

Zoffinger wollte Genaueres wissen.

»Der Kerl hat ein Bündel Feuerwerkskörper mit Nylonbindfaden verschnürt und mit einem Zünder versehen«, erklärte der Polizist. »Bastelarbeit eines Amateurs ohne große Wirkung. Vermutlich wurden die Knaller nur angebracht, um dem Bewohner ein paar Augenblicke Zeit zur Flucht zu verschaffen. Jedenfalls hält sich in der Wohnung niemand mehr auf.«

Zoffinger schlenderte wie auf Wohnungssuche durch die vier leeren Zimmer. Möbel gab es außer einem Stuhl und einem Bistrotisch keine. Stattdessen Farbeimer, eine uralte hölzerne Bockleiter, Malerutensilien und in einem Zimmer eine aufgepumpte Luftmatratze mit zwei Decken im gefleckten Leopardendesign samt Kopfkissen. Ein Behelfslager. In einem Aschenbecher kokelte ein angesabberter Joint vor sich hin. Über einer Stuhllehne hing Kleidung. Offenbar hatte der Bewohner keine Zeit mehr gefunden, sich vollständig anzuziehen. Der Kommissar konnte sich ein Grinsen nicht verkneifen, als er sich vorstellte, wie der Bewohner in Unterhosen aus dem Haus hetzte. Vertrockneten Pizzaresten nach zu schließen, hatte er bereits seit Tagen in der Wohnung gelebt. Offenbar war er noch rechtzeitig auf die Polizeiaktion aufmerksam geworden, um Hals über Kopf durch einen Gang flüchten zu können, der die Wohnung mit einer Garage verband. Das Tor war verschlossen, aber auf der Rückseite führte eine Tür zum Garten. Selbst ein Blinder hätte erkannt, dass jemand ein Fahrrad durch das taufeuchte Gras zu einer parallel zum Fliederweg verlaufenden Straße geschoben hatte. Die Reifenspuren ließen keinen Zweifel, in welche Richtung der Flüchtige geradelt war. Drei Querstraßen weiter hatte er den Drahtesel neben einem Anliegerparkplatz in eine Hecke geworfen und sich vermutlich mit seinem dort abgestellten Auto auf und davon gemacht.

Zoffinger war sich sicher, dass sich Luca Lucozzi in letzter Sekunde dem SEK-Zugriff entzogen hatte. In der Wohnung gefundene Spuren, die von den Kriminaltechnikern später mit denen aus dem Getränkelager auf dem Folterschiff verglichen wurden, gaben ihm recht. Zusammen mit seinem ums Leben gekommenen Mitstreiter Korab Turku rangierte Lucozzi nicht nur als Mörder von Mike Nesselrod, sondern auch von Judith Sommer an vorderster Stelle. Vermutlich wusste er vom geplanten Umzug der Frau in ihre Eigentumswohnung und brachte den Schlüssel an sich, bevor oder nachdem er sie zusammen mit dem Albaner im Eriskircher Schwimmbad aufgehängt hatte.

Die sofortige Fahndung blieb zunächst erfolglos. Bis auf die Tatsache, dass eine Anwohnerin des Fliederwegs meldete, ihr seien in besagter Nacht im Freien aufgehängte Wäsche, also Hemd und Hose ihres Mannes, von der Leine geklaut worden. Dass sich Lucozzi nach seiner Spontanflucht unautorisiert eingekleidet hatte, lag auf der Hand.

Tage später bekam Zoffinger neue Hinweise darauf, dass sich auf der Reichenau immer noch suspekte Personen hauptsächlich in Kirchennähe herumtrieben. Dass ein Einbruch in die Kellereianlagen neben dem Münster in Mittelzell gescheitert war, hatte der Winzerverein Reichenau nur dem standhaften Holztor des alten Klosterkellers zu verdanken. Um Diebe, die ein paar Flaschen süffigen Reichenauwein klauen wollten, hatte es sich garantiert nicht gehandelt. Einwohner in Oberzell berichteten, sie hätten in den letzten Tagen mehrfach ein schwarzes Geländefahrzeug vor der Kirche St. Paul gesehen. Ein Mann mit südländischem Aussehen soll mit Kameras behängt die uralte Kirche fotografiert haben – bzw. so getan haben, als fotografiere er. In erster Linie ging es ihm offenbar darum, Details über die auf der Insel gegründete Klosterzelle und die dort lebenden Mönche und ihre Wohnquartiere herauszufinden.

Als besonders wertvoll erwies sich der Hinweis eines Besuchers aus Sachsen-Anhalt, der als Hobbyhistoriker ebenfalls Fotos von der Kirche geschossen hatte. Er meldete sich bei der Polizei, weil er vom Mord an Bruder Aurelius in der Zeitung gelesen hatte und das Benehmen des Amateurfotografen ziemlich sonderbar fand. Auf drei seiner eigenen Bilder war das Fahrzeug des Verdächtigen im Hintergrund zu sehen. Den Tüftlern von der Kriminaltechnik gelang es, Details aus den Fotos so zu vergrößern, dass das Schweizer Kennzeichen des Fahrzeugs identifiziert werden konnte.

Es handelte sich um einen Wagen, den der Fremde auf dem Flughafen Zürich angemietet hatte. Ausgewiesen hatte er sich bei der Firma als italienischer Staatsbürger mit dem Namen Luca Lucozzi. Am Morgen nach dem nächtlichen SEK-Sturm auf die Wohnung von Judith Sommer hatte er das Auto mit einem Schaden an der hinteren Stoßstange in Zürich auf dem Flughafen zurückgegeben. Dabei hatte es der Fahrer ziemlich eilig, weil er seinen Flug nicht verpassen wollte. Die Polizei checkte die am fraglichen Vormittag startenden Maschinen und fand drei Flugziele heraus, die der Mann hätte nehmen können: Dresden, Izmir und Rom. Zoffingers Wahl fiel auf Rom. Tatsächlich war Lucozzi auf den Flug nach Rom gebucht, aber er kam in Rom nicht an. Für den Flug hatte er eine vegetarische Mahlzeit reserviert, sie aber nicht in Anspruch genommen. Alles deutete darauf hin, dass er gar nicht an Bord gewesen war. Vielleicht hatte er den Flug verpasst. Aber Zoffinger hatte einen anderen Verdacht. Vermutlich war dem Auftragskiller der Boden in Konstanz zu heiß geworden, und er hatte eine falsche Fährte gelegt, um seine Verfolger in die Irre zu führen. Wenn er sich aber nicht von Zürich aus abgesetzt hatte, bestand die Gefahr, dass er an den Bodensee zurückgekehrt war, um seinen heiklen Auftrag zu Ende zu führen: die Suche nach den explosiven Dokumenten von Bruder Aurelius. Lucozzis Auftraggeber waren offenbar der felsenfesten Überzeugung, dass der Whistleblower Unterlagen versteckt hatte, die ein ganzes Offshoreimperium zum Einsturz bringen konnten.

Zu den wenigen persönlichen Gegenständen, die Lucozzi in Judith Sommers Wohnung zurückgelassen hatte, gehörte eine grüne Bomberjacke. In einer Außentasche befand sich ein Schlüssel zu einem Schließfach im Konstanzer Bahnhof. Nach der Erfahrung mit dem zwar ziemlich harmlosen Sprengsatz in der Wohnung von Judith Sommer wollte das SEK jegliches Risiko vermeiden und setzte einen Roboter ein, um das Fach zu öffnen. Den Aufwand hätte man sich sparen können. Lucozzi hatte dort nur einen schwarzen Koffer mit persönlichen Gegenständen deponiert, ganz offensichtlich zur Vorbereitung einer möglicherweise notwendigen Flucht.

Als die Beamten das von Luca Lucozzi in der Wohnung liegen gelassene Smartphone auslasen, stießen sie auf zahlreiche Fotos. Eines zeigte den offenbar selbstverliebten Besitzer, wie er in einer Orangenplantage mit einer Kalaschnikow AK 47 posierte. In einer anderen Bildserie saß Lucozzi auf dem Teppichboden eines Zimmers inmitten von zwei Paintballwaffen, einem Luftdruckgewehr, zwei Schreckschusswaffen, einer halbautomatischen Beretta 92, fünf Rauchbomben, einem Schlagring und einem Paar rosa Fellhandschellen.

Zoffinger kam nach dem Sturm auf Judith Sommers Wohnung erst in seine Wohnung zurück, als die Vögel bereits von den Bäumen trällerten. Noch bevor er seine Tür aufschloss, freute er sich auf sein Bett, auf einen genüsslichen sonntäglichen Matratzenmarathon bis in die Mittagszeit. Daraus wurde aber nichts. Florian und Karin standen kurz nach 9 Uhr mit einer Tüte frischer Brötchen und Brezeln vor der Tür.

»Hab völlig vergessen, dass ich euch zum Frühstück eingeladen habe«, murmelte der unausgeschlafene Nachtarbeiter. »Macht schon mal Kaffee, bis ich mich angezogen habe.«

Karin riss in der Küche Schränke auf der Suche nach Tassen und Tellern auf. Florian wusste, wo die Kaffeedose stand.

»Der gute Paul muss eine schwere Sause hinter sich gebracht haben«, vermutete er. »So wie Sherlock Holmes heute Morgen aussieht, waren das mindestens drei Mostschorle zu viel.«

»Von wegen drei Mostschorle zu viel«, protestierte Zoffinger, der vom Pyjama in einen Jogginganzug umgestiegen war. »Ich war bis vor ein paar Stunden mit dem SEK im Einsatz und hab für eure Sicherheit Leib und Leben riskiert, ihr undankbares Gesindel.«

»Um was ging es eigentlich?«

»In der Eigentumswohnung einer Ermordeten hat sich ihr mutmaßlicher Mörder eingenistet, ein Auftragskiller der Mafia. Er ist uns in letzter Minute entkommen. Mit einem Fahrrad.«

In Radio Grenzland dudelte Kaufhausmusik. Zoffinger ließ sich von seinen beiden Frückstücksgästen ein paar Details über den nächtlichen SEK-Einsatz entlocken.

Als die Radiomoderatorin einen Beitrag von Rolf Riedle ankündigte, war Zoffinger nicht der Einzige am Tisch, der gequält das Gesicht verzog. Der Hausherr wollte das Gerät schon ausschalten, aber Florian stoppte ihn.

»Seit er nach der Kündigung von seinem Sender wieder in Amt und Würden eingesetzt wurde, habe ich nichts mehr von ihm gehört. Hoffentlich hat er sich diesen Schuss vor den Bug zu Herzen genommen. Sonst steht er bald endgültig auf der Straße.«

Neulich war ich mittags in einem Restaurant zum Lunch, begann Riedle seinen Bericht. *Was sich am Nebentisch zwischen Vater und Sohn abspielte, will ich in aller Kürze schildern. Unkommentiert!*

Der Vater: »Du hast doch sicher Hunger!«

Der Sohnemann: »Nein!«

»Ich bin mir aber sicher, dass du Hunger hast.«

»Ich hab keinen Hunger. Ich hab Durst.«

»Du musst unterscheiden lernen zwischen Hunger und Durst. Die beiden melden sich anders in deinem Bauch.«

»Ich hab keinen Hunger.«

»Erst muss man essen. Dann gibt es etwas zu trinken. Du magst doch Schnitzel mit Pommes.«

»Wenn überhaupt etwas zu essen, dann Spaghetti mit Tomatensoße.«

»*Du magst doch gar keine Spaghetti. Also wie wäre es mit Schnitzel und Pommes?*«
»*Ich will Spaghetti mit Tomatensoße.*«
»*Oder Reibekuchen mit Apfelmus?*«
»*Spaghetti mit Tomatensoße.*«
»*Spaghetti machen dick, und außerdem magst du gar keine Spaghetti.*«
»*Doch, ich mag Spaghetti. Mit Tomatensoße.*«
»*Nimm doch Fischstäbchen mit Kartoffelsalat. Das schmeckt so ähnlich.*«
»*Warum kriege ich keine Spaghetti mit Tomatensoße?*«
»*Ach, ich sehe eben auf der Karte, dass es auch Lasagne gibt. Oder Piratenspieße.*«
»*Ich will aber keine Piratenspieße. Spaghetti mit Tomatensoße.*«
»*Leckere Fleischbällchen mit Nudeln gibt es auch.*«
»*Spaghetti mit Tomatensoße wären mir am liebsten. Ich glaube, ich habe jetzt doch Hunger.*«
Vater: »*Tut mir leid, Herr Ober, dass sich der Kleine so gar nicht entscheiden kann. Geben Sie uns doch bitte noch zehn Minuten!*«

Zoffinger drehte sein Uraltdampfradio genervt ab.

»Ich mag Rolf. Er ist ein netter, umgänglicher Zeitgenosse. Aber ein Fan seiner Radiosendungen werde ich in diesem Leben vermutlich nicht mehr.«

»Wechseln wir lieber das Thema«, schlug Florian vor. »Mir ist eigentlich nicht klar, warum sich Ndrangheta-Leute wie dieser Luca Lucozzi so bedingungslos auf die Suche nach Dokumenten machen, die Bruder Aurelius versteckt haben soll. Vielleicht gibt es die Unterlagen gar nicht, und die Typen jagen einem Phänomen hinterher.«

»Die Unterlagen gibt es. Sie sind definitiv aus der Kanzlei McCarthy & Partners von Bruder Aurelius geklaut worden. Darüber besteht kein Zweifel. Sonst hätten die sauberen Anwälte den Mordauftrag gar nicht erteilt, um den klösterlichen Whistleblower mundtot zu machen. Außerdem ...«

Zoffinger nahm einen tiefen Schluck Kaffee in der Hoffnung, endlich aufzuwachen.

»Außerdem wissen wir, warum sich dieser verdammte Lucozzi bei der Suche nach den geklauten Papieren so hartnäckig zeigt. Bei seiner überhasteten Flucht vergangene Nacht aus Judith Sommers Wohnung hat er in der Eile eine Jacke zurückgelassen, in der ein Smartphone steckte. Dumm gelaufen! Bereits als die Beamten das Gerät kurz einschalteten, fanden sie E-Mails und Fotos. Was noch wichtiger war. Auf dem Gerät war eine bemerkenswerte Vereinbarung gespeichert. Dem Team Lucozzi/Turku wurde für das Auffinden der McCarthy-Unterlagen eine Prämie garantierte: 150.000 Schweizer Franken auf ein Konto der eigenen Wahl. 150.000 Schweizer Fränkli, die jetzt diesem Luca Lucozzi alleine zustehen würden. Sein albanischer Kollege Korab Turku kann die Hand ja nicht mehr aufhalten, nachdem er in der abgebrannten Lagerhalle das Zeitliche gesegnet hat.«

»Für einen solchen Batzen Geld kann man sich schon eine Weile am Bodensee herumtreiben«, urteilte Karin.

»Wenn es das nur wäre!«, japste Zoffinger. »Wir sollten nicht vergessen, dass diese Ndrangheta-Verbrecher zwei oder drei Menschen ermordet haben. Wir wissen, dass der Bodenseeraum schon vor Jahren zum Rückzugsgebiet von unterschiedlichen Mafiagruppierungen geworden ist, neapolitanische Camorra, apulische Sacra Corona Unita, sizilianische Cosa Nostra, kalabrische Ndrangheta. Mittlerweile ist so gut wie sicher, dass die Ndrangheta über die Züricher Niederlassung von McCarthy & Partners mehrere Offshorefirmen betreibt, über die sämtliche Unternehmungen der Organisation abgewickelt werden. Den Kopf der Verbrecherorganisation kannte Bruder Aurelius. Mit dem Klau dieser Beweise versuchte er nicht nur, illegale Geschäftspraktiken und verbrecherische Missstände an die Öffentlichkeit zu zerren. Er hat in ein wahrhaft tödliches Wespennest gestochen.«

»Was ist eigentlich mit diesem Kerl, der dir vor ein paar Stunden durch die Lappen gegangen ist?«, wollte Karin wissen.

»Luca Lucozzi? Im Ausland fahndet Interpol nach ihm. Aber ich bin sicher, dass er sich nach wie vor in der Gegend aufhält. 150.000 Schweizer Franken sind kein Pappenstiel.«

So richtig wohnlich hatte es in der noch nicht bezogenen Wohnung von Judith Sommer nicht ausgesehen. Statt Mobiliar standen nur drei Umzugskartons mit Kochbüchern, Geschäftsordnern, Bettzeug und Winterklamotten herum. In einem Karton befand sich ein vermutlich ausrangiertes Notebook. Aufschlussreich waren private E-Mails zwischen Judith Sommer und Mike Nesselrod. Sie ließen keinen Zweifel daran, dass sich die beiden über ihre riskanten Geschäftspraktiken bewusst waren. Ihr nach und nach vollzogener Ausstieg aus dem von der Mafia organisierten Drogenhandel in der Pizzeria Da Vinci hatte bei ihnen nicht ganz unbegründet Bedenken um ihre Sicherheit geweckt, hauptsächlich nach ihrer Entscheidung, mit einer eigenen Cannabisplantage in der Lagerhalle ein Konkurrenzunternehmen zu gründen. Judith Sommer schrieb über einen Vorfall auf der Fähre zwischen Konstanz und Meersburg. Als sie eines Abends auf dem Weg in ihre Eriskircher Wohnung war, hatte sie ein Mann auf dem Oberdeck angesprochen und gemeint, als Solofrau müsse man schon aufpassen, nicht über die Reling in den Bodensee zu fallen. In ihrem Briefkasten steckte eines Tages einen Umschlag mit einer zehn Zentimeter langen Gewehrpatrone und einem Zettel mit ein paar unfreundlichen Zeilen. Dass sie die massive Drohung nicht ernst genommen hatte, war ihr zum Verhängnis geworden.

Auch der abtrünnige Mike Nesselrod fühlte sich bedroht, wenn man seinen E-Mails Glauben schenkte. Im Eingang seines Gehöftes bei Staad stand eines Abends eine Wanne voller Blut, in der ein toter Fisch lag – eine glasklare Ansage aus Kalabrien: »Pass auf, sonst schicken wir dich zu den Fischen.« Neben solch eher folkloristischen Drohungen, wie man sie aus Mafiafilmen kennt, spielten aber auch zeitgemäßere Verfahren eine Rolle wie Hinweise in sozialen Medien, dass man kleine Kinder nicht in die Nähe von Mike Nesselrod lassen sollte. Perfide Versuche, ihn gesellschaftlich zu isolieren oder zu ächten, waren ein typisches Mafiaverfahren. Mehrfach schickte Mike Mails an Judith Sommer, er habe den Eindruck, ständig von einem schwarzen Geländewagen verfolgt zu werden. Der Fahrer machte sich null Mühe, seine Absichten zu verbergen. Dass sowohl Judith Sommer als auch Mike Nesselrod ganz oben auf der Abschussliste der Mafia standen, ahnten die beiden wahrscheinlich trotz aller Befürchtungen nicht.

Der Rache der Ndrangheta zu entkommen, war etwa so chancenreich, wie sich gegen ein Erdbeben zu wehren.

12
GEFANGEN
IN DER BUTZEWEGS-HÖHLE

»Ich hab heute schon drei- oder viermal versucht, dich zu erreichen. Hast du dein Smartphone verlegt oder deine Matratze besonders lange abgehört?«

»Weder noch«, antwortete Florian. »Meine gehbehinderte Nachbarin betreibt gegenüber eine Nähstube und ist auf jemanden angewiesen, der ihr den Rollstuhl aus dem Kofferraum ihres Autos hebt. Ich war drüben, um ihr zu helfen. Sie hat mich auf eine Tasse Kaffee eingeladen. Deshalb war ich nicht erreichbar. Was gibt es denn so Dringendes?«

»Kennst du einen Tim Kröning?«, erkundigte sich Zoffinger.

»Natürlich kenne ich Tim Kröning. Er sitzt beim ›Seekurier‹ auf meinem Stuhl, bis ich mein Sabbatjahr abgefeiert habe. Was ist mit ihm?«

»Auf der Reichenau soll am kommenden Sonntag in Mittelzell ein Gedenkgottesdienst für Bruder Aurelius abgehalten werden. So jedenfalls steht es im ›Seekurier‹. Dein Kollege hat die angekündigte Messe zum Anlass genommen, mit Häme darauf hinzuweisen, dass der Mord an dem Mönch immer noch nicht aufgeklärt ist. Das hat mich geärgert, weil dieser Schreiberling offensichtlich keine Ahnung hat, was für Klimmzüge wir in dieser Sache schon unternommen haben.«

»Seit wann regst du dich darüber auf, dass die Presse dich in die Pfanne haut? So kenne ich dich gar nicht«, wunderte sich Florian.

»Sollte dir dein Stellvertreter über den Weg laufen, sag ihm, ich kann ihm in Sachen Bruder Aurelius gerne auf die Sprünge helfen. Wahrscheinlich wird es ohnehin nicht mehr allzu lange dauern, bis wir den Mörder gefasst haben. Das sagt mir mein untrügliches Bauchgefühl.«

»Hast du Fortschritte gemacht? Hast du einen neuen Verdächtigen?«

Zoffinger unterbrach seinen Freund:

»Sorry, Florian. Ich bekomme eben Besuch. Melde mich wieder. Mach's gut.«

In der Tür seines Büros stand hager, baumlang und mit stechendem Blick kein Geringerer als Radomir Laumann von der Finanzbehörde in einem knielangen, ausgebleichten Mantel, der wahrscheinlich schon den Vater seines Urgroßvaters vor Kälte, Regen und Asteroideneinschlägen geschützt hat. Zoffinger sprang auf und schüttelte seinem Besucher nicht allzu kräftig die Hand, weil er seinem fragilen Skelett jede überflüssige Erschütterung ersparen wollte.

»Hat es dich privat oder beruflich in die Bodenseemetropole verschlagen?«

»Ich muss noch ein paar Fragen in Zusammenhang mit dem Zeugenschutz für Bruder Aurelius klären. Und wie läuft es bei dir? Alle bösen Buben hinter Gittern? Mein letzter Kenntnisstand nach deinen E-Mails: Ein verdächtiger Albaner ist bei einem Brandanschlag auf eine illegale Cannabisplantage selbst ums Leben gekommen. Aber wenn ich mich recht erinnere, hatte er einen Kompagnon.«

Zoffinger nickte.

»Luca Lucozzi, mein letzter Hauptverdächtiger, hat sich in Luft aufgelöst. Interpol suchte bislang ebenso vergeblich nach ihm wie wir. Jede Wette, dass er immer noch am Bodensee herumschnüffelt, um die Aurelius-Dokumente zu finden und den Finderlohn von 150.000 Schweizer Franken zu kassieren. Aber den Spaß werde ich ihm gründlich verderben.«

»Wenn ich mir deine Aufklärungsquoten vor Augen halte, zweifle ich daran keine Sekunde«, meinte Laumann. »In meinem Fall geht es eigentlich um nichts Wichtiges mehr. Aber alles muss seine Ordnung haben. Jedem Zeugen in einem Schutzprogramm steht ein Zeugenschützer zur Seite, der ihn betreut und ihm bei Problemen hilft. Das war auch bei Bruder Aurelius nicht anders. Da der Mönch nicht mehr lebt, muss ich mit der verantwortlichen Person noch das eine oder andere abklären, um die Akte Bruder Aurelius alias Richard Bloder endlich schließen zu können.«

Zoffinger spielte den Enttäuschten.

»Und ich dachte schon, dir hätte es bei deinem letzten Besuch am Bodensee so gut gefallen, dass es dich wieder nach Konstanz gezogen hat.«

Laumann ging auf das Kokettieren des Kommissars ein.

»Hättest du mich ausreden lassen, hätte ich hinzufügen können, dass der wahre Grund meines Besuches deine überaus liebenswürdige Gastfreundschaft ist, die ich letztes Mal genießen durfte.«

»Inklusive Brummschädel am folgenden Tag«, scherzte Zoffinger. »Kann ich dir irgendwie helfen?«

Laumann winkte ab.

»Kein Bedarf! Besten Dank. Es handelt sich lediglich um ein paar verwaltungstechnische Angelegenheiten. Mehr nicht. Bruder Aurelius hat uns mit Informationen versorgt, die ihm den Weg in unseren Zeugenschutz ebneten. Ohne seine handfesten Beweise gegen einige von McCarthy & Partners betreute Offshorefirmen hätten wir ihm unseren Schutz nicht angeboten. Aber sein mutiges Whistleblower-Engagement hat sich ausgezahlt. Für ihn nicht, aber für uns.«

Zoffinger wurde neugierig.

»Und? Seid ihr bei den Ermittlungen gegen diese Offshorefirmen schon weitergekommen?«

Laumann spitzte den Mund, als setzte er zu einer Pfeifarie an und warf dem Kommissar einen vieldeutigen Blick zu.

»Definitiv! Wir sind durch die Enthüllungen von Aurelius in eine skrupellose Schattenwelt eingetaucht, einen Waffenhandel im großen Stil. Verbrecherische millionenschwere Geschäftsleute unterhalten seit Jahren eine Flotte von mehreren Dutzend Transportflugzeugen, mit denen meist aus sowjetischen Beständen stammende Waffen in sämtliche Krisengebiete der Welt verfrachtet werden. Das geht von Raketen und Kampfhubschraubern bis zu Kalaschnikows, Minen und Handgranaten. Außerdem sind wir mehreren Fällen von Schutzgelderpressung und Geldwäsche auf der Spur. Mehr kann und darf ich dazu nicht sagen. Nicht einmal dir!«

»Warum ist der Zeugenschutz für Bruder Aurelius eigentlich aufgeflogen? Ihm eine Tarnidentität als Reichenauer Mönch zu verpassen, war ja keine schlechte Idee.«

Laumann legte die Stirn in Falten und seufzte.

»Das war tatsächlich keine schlechte Idee. Wie die Knechte von McCarthy & Partners den Mönch ausfindig machten, wissen wir nicht. Aber man muss sich vorstellen, dass ein Zeugenschutzprogramm eine sehr fragile Konstruktion ist. Alles muss stimmen. Bei der Planung darf einem nicht der geringste Fehler unterlaufen. Der manipulierte Lebenslauf eines Zeugen darf keinerlei Rückschlüsse auf sein bisheriges Leben zulassen und muss von vorne bis hinten absolut glaubwürdig sein. Einem Zeugen etwa mit französischem Akzent kannst du keine russische Abstammung andichten. Und wer außergewöhnlichen Hobbys nachgeht, im Sportschützenverein aktiv ist, Schlangen züchtet, auf Schachturnieren spielt oder Stockcar-Rennen fährt, wird seine Gewohnheiten ändern müssen. An oberster Stelle steht natürlich die berufliche Tätigkeit, die häufig aufgegeben bzw. gewechselt werden muss. Bruder Aurelius hatte in seinem alten Leben nie etwas mit Gartenarbeit, Pflanzen und Kräutern zu tun gehabt. Das haben wir überprüft. Wir haben ihm erfolgreich eine mehrwöchige Schnellbleiche in Kräuterkunde verpasst, um ihn als Kräuterexperten und Quasi-Nachfolger von Walahfrid Strabo auf der Reichenau einsetzen zu können. Dass er Gefallen an seinem neuen Job fand und sich schließlich mit Begeisterung seinen Heilkräutern widmete – umso besser.«

»Geholfen hat ihm die neue Leidenschaft allerdings nicht«, bemerkte Zoffinger. »Hat das maßgeschneiderte Zeugenschutzprogramm versagt? Ich erinnere mich an mehrere solcher Fälle, die durch die Presse gingen. Zum Beispiel an einen Ehrenmordprozess. Eine Tochter sagte gegen ihren Vater aus, der zusammen mit zwei Cousins ihre Schwester umgebracht hatte, weil sie seiner Meinung nach die Familienehre beschmutzt hatte. Der Fall wirbelte viel Staub auf, weil sich die Polizei offenbar nicht ausreichend um den Schutz der Informantin kümmerte.«

Laumann wedelte mit beiden Armen abwehrend in der Luft herum.

»Ja, ja, ich weiß, dass es hin und wieder Probleme gibt. Das liegt aber häufig nicht an den Zeugenschützern allein, sondern auch an den Zeugen selbst. Sie halten sich nicht an Auflagen, verstoßen gegen Geheimhaltungsklauseln, unternehmen Schritte, die nicht abgesprochen sind, und bringen sich damit selbst in Gefahr. Manche engagierten Anwälte versuchen, aus dem Programm mehr Cash oder Zuwendung herauszuholen. Dass der Zeugenschutz für Bruder Aurelius geplatzt ist, hatte aber mit Sicherheit andere Gründe. Vermutlich eine undichte Stelle im System.«

»Eine undichte Stelle im System?«

»Ein Beispiel. Schutzbefohlene erwarten von einem Zeugenschutzprogramm in der Regel eine neue Identität. Aber Personendaten können hierzulande überhaupt nicht gelöscht, sondern nur gesperrt werden. Laut Personenstandsgesetz dürfen nicht einmal Mitarbeiter des BKA Personenstandsbücher wie Geburten-, Heirats- und Sterberegister verändern. Konsequenz: Eine absolut sichere neue Identität gibt es nicht wirklich, weil der Namen, unter dem man geboren wurde, nicht final gelöscht werden kann. Wenn jemand auf der Suche nach Bruder Aurelius war, könnte ein Bündel Euroscheine ausreichend gewesen sein, um einem Beschäftigten im öffentlichen Dienst eine hilfreiche Information zu entlocken. Grundsätzlich ist niemand gegen Bestechung gefeit. Auch deutsche Beamte nicht. Deshalb bleibt für Zeugen im Zeugenschutzprogramm immer ein gewisses Restrisiko.«

»Warum hat Aurelius euch eigentlich nicht gleich sein ganzes Wissen über die kriminellen Machenschaften von McCarthy & Partners auf den Tisch gelegt?«

»Weil er sich die eine oder andere Option offenhalten wollte. Ein Zeugenschutzprogramm ist ein Deal zwischen Zeuge und Zeugenschützer, im Normalfall ein gedeihliches Einvernehmen: Schutz gegen Information. Ich gebe zu, dass es schon Fälle gegeben hatte, wo die Schützer ihre Versprechen und Zusagen nicht ganz erfüllt haben und einiges schiefgelaufen ist. Von Aurelius haben wir mehr als einmal gehört, dass er momentan keinen Zugang zu weiteren belastenden Materialien habe, aber zu gegebener Zeit liefern werde, um seine Whistleblower-Bombe zur Detonation zu bringen.«

»Bei deinem ersten Besuch in Konstanz hast du mir einiges erzählt, wie ihr überhaupt auf Aurelius alias Richard Bloder aufmerksam geworden seid. Hatte er eigentlich Einfluss auf die Wahl seines zukünftigen Lebensmittelpunktes?«

»Wir haben ihm drei Destinationen zur Wahl angeboten. Darunter war auch die Insel Reichenau, mit der er sich sofort einverstanden erklärte. Eigentlich wären uns die beiden Alternativen Tirol oder Südspanien lieber gewesen. Aber Aurelius kannte sich auf der Reichenau aus und zeigte sich sehr angetan, als wir ihm anboten, in die Fußstapfen des berühmten Klosterabtes und Botanikers Walahfrid Strabo zu treten. Ablehnen hätte er unsere Offerte ohnehin nicht können. Dann wäre er aus dem Programm geflogen.«

Laumann seufzte.

»Zumindest hat es der clevere Aurelius geschafft, seine Enthüllungen so zu verstecken, dass die Häscher von McCarthy & Partners sie trotz aller Bemühungen bis jetzt nicht gefunden haben.«

»Und wir leider auch nicht«, setzte der Kommissar nach. »Aber die Hoffnung stirbt zuletzt. Wir sind nach wie vor überzeugt, dass wir das Vermächtnis von Bruder Aurelius entdecken werden. Meine Überzeugung: Er hat die Unterlagen so versteckt, dass man sie finden wird. Sonst wäre der ganze Whistleblower-Zirkus ja umsonst gewesen. Wir haben den Schlüssel zu diesem Geheimnis nur noch nicht entdeckt. Die Betonung liegt auf ›noch nicht‹.«

Als Laumann gegangen war, kam es Zoffinger vor, als habe er neue Energie und Entschlusskraft getankt. Mit dem langen Schlack über den Fall Bruder Aurelius zu reden, hatte ihm gutgetan, Selbstvertrauen zurückgegeben. Dass schleppende Ermittlungen an seinem Ego nagen konnten, war ihm eigentlich fremd. Jetzt war er sich sicher: Luca Lucozzi konnte sich warm anziehen. Er würde ihn finden. Koste es, was es wolle.

Hilfe kam aus einer unvermuteten Ecke: von der Verkehrspolizei. Von Samstag- auf Sonntagnacht hatte in einem verlassenen, mitten in der Landschaft stehenden Gasthaus auf dem Bodanrück wieder einmal eine wilde Rave-Party stattgefunden. Ein paar Freaks hatten für Laser, Nebelmaschinen, Stroboskope, Schwarzlicht und natürlich Wunderkerzen gesorgt, die Wände der Kneipe mit weißem Papier beklebt und mit Neonfarbe bespritzt. Dann ging die Post ab bis in den frühen Morgen. Techno- und House-Musik in einer Lautstärke, dass die Mäuse die Flucht ergriffen. Im Obergeschoss befand sich ein Matratzenlager für solche, die sich nicht mehr auf den Heimweg machen konnten oder wollten. Auch für zwischenmenschliche Kontakte war Platz.

Vor Mitternacht tauchten plötzlich vier johlende Zufallsgäste auf, die in Fußballtrikots vom FC Barcelona und von Real Madrid nicht so richtig in das Rave-Publikum passen wollten und deshalb nach draußen expediert wurden. Zwei Stunden später waren sie zurück – mit Verstärkung. Eine Horde von etwa zwei Dutzend stark alkoholisierten Hooligans verschaffte sich mit Baseballschlägern und Metallstangen bewaffnet Zugang zu der Party, zertrümmerte die Licht- und Tontechnik und schlug mit Spitzhacken Löcher in die kalt gestellten Bierfässer. Im Chaos gelang einem der Gäste die Flucht durch ein Toilettenfenster. Besoffen und bekifft klemmte er sich hinter das Steuer seines Wagens und kurvte in Schlangenlinien auf die Reichenau. Auf dem Inseldamm driftete er von der Fahrbahn ab, legte auf dem seitlichen Fahrradweg in letzter Sekunde eine saubere Vollbremsung hin, konnte aber nicht verhindern, dass er mit dem hinteren rechten Kotflügel einen Alleebaum streifte. Eine Bagatelle, die ihn nicht davon abhielt, seine Fahrt Richtung Mittelzell fortzusetzen, wo er hinter einer scharfen Kurve die Kontrolle über sein Fahrzeug verlor und in einen neben der Straße geparkten Traktor knallte. Der Aufprall war so heftig, dass ein paar wegfliegende Metallteile sogar ein nebenan stehendes Gewächshaus beschädigten. Der Fahrer musste dermaßen zugedröhnt gewesen sein, dass er nicht einmal aussteigen konnte, sondern auf dem Fahrersitz mit dem Kopf auf dem Lenkrad einschlief. Ein Kneipenwirt in der Nachbarschaft schreckte durch das laute Geschepper aus dem Schlaf und rief die Polizei.

Während ihm der Verkehrspolizist den Unfall schilderte, wunderte sich Zoffinger von Minute zu Minute mehr, warum ihm der Kollege das alles erzählte.

»Verkehrsunfälle sind nicht meine Baustelle. Das müsstest du eigentlich wissen. Also: Was soll das Gelaber?«

»Weiß ich, weiß ich«, beschwichtigte ihn sein Gegenüber. »Aber wir von der Verkehrspolizei haben natürlich deine Mordermittlungen mitbekommen. Und ich dachte mir, dass dich vielleicht in diesem Zusammenhang interessiert, wer der Unfallfahrer war.«

»Also: Mach es nicht so spannend. Dann kann ich dir sagen, ob mich deine Neugierkeit interessiert.«

»Der Unfallfahrer heißt ... Bodo Weihstock! Übrigens war er bei seinem Unfall wie ein katholischer Priester gekleidet. So muss er auch auf der Rave-Party erschienen sein. Mit einem kleinen Unterschied.«

Der Polizist schüttelte sich vor Lachen.

»Auf dem Rücken trug seine Soutane ein Logo: ›FC St. Pauli‹.«

Zoffinger hatte dem Unfallbericht seines Kollegen eher aus Höflichkeit als aus Interesse zugehört. Bis zu diesem Zeitpunkt. Das änderte sich schlagartig, als ihm ein Gedanke durch den Kopf schoss. Siedend heiß fiel ihm in diesem Augenblick ein, was die Frau aus dem Waschsalon neben der abgebrannten Lagerhalle erzählt hatte. Ein bislang unbekannter junger Kerl soll die illegale Indoorplantage von Judith Sommer und Mike Nesselrod mit Jungpflanzen versorgt haben. Hatte es sich bei ihm möglicherweise um Bodo Weihstock gehandelt, wie er schon einmal nach dem Gespräch mit der Frau vom Waschsalon vermutet hatte? War der Kerl außer mit kirchenfeindlichen Aktionen auch im Drogengeschäft aktiv? Eine Verbindung zwischen ihm und den beiden Marihuanaproduzenten gab es bislang nicht. Wenn geschäftliche Kontakte tatsächlich existierten, wäre vorstellbar, dass Kirchenhasser Bodo doch mit dem Mordfall Bruder Aurelius zu tun hatte.

Bevor er beschloss, Bodo Weihstock ein paar unangenehme Fragen zu stellen, wollte sich Zoffinger unter den Gästen der Rave-Party umhören. Aber wie sollte man an die Teilnehmer einer quasi illegalen Fete herankommen, die sich wahrscheinlich in sozialen Netzwerken abgesprochen hatten? Schon ein Jahr zuvor hatte eine solche Party in dem leeren Gasthaus stattgefunden. Weil es aber zu einer Schlägerei zwischen zwei Parteien gekommen war, hatte jemand die Polizei benachrichtigt, die anrückte und Personalien aufnahm. Zoffingers Kollegen kontaktierten mehrere damaligen Gäste. Vier hatten auch an der neuerlichen Rave-Party teilgenommen. Nur einer kannte Bodo Weihstock persönlich, aber auch die anderen drei sagten aus, dass er mehrere Lokalrunden schmiss und damit prahlte, demnächst bei einem Megageschäft die große Kohle einzusacken.

»Sie waren auf der Insel Reichenau auf unkonventionelle Weise unterwegs gewesen«, begrüßte Zoffinger Bodo Weihstock. »Wie geht es Ihnen nach der Karambolage?«

»Danke der Nachfrage. Reden wir nicht drum herum. Sie haben mich wegen einer Alkoholfahrt am Arsch. Ich kann die Sufffahrt nicht leugnen und gebe zu, ziemlich betüttelt in den Traktor neben der Straße geknallt zu sein. Liegt sonst noch was vor? Ich muss noch dringend zum Einkaufen, bevor die Läden schließen.«

»Ich bin mir nicht sicher, ob Sie heute noch zum Shoppen kommen«, bremste der Kommissar Bodos Elan. »Sie haben sich bei der kürzlichen Rave-Party auffällig spendabel gezeigt. Mehrere Lokalrunden gingen auf Ihre Kosten. Kann man sich das als Arbeitsloser leisten?«

»Was heißt arbeitslos? Ich sagte Ihnen schon, dass ich das Haus, in dem ich wohne, von meinem Vater geerbt habe – zusammen mit mehreren Grundstücken und Gewächshäusern, die ich verpachte. Heißt: Ich wohne mietfrei und kümmere mich um meine Immobilien und meinen Grund und Boden. Arbeitslos! Dass ich nicht lache!«

»Haben Sie in letzter Zeit Grundbesitz oder Immobilien verkauft und sind auf diese Weise flüssig geworden?«

»Gar nichts habe ich verkauft. Warum auch?«

»Weil Sie sich bei der Rave-Party so freigebig gezeigt haben. Deshalb.«

»Ich habe ein paar Jungs auf ein Bier eingeladen. Kriminell ist das wohl nicht. Ich bin ein großzügiger Mensch und lasse anderen gerne mal was zukommen.«

Weihstock grinste gönnerisch.

»Gut gebrüllt, Löwe«, antwortete Zoffinger. »Bleibt nur noch die Frage, ob Ihre Großzügigkeit vielleicht doch einen anderen Grund hat. Offenbar haben Sie bei der Party kräftig auf den Putz gehauen. Mehrere Partygäste haben bestätigt, Sie hätten damit angegeben, eine profitable Geldquelle aufgetan zu haben. Wo Sie die Moneten herbekommen, wird ja kein Geheimnis sein.«

Bodo Weihstock war anzusehen, dass ihm die Frage unangenehm war. Er ballte die Fäuste, für Zoffinger ein Anzeichen, dass er sich ertappt fühlte und sich darüber ärgerte.

»Man quatscht viel, wenn man feiert«, kam die Antwort. »Das müssten Sie eigentlich wissen. Haben Sie noch nie einen über den Durst getrunken und versucht, Eindruck zu schinden? So läuft das nun mal. Kann sein, dass ich über zukünftige Geschäfte gelabert habe. Vielleicht aber auch nicht. Warum interessiert sich die Kriminalpolizei für meine Planungen? Arbeiten Sie mittlerweile Hand in Hand mit dem Finanzamt?«

»Kommen Sie schon! Was für lukrative Geschäfte betreiben Sie?«, insistierte der Kommissar.

Bodo Weihstock wurde immer bockiger.

»Warum hacken Sie eigentlich auf diesem Thema herum? Natürlich habe ich die eine oder andere Geschäftsidee. Schließlich will ich nicht nur auf der schönen Reichenau sitzen und die Hände in den Schoß legen.«

Für Zoffinger war die Zeit gekommen, seinen Trumpf auszuspielen.

»Die Verkehrspolizei hat bei der Aufnahme Ihres Unfalls festgestellt, dass durch Blechteile ein neben der Straße stehendes Gewächshaus in Mitleidenschaft gezogen wurde. Der Glasschaden hielt sich in Grenzen. Den Beamten fiel aber ein Lichtschein auf, der aus einem Untergeschoss durch einen von einem Gitterrost abgedeckten Lichtschacht nach außen drang. Erster Gedanke: Warum hat ein Gewächshaus eigentlich einen Keller? Zweiter Gedanke: Da unten brennt es. Sie verschafften sich Zugang zum Untergeschoss und staunten nicht schlecht. Keine Flammen, sondern ein System von Licht- und Wärmelampen über einer Aufzuchtstation für Cannabispflanzen.«

Bodo Weihstock starrte Zoffinger wortlos an.

»Illegaler Anbau von Cannabis ist eigentlich nicht meine Baustelle«, fuhr Zoffinger fort. »Aber ich arbeite in diesem Fall eng mit meinem Kollegen vom Drogendezernat zusammen. Aus gutem Grund. Man hat mir ein Smartphone überlassen, auf dem Fotos von Ihrem Unfall abgespeichert sind.«

Zoffinger wischte durch die Bilder, bis eine Aufnahme Bodo Weihstocks schwarzen Pick-up von der Seite unter einem Haufen Traktorschrott zeigte. Die rot lackierte Seitentür war deutlich zu erkennen.

»Zugegeben«, nahm der Kommissar den Faden wieder auf. »Mir ist nicht sofort eingefallen, welche Bewandtnis es mit dieser roten Tür hat. Aber dann konnte ich mich an die Aussage einer Frau erinnern, die neben der abgebrannten Lagerhalle im Industrieviertel einen Waschsalon betreibt. Sie erzählte mir von einem Lieferanten, der die illegale Indoorplantage mit Jungpflanzen belieferte, Setzlingen wie im Kellergeschoss Ihres Gewächshauses. Der Lieferant – so die Aussage der Frau – fuhr einen dunklen Pick-up. Mit einer roten Seitentür.«

Bodo Weihstock verschlug es die Sprache. Kein großkotziger Auftritt mehr. Kein arrogantes »Du kannst mir gar nichts«-Gehabe mehr. Zoffinger kramte in seinen Unterlagen und tat so, als müsse er schriftliche Beweise für seine Vorwürfe suchen. Dabei wusste er Wort für Wort, was die Drogenfahnder herausgefunden hatten. Bodo Weihstocks Geschäftsmodell bestand nicht in der Herstellung von Haschisch oder Marihuana, sondern in der Aufzucht und Lieferung von Jungpflanzen an Kunden, die Indoorplantagen betreiben. Nachweislich galt das für das abgebrannte Dope-Mekka von Judith Sommer und Mike Nesselrod, unter Umständen auch noch für andere Abnehmer. Unter Bodos Biogewächshaus für Gurken und Tomaten befand sich im Keller ein beheiztes und belüftetes Großraumzelt, um für die Cannabiszucht günstige Bedingungen zu schaffen. Außerdem hatten die Beamten kleinere Mengen Haschisch, Kokain, Cannabiskraut und Speedpaste sowie eine erkleckliche Summe Bargeld sichergestellt.

Zoffinger hätte Bodo Weihstock im Grunde genommen sofort festsetzen müssen. Er tat es aber nicht, weil er ihn in Sicherheit wiegen wollte. Glaubte er, aus dem Schneider zu sein, würde Weihstock vielleicht unvorsichtig. Ohnehin standen für den Kommissar nicht die Drogengeschäfte im Mittelpunkt. Sollten sich die Kollegen vom Drogendezernat damit herumschlagen. Für ihn ging es vorrangig um den Mord an Bruder Aurelius und dessen verschwundene Unterlagen. Hatte Bodo Beziehungen zu dem Mönch, über die er sich bisher konsequent ausschwieg? Und wenn dem so war, warum machte er ein solches Geheimnis daraus?

Kaum war Weihstock aus Zoffingers Büro verschwunden, setzte der Kriminaler zwei Kollegen auf ihn an, die ihm unauffällig folgen sollten. Bodo beeilte sich tatsächlich, so schnell wie möglich in einen Supermarkt zu kommen.

Zoffinger war bereits auf dem Heimweg, als sich sein Observationsduo meldete.

»Der Kerl fährt mit einem Leihwagen Richtung Dettingen. Wir wissen das durch eine Halterabfrage. Vielleicht will er den ganzen Kram, den er eingekauft hat, bei seiner Oma oder einer Tante abladen. Wir bleiben jedenfalls dran.«

Eine Viertelstunde später kam der nächste Anruf, als der Kommissar gerade seinen Haustürschlüssel aus der Tasche fingerte.

»Weiß der Himmel, was der Kerl hier will. Er hat sein Auto auf dem Bodanrück beim Waldfriedhof oberhalb der Katharinenschlucht geparkt. Dann hat er einen Rucksack aus dem Kofferraum geholt und seine Einkäufe verstaut. Jetzt gerade hat er eine Stablampe eingeschaltet. Mich laust der Affe! Der präpariert sich für eine Wanderung.«

»Der tut waaas?«

»Er macht sich allem Anschein nach für eine Wanderung bereit.«

»Jetzt um diese Zeit? In der Dunkelheit? Haben euch ein paar Schnäpse das Gehirn vernebelt?«

Der Gesprächspartner am Telefon räusperte sich.

»Ich wiederhole. Er hat sein Auto abgeschlossen und macht sich auf den Weg. Keine Ahnung, wohin er will. Ich kenne mich hier oben überhaupt nicht aus. Ich weiß nur, dass der Konstanzer Golfplatz in der Nähe liegt. Aber wir sehen, dass er hinter dem Lichtkegel seiner Lampe genau in die Gegenrichtung geht. Was sollen wir machen?«

Zoffinger stand immer noch vor seiner Haustür und zerbrach sich den Kopf. Nieselregel setzte ein. Bodo Weihstock auf einer Nachtwanderung über den Bodanrück? Was wollte der Kerl mit einem Rucksack voller Proviant in einem stockdunklen Wald? War er auf dem Weg in eine Waldhütte, von der niemand etwas wusste? Hatten sich wieder ein paar ausgeflippte Raver zu einer nicht genehmigten Party verabredet?

»Ihr habt den Kerl doch schon beim Einkaufen im Supermarkt beobachtet«, wollte der Kommissar wissen. »Hat er auch Getränke eingekauft?«

»Ja, zwei große Buddeln Mineralwasser und eine Flasche Orangensaft«, kam die Antwort. »Ist das wichtig?«

»Ich dachte nur, ob er sich vielleicht mit ein paar Gleichgesinnten zu einem Saufgelage verabredet hat. Aber mit Mineralwasser und Orangensaft bei Nieselregen eher nicht. Folgt ihm. Ich will wissen, was der Kerl vorhat. Meldet euch, sobald es was Neues gibt. Ende.«

Zoffinger flüchtete ins Trockene, um sich am Küchentisch innerlich mit einem Mostschorle zu befeuchten. Was zur Hölle hatte dieser Typ nachts im Wald zu suchen? Auf die Katherinenschlucht konnte er es nicht abgesehen haben. Die war seit einem Bergrutsch gesperrt. Auch die Ortschaft Wallhausen kam nicht infrage. Die hätte er auf der Autostraße bequemer erreichen können, ohne durch einen rabenschwarzen Wald zu stolpern.

Das Smartphone quäkte.

»Ich bin in diesem Scheißwald nun schon zum zweiten Mal auf die Schnauze gefallen. Alles glitschig und nass.

Der Kerl ging vom Parkplatz bergab bis zu einer Holzbrücke über einen Bach. Nach ungefähr 100 Metern ist er nach links auf einen schmalen Trampelpfad abgebogen. Ein paar Schritte weiter kam er an einem Felsloch oder einer Höhle mit niedrigem Eingang an. So genau konnten wir das aus der Entfernung nicht erkennen. Jedenfalls ist dieser verblödete Nachtwanderer in dem Loch verschwunden. Keine Ahnung, ob er vorhat, dort seinen Vorrat zu verputzen und seinen Sprudel auszusaufen. Wir haben die Schnauze gestrichen voll.«

»Tut mir leid, dass ich euch die Nachtwanderung zumuten musste. Aber eure Entdeckung könnte wichtig sein. Macht euch auf den Heimweg. Alles weitere morgen. Ihr müsst mich sofort nach Dienstbeginn zu der Höhle bringen.«

Von einer Höhle auf dem Bodanrück hatte Zoffinger noch nie gehört. Einschlafen konnte er nicht, weil ihn Bodo Weihstocks nächtlicher Ausflug innerlich so sehr umtrieb, dass er eine halbe Stunde später aus den Federn krabbelte, um im Internet nach Informationen über Höhlen im Umkreis von Konstanz zu suchen. Die Recherche ergab dürftige Resultate. Aber in der fraglichen Gegend lag mit der Butzewegs-Höhle bei Dettingen eine nicht sehr große Vertiefung im Molassefels, die Geschichte geschrieben hatte. Der damalige Gauleiter Robert Wagner nutzte sie beim Rückzug der deutschen Front Ende April 1945 als ein ganz spezielles Versteck. Als die Franzosen immer näher rückten, verbarg sich der prominente Nazi mit seinen Soldaten im Wald auf dem Bodanrück und nutzte die oberhalb der Katharinenschlucht liegende Höhle als gut verborgene und bestens ausgestattete Vorratskammer für Lebensmittel, die in den letzten Kriegsjahren nicht so ohne Weiteres zu haben waren. Wagner, ein glühender Verehrer von Adolf Hitler, war zuletzt Reichsstatthalter in Baden und Chef der Zivilverwaltung im Elsass gewesen und hatte sich vor allem durch eisernen Willen und Rücksichtslosigkeit ausgezeichnet. Am 29. Juli 1945 wurde er verhaftet und musste sich vor einem Militärgericht in Straßburg verantworten. Am 14. August 1946 wurde er, der zu einem der mächtigsten Männer im Dritten Reich aufgestiegen war, standrechtlich erschossen.

Hatte Bodo Weihstock in der Nacht dieser Butzewegs-Höhle einen Besuch abgestattet? Und wenn ja, warum? Die Höhle als Versteck zu nutzen, um seiner unvermeidlichen Strafe als Drogendealer zu entgehen, kam Zoffinger wenig wahrscheinlich vor. Aber einen triftigen Grund für Weihstocks mysteriöses Verhalten konnte er beim besten Willen nicht erkennen.

Nach der unfreiwilligen Nachtwanderung waren die beiden Kollegen noch nicht richtig ausgeschlafen und mundfaul, als sie mit Zoffinger am nächsten Morgen auf den Parkplatz beim Naturfriedhof Waldruh St. Katharinen fuhren.

»Ein Naturfriedhof mitten in einem Buchenwald? Habt ihr gewusst, dass es so etwas überhaupt gibt? Ich dachte immer, dass letzte Ruhestätten streng reglementiert sind.«

»Letztes Jahr habe ich hier meine Tante in einem Urnengrab beerdigt«, sagte ein Kollege. »Sie hat sich die Buche, unter der sie ihre letzte Ruhe fand, selbst ausgesucht. Ein knapp metertiefes Loch für die Urne wurde ausgehoben und am Baum ein Messingschild mit dem Namen der Verstorbenen befestigt. Dort drüben steht eine hölzerne Kapelle für die Trauerzeremonien.«

»Wie weit ist die Höhle eigentlich von hier entfernt?«,

wollte Zoffinger wissen, als er sich seine Wanderstiefel zuband.

Die beiden Kollegen sahen sich an und einigten sich.

»Zwanzig Minuten, vielleicht eine halbe Stunde. Wenn man nachts in einem Wald herumirrt, verliert man nicht nur das Orientierungsvermögen, sondern auch jedes Zeitgefühl. Mir kam die Exkursion ziemlich lang vor.«

Zoffinger schenkte ihm einen mitleidvollen Blick, als sie losmarschierten. Sie hatten die Holzbrücke über den Katharinenbach erreicht, als sich einer der Kollegen zum Kommissar umdrehte.

»Mich würde ja schon interessieren, was du eigentlich in der Höhle finden willst.«

»Das interessiert mich auch. Deshalb machen wir ja diesen Ausflug.«

»Glaubst du, dass dieser Weihstock immer noch in der Höhle hockt?«

Zoffinger schüttelte den Kopf.

»Der ist vergangene Nacht in seine Wohnung nach Mittelzell auf der Reichenau zurückgekehrt. Ich habe nach seinem Verhör gestern am Spätnachmittag dort zwei Kollegen postiert, die mir heute Morgen Bescheid gegeben haben. Wahrscheinlich schläft er sich jetzt immer noch aus.«

Dem letzten Wegstück zur Höhle war anzusehen, dass der Pfad eher selten benutzt wurde. Zoffinger näherte sich dem Eingang, tastete sich an der feuchten Felswand entlang und bückte sich, um einen ersten Blick durch die schräge Öffnung zu werfen. Außer welkem Laub konnte er aber nichts erkennen.

»Hallo! Ist da jemand? Wir sind von der Polizei.«

Keine Reaktion. Ein Kollege fuchtelte mit einer Taschenlampe im Dunkeln.

»Kruzifix!«, entfuhr es ihm. »Da liegt einer!«

Zoffinger riss ihm die Lampe aus der Hand. An der hinteren Höhlenwand lag eine gekrümmte Gestalt auf einer blauen Isomatte, die Beine in Höhe der Fußknöchel mit Kabelbindern fixiert. Der Mann hob mühsam den Kopf, als ihm der Kommissar von der Seite her ins Gesicht leuchtete. Die dunklen Haare klebten ihm feucht am Kopf. Der ganze Kerl starrte vor Dreck. Eine um den Bauch gewickelte Kette, die an einem in einen Felsspalt getriebenen Klemmkeil befestigt war, hielt ihn in seinem Verlies fest. Sein rechter Arm war auf den Rücken gebogen und mit dem Handgelenk an der Kette festgemacht. Nur mit dem freien linken Arm konnte er nach Wasserflaschen und Essbarem neben sich greifen. Ein abgebissenes Stück Käse steckte zur Hälfte in einer Plastikverpackung, in der ein paar Ameisen zugange waren.

Als Zoffinger ihn hochzog und hinsetzte, stöhnte er und verdrehte die Augen vor Schmerzen.

»Wir sind von der Polizei. Verstehen Sie mich?«

Der Mann nickte kaum merklich und schloss mit einem Seufzer die Augen. Einer der Beamten säbelte mit einem Taschenmesser die Fessel auf.

»Sagen Sie mir, wer Sie sind?«

Der Angekettete ließ den Kopf zur Seite fallen. Zoffinger dachte im ersten Augenblick, er sei ohnmächtig geworden. Aber dann schlug er die Augen auf und blinzelte an seinen Befreiern vorbei in den hellen Höhleneingang.

»Ich werde ihn eigenhändig umbringen. Ich bringe dieses Schwein um.«

Die Ankündigung kam ihm über seine vor Wut verzerrten, von weißen Speichelresten verklebten Lippen. In seinen erschöpften Augen ließen aufkeimende Lebensgeister plötzlich unbändige Rachsucht aufblitzen.

»Ich bringe dieses Schwein um!«

Zoffinger wusste nach der vergangenen Nacht natürlich, wen er meinte. Trotzdem hakte er nach.

»Von wem reden Sie eigentlich?«

Dann kam wieder der Standardsatz.

»Ich werde ihn eigenhändig umbringen.«

Der Gefangene war in einem miesen Zustand. Oberste Priorität war, ihn so schnell wie möglich aus der feuchten Höhle zu befreien. Feuerwehr, Technisches Hilfswerk oder die Bergwacht hätten wahrscheinlich zwei Stunden gebraucht, um vor Ort zu erscheinen. Einer der Beamten untersuchte den Klemmteil, der wahrscheinlich mit einem Hammer in die Felsspalte getrieben worden war. Sein Kollege krabbelte aus der Höhle und kam nach ein paar Minuten mit einem Stein zurück, den er wie einen prähistorischen Faustkeil einsetzte, um den Molassefels um den Keil herum loszuklopfen. Die Männer brauchten fast eine halbe Stunde, bis die Halterung endlich aus der Spalte rutschte und den Kerl freigab. Die beiden Beamten schleppten ihn ins Freie.

»Können Sie gehen?«

»Klar. Ich will weg von hier. Wenn Sie mir helfen, wird es schon klappen.«

Der Weg zurück auf den Parkplatz dauerte. Fünf-, sechsmal mussten die Polizisten den Höhlenmenschen absetzen, damit er sich erholen konnte. Zoffinger verzichtete darauf, Fragen zu stellen, weil der Kerl genügend damit zu tun hatte, sich nach seiner Leidenszeit auf den Beinen zu halten. Nur einmal, als sie auf der Brücke über den Katharinenbach eine Pause einlegen mussten, fragte er nach, wie lange der Aufenthalt in der Höhle gedauert hatte.

»Ich glaube zwei oder drei Tage«, antwortete der völlig

ausgepowerte Kerl. »Kann mich nicht mehr genau erinnern.«

Er sah so kreidebleich und ausgezehrt aus, dass der Kommissar nicht sicher war, ob er es überhaupt bis zum Parkplatz schaffen würde.

»Wenn Sie nicht mehr können, sagen Sie es. Dann lasse ich Sie holen.«

Der Kerl nahm einen tiefen Atemzug und zog sich am Brückengeländer hoch.

»Ist es noch weit?«

»Nur noch ein paar Schritte. Aber leider bergauf. Wir helfen Ihnen.«

Die beiden Polizisten hakten sich bei ihm unter und schleppten ihn den Weg hinauf. Auf dem Parkplatz am Waldfriedhof wartete bereits das telefonisch bestellte Empfangskomitee: zwei Sanitäter, ein Notarzt und zwei zusätzliche Polizisten, die den befreiten Gefangenen in die Klinik begleiten und dort bewachen sollten.

»Sorgt dafür, dass außer dem Klinikpersonal niemand sein Zimmer betritt. Niemand! Absolut niemand. Ich melde mich bei euch.«

»Offenbar ist der namenlose Kerl eine große Nummer«, vermutete einer.

»Ich weiß, wer er ist«, antwortete Zoffinger.

Bei der Befreiungsaktion war ihm ein mit primitiven Gerätschaften gestochenes Tattoo auf dem linkem Unterarm des Höhlenmenschen aufgefallen – ein Stilett mit langer, dünner Klinge. Auf dem Marsch zurück zum Parkplatz ging ihm ständig der Gedanke durch den Kopf, dass er die amateurhafte Tätowierung schon einmal gesehen hatte. Dann erinnerte er sich an die Fotos von der Swingerparty auf dem Folterschiff, die den Mann mit der Gasmaske zeigten, der exakt dasselbe Tattoo an derselben

Stelle trug: Luca Lucozzi. Um seine Begleiter nicht zu verunsichern, verschwieg er, dass es sich bei dem aus der Höhle Befreiten mit hoher Wahrscheinlichkeit um einen mutmaßlichen Mehrfachmörder handelte, der Judith Sommer, Mike Nesselrod und wahrscheinlich auch Bruder Aurelius auf dem Gewissen hatte.

Einen kaltblütigen Killer durch den Wald zu schleppen, war keine Sache für schwache Nerven.

13
MÖRDER IM BLÜMCHENHEMD

Lucozzis behandelnder Arzt war ein Weißkittel mit wallender Mähne und stocksteifem Gang, als hätte man ihm eine Zaunlatte auf den Rücken geschnallt. Zoffinger kannte ihn, seit er seine Frau nach ihrem Unfall in ihren letzten Lebenstagen behandelt hatte. Der Mediziner nahm ihn am Arm und schob ihn in ein leeres Schwesternzimmer.

»Unter uns gesagt: Dein Klient spielt den sterbenden Schwan. Dabei geht es ihm gar nicht so miserabel. Die Gefangenschaft in der Höhle hat an seinen Kräften gezehrt. Keine Frage. Aber im Großen und Ganzen ist er o.k. – von seinem Hass auf den Entführer und seiner Wut über die Verletzungen einmal abgesehen.«

»Verletzungen? Davon habe ich gar nichts mitbekommen.«

»Keine große Sache. Außer ein paar blauen Flecken hat sein Martyrium nur einige kleinere Hautabschürfungen hinterlassen. Und eben die Brandverletzungen.«

»Von Brandverletzungen weiß ich nichts!«

»Woher auch. Du hast den Patienten ja auch nicht untersucht. Ein Elektroschocker stellt an zwei Metallkontakten eine hohe elektrische Spannung her. Auf den Körper aufgesetzt, verursacht der Kontakt Brandverletzungen, typische Strommarken. Aber das muss ich dir schätzungsweise nicht erzählen. Jedenfalls haben sich die Strommarken vermutlich durch die hygienischen Bedingungen in der Höhle entzündet, wenn er mit der freien Hand an den geröteten Brandstellen gekratzt hat.«

»Das ist alles?«

»Na ja, wir sind dabei, seinen Allgemeinzustand aufzupäppeln. Wenn man dich tagelang in einer kalten, feuchten Höhle festbinden würde, wärst du auch nicht mehr top in Form. In drei, vier Tagen kannst du ihn hinter schwedischen Gardinen abliefern, wo er schätzungsweise hingehört.«

Da sich der Patient weigerte, Angaben zu seiner Person zu machen und dringender Tatverdacht verstand, dass er an mehreren Verbrechen beteiligt gewesen war, lief parallel zur medizinischen Behandlung die erkennungsdienstliche. Mit eindeutigen Ergebnissen: Bei dem schwer bewachten Verdächtigen handelte es sich zweifelsfrei um Luca Lucozzi.

Am zweiten Tag nach seiner Einlieferung gaben die Ärzte grünes Licht für eine erste Vernehmung.

»Signore Lucozzi! Es ist mir ein echtes Vergnügen, Ihre Bekanntschaft zu machen. Das war mir bislang ja nicht vergönnt. Sie haben sich ziemlich rar gemacht. Zuletzt vor einigen Tagen, als wir im Fliederweg 17 mitten in der Nacht Ihren Schlupfwinkel gestürmt haben. Sie erinnern sich?«

Der jetzt gepflegt wirkende Kerl hockte in einem frisch gebügelten Krankenhaushemd mit winzigen hellblauen Blümchen im Bett wie einer, der zur Privataudienz geladen hat. So wie er auf seinem Kaugummi herumkaute, erinnerte er den Kommissar an ein hochnäsiges Kamel. Als Zoffinger ihn ansprach, würdigte er ihn keines Blickes, sondern blickte regungslos aus dem Fenster, als würde er mit Gleichmut den sanften Flug der Wolken verfolgen.

»Also: Sie sind 42 Jahre alt, stammen aus dem Dorf San Luca in Kalabrien und sind bereits als Zwölfjähriger mit ihrem mittlerweile verstorbenen Vater nach Deutschland gekommen. Ihre Einträge im Polizeiregister haben mittlerweile den Umfang eines kleinstädtischen Telefonbuchs, angefangen vom Einsammeln monatlicher ›Spenden‹ in Restaurants, Boutiquen und Lebensmittelläden bis zu mehreren Körperverletzungen, Nötigungen und, und, und. Bei einem Drogendeal in Rotterdam wurden vor fünf Jahren drei Niederländer erschossen, die Sie zuvor gedemütigt und gequält hatten. Die Tat konnte Ihnen in letzter Konsequenz nicht schlüssig nachgewiesen werden. Maßgeblich beteiligt waren Sie auch, als einer Ihrer abtrünnigen Kollegen in eine Falle gelockt und mit drei Schüssen in den Rücken ermordet wurde. Auch in diesem Fall kamen Sie mit einem blauen Auge davon. Vermutlich war es Ihr Traum, vom arbeitslosen Außenseiter am äußersten Rand der deutschen Gesellschaft zum König des Drogenmilieus im Bodenseeraum aufzusteigen. Das hat bislang nicht geklappt. Aber ich will Sie nicht mit den Stationen Ihrer Vita langweilen. Wären Sie so freundlich mir zu erklären, von wem und warum Sie in der Waldhöhle auf dem Bodanrück festgehalten wurden?«

Früher schwebte Zoffinger noch das Bild des Mafioso mit Schäfermütze und doppelläufiger Lupara im Arm vor Augen. Jetzt saß ihm einer der neuen Generation gegenüber, dessen überhebliche Art er von der ersten Sekunde an nicht ausstehen konnte; seine gegelte, strähnige Frisur auch nicht, die seine Blasiertheit noch unterstrich. Zoffinger war in seiner beruflichen Laufbahn schon vielen Kriminellen gegenübergesessen. Aber einen so kaltblütigen

Menschen ohne jegliche Emotion oder Reue hatte er selten vor sich gehabt. Sein Gemüt schien aus dem Gefrierfach zu stammen. Alles an ihm strahlte eine einzige Botschaft aus: Ihr könnt mich mal kreuzweise.

Den Zahn werde ich dir schnellstens ziehen, dachte der Kommissar und lächelte freundlich.

Der Bettlägerige knetete sein rechtes Handgelenk, wo der Kabelbinder blutunterlaufene Striemen verursacht hatte. Zeit genug war ihm geblieben, sich eine Version zurechtzulegen, weil er davon ausgehen musste, dass man ihn nach den Umständen seiner Höhlengefangenschaft fragen würde. Dann tischte er seine Geschichte auf, die sich Zoffinger seelenruhig anhörte.

»Ich wollte mich im Konstanzer Golfclub umsehen, mich vielleicht nach einer Mitgliedschaft erkundigen. Vor dem Clubrestaurant habe ich mich im Freien unter einen Sonnenschirm gesetzt, etwas gegessen und getrunken. Zurück auf dem Parkplatz war es bereits dunkel. Plötzlich sprach mich ein Kerl an und fragte mich nach der Uhrzeit. Als ich meinen Ärmel hochschob, um auf meine Armbanduhr zu schauen, drückte mir der hinterhältige Rotzlöffel einen Elektroschocker an den Hals. Hier!«

Er legte den Kopf zur Seite.

»Hier hat er mich erwischt. Der Stromschlag hat mich glatt umgehauen. Ich konnte mich nicht wehren, als er meine Arme fesselte. Leider war auf dem Parkplatz niemand unterwegs. Er befahl mir, die Klappe zu halten, weil er mir sonst die nächste Abreibung mit dem Schocker verpassen würde. Als ich mich von der Attacke halbwegs erholt hatte, zwang er mich, durch den Wald in dieses dreckige Höhlengefängnis zu marschieren. Ständig drohte er mir. Was hätte ich denn machen sollen? In der

Höhle machte mich dieses verdammte Schwein an der Felswand fest. Ein paar Mal sagte ich ihm, dass er wahrscheinlich den Falschen erwischt hatte. Aber er lachte nur. Dann verdrückte er sich.«

Zoffinger wusste, dass Bodo Weihstock der Kidnapper war. Schließlich hatten ihn die beiden Polizisten in der vergangenen Nacht beobachtet. Aber er behielt sein Wissen für sich und spielte den Ahnungslosen.

»Haben Sie eine Idee, wer Sie entführt und gefangen gehalten hat? Haben Sie den Typen vorher schon mal gesehen, vielleicht mit ihm zu tun gehabt?«

»Null Idee, wer der Scheißkerl war.«

Das war eine Lüge, doch der Kommissar ließ sich nichts anmerken. Er erinnerte sich an ein Zitat, das Otto von Bismarck zugeschrieben wurde bzw. aus seiner Zeit stammte: »Es wird niemals so viel gelogen wie vor der Wahl, während des Krieges und nach der Jagd.« In diesem Zitat fehlte eine Örtlichkeit: der Vernehmungsraum im Kriminalkommissariat. Mit Sicherheit kannte Luca Lucozzi Bodo Weihstock. Wahrscheinlich hatte er bei Karins Entführung mit ihm zusammengearbeitet und den Plan ausgeheckt, über ihre inszenierte Befreiung an Informationen über das Whistleblower-Material von Bruder Aurelius heranzukommen. Der Kommissar verzichtete darauf, auf diesem Punkt herumzureiten, den er später noch klären konnte.

»Hatte er Werkzeug dabei, um Sie anzubinden?«

»Den Keil mit der Kette muss er schon früher in den Felsspalt getrieben haben. Auch die Isomatte lag schon da, als wir ankamen. Den Anschlag auf mich muss er also geplant haben. Jeden Abend kam er vorbei und brachte mir zu essen und zu trinken. Geredet wurde da nicht viel.«

»Haben Sie vielleicht während Ihrer Gefangenschaft Spaziergänger wahrgenommen, die in der Gegend unterwegs waren?«

»In diesem gottverlassenen Wald war kein Schwein unterwegs. Ab und zu habe ich um Hilfe gerufen. Hat aber nichts genützt. Ich habe am Morgen nach der zweiten Nacht festgestellt, dass irgendein Tier an dem Brot geknabbert hat, das mir der Kerl mitgebracht hatte.«

»Eine Idee, warum er sich für den Überfall gerade Sie aussuchte? Offenbar kannten Sie sich doch gar nicht. Ein Wildfremder nimmt Sie auf einem Parkplatz hops und sperrt Sie tagelang in eine Höhle? Hat er Ihnen Ihre Wertsachen abgenommen? Sie bedroht? Geschlagen?«

»Ich hatte schon ein, zwei Tage vor der Entführung hin und wieder den Eindruck, dass mir jemand folgte. Ein paar Mal fiel mir ein dunkler Pick-up auf, der immer dort parkte, wo auch ich meinen Wagen abstellte. Aber ich habe der Sache keine Bedeutung beigemessen. Wer sollte mich denn schon verfolgen?«

»Wie sind Sie an besagtem Tag überhaupt auf den Golfplatz gekommen? Der liegt ja etwas außerhalb.«

»Mit dem Mietwagen. Das Auto muss immer noch auf dem Parkplatz stehen. Könnten Sie vielleicht veranlassen, dass es an der Mietstation zurückgegeben wird? Das läuft sonst ins Geld.«

»Was wollte der Kerl eigentlich von Ihnen? Hat er Ihnen Fragen gestellt? Zum Spaß an der Freude wird er Sie nicht gefangen gehalten haben. Also: Um was ging es?«

Seine Rolle als Unschuldsengel spielte der Möchtegern-Mafiaboss so dilettantisch, dass Zoffinger spürte, wie er langsam wütend wurde. Dieser Lucozzi tat so, als könne er kein Wässerchen trüben, als sei er unschuldig einem verrückten Entführer in die Hände gefallen.

»Hören Sie mal zu, Sie Saubermann!«, fuhr er seinem Gegenüber in die Parade. »Wenn einer nachweislich so viel Dreck am Stecken hat wie Sie, sollte er nicht mit meiner Geduld spielen. Sie sind bei Ihren Verbrechen planvoll, kaltschnäuzig und absolut erbarmungslos vorgegangen.«

Nach dem unkontrollierten Gefühlsausbruch bremste sich Zoffinger und fand zu seinem gewohnt ruhigen Ton zurück, obwohl er lieber weitergebrüllt hätte.

»Hatten Sie eigentlich vor, in die Kriminalgeschichte des Bodenseeraumes einzugehen? Respekt vor dem Leben scheint Ihnen jedenfalls völlig unbekannt zu sein.«

Zoffinger fackelte nicht lange und ließ ein Bombardement von Anschuldigungen vom Stapel, das sich gewaschen hatte. Dass dabei der eine oder andere sogenannte Beweis einer präzisen Überprüfung nicht standgehalten hätte, war Kalkül. Es ging ihm darum, seinen Verdächtigen mit einer geballten Ladung von Beschuldigungen von seinem hohen Ross zu holen.

»Fangen wir einfach mal mit Ihrem perversen Mord an Judith Sommer an, den sich eigentlich nur ein hochkarätiger Psychopath einfallen lassen kann.«

Noch bevor Lucozzi protestieren konnte, bremste ihn Zoffinger mit einer entschiedenen Handbewegung.

»Jetzt bin ich dran! Wir haben in der alten Mietwohnung wie auch der neuen Eigentumswohnung von Frau Sommer Spuren gefunden. Ihre Spuren, Signore Lucozzi. Um die Zeit des Mordes an der Frau wurde Ihr in der Schweiz registrierter Mietwagen mehrfach in Eriskirch gesehen. Ihre Behauptung, noch nie in dem Städtchen gewesen zu sein, lässt sich durch mehrere Zeugenaussagen widerlegen. Im Eriskircher Strandbad sind unsere Kriminaltechniker auf mehrere Sohlenabdrücke gestoßen, nicht nur von Ihrem kriminellen Kumpan Korab Turku, sondern auch von Ihnen. Sie passen exakt zu den Stiefeln, die Sie während Ihrer Gefangenschaft in der Höhle trugen. Das haben wir gestern überprüft. Ist das zu Ihnen vorgedrungen?«

Lucozzi saß stumm wie ein Fisch im Bett. Er wirkte auf Zoffinger plötzlich wie jemand nach der Behandlung durch einen Narkosearzt. Hätte man genau hingesehen, wäre aufgefallen, dass er etwas blasser um die Nase wurde. Ab und zu fasste er sich mit einer fahrigen Bewegung in seine scheitellose Gelfrisur, die er vermutlich von Humphrey Bogart oder David Beckham abgeguckt hatte.

»Dass Sie den Mord an Judith Sommer nicht alleine verübt haben, wissen wir. Ihr albanischer Kollegen hat Ihnen geholfen – oder Sie ihm. Genau wie beim Mord an Mike Nesselrod auf dem Folterschiff. Wenn Sie Wert darauf legen, zeige ich Ihnen Fotos, die Sie als Gasmaskenmann an Bord zusammen mit Ihrem Kompagnon zeigen. Die Beweise, die wir im Getränkeraum des Schiffes gefunden haben, sind lückenlos. Spuren an der Leiche im rosa Latexanzug selbst waren leider nicht mehr nachweisbar, nachdem der Ermordete ein paar Tage im Bodensee gelegen hatte. Aber das restliche Beweismaterial ist erdrückend. Da können Sie mauern, so lange Sie wollen. Kein Gericht der Welt ist so blind, dass es Sie angesichts dieser erdrückenden Beweislage nicht in die Pfanne hauen würde. Sprich: Sie gehen so lange in den Knast, dass Ihre Haare längst aschgrau geworden sind, falls Sie jemals wieder den Himmel ohne Gitterstäbe sehen. Was bei Ihrer Mordserie unwahrscheinlich ist.«

Lucozzi langte nach der Klingel neben seinem Bett und ließ sich von der Schwester eine Flasche Wasser bringen, die er mit einer ungelenken Bewegung aufschraubte.

Zoffinger saß nur da und wartete ab, bis sich seine Anschuldigungen in das Bewusstsein seines Verdächtigen eingegraben hatten.

Nach einer Weile fuhr er mit seiner Attacke fort. Sollte Mr. Arrogant damit gerechnet haben, dass Zoffinger bereits zum Ende gekommen war, hatte er sich geschnitten. »Außer den beiden Morden, Signore Lucozzi, werfe ich Ihnen das Kidnapping von Karin Maiwald vor. Auch in diesem Fall ist Ihre Verstrickung glasklar. Sie waren in ihrer Wohnung und haben sie in einem Quartier gefangen gehalten, in dem wir Ihre Spuren und die von Korab Turku sichergestellt haben. Davon ganz abgesehen hat Sie Frau Maiwald auf Fotos, die wir von der Sexparty auf dem Folterschiff haben, eindeutig als einen ihrer Entführer identifiziert. Eine Gegenüberstellung können wir uns also sparen.«

Lucozzi empfand Zoffingers Offensive offensichtlich nicht nur als eine heftige Anklage, schon eher als eine Tracht Prügel. Mit hängenden Schultern versank er in seinem Bett immer weiter in den Kissen. Sein arrogantes Mienenspiel war einem Ausdruck von Bestürzung und Fassungslosigkeit gewichen, den tiefe Sorgenfalten um seine Mundwinkel noch verstärkten. Er wirkte plötzlich abwesend. Stoisch war sein Blick nach vorne gerichtet, als habe sich ein Monster auf das Fußteil seines Bettes gesetzt.

Zoffinger war in seiner Verhörstrategie an dem Punkt angekommen, an dem er von maximalem Druck auf Verständnis umschaltete.

»Sie sollten mir dankbar sein, dass ich mit Ihnen rede. In der heutigen Zeit köchelt die Wahrheit ohnehin auf sehr, sehr kleiner Flamme. Dass ich mich nicht allein auf die zahlreichen DNA-Beweise gegen Sie verlasse, haben Sie dem Umstand zu verdanken, dass ich Ihnen die

Chance auf ein umfassendes Geständnis geben will. Ein Geständnis, das sich strafmildernd auswirken könnte, das Ihnen eventuell die Möglichkeit gibt, nach einer unumgänglichen Haftstrafe in Freiheit zu leben und nicht in lebenslanger Sicherungsverwahrung zu verschimmeln.«

Ohne eine Reaktion aus dem Krankenhausbett abzuwarten, fuhr Zoffinger fort, hielt sich fortan allerdings mit Beschuldigungen zurück, um Lucozzi gegenüber Einfühlungsvermögen und Mitgefühl zu signalisieren, ihm vielleicht sogar eine Rechtfertigung seiner Taten anzubieten.

»Mich interessieren Ihre Motive. Warum haben Sie Judith Sommer und Mike Nesselrod umgebracht? Warum haben Sie im Eriskircher Schwimmbad eine so skurrile Mordmethode gewählt? Sie sind doch garantiert kein Sadist. Sie sollten sich das Problem wirklich von der Seele reden. Glauben Sie mir – und das sage ich aufgrund meiner jahrzehntelangen Polizeiarbeit – Sie würden sich hinterher erheblich besser fühlen. Aus der ganzen Angelegenheit kommen Sie ohnehin nicht mehr heraus. Die Beweise sind schlüssig. Ihre Position ist nicht mehr haltbar. Ein intelligenter Mensch wie Sie weiß doch, wann es Zeit ist, aufzugeben. Das ist Ihnen doch längst klar.«

Lucozzi zappelte noch eine Weile an Zoffingers Angel. Natürlich versuchte er, sich herauszureden. Probates Mittel war, die Morde an Judith Sommer und Mike Nesselrod seinem verunglückten Kompagnon Korab Turku in die Schuhe zu schieben, der längst unter der Erde lag und sich nicht mehr wehren konnte. Immer mehr verstrickte sich Lucozzi in Widersprüche, verwechselte in seiner Panik Situationen und Zeitpunkte und gab dem Kommissar massenhaft Möglichkeiten, die Ausflüchte zu entkräften. Bis ihm am Ende seine Verteidigungsstrategie offensichtlich selbst als sinnlos erschien und sein Widerstand zusammenbrach.

Auffällig war, dass er krampfhaft und offensichtlich mit einer Heidenangst bis zum Schluss versuchte, nichts über die Strippenzieher im Hintergrund auszuplaudern. Aus gutem Grund. Er war nicht dumm und ahnte, dass seine Überlebenschancen im Knast extrem dürftig wären, falls er über seine Auftraggeber Tacheles reden würde. Die Mafia kannte kein Erbarmen mit Kronzeugen, »Singvögeln« und »Ratten«, die nicht dichthalten konnten. Er gab nur zu, dass er für den Mord am Gespann Judith Sommer und Mike Nesselrod verantwortlich war und eine möglichst skurrile und publikumswirksame Todesart gewählt hatte, um eventuelle Konkurrenten im Drogengeschäft abzuschrecken.

»Und warum haben Sie Karin Maiwald entführt?«, setzte Zoffinger nach.

Wieder brachte Lucozzi unbekannte Hintermänner ins Spiel. Sie seien an einem delikaten Dokumentenpaket mit der Bezeichnung Phantomakte interessiert gewesen, die der Whistleblower Bruder Aurelius unterschlagen habe. Um was für Papiere es sich im Einzelnen handelte, sei ihm nicht bekannt. Er wisse nur, dass es um E-Mails, Urkunden, Kontoauszüge, Passkopien und andere Dokumente mehrerer Firmen gehe.«

»Und was hat Karin Maiwald mit dieser Angelegenheit zu tun?«

Lucozzi erzählte, er habe zusammen mit Korab Turku bei der Suche nach der Phantomakte auch das Umfeld von Bruder Aurelius in Augenschein genommen. Einer seiner wenigen Kontakte außerhalb der Klostermauern habe mit dem Konstanzer Kräuterhändler Sutter bestanden, der wiederum Karin Maiwald kannte. Deshalb habe er die Möglichkeit nicht ausgeschlossen, dass sie mit dem Kuttenträger gemeinsame Sache machte und über das Versteck der mysteriösen Akte Bescheid wusste.

Für Zoffinger war das der richtige Augenblick, auf seinen noch ungelösten Fall zu sprechen zu kommen.

»Apropos Bruder Aurelius. Den haben Sie ja auch umgebracht. Auf spektakuläre Art und Weise. Ähnlich wie im Fall von Judith Sommer. Diente dieser Mord ebenfalls als Abschreckung? Wollte der Mönch auch im Drogengeschäft mitmischen?«

Lucozzi riss beschwörend die Arme hoch.

»Bei allem, was mir heilig ist: Mit dem Tod des Mönchs habe ich nicht das Geringste zu tun. Das müssen Sie mir glauben. Warum hätte ich ihn umbringen sollen?«

»Sie haben ein Motiv: Die geheimnisvolle Phantomakte des Whistleblowers. Um die ging es doch in erster Linie, ehe Sie in Ihrem ›Zweitjob‹ im Auftrag der Mafia die unliebsamen Drogenkonkurrenten aus dem Weg räumten.«

»Schwachsinn! Alles Schwachsinn!«, wehrte sich Lucozzi. »Mit einem Mord an dem Mönch hätte ich mir doch selbst den Weg verbaut, um aus erster Hand zu erfahren, wo der Verräter seine Dokumente versteckt hat. Sein Tod hat meinen Auftrag viel komplizierter gemacht. Die Unterlagen sind schließlich bis heute nicht aufgetaucht.«

Was Luca »Lucky« Lucozzi sagte, war nicht von der Hand zu weisen. Warum sollte er denjenigen umbringen, von dem er am meisten hätte profitieren können?

Er holte tief Luft.

»Außerdem hatte ich nie etwas mit der Mafia zu tun. Das sind böswillige Unterstellungen, die Sie nicht beweisen können. Dass ich einen italienischen Namen trage, macht mich noch lange nicht zum Mafiaknecht. Ich gebe ja zu, dass meine Geschäfte nicht ganz legal waren. Aber Mafia? Nein, danke!«

»Sie sind ein Rädchen im Netzwerk der kalabrischen Ndrangheta. Basta!«, entschied Zoffinger.

»Ich habe meine Aufträge anonym bekommen. Wer hinter den Anweisungen steckte, wusste ich zu keinem Zeitpunkt. Hat mich auch nicht die Bohne interessiert. Hauptsache, die Kohle stimmte.«

»Auf welche Weise haben Sie die Aufträge bekommen? Per Telefon, E-Mail, soziale Netzwerke? Oder ist jemand mit einer Schachtel Pralinen mit einem neckischen roten Schleifchen darauf vorbeigekommen und hat Sie um Hilfe gebeten?«

»Ein blaues Liebesschloss mit einem roten Herzchen darauf an einer bestimmten Stelle auf der Fahrradbrücke über den Seerhein war das Zeichen, dass ich exakt einen Tag später genau um 23 Uhr in die Tiefgarage am Augustinerplatz kommen sollte. Dort bekam ich in einer dunklen, schlecht ausgeleuchteten Ecke meine Instruktionen von einem Mann in Hut und Mantel. Also habe ich jeden Tag die Brücke gecheckt und am Tag danach meine Anweisungen abgeholt.«

»Wie im Film ›Die Unbestechlichen‹ über den Watergate-Skandal in Washington D.C.?«

»Keine Ahnung. Kenne den Film nicht. Das Liebesschloss habe ich jedes Mal mit meinem Schlüssel vom Brückengeländer abgemacht und dem Mann in der Tiefgarage übergeben. Bis zum nächsten Treff.«

Es klopfte. Eine Schwester kam mit einem Tablett Verbandsmaterial und diversen Tuben herein.

»Tut mir leid. Ich muss mich um den Patienten kümmern. Außerdem hat die Befragung schon viel zu lange gedauert. Signore Lucozzi braucht jetzt seine Ruhe.«

Auf dem Flur hockten zwei gelangweilte Polizisten. Einer kritzelte mit einem Kugelschreiber in einem Rätselheft herum. Der andere spielte mit einem leeren Pappbecher.

»Haltet die Augen offen. Der Kerl da drinnen lebt auf sehr, sehr dünnem Eis. Niemand außer dem Personal hat Zugang zu ihm. Im Notfall lasst ihr euch einen Ausweis zeigen oder meldet euch im Pflegestützpunkt, wenn ihr Zweifel an einem Arzt oder einer Pflegekraft habt.«

»Pflegestützpunkt? Was in aller Welt ist ein Pflegestützpunkt?«

»Als ihr noch Windeln getragen habt, sagte man dazu Stationszimmer. Wenn es Probleme gibt, fragt notfalls dort nach. Die Sicherheit des Patienten liegt in euren Händen.«

Zoffinger war froh, als sich der Klinikeingang endlich hinter ihm schloss. Wann immer möglich, hielt er sich von solchen Einrichtungen fern. Warum, hätte er wahrscheinlich gar nicht genau benennen können. Er wollte noch kurz im Kommissariat vorbei, um ein paar Unterlagen mit nach Hause zu nehmen. Auf dem Flur lief ihm ein Kollege über den Weg, der mit einem Blatt Papier herumwedelte.

»Zu dir wollte ich gerade. Wenn ich mich recht erinnere, gehört der Radiomoderator Rolf Riedle zu deinem Bekanntenkreis.«

»Richtig. Den kenne ich ganz gut. Was ist denn los mit ihm? Hat er Silberlöffel geklaut oder Politiker beleidigt?«

»Negativ! Der Oberkomiker hat über soziale Medien eine hirnverbrannte Aktion losgetreten. Und später zu allem Überfluss auch noch diesen Fresszettel drucken und verteilen lassen.«

Er hielt Zoffinger das Papier wie ein grottenschlechtes Pennälerzeugnis vor die Nase und schüttelte den Kopf.

»Was sich in Facebook & Co. mittlerweile an Schwachsinn ausbreitet, ist kaum mehr auszuhalten. Dabei rede ich nicht über die unsäglichen Hasskommentare und Fake News, sondern über die flächendeckende abgrundtiefe Dummheit. Gelegentlich muss man wirklich an der Zurechnungsfähigkeit mancher Leute zweifeln. Ein Beispiel gefällig? Dein Freund Riedle hat zu einer Aktion aufgerufen, die völlig ausgeufert ist. Sogar unsere Kollegen sind im Einsatz.«

»Um was geht es eigentlich?«

»Schau dir das mal an. Vielleicht kannst du dem Kerl ins Gewissen reden, dass er in Zukunft diesen Blödsinn bleiben lässt.«

Er drückte Zoffinger das Flugblatt in die Hand. Es war aufgemacht wie ein stümperhaftes Werbeplakat für einen Horrorfilm der C-Klasse. Ein Foto zeigte die Imperia-Statue im Konstanzer Hafen. Dahinter breitete sich bis zum Horizont eine ausgedörrte Wüste aus, in der ein leckgeschlagenes Fischerboot halb im Sand begraben verrottete. Darüber in fetten Lettern der Titel »Sag dem Bodensee leise Servus«.

Rolf Riedles Text las sich so:

Die Katastrophennachricht vorneweg: Die Tage des Bodensees sind gezählt. Wissenschaftler weisen nach, dass der zweitgrößte See Mitteleuropas in ca. 40.000 Jahren nicht mehr existiert. Bis dahin wird der in den Alpen entspringende Rhein so gewaltige Geröllmassen in das Becken geschwemmt haben, dass der Obersee zwischen Konstanz und Bregenz aufgefüllt ist. Was tun mit der entstandenen Fläche? Fast 500 Quadratkilometer fruchtbares Agrarland kann ökobewusst von Hand bewirtschaftet werden. Rad-

wege dazwischen würden als verkehrsberuhigte Kommunikationsverbindungen zwischen den bisherigen Anrainerstaaten dienen. Lasst uns auf das kommende Szenario vorbereitet sein. Kommt in den Stadtgarten, wo wir eine Sammelstelle für Arbeitsgeräte wie Schaufeln, Spaten und Hacken einrichten, die für einen kommenden kollektiven Arbeitseinsatz gebraucht werden. Und spendet jetzt schon Wasser, weil der wichtigste Trinkwasserspeicher für vier Millionen Menschen in der Region mit dem Verschwinden des Bodensees nicht mehr existieren wird.

Zoffinger ließ das Flugblatt sinken und sah seinen Kollegen an.

»Jetzt ist er endgültig ein Fall für die Psychiatrie. Der Kerl spinnt vollkommen. Will er seinem Comedian-Dasein bei Radio ›Grenzland‹ die Krone aufsetzen? Die werden ihn wahrscheinlich hochkant rausschmeißen. Sind dem Gaga-Aufruf schon Leute gefolgt?« Der Kollege schnitt eine Grimasse.

»Deswegen habe ich dich angesprochen. Mehr als zweitausend Menschen kündigten im Internet an, an der Fete teilzunehmen. Mehrere Hundert machen offenbar tatsächlich mit und rotten sich mittlerweile im Stadtgarten zusammen. Am besten, du schaust dir den Massenauflauf selbst an.«

Als Zoffinger im Stadtgarten ankam, hatte sich vor der Konzertmuschel eine Menschenmenge versammelt, die an mittelalterliche Bauernaufstände erinnerte. Viele trugen Gummistiefel, ramponierte Arbeitsklamotten und schwenkten Gartengeräte in der Luft wie zu einem Aufstand gegen Volksausbeuter. Andere wedelten mit selbst gemalten Plakaten herum, auf die Parolen wie »Kein Bauland im ausgetrockneten Bodensee!«, »Mauert die Rheinmündung zu!« und »Stoppt Grundstücksspekulanten« gepinselt waren. Eine ältere Frau in Kittelschürze schwenkte die Forderung »Asyl für Bodenseefelchen«.

Rolf Riedle zappelte mit einer grünen Schürze um den Bauch und einem roten Filzhut auf dem Kopf wie ein aufgedrehter Waldschrat auf der Bühne der Konzertmuschel herum und sonderte halbdebile Plattitüden ab, die selbst wohlgesonnene Seelen an seinem Verstand zweifeln ließen.

Unwiderruflich ist der Bodensee dem Untergang geweiht. Aber der Zürichsee wird nach Expertenmeinung noch 10.000 Jahre länger existieren. Also spendet der Schweizer Bevölkerung Badehosen, Bikinis, Schwimmflügel, Schwimmflossen, Luftmatratzen, Taucherbrillen und Schlauchboote, die ihr hier am Bodensee bald nicht mehr verwenden könnt.

Zoffinger stand fassungslos unter den Bäumen und beobachtete den Zirkus. Unter den Leuten war natürlich niemand, der die Spaßveranstaltung ernst nahm. Aber alle taten so, als müsse man sich auf das Seesterben in 40.000 Jahren schleunigst vorbereiten. Einige hatten Wasser in Gießkannen, Plastikeimern, Blumenvasen und Kanistern mitgebracht und gossen den Inhalt in drei Zinkbadewannen, die neben der Konzertmuschel aufgestellt und mit »Obersee«, »Überlinger See« und »Untersee« beschriftet waren. Kleinere Grüppchen nutzten die Gelegenheit zum Umtrunk, andere hatten ihre Arbeitsgeräte auf einem Sammelhaufen deponiert und waren bereits zum gemütlichen Teil der Demonstration übergegangen.

Als die Polizei aufmarschierte, um dem Event ein Ende zu bereiten, geriet die Veranstaltung aus den Fugen. Es kam zu Rangeleien und Pöbeleien, weil sich mittlerweile auch Leute eingefunden hatten, denen das Gespür für solche sinnfreien Veranstaltungen völlig fehlte. Die Ordnungshüter entrissen dem lautstark protestierenden Einpeitscher Riedle das Megafon und zerrten ihn an seiner Gärtnerschürze von der Bühne. Ein als Landwirt verkleideter Freak wurde im Gedränge herumgeschubst, bis er unfreiwillig ein Vollbad in der Zinkbadewanne »Untersee« nahm.

»Die Reaktion auf meine Idee haut mich um. Die Situation habe ich völlig unterschätzt«, stammelte der derangierte Fetenvater Riedle in ein TV-Mikrofon. »Mehr als ein paar Dutzend Leute habe ich wirklich nicht erwartet. Das alles sollte doch ein Witz sein.«

Zwei Beamte drückten ihn in einen Streifenwagen und klemmten dabei in der Tür seine Gärtnerschürze ein. Zoffinger machte sich auf den Heimweg. Irgendwie kam er sich wie ein Spielverderber vor. War er mittlerweile zu alt und zu etabliert, um sich über flachen Mumpitz freuen zu können? Oder war manche Gaudi tatsächlich zu hirnlos, um sich darüber zu amüsieren? Vielleicht hatte ihn sein jahrelanger spaßfeindlicher Job zu humorlos werden lassen – eine Wandlung, die er sein Leben lang gefürchtet hatte wie der Teufel das Weihwasser. Vergnügungssteuerpflichtig waren seine Kriminalfälle jedenfalls nicht.

Bodo Weihstock wurde auf Antrag der Staatsanwaltschaft Konstanz dem Ermittlungsrichter vorgeführt, der Haftbefehl wegen Verdachts des unerlaubten Handels mit Betäubungsmitteln in nicht geringer Menge erließ. Zoffinger interessierte sich nicht dafür, ob der Kerl 100 oder 1000 Stecklinge in seiner Kinderstube für Cannabispflänzchen hochgezogen hatte. Er wusste, dass er mit Mike Nesselrod Geschäfte gemacht und an der Entführung von Karin beteiligt gewesen war. Seine Kriminalistennase sagte ihm, dass das aber längst nicht alles war.

14
EXPLOSIVER FUND

Zoffinger blätterte routinemäßig in den internen Mitteilungen des Polizeipräsidiums und stieß auf eine interessante Statistik. Dank des genetischen Fingerabdrucks waren in der Bundesrepublik fast 200.000 Verbrechen aufgeklärt worden. Eigentlich ein Quantensprung in der Kriminalistik, der die Entdeckung des Fingerabdrucks vor über 100 Jahren als standardmäßige Ermittlungsmethode noch in den Schatten stellte.

Passender hätte der Telefonanruf des Experten vom Kriminaltechnischen Institut des Landeskriminalamtes in Stuttgart nicht sein können.

»Vermutlich glaubt ihr Konstanzer, wir in der Landeshauptstadt seien nicht ausgelastet«, scherzte der Anrufer. »Nachdem wir die DNA-Proben von euren beiden Mordopfern analysiert haben, war jetzt ja auch noch dieser Bodo Weihstock dran.«

»Und? Irgendwelche Neuigkeiten?«, fiel ihm Zoffinger ins Wort.

»Wir können viel, dürfen aber wenig«, bedauerte der Forensiker. »Über Erbgutschnipsel von Hautzellen, Haare, Sperma, Blut- und Speicheltröpfchen können wir DNA extrahieren und – sofern sie in der Datenbank gespeichert ist – die Identität eines Menschen feststellen.

Aus diesen biologischen Zeugen lassen sich sogar Rückschlüsse auf das Äußere einer Person zu ziehen. Wir dürfen die DNA, auch wenn das technisch zumindest in Ansätzen möglich ist, nicht auf Merkmale wie Augen- und Haarfarbe analysieren. Die Wissenschaft arbeitet daran, aus DNA-Spuren sogar Alter und Körpergröße ablesen zu können. Selbst die Veranlagung zu frühem Haarausfall soll in Zukunft bestimmbar sein.«

»Fehlt nur noch, dass ihr aus einer Hautschuppe ein Phantombild erstellen könnt«, versuchte Zoffinger die DNA-Vorlesung abzukürzen. »Was habt ihr denn herausgefunden?«

»Hier die Kurzform. Wir haben die DNA-Proben deines jüngsten Verdächtigen routinemäßig abgeglichen. Ich rede von Bodo Weihstock. Und ob du es glaubst oder nicht: Die DNA-Analysedatei des Bundeskriminalamtes hat bei der Überprüfung Übereinstimmungen ausgespuckt, die deine Mordfälle aller Wahrscheinlichkeit nach in einem völlig neuen Licht erscheinen lassen.«

Es gefiel dem Kollegen ganz offensichtlich, den Kommissar auf die Folter zu spannen, um den Informationsaustausch so spannend wie möglich zu machen. Zoffinger kannte das dämliche Spiel.

»Jetzt kommt bestimmt der Klops«, vermutete er.

»Richtig! Jetzt kommt der Klops. Bei deinem Verdächtigen Bodo Weihstock haben wir das gleiche Y-Chromosomenprofil festgestellt wie bei Bruder Aurelius.«

Gespannt horchte er in sein Telefon und wartete auf Zoffingers Reaktion. Der war alles andere als ein Fachmann, wenn es um medizinische oder pathologische Fragen ging. Was nicht heißen sollte, dass er die Erkenntnisse seiner forensischen Kollegen geringschätzte.

Im Gegenteil. Aber jetzt kam sein Gehirn ins Straucheln.

»Das gleiche Y-Chromosomenprofil bei Bodo Weihstock und Bruder Aurelius? Heißt das, die beiden sind verwandt?«

»Der Kandidat hat 100 Punkte«, jubelte der Stuttgarter Kollege. »Bei den beiden handelt es sich zweifelsfrei um Vater und Sohn!«

Die Nachricht schlug bei Zoffinger ein wie ein Meteorit. Die Mitteilung war zu dramatisch, als dass er sie hätte für sich behalten können. Er rief Florian an und lud ihn zu einem Umtrunk zu sich nach Hause ein.

»Hallo, Schreiberling. Hier spricht einer von der operativen Front der Verbrechensbekämpfung. Mir fällt gerade auf, dass ich ein, zwei Flaschen Bodenseewein zu viel im Haus habe. Könntest du mir eventuell dabei helfen, sie zu leeren? Wir haben uns ja schon längere Zeit nicht mehr getroffen.«

Florian musste nicht lange nachdenken.

»Wenn du nichts dagegen hast, erweitern wir die Herrenrunde, und ich bringe Karin mit. Ich bin ohnehin gerade bei ihr.«

»Kein Problem! Bring sie mit. Es wird euch interessieren: Der Nebel über den Bodenseemorden beginnt sich zu lichten.«

»Ach, wie prosaisch! Ich hoffe, du wirst mir als Krimischriftsteller keine Konkurrenz machen.«

Als Zoffingers Gäste eintrudelten, stand er in der Küche und wirbelte zwischen Töpfen und Schüsseln herum. Es roch verführerisch. Zumindest seiner Meinung nach.

»Was kochst du eigentlich?«, wollte Karin wissen.

»Hund oder Katze? Oder hätten wir vom Imbiss um die Ecke ein paar Burger mitbringen sollen?«

Wie sehr schätzte Zoffinger die liebenswerte, direkte Art seiner Freunde. Da wurde keine Schwäche und kein Fettnäpfchen ausgelassen. Da war nichts Zwischenmenschliches zu schräg, zu grob oder zu ruppig – und zwar über alle Grenzen der politischen Korrektheit hinweg. Da flogen auch schon mal die Fetzen und wurden die Dinge nach dem Motto »rau, aber herzlich« beim Namen genannt. Zugegeben. Außenstehende fanden den lockeren Umgangston manchmal befremdlich, weil sie eines nicht wussten: Man mochte und vertraute sich.

Zoffinger überhörte die Bemerkung und bat Karin, ihm aus dem Kühlschrank die Sahne für sein in Arbeit befindliches Ratsherrentöpfchen mit Spätzle zu reichen.

»Das glaube ich nicht«, hauchte sie. »Da liegt ja immer noch die Haschschokoladenprobe aus der Pizzeria Da Vinci. Hat es dich nicht gejuckt, gelegentlich mal zu probieren? Wir haben unser Täfelchen noch am selben Abend verputzt.«

Der Gastgeber zog den Kochlöffel aus der Pfanne.

»In meinem Alter, liebe Karin, steht man zu seinen Traditionsdrogen. In meinem Fall sind das zwecks Bewusstseinserweiterung Most, Bier und Wein. Marihuana? Damit habe ich beruflich genug zu tun. Für den Eigenbedarf? Nein, danke!«

»Apropos beruflich«, mischte sich Florian ein. »Du hast am Telefon neue Erkenntnisse in deinen Mordfällen erwähnt. Dürfen wir mehr erfahren?«

»Falls du dir Anregungen für deinen Krimi erhoffst, könntest du durchaus fündig werden.«

Zum Ratsherrentöpfchen mit Schweinemedaillons, Bratkartoffeln und Buttergemüse kredenzte der Küchenchef seinen Gästen einen fruchtigen Kerner mit einer rieslingähnlichen Note, den er seit Jahren von einem Winzer in Hagnau bezog.

»Wie hast du die Bratkartoffeln so perfekt hinbekommen?«, wollte Karin mit einem Unterton von Neid in der Stimme wissen.

»Könner wie ich«, plusterte sich der Hausherr auf, »braten sie nicht in der Pfanne wie Anfänger und Amateure, sondern kochen sie kurz ab, vermengen sie mit etwas Öl und backen sie auf einem Blech im Rohr braun und knusprig. Falls du noch weitere Tipps möchtest, kannst du bei mir ein Kochseminar belegen.«

»Widmen wir uns lieber deinen Fällen«, schlug Florian vor. »Den einen oder anderen gedanklichen Anstoß von einem Profi könnte ich tatsächlich gebrauchen.«

In epischer Breite erzählte der Kommissar, wie seine beiden Kollegen auf ihrer nächtlichen Pirsch durch den Wald auf dem Bodanrück einem Verdächtigen gefolgt waren, der sie zu einer Höhle führte, in der Luca Lucozzi gefangen gehalten wurde. Genussvoll schwadronierte er über die Befreiungsaktion am folgenden Morgen und über die Vernehmung Lucozzis im Krankenhaus, bis der Patient schließlich die Morde an Judith Sommer und Mike Nesselrod gestand.

»Wie ist dieser Lucozzi überhaupt in die Höhle gekommen?«, wollte Karin wissen. »Der wird sich doch nicht selbst eingesperrt haben.«

Zoffinger schüttelte den Kopf.

»Er wurde entführt, genauso wie du, und zwar von einem, den du gut kennst.«

Karin ließ unter Protest ihre Gabel fallen.

»Du spinnst wohl! Ich habe keine Freunde, die Leute entführen.«

Zoffinger besänftigte sie.

»Ich behaupte ja nicht, dass es sich um einen deiner Freunde handelt. Ich meinte nur, dass du den Entführer kennst. Er hat dich nach deiner Entführung befreit. Also kennst du ihn.«

Am Tisch herrschte ein paar Augenblicke lang Sprachlosigkeit.

Karin brach das Schweigen.

»Der Kerl, der mich befreite, ein Kidnapper? Blickst du in deinen diversen Fällen eigentlich noch durch?«

»Ich versuche, den Überblick zu behalten – auch wenn es schwerfällt«, antwortete Zoffinger lachend. »Der Kerl heißt Bodo Weihstock. Wir haben ihn mittlerweile auch als Drogenpapst von der Reichenau überführt.«

»Bist du jetzt auch unter die Drogenfahnder gegangen?«, wollte Florian wissen.

»Die Kollegen sind am Ball. Wir wissen, dass dieser Bodo Judith Sommer und Mike Nesselrod mit Cannabispflanzen belieferte. Heißt: Ich muss in den nächsten Tagen prüfen, ob es irgendwelche Querverbindungen zwischen ihm und meinen Mordfällen gibt.«

»Hat dieser Junkie in seiner Cannabisaufzucht ein paar gemeuchelte kirchliche Würdenträger verbuddelt?«

»Hoffentlich nicht. Morgen bin ich wieder vor Ort. Die Kollegen haben signalisiert, dass es schon wieder Neuigkeiten gibt.«

Nach einer kurzen Nacht war der Kripochef am folgenden Tag pünktlich auf der Reichenau. Das Neueste von der KTU hatte alarmierend geklungen.

»Gut, dass du da bist«, begrüßte ihn ein Kollege und führte ihn in den Keller unter dem Gewächshaus. »Ein Kellergeschoss unter einem Gewächshaus ist ja schon außergewöhnlich. Aber was wir außerdem gefunden haben, ist der Hammer.«

An die hintere Kellerwand war ein Handwaschbecken montiert, das in der Zeit von Karl dem Großen das letzte Mal gereinigt worden war. Der Kollege blieb davor stehen.

»Fällt dir etwas auf?«

Zoffinger schaute sich um. Dann schüttelte er den Kopf.

Der Kollege bückte sich und zeigte unter das Becken.

»Das Ding hat weder Wasseranschluss noch Abfluss. Das Ganze ist ein Fake! Eine tolle Täuschung! Wir sind eigentlich auch erst draufgekommen, als einer von uns den Hahn aufdrehte und kein Wasser kam.«

Er fasste das Becken an, zog es behutsam mitsamt seiner gefliesten Umrandung nach vorne und stellte es auf der Seite ab. Zoffinger starrte in ein Mauerloch, durch das ein Kühlschrank gepasst hätte. Hinter seinem Kollegen krabbelte er auf allen vieren hindurch. Auf der anderen Seite befand er sich in einem niedrigen Nebenraum. Er musste den Kopf einziehen, um nicht an der Decke anzustoßen. Die Kollegen von der Kriminaltechnik hatten Pappkartons aufgeschnitten, Holzkisten und Truhen aufgehebelt, in denen ein stattliches Arsenal lagerte: Berge von Feuerwerkskörpern.

»Sieht aus, als würde das Material für ein zweites Seenachtsfest ausreichen«, staunte er.

»Das sind die harmloseren Funde«, meinte einer von der KTU. »Was dort in der Ecke lagert, macht mir größere Sorgen.«

Er zeigte auf einen großen Haufen, der mit Jutesäcken abgedeckt war.

»Halte dich lieber von dieser Ecke fern«, empfahl er dem Kommissar. »Da müssen sich unsere Spezialisten drum kümmern. Das sind mindestens 100, wenn nicht sogar 150 Kilogramm Explosivmaterial in unterschiedlichen Behältnissen. Wenn du keinen unangemeldeten Raumflug zum Mars riskieren willst: Finger weg!«

»Was für ein Gaga-Depot«, sinnierte Zoffinger. »Sprengstoff für einen Terroranschlag? Aber was sollen die Feuerwerkskörper? Ein Bombenattentat unter brillanten Schweifkometen, Blinkweiden und Knallsternen? Daran glaube ich nicht.«

Bodo Weihstock hatte sich in dem Versteck eine Arbeitsecke mit einem Campingtisch und einem PC eingerichtet. Daneben ein paar Ordner und in zwei Bananenkisten vom Discounter typische Utensilien für den Drogenverkauf: eine Feinwaage, ein Vakuumiergerät, Druckverschlusstütchen in unterschiedlichen Größen, eine Porzellandose mit Cannabissamen und mit Pulver gefüllte Kapseln. Unter dem Tisch lag ein Karton mit einem Bausatz für einen Quadrocopter. Nutzlast bis zu zwei Kilogramm. An der Wand war in einen Ortsplan von Mittelzell mit rotem Filzstift eine dicke Linie eingezeichnet, die sich niemand erklären konnte. Ein Kriminaltechniker fotografierte die Karte ab und machte sich auf den Weg zur Ortsverwaltung, um Näheres herauszufinden. Eine halbe Stunde später war er zurück.

»Die Sekretärin wusste auf Anhieb, um was für einen markierten Weg es sich handelt. Die Strecke ab dem Münster St. Maria und Markus legt jedes Jahr am höchsten Inselfeiertag eine Prozession zurück. Das ist der Montag nach dem Dreifaltigkeitssonntag. Nach dem Hochamt wird die Heilig-Blut-Reliquie traditionell in einer feierlichen Prozession über die Insel getragen.«

»Ein Kerl mit einer ausgeprägten Katholikenphobie hängt in einem Sprengstoffdepot einen Plan mit dem Verlauf einer Prozession an die Wand und besitzt einen

Bausatz für eine Drohne mit einer Nutzlast von bis zu zwei Kilo? Man braucht nicht viel Fantasie, um sich vorzustellen, was der Verrückte vorhatte.«

Zoffinger schlug die Hände vors Gesicht. Einer seiner Kollegen kippte den Inhalt eines Schuhkartons auf den Boden. Schreibstifte, Klebezettel, wie sie am Monitor des Computers hingen, ein Digitalrechner, ein Notizbüchlein und ein Flyer mit einem Zeitplan der Heilig-Blut-Prozession:

8.45 Uhr Parade der historischen Bürgerwehr auf dem Münsterplatz

9.00 Uhr Festgottesdienst im Münster St. Maria und Markus mit dem Münsterchor und dem Münsterorchester

ca. 10.30 Uhr Prozession über die Insel mit den Reliquienschreinen aus der Schatzkammer des Münsters, begleitet von der Trachtengruppe, der Bürgerwehr und den kirchlichen Vereinen

ca. 11.30 Uhr Parade der Bürgerwehr mit Fahnenabgabe auf dem Münsterplatz.

Auf der Rückseite des Flyers stand eine kurze Erklärung, um was es sich bei der Heilig-Blut-Reliquie handelte. Das Kloster Reichenau, so die Geschichte, bekam im Jahre 925 ein byzantinisches Abtskreuz geschenkt, das – so der Text – ein paar Krümel blutgetränkter Erde von Golgatha und einen Splitter vom Kreuz Christi enthielt. Bei dem Blut soll es sich ebenso wie bei einigen Tropfen auf einem eingearbeiteten Seidentüchlein um das Blut Jesu handeln.

Zoffinger beschlich ein entsetzlicher Verdacht.

»Wenn ich nicht falsch liege, plante der Irre mit einer Sprengstoffdrohne einen Anschlag auf die Heilig-Blut-Prozession. Ich weiß nicht, wie viele Gläubige da jedes Jahr mitmarschieren. Trachtengruppen, Pilger, eine Blaskapelle, kirchliche Prominenz. Ich mag gar nicht daran denken. Grauenhaft!«

Das war noch nicht alles. Im Schuhkarton befand sich auch eine Broschüre über die historische Klosterinsel Reichenau, die im Jahr 2000 zum Weltkulturerbe der UNESCO erklärt worden war. Die Namen der drei Inselkirchen »St. Maria und Markus«, »St. Georg« und »St. Peter und Paul« waren mit dickem Filzstift mit einem X übermalt.

Als der Kampfmittelräumdienst anrückte, hockte Zoffinger vor dem Gewächshaus auf einer Bank und starrte Löcher in die Feld- und Ackergeometrie der Insel. Was ihm dämmerte, machte ihn fassungslos. Dieser Bodo Weihstock war offenbar viel gefährlicher als angenommen. Kein Spinner mit einem relativ harmlosen Kirchentick, sondern ein heimtückischer, monströser Amokläufer.

Experten der Polizei brachten das hochexplosive Material nach und nach in kleinen Mengen aus dem Keller. Schnell stellte sich heraus, dass Bodo den Sprengstoff kopiert hatte, den der Oslo-Attentäter Anders Behring Breivik aus Stickstoffdünger und Dieselkraftstoff gemischt und als Bombe benutzt hatte. Als Nebenerwerbslandwirt hatte er keine Probleme, die notwendigen Zutaten zu kaufen. Detaillierte Informationen zu Mischungsverhältnissen fand er wohl im Internet, wo es Infos gab, die Schritt für Schritt in die hohe Schule der Sprengstofftechnik einführten. Die Experten hoben auf freiem Feld Erdlöcher aus, um das Material nach und nach kontrolliert zur Explosion zu bringen.

In der Justizvollzugsanstalt ließ Zoffinger Bodo Weihstock aus seiner Einzelzelle in den Vernehmungsraum bringen. Er sah aus wie ein lädiertes Unfallopfer aus einem Kinderbuch: weißer Kopfverband, zugepflasterte Schnittwunde am Kinn, Binde um den linken Unterarm. Zoffinger schaltete das Aufnahmegerät ein.

»Ich werde den Eindruck nicht los, dass Sie sich zu einem meiner Stammkunden entwickeln«, eröffnete er das Gespräch. »Einen Anwalt wollen Sie nicht. Ich muss Sie aber darüber belehren, dass Sie von Ihrem Schweigerecht Gebrauch machen können. Ich gebe Ihnen jedoch den guten Rat zu kooperieren. Das kann Ihnen nur nützen.«

Bodo Weihstock nestelte an seinem verbundenen Arm herum und blieb stumm wie ein Bodenseefelchen.

»Über Ihre Cannabisaufzucht haben wir schon gesprochen. Darum geht es mir jetzt nicht. Sie haben ja bereits zugegeben, Cannabisjungpflanzen verkauft zu haben. Mich interessiert, wie es zu der Geschäftsverbindung zwischen Ihnen und Mike Nesselrod gekommen ist.«

Zoffinger stellte die Frage nicht ohne triftigen Grund. Letzten Endes ging es ihm nach wie vor um den Mord an Bruder Aurelius. Bodo Weihstock hatte seinen Verband am Unterarm mittlerweile wieder so gerichtet, dass er sich auf das Verhör konzentrieren konnte.

»In der Szene kennt man sich, vielleicht nicht persönlich, aber man arbeitet eben in der gleichen Branche. Eigentlich bin ich mehr oder weniger aus Zufall mit Mike bekannt geworden. Er verstand sich nicht mit seinen Eltern. Ich selbst stamme aus gewissermaßen unübersichtlichen Familienverhältnissen. Das verbindet.«

Zoffinger bohrte nach.

»Sie stammen aus unübersichtlichen Familienverhältnissen? Darf ich Näheres darüber erfahren?«

Bodo Weihstock muckte auf.

»Warum interessiert Sie das eigentlich? Das sind doch

Privatangelegenheiten. Wollen Sie jetzt noch meine Schuhgröße wissen?«

»Besten Dank. Aber die kenne ich schon. Größe 43«, antwortete Zoffinger ungerührt, um gleich darauf auf seinen eigentlichen Punkt zu kommen. »Haben Sie eigentlich jemals erfahren, wer Ihre biologischen Eltern sind?«

»Mann, Mann«, stöhnte Bodo. »Waren Sie eigentlich schon immer eine solche Nervensäge?«

»Das ist beruflich bedingt! Wissen Sie über Ihre richtigen Eltern Bescheid?«

»Keine Ahnung, wer meine Mutter war. Das habe ich nie erfahren. Hat mich allerdings auch nicht gejuckt. Ich bin kein Familienmensch.«

»Und Ihr leiblicher Vater?«

Bodo Weihstock dachte nach. Vermutlich überlegte er, ob er darüber Auskunft geben sollte oder nicht. Er hätte weiterhin mauern können. Dann wäre Zoffinger nichts anderes übriggeblieben, als ihn mit dem zu konfrontieren, was er ohnehin schon wusste. Aber er wollte die Antwort auf seine Frage von seinem Gegenüber hören.

»Mein Vater hat vor Jahren Kontakt zu mir aufgenommen. Wie er mich überhaupt gefunden hat, weiß ich nicht. Aber er tauchte in einer protzigen Karre auf der Insel Reichenau auf. Ich hatte damals schon meine kotzbürgerliche Pflegefamilie verlassen und war in ein Einzimmerapartment nach Mittelzell gezogen. Er bot an, mir zu helfen, mich finanziell zu unterstützen. Offensichtlich hatte er einen gut dotierten Job in der Schweiz. In Zürich, wenn ich mich recht erinnere.«

»Unter welchem Namen haben Sie Ihren Vater damals eigentlich kennengelernt?«

»Richard Bloder. Er stellte sich als Richard Bloder vor.

Das war eine seltsame Situation. Immerhin heiße ich nicht Bloder, sondern Weihstock, ein Name, den man mir vermutlich in einem Kinderheim verpasst hat.«

»Und? Hat Ihnen Ihr Vater tatsächlich geholfen?«

Bodo nickte bedächtig.

»Das habe ich Ihnen schon bei einem früheren Gespräch erzählt. Er hat sein Versprechen gehalten und mir das Haus vermacht, in dem ich jetzt wohne. Ein paar Grundstücke auch. Das Gewächshaus an meiner Unfallstelle habe ich mir von seinen Überweisungen gekauft.«

Zoffinger stellte sich dumm. Dann folgte die Frage aller Fragen.

»Haben Sie immer noch Kontakt zu Richard Bloder?«

»Negativ! Vor geraumer Zeit ist der Kontakt abgerissen. Warum weiß ich nicht. Aber er meldete sich nicht mehr. War mir am Ende auch egal. Mein halbes Leben lang hat er sich nicht um mich gekümmert. Also, Schwamm drüber! Wie ich schon sagte: Ich bin kein Familienmensch. Jetzt mache ich mein eigenes Ding.«

Zoffinger hatte eine Idee, warum der Kontakt zwischen Vater und Sohn abgerissen war. Aller Vermutung nach hatte das mit der Aufnahme von Aurelius in das Zeugenschutzprogramm zu tun, was standardmäßig auch den Abbruch von familiären Beziehungen folgen ließ. Fragte sich nur, ob der Kontaktabbruch überhaupt den Tatsachen entsprach. Der Kommissar legte eine Pause ein und besorgte frischen Kaffee. Hatte dieser Bodo Weihstock tatsächlich nicht mitbekommen, dass aus Richard Bloder der Mönch Bruder Aurelius geworden war? Hatte Aurelius für seinen Zeugenschutz bewusst die Insel Reichenau gewählt, weil er auf diese Weise in der Nähe seines Sohnes leben konnte? Den Zeugenschützern gegenüber hatte er seinen Spross garantiert verschwiegen, weil ihm die Verantwortlichen die Klosterinsel mit Sicherheit ausgeredet hätten. Dass Bodo Weihstock Bruder Aurelius nie getroffen hatte, glaubte Zoffinger ihm nicht. Warum gab der Kerl aber den Kontakt mit seinem Vater nicht einfach zu?

Verhörrunde Nummer zwei. Bodo Weihstock ahnte nicht, was auf ihn zukommen würde. Mit keinem Wort hatte Zoffinger bis zu diesem Zeitpunkt die Entdeckung des Sprengstoffdepots im Kellergeschoss des Gewächshauses erwähnt. Dass Bodo behauptete, den Kontakt zu seinem Vater verloren zu haben, stimmte den Kommissar misstrauisch. Zu gegebener Zeit würde er wieder auf diesen Punkt zu sprechen kommen. Aber jetzt würde er seinem Gegenüber erst einmal mit ein paar Fragen zu seinem Sprengstoffversteck einheizen.

»Meine Kollegen von der Kriminaltechnik haben Ihr Gewächshaus – oder sollte ich besser sagen, Ihre illegale Cannabisplantage – gründlich unter die Lupe genommen. Ich will …«

»Das hatten wir doch alles schon«, fuhr ihm Bodo in die Parade. »Ich habe einige Pflänzchen gezogen und verkauft. Sie wissen das. Ich habe es zugegeben. Also: Müssen wir die ganze Angelegenheit noch ein paar Mal durchkauen?«

Unbeirrt fuhr Zoffinger fort.

»Meine Kollegen haben im Kellergeschoss unter Ihrem Gewächshaus eine interessante Entdeckung gemacht. Obwohl Sie den versteckten Zugang zu dem kleinen Nebenraum makellos getarnt haben – mit einem nicht angeschlossenen Handwaschbecken. Respekt! Aber doch nicht so perfekt, um uns zu überlisten.«

Bodo Weihstock drückte den Rücken durch und saß plötzlich kerzengerade auf seinem Stuhl.

»Treffer! Voll ins Schwarze«, jubelte Zoffinger innerlich. Mit der Cleverness der KTU-Beamten hatte Bodo offensichtlich nicht gerechnet. Zoffinger sah förmlich, wie seinem Kunden die Felle davonschwammen. Adieu Kaltschnäuzigkeit!

»Ich war nicht der Einzige, der Zugang zum Gewächshaus bzw. zum Kellergeschoss hatte.«

»Wer kommt Ihnen da sonst noch in den Sinn?«

»Ich hatte dann und wann schon mal Kleinkunden, die ein paar Gramm Dope kauften. Unbedeutende Kleinmengen. Keine Ahnung, wer die Typen waren und von wem sie erfahren hatten, dass ich Stoff liefere.«

»Und so ein Kleinkunde soll in Ihrem Geheimkabuff Sprengstoff gebunkert haben, ohne dass Sie Wind davon bekamen? Hallo, Bodo Weihstock! Sind Sie unter die Märchenerzähler gegangen oder wollten Sie mich nur auf den Arm nehmen?«

»Ich sage ja nicht, dass es ein Kleinkunde gewesen sein muss. Auch andere hatten Zugang zum Gewächshaus, Düngemittellieferanten, Großhändler, die Gurken und Tomaten abholten. Und natürlich Mike.«

Zoffinger platzte der Kragen.

»Das ist ja wohl das Letzte. Jetzt wollen Sie Ihrem toten Partner die Schuld unterjubeln. Warum hätte der bei Ihnen Sprengstoff deponieren sollen? Das ist doch ein Treppenwitz! Mag sein, dass er mit Ihnen gemeinsame Sache gemacht hat. Aber das brisante Versteck haben wir bei Ihnen gefunden, in Ihrem Keller. Also sind in erster Linie Sie verantwortlich. Außerdem liegt auf der Hand, wofür Sie den Sprengstoff verwenden wollten.«

»Da bin ich aber mal gespannt«, frotzelte Bodo. Aber sein hämischer Ton hielt nicht lange an, weil ihm Zoffinger eine volle Ladung präsentierte.

»Gut. Dann will ich Sie nicht länger auf die Folter spannen. Mit dem Sprengstoff in Ihrem Geheimkabinett hätten Sie die halbe Insel Reichenau in Schutt und Asche legen können. Aber darauf kam es Ihnen nicht an. Was Sie im Schild führten, ist unbestreitbar und die Indizienkette lückenlos. Der Ortsplan von Mittelzell, der an der Wand hängt, spricht Bände. Die rot eingezeichnete Route auch. Sie entspricht genau dem Weg der nächsten Heilig-Blut-Prozession. Sogar den zeitlichen Ablauf haben Sie sich besorgt. Sie wollten die religiöse Veranstaltung mit Sprengstoffdrohnen angreifen und hätten dabei den Tod vieler Beteiligter billigend in Kauf genommen.«

»Sie haben ja eine ausgewachsene Meise«, entfuhr es Bodo Weihstock. »Wollen Sie mich als Monster oder Geistesgestörten darstellen?«

»Dass wir uns richtig verstehen, Bodo Weihstock. Hier spiele ich in der Champions League, Sie in der Kreisklasse. Laut psychiatrischem Gutachten leiden Sie an einer Persönlichkeitsstörung. Ihr Sachverständiger ging von keiner verminderten Steuerungsfähigkeit aus. Sie sind ein gemeingefährlicher Attentäter, nicht nur ein Kirchenhasser mit einer fixen Idee, sondern ein gestörter, heimtückischer Amokläufer.«

Zoffingers Attacke zeigte Wirkung.

»Schon gut, schon gut«, versuchte Bodo zu beschwichtigen. »Die Feuerwerkskörper habe ich letztes Jahr besorgt, weil ich zum Seenachtsfest mein eigenes Feuerwerk zünden wollte. Das hat nicht geklappt, weil mich eine Mittelohrentzündung ins Bett verbannte. Das können Sie bei meinem Hausarzt überprüfen. Später habe ich mir dann überlegt, was ich mit dem ganzen Plunder anfangen könnte. Dann bin ich auf die Idee gekommen, den verdammten Popen bei der Heilig-Blut-Prozession einen Schrecken einzujagen. Ich habe mich nach dem Verlauf und dem Zeitplan des Festzugs erkundigt und die Route auf meiner Karte eingezeichnet. Bingo!«

»Einen Schrecken einjagen! Mit einer bestückten Drohne! Sie hätten Witzeerzähler werden sollen. Und was ist mit dem Sprengstoff? Wollten Sie sich gegen eine Alieninvasion aus dem All schützen?«

»Quatsch! Ich habe mir zwei Handbücher der U.S. Army über Sprengstofftechnik besorgt. Wahrscheinlich habt ihr die Schmöker im Gewächshauskeller schon gefunden. Und eine Abhandlung des amerikanischen Landwirtschaftsministeriums. Der Artikel erklärt, wie man mit Sprengstoff Marke Eigenbau Baumstümpfe und störende Felsen auf Feldern und Äckern aus der Erde sprengt. Am Waldrand zwischen Mittelzell und Niederzell habe ich ein tolles Grundstück, allerdings unbrauchbar. Früher war das Gelände ein Waldstück, das gerodet wurde. Aus der damaligen Zeit übrig gebliebene Baumstümpfe verhindern, dass ich das Grundstück als landwirtschaftlich nutzbare Fläche verpachten kann. Das wollte ich ändern.«

»Aus diesem Grund haben Sie sich über 100 Kilo Sprengstoff zugelegt? Sehr witzig! Ich sage Ihnen, was Sie mit dem Zeug anfangen wollten. Sie haben Anschläge nicht nur auf die Heilig-Blut-Prozession geplant. Zielscheibe ihrer kirchenfeindlichen Haltung waren auch die drei Inselkirchen auf der Reichenau. In der Broschüre über das UNESCO-Weltkulturerbe Reichenau, die wir bei Ihnen gefunden haben, lassen Sie daran keinen Zweifel. Sie wollten es nicht mehr bei antikirchlichen Parolen belassen wie früher, nicht mehr nur antiklerikale Transparente aufhängen und Gottesdienste stören. Sie wollten

Ihrem Hass und Ihrer Verachtung für Kirchen und Katholiken endlich einen unmissverständlichen Ausdruck verleihen, ein Fanal setzen.«

»Broschüren über das UNESCO-Weltkulturerbe Reichenau liegen in der Touristeninformation in Mittelzell pfundweise aus. Jeder kann sich die Prospekte holen. Mag ja sein, dass Sie bei mir eine solche Broschüre gefunden haben. Und daraus wollen Sie mir einen Strick drehen? Sprengstoffanschläge auf die Inselkirchen! Das glauben Sie doch selbst nicht!«

In der Tat: Zoffinger hatte keinen einzigen schlagenden Beweis für seine Anschuldigung. Blieb eigentlich nur, diesem undurchsichtigen Kirchenhasser endlich ein wasserdichtes Geständnis abzuringen.

15
DAS GESTÄNDNIS

Das mit einem falschen Handwaschbecken getarnte Geheimversteck unter Bodos Gewächshaus hatte die Kriminaltechniker beeindruckt. Es brachte die Schnüffler aber auch auf den Gedanken, nach weiteren trickreich verborgenen Winkeln zu suchen. Wer sich mit Tarnen & Täuschen so hervorgetan hatte, war vermutlich auch noch auf andere Finten gekommen. Zwei Beamte krochen wie schnüffelnde Spürhunde auf dem Boden des Nebenraums herum und untersuchten akkurat jeden Spalt und jede Ritze. Nichts. Kein doppelter Boden, kein Erdloch, keine Luke. Als sie die gemauerten Wände Ziegel für Ziegel sondierten, fanden sie dicht unter der Decke eine Stelle, an der kaum sichtbar der Mörtel zwischen zwei Ziegeln fehlte. Die losen Backsteine ließen sich herausnehmen. Im Loch steckte eine Plastiktüte mit Papieren.

Da die Beamten wussten, wie heiß Zoffinger auf versteckte Dokumente war, meldeten sie sich sofort im Dezernat. Der Kommissar jubelte, obwohl er noch gar nicht wusste, um was für Papiere es sich handelte.

»Bingo! Endlich die mysteriöse Phantomakte. Um etwas anderes kann es sich eigentlich nicht handeln. Wer versteckt auf so raffinierte Weise sein Briefpapier oder seine Nebenkostenabrechnung? Jetzt geht es ums Ganze!«

Seine Euphorie legte sich rasch, als ihm ein Bote die Unterlagen auf den Tisch knallte. Der Kommissar kippte den Inhalt der Tüte auf seinen Schreibtisch und begann alles zu sortieren. Schnell stellte sich heraus, dass es sich definitiv nicht um die mysteriösen Unterlagen handelte, die der Whistleblower Richard Bloder aus der Kanzlei McCarthy & Partners entwendet hatte. Als Zoffinger den Fund näher in Augenschein nahm, wich seine anfängliche Enttäuschung aber mit jedem Blatt, das er umdrehte. Ein ganzer Packen persönlicher Schreiben stammte von Bruder Aurelius und war an seinen Sohn Bodo gerichtet – ein eindeutiger Beweis, dass die beiden voneinander wussten und Kontakt hatten. In den ältesten, nach Datum geordneten und von einem Gummiband zusammengehaltenen Briefen teilte Aurelius mit, dass er als Whistleblower gezwungen war, den ihm angebotenen Zeugenschutz in Anspruch zu nehmen, weil sein Leben sonst keinen Pfifferling mehr wert gewesen wäre. Er bat Bodo, ihr verwandtschaftliches Verhältnis geheim zu halten und keinen persönlichen, sondern nur brieflichen Kontakt zu ihm aufzunehmen.

Der ultimative Beweis: Bodo wusste, dass sein Vater unter dem Namen Bruder Aurelius im Strabo-Haus in Mittelzell lebte. Die Briefe bewiesen auch, dass der saubere Sohnemann Zoffinger angelogen hatte. Aber warum? Er hätte doch zugeben können, dass er vom Zeugenschutz seines Vaters auf der Reichenau wusste. Warum verschwieg er das so hartnäckig? Zoffinger nahm sich den Packen Briefe mit nach Hause und ließ sich zu einem Lektüreabend in sein Sofa plumpsen. So richtig wohl fühlte er sich nicht, in den Privatangelegenheiten von Vater und Sohn zu stöbern. Aber der Inhalt verschaffte ihm Beweismaterial, mit dem er am folgenden Tag Bodo

Weihstock bei einer erneuten Vernehmung konfrontieren konnte.

»Sie scheinen auf der Insel Reichenau nicht nur Freunde zu haben«, eröffnete Zoffinger die neue Verhörrunde.

»Darauf wäre ich nicht gekommen, wenn Sie es nicht erwähnt hätten«, antwortete Bodo Weihstock schnippisch. »Haben mich die Inselkatholen mal wieder zum Buhmann erkoren?«

»Weiß nicht, ob wir über Inselkatholiken reden, die Ihnen nicht wohlgesonnen sind. Jedenfalls haben unbekannte Täter die Eingangstür zu Ihrem Haus über Nacht komplett zugemauert.«

Bodo glotzte über den Tisch, als habe ihm Zoffinger einen Urlaub in Nordkorea angeboten.

»Die haben waaas?«

»Ordentlich, fast professionell mit Mörtel, Stein auf Stein, haben sie Ihre Eingangstür zugemauert. Vielleicht handelt es sich um einen Streich. Wenn ich mir aber in Erinnerung rufe, was für eine Reputation Sie bei der Inselbevölkerung haben, würde ich eher auf einen Racheakt tippen. Oder es geht um eine handfeste Warnung? Am Mauerwerk hing ein Schild mit der Aufschrift: Hau' ab! Da sich die Männer von der KTU Ihr Haus nochmals vornehmen wollten, mussten sie die Mauer einreißen. Der entstandene Schaden hält sich in Grenzen.«

»Das waren garantiert bigotte Schleimscheißer, die mich schon lange auf dem Kieker haben, weil ich ihnen den Spiegel vor ihre heuchlerischen Visagen halte«, moserte Bodo. »Wer sonst lässt sich so einen Schwachsinn einfallen. Vor allem gerade jetzt, da ich mich nicht wehren kann.«

»Sei es, wie es will: Da es sich um eine Straftat handelt,

ermittelt die Polizei – falls Sie das beruhigt. Aber kommen wir zum eigentlichen Thema.«

Zoffinger langte in seine Tasche und zog das Bündel Briefe aus dem Mauerversteck heraus. Bodo Weihstock starrte darauf und begann, sich verlegen das Kinn zu massieren.

»Sie müssen entschuldigen, dass ich in Ihre Privatsphäre eingedrungen bin und diese Briefe gelesen habe. Aber ich ging davon aus, dass mir das Material bei der Lösung des Mordfalles Aurelius helfen kann.«

Er machte eine Kunstpause und ließ den Daumen über die Kante des Briefbündels hoppeln, wie es Drogenbosse in Filmen mit Banknotenbündeln machen.

»Sie haben gelogen. Sie haben verschwiegen, dass sie Bruder Aurelius als Ihren Vater Richard Bloder erkannt haben, als ihn der Zeugenschutz ins Strabo-Haus auf der Reichenau brachte. Vielleicht sind Sie ihm zufällig über den Weg gelaufen. Vielleicht hat es ein erstes vereinbartes Treffen gegeben. Warum haben Sie so getan, als wüssten Sie nichts über das verwandtschaftliche Verhältnis?«

»Warum, warum? Warum hätte ich Ihnen das erzählen sollen? Das ist doch völlig Banane! Ich habe mit dem Tod meines Vaters nichts zu tun. Warum hätte ich ihn denn umbringen sollen? Schon einmal etwas von einem Motiv gehört?«

»Gute Idee«, nahm Zoffinger den Gedanken auf. »Das Motiv! Wie wäre es damit? In einigen Briefen Ihres Vaters wird mehr als deutlich, dass sie sich zunächst spitzzüngig, später ziemlich abfällig und am Ende sogar böswillig über seine Mönchsidentität geäußert haben. Hat er Ihre Nörgelei zu Anfang noch als pennälerhaftes Meckern wahrgenommen, so empfand er Ihre zunehmend massiver werdende Kritik an seiner Verbindung mit dem Strabo-Haus als volle Breitseite gegen seine religiöse Einstellung.«

»Man muss ja auch nicht alles tolerieren, bloß weil es vom eigenen Vater kommt.«

Der Kommissar überhörte das Argument.

»Der Streit zwischen Ihnen nahm immer mehr Fahrt auf, unter anderem auch dadurch, dass Sie mit Ihren antiklerikalen Aktionen die Leute gegen sich aufbrachten. Aurelius drohte Ihnen, die monatlichen Zahlungen einzustellen. Hier der Beweis!«

Zoffinger zerrte einen Brief aus dem verschnürten Packen, den er mit einem roten Klebestreifen markiert hatte, und strich ihn mit dem Handballen glatt.

»Auch ohne seinen Zaster wäre ich klargekommen. Aber Mister Whistleblower hat einfach nicht akzeptiert, dass ich mir meine Meinung über das bekloppte Popentum nicht abkaufen lassen wollte. Um keinen Preis!«

»Um keinen Preis? Damit sprechen Sie ein heißes Eisen an. Der Briefwechsel zwischen Ihrem Vater und Ihnen beweist, dass Ihr Streit im Laufe der Zeit eskalierte und schließlich auch Ihr Wohnhaus und mehrere Grundstücke zum Gegenstand hatte. Werte, die Ihnen Ihr Vater im Rahmen einer Schenkung vor einigen Jahren vermacht hatte.«

»Richtig. Aber von der Überschreibung habe ich Ihnen schon früher erzählt.«

»Sie haben mir aber nicht erzählt, dass Aurelius wegen des aus dem Ruder laufenden Streits mit dem Gedanken spielte, das Wohnhaus und die Grundstücke von seinem undankbaren Nachwuchs zurückzufordern. In den gefundenen Papieren fand sich unter anderem eine handschriftliche Notiz, dass Sie in Konstanz einen Rechtsanwalt und Notar konsultierten. Grund: Es ging um eben diese Schenkung. Sie wollten wissen, ob diese Werte überhaupt bzw. unter welchen Bedingungen von Ihrem Vater zurückgefordert werden könnten. Da die Schenkung noch keine zehn Jahre zurücklag, war laut Anwalt eine Rückforderung tatsächlich möglich – etwa wenn der Gönner verarmte, sich der Beschenkte grob undankbar verhielt oder dem Gönner gegenüber schwere Verfehlungen beging.«

»Und? Was schließen Sie daraus? Mache ich mich schuldig, wenn ich mich bei einem Anwalt über meine Vermögenswerte schlaumache?«

»Das nicht, Bodo Weihstock. Aber für mich ist der Ihnen drohende Verlust der Schenkung ein glasklares Motiv, ein Mordmotiv!«

»Jetzt schlägt es 13!«, entrüstete sich Bodo lautstark und sprang von seinem Stuhl auf. »Sie sind ja nicht ganz bei Trost, wenn Sie mir wegen ein paar läppischen familiären Unstimmigkeiten einen Mord an die Backe kleben wollen. Haben Sie sich noch nie mit Ihrer Frau oder Ihren Kollegen in die Wolle gekriegt?«

»Setzen Sie sich wieder hin! Als läppisch würde ich den Vater-Sohn-Zoff nicht bezeichnen. Wären Sie die Schenkung losgeworden, hätte es bei Ihnen finanziell ziemlich düster ausgesehen. Ihre illegale Cannabisplantage war schließlich noch im Aufbau. Die ausbleibende Pacht für Ihre Grundstücke hätte ein Riesenloch in Ihr Budget gerissen, und eine neue Bleibe hätten Sie sich auch suchen müssen. Das heißt, Sie wären sich am Ende zwar als Kirchenhasser treu geblieben, hätten finanziell aber aus dem letzten Loch gepfiffen. Keine wirkliche Traumperspektive!«

»Ich hätte mich schon berappelt. Wer so eine Vita aufweist wie ich, ist ein Stehaufmännchen. Außerdem glaube ich nicht, dass mein Mönchsvater den ganzen Krempel zurückgefordert hätte. Was hätte er auch damit anfangen sollen? Neue Mönchskutten und Christussandalen kaufen? Drohungen sind das eine, sie wahr zu machen das andere.«

Zoffinger wollte das so nicht stehen lassen.

»Ich glaube, dass Ihr Vater seine Drohungen durchaus ernst gemeint hat. Und zwar nicht nur wegen Ihrer Kritik an ihm und an kirchlichen Institutionen. Den Ausschlag gab etwas anderes.«

Wieder hantierte Zoffinger an dem Briefbündel herum und wählte ein grün gekennzeichnetes Exemplar aus.

»Dieses Schreiben …«

Er hielt seinem Verdächtigen das Papier vor die Nase.

»Dieses Schreiben sieht aus wie ein stinknormaler Brief. In Wahrheit handelt es sich aber um etwas ganz anderes, quasi um Ihre Garantieurkunde für einen langen, sehr langen Aufenthalt hinter Gittern.«

Bodo Weihstock wollte nach dem Brief greifen, aber Zoffinger war schneller.

»Den Inhalt müssen Sie jetzt nicht lesen. Sie wissen nur zu gut, was drinsteht. Ihr Vater hatte aus einer unbekannten Quelle von ihrem geheimen Sprengstoffdepot erfahren. Vielleicht sind jemandem auf der Insel die Lieferungen von Zutaten für den Sprengstoff aufgefallen. Vielleicht haben Sie sich irgendwo verplappert. Er wusste, dass Sie einen blutigen Anschlag auf die Heilig-Blut-Prozession planten. Dieses hier …«

Zoffinger hielt den Brief immer noch wie eine Jagdtrophäe in der Hand.

»Dieser Brief wird Sie Kopf und Kragen kosten – bildlich gesprochen. Obwohl ihm der Zeugenschutz jeglichen Kontakt mit Freunden und Familienangehörigen strengstens verbot, traf sich Ihr Vater mit Ihnen. Wo und wann steht in einem anderen Schreiben hier in diesem Bündel. Er konfrontierte Sie mit massiven Vorwürfen. Sie flippten fast aus und hatten für ihn nichts als Beleidigungen übrig. Mit Ihrer Halsstarrigkeit brachten Sie ihn so weit, dass er drohte, Sie bei der Polizei anzuzeigen. Um das zu verhindern, fiel Ihnen offenbar nur das allerletzte Mittel ein. Wenn Sie mich fragen: Ein geradezu klassisches Mordmotiv!«

Zoffinger genoss die beklemmende Stille im Verhörraum. Bodo Weihstock hingegen dröhnte das brüllende Schweigen in den Ohren. Der Kommissar studierte sein ausdrucksloses Gesicht, in dem sich Falten und Narben tiefer und kontrastreicher eingruben als jemals zuvor. In mehreren Verhörrunden hatte er sein Gegenüber kennengelernt, hatte dessen Schwachstellen ausgelotet und wusste, wie Weihstock tickte. Als der in diesem Augenblick mit tonloser Stimme zu reden begann, spürte der Kommissar, wie es in der Schlacht zwischen ihm und seinem Verdächtigen stand. Bodos Widerstand bröckelte auf ganzer Front, so als hätte er seine Waffen bereits aus der Hand gelegt. Seine Verteidigungslinie würde nicht mehr lange halten. Die Beweise gegen ihn waren erdrückend, seine Rechtfertigungen immer sinnloser. Es würde nicht mehr lange dauern, bis seine Niederlage in sein Innerstes vorgedrungen war. Er hatte den Krieg gegen Zoffinger verloren. In einem letzten jämmerlichen Aufbäumen versuchte Bodo, den Mord an Bruder Aurelius dem toten Mike Nesselrod anzuhängen, um sich selbst aus der Schusslinie zu nehmen. Ein letztes, irrwitziges Umsichschlagen, eine verzweifelte Gegenwehr gegen das Unabwendbare. Ein untauglicher, läppischer Versuch, den Kopf kurz vor Ultimo doch noch aus der Schlinge zu ziehen.

»Sie haben Ihren Vater erstochen«, nahm Zoffinger das Verhör nach geraumer Zeit wieder auf. »Sie sind geliefert. Machen Sie reinen Tisch. Aus dieser Nummer kommen Sie ohnehin nicht mehr heraus. Sie können sich selbst nur noch den einen oder anderen Vorteil verschaffen, indem Sie ein umfassendes Geständnis ablegen. Betonung auf umfassend.«

Zoffinger kam sich vor, als habe bei Bodo irgendetwas plötzlich einen Laberanfall ausgelöst. Seine Sätze hörten sich an wie eine Aneinanderreihung ungeordneter Gedanken, weil seine Zunge offenbar der Geschwindigkeit seiner Argumente und Einfälle nicht folgen konnte. Er hetzte seinem Geschwafel hinterher, als müsse er sich von einer übermächtigen Last befreien. Unwillkürlich dachte der Kommissar an eine in Gang gesetzte Wasserspülung, die, einmal gedrückt, nicht mehr zu stoppen war.

»Langsam, langsam«, bremste Zoffinger nach einer Weile. »Erzählen Sie. Was ist im Klostergarten in Mittelzell in besagter Nacht passiert?«

Bodo hielt von der einen auf die andere Sekunde inne. Er lehnte sich in seinem Stuhl nach hinten und ließ den Kopf mit geschlossenen Augen zurückfallen, zog die Hände vom Tisch und legte sie auf die Oberschenkel. Als er zu reden begann, hatte seine Stimme einen anderen Klang.

»Ich hatte Aurelius eine Notiz in den Briefkasten am Strabo-Haus geworfen und ihn um ein Treffen gebeten.«

»Mitten in der Nacht?«

»Natürlich mitten in der Nacht. Wegen seines Zeugenschutzes sollte niemand auf der Insel mitbekommen, dass wir uns kannten. Ohne die Heimlichtuerei hätte es kein Treffen gegeben. Er wusste, dass ihn sein ehemaliger Arbeitgeber im Fadenkreuz hatte. Sein Bammel war ihm anzumerken. Viel darüber geredet hat er nicht.«

»Sie haben sich also im Klostergarten mit ihm verabredet. Was war der Grund?«

»Wir hatten uns bei unserem letzten Treffen ziemlich heftig in die Wolle gekriegt, weil er mir drohte, mich bei der Polizei anzuzeigen. Ich war entschlossen, meine Sprengstoffpläne aufzugeben und wollte ihm das beichten. Das war ohnehin eine Schnapsidee.«

»Eine Schnapsidee? Ein Anschlag auf die Prozession hätte unter Umständen viele Menschen das Leben gekostet. Von Schnapsidee würde ich in diesem Zusammenhang nicht reden. Eher von einer heimtückischen, diabolischen Attacke.«

Bodo saß wieder aufrecht auf seinem Stuhl und nickte.

»Das war mir auch klar geworden. Deshalb wollte ich auch in dieser Nacht Aurelius versprechen, mit dem Unsinn aufzuhören.«

»Offensichtlich hat das nicht geklappt. Während Ihres Treffens muss es ja zu einer heftigen Auseinandersetzung gekommen sein.«

»Er hat mir nicht geglaubt und mir ein Ultimatum gestellt: Beseitigung des Sprengstoffs innerhalb von zwei Wochen.«

»Das war alles? Lassen Sie sich doch nicht jedes Wort aus der Nase ziehen!«

»Ich sollte auch meine Cannabiszucht aufgeben. Im Gegenzug würde er sich die Sache mit der Rückforderung der Schenkung nochmals überlegen.«

»Ein unbequemer Deal für Sie«, vermutete Zoffinger.

»Das muss Sie ganz schön in Rage gebracht haben.«

»Mich hat sein verdammter Befehlston geärgert. Als sei er in der Position gewesen, mich zu maßregeln oder mir zu sagen, was ich zu tun oder zu lassen habe. Er war einfach nur ein autoritärer Arsch.«

»Und deshalb haben Sie ihn umgebracht?«

»Der Streit hat sich hochgeschaukelt, wurde immer giftiger. Ein Wort gab das andere. Er nannte mich eine Niete und einen Versager. Dann packte er mich am Kragen und schüttelte mich. Ich dachte, er will mir an die Gurgel. Plötzlich hatte ich mein Messer in der Hand …«

»Also eine Tat im Affekt, wenn ich Sie richtig verstehe.«

»Ich kann mich nicht mehr erinnern, wie das passiert ist. Ich wollte ihn doch nicht umbringen. Schließlich war er mein Vater.«

Jetzt fehlt bloß noch, dass er zu heulen anfängt, dachte Zoffinger, der den komödiantischen Auftritt Bodos mit Abscheu registrierte.

»Wenn es sich um eine Tat im Affekt handelte, müssen Sie mir erklären, wie Sie dazu kamen, neben dem Toten dieses seltsame Holzkreuz mit dem angetackerten Bischofsgewand zu errichten.«

Bodo hatte offensichtlich mit dieser Frage gerechnet. Er erzählte, wie er völlig benommen nach dem versehentlichen Messerstich in seine Wohnung zurückgekehrt sei. Aus unerfindlichen Gründen habe er sich in seinem verwirrten Zustand an das Holzkreuz erinnert, das er Wochen zuvor für eine antikirchliche Demonstration gezimmert hatte. Um den persönlichen Hintergrund seiner Tat zu verschleiern, sei er mit Kreuz, Nikolauskostüm und LEDs in den Garten zurückgekehrt, um seine Installation aufzustellen.

»Wo befand sich das Holzkreuz Marke Eigenbau, als Sie sich zufällig daran erinnerten?«

»Es stand im Schuppen neben meinem Haus, wo ich es auch zusammengenagelt hatte.«

»Bodo, Bodo!«, jammerte Zoffinger. »Sie sind ein begnadeter Flunkerer. Meine Kollegen von der Kriminaltechnik haben das Kreuz am Tag nach der Tat Faser um Faser untersucht und festgestellt, dass das Holz an den Schnittstellen aufgeweicht war. Aber weder in der Mordnacht noch am Tag zuvor hatte es geregnet. An einem Ende des Querbalkens klebte Erde, was die Experten vermuten ließ, dass das Kreuz irgendwo im Freien gelegen hatte. Tatsächlich fanden sie hinter einer Hecke am Rand des Klostergartens im feuchten Boden Abdrücke, die eindeutig von Ihrem Kreuz herrührten. Was lernen wir daraus? Sie haben den Anschlag auf Ihren Vater schon Tage vor Ihrem nächtlichen Treffen ausgetüftelt und das Kreuz dort deponiert. Also: Pustekuchen von wegen Tat im Affekt! Sie haben einen von langer Hand geplanten Mord begangen und Ihr Opfer, Ihren eigenen Vater, mit dieser dämlichen Kreuzinstallation sogar noch verhöhnt.«

Bodo musste geahnt haben, dass ihn auch seine letzten Ausflüchte nicht retten würden. Fast in Demut erstarrt, schien er Zoffingers Argumentation zu akzeptieren. Geradezu im Selbstgespräch setzte er nochmals an.

»Aurelius hat mich gehasst, nachdem er herausbekommen hatte, wie ich zu seinem Strabo-Verein und zu seiner Kirche stand. Ich weiß nicht wie und ich weiß nicht wo, aber irgendwo müssen sie ihn einer religiösen Gehirnwäsche unterzogen haben. Vielleicht hatte er schon früher einen religiösen Tick. Immerhin ist er im Kloster aufgewachsen. Ein durch und durch bigotter, unkritischer Glaubenseiferer, der seinen Verstand in irgendeinem

Weihwasserkessel eingeweicht hat. Er hasste mich, weil ich mich mit den Verbrechen seiner Kirche nicht abfinden wollte, und er nahm sich vor, mich deshalb zu ruinieren.«

Zoffinger beugte sich über den Tisch, als habe er nicht richtig gehört.

»Er wollte Sie ruinieren? Deshalb hat er Ihnen Haus und Hof vererbt? Weil er Sie ruinieren wollte, hat er Ihnen mit seinen finanziellen Zuwendungen ein komfortables Leben erlaubt? Sie haben doch einen Sprung in der Schüssel. Sie drehen sich die Dinge grundsätzlich so hin, wie es Ihnen am besten passt. Die Wahrheit sieht aber ganz anders aus. Aurelius wollte seine Schenkung an Sie nur rückgängig machen, als er Ihren Anschlagsplänen auf die Schliche gekommen war. Das ist die Wahrheit, die Sie allerdings nicht akzeptieren wollen. Zugegeben: Es ist nur die halbe Wahrheit.«

Zoffinger nutzte seine Redepause, um seine auf dem Tisch liegenden Unterlagen zu stapeln. Seine langjährige Tätigkeit als Kriminaler hatte ihm beigebracht, dass es Mordmotive in Hülle und Fülle gab – von Eifersucht, Neid und Rache bis Enttäuschung, Frustration und Hass. Habgier gehörte zu den häufigsten. Dann setzte er zum Finale an.

»Die zweite Hälfte der Wahrheit! Wir haben uns ausführlich mit den Unterlagen aus der Mauernische Ihres Geheimkabinetts unter dem Gewächshaus beschäftigt. Einiges davon war sehr aufschlussreich. Wir wissen, dass Sie noch ein ganz anderes Motiv hatten, Ihren Vater umzubringen. Nachdem es Luca Lucozzi, Korab Turku und anderen nicht gelungen war, die mysteriöse Phantomakte aufzutreiben, fassten auch Sie die von der Kanzlei McCarthy & Partners ausgesetzte Erfolgsprämie von

150.000 Schweizer Franken ins Auge, von der sie vermutlich von Ihrem Vater erfahren haben. Mittlerweile war die Aufwandsentschädigung um eine Klausel und um 150.000 Franken erweitert worden. Sie galt nicht mehr nur für das Aufspüren der Phantomakte, sondern auch für die finale Beseitigung von Bruder Aurelius. Für den Mord.«

Zoffinger klemmte sich den Stapel Papiere unter den Arm. An der Tür des Vernehmungsraumes drehte er sich um.

»Wenn Sie mir am Ende unseres Gesprächs noch eine private Bemerkung erlauben. Sie sind ein niederträchtiger Mörder, der sich seiner Verantwortung nicht stellen will. Sie behaupten, ein Delikt im Affekt begangen zu haben. Dabei sind Sie ein durch und durch charakterloser, erbärmlicher Schwerverbrecher, der vorsätzlich gemordet hat. Ich werde alles in meiner Macht Stehende tun, dass Sie eine Quittung für Ihre schändliche Tat bekommen. Eine lebenslange. Ich finde Sie zum Kotzen!«

Das musste sein. Der Kommissar fühlte sich erleichtert, nachdem er Dampf abgelassen und diesem widerwärtigen Kerl die Meinung gegeigt hatte. Das weitere Schicksal von Bodo Weihstock lag nun in den Händen des Gerichts.

Zoffinger wäre nicht Zoffinger gewesen, hätte er sich nach der Lösung des Mordfalls zurückgelehnt und sich genüsslich in seinem Erfolg gesonnt. Gut! Das Gewaltverbrechen war aufgeklärt. Der Täter würde für lange Zeit hinter Gittern landen. Aber eine Frage war immer noch nicht geklärt: Wo waren die Whistleblower-Unterlagen von Bruder Aurelius?

16
VERMÄCHTNIS MIT KNALLEFFEKT

Obwohl er schon seit über 14 Jahren als Friedhofspfleger arbeitete, konnte sich Hermann Haug an nur zwei zerstörerische Fälle erinnern. Einmal war über Nacht die steinerne Figur eines knienden Engels von einem Grabmal verschwunden. Ein anderes Mal beklagte sich eine Frau aus dem Ort darüber, dass sich ein unbekannter Nichtsnutz an ihrem blühenden Grabschmuck bedient hatte – wahrscheinlich, um sich klammheimlich einen kostenlosen Geburtstagsstrauß zu besorgen. Ansonsten hatte Haug mit Vandalismus auf seinem Gottesacker neben der Paulskirche in Oberzell noch nie etwas zu tun gehabt. Umso mehr kränkte ihn in seiner Berufsehre ein außergewöhnliches Vorkommnis, das ihn fassungslos machte.

Gut erholt kam er an diesem Tag aus seinem dreiwöchigen Jahresurlaub im Bregenzer Wald zurück, streifte sich seinen frisch gewaschenen Blaumann über und machte zwecks Generalinspektion einen Gang über den Friedhof, den er in Wahrheit wie seinen Privatbesitz behandelte. Kontrolle war angesagt, weil zwischen den Grabreihen garantiert schon wieder Unkraut durch den Kiesbelag wucherte und abgefallenes Laub Haugs geradezu zwanghaften Ordnungssinn störte. An der mit Dachziegeln gedeckten Umgebungsmauer blieb sein argwöhnischer Blick an einem Grab hängen, das ihn in einen Zustand der Sprach- und Ratlosigkeit versetzte. So lange, wie man braucht, um etwas Unerwartetes, Verwirrendes zu begreifen, starrte er auf das Grabkreuz. Dann ließ er ohne weiter zu zögern seine Schubkarre stehen, warf seine Arbeitshandschuhe hinein und marschierte im gestreckten Galopp auf die Gemeindeverwaltung, um der mysteriösen Angelegenheit auf den Grund zu gehen. Die Sekretärin kramte eine Weile in den Unterlagen und warf schließlich den Aktenschrank resolut ins Schloss.

»Wahrscheinlich hast du dich geirrt. Nichts! Diesen Toten gibt es gar nicht. Zumindest nicht bei uns.«

»Und was machen wir jetzt?« Haug trat vom einen Fuß auf den anderen. »Irgendetwas stimmt da nicht.«

»Hast du auch genau hingesehen? Keine Verwechslung?«

»Jetzt geht's los«, protestierte er. »Ich gehe zwar in zwei Jahren in Rente. Aber die Verblödung hält sich bei mir noch in Grenzen! Was ich auf dem Friedhof gesehen habe, habe ich gesehen. Punkt!«

Man einigte sich darauf, in dieser mysteriösen Sache den Bürgermeister zu konsultieren. Der wiederum teilte Haugs Ratlosigkeit und nahm Rücksprache mit Kollegen bei der Konstanzer Friedhofsverwaltung. Die wiederum empfahlen, diese gänzlich undurchsichtige Angelegenheit bei der Polizei anzuzeigen. Der Fall durchlief mehrere Dienststellen, die sich entweder als nicht zuständig erklärten, mit wichtigeren Problemen zu tun hatten oder wenig Lust verspürten, sich mit etwas zu befassen, das schlecht einzuordnen war. Der Vorgang landete schließlich auf dem Schreibtisch von Zoffinger, dem Mann für alle Fälle, der in den letzten Tagen und Wochen während seiner Ermittlungen ohnehin Reichenauerfahrung im Übermaß gesammelt hatte.

»Zugegeben! Es war mehr ein Zufall, dass ich draufkam«, erzählte Hermann Haug dem Kommissar, der mit wehenden Fahnen auf die Insel geeilt war, nachdem ihn die Friedhofsverwaltung in Oberzell mit Details versorgt hatte. »Ich bin seit über 14 Jahren für den Friedhof zuständig. Ich kenne jedes Grab, kenne die meisten Verwandten der Verstorbenen, kenne Namen und Daten auf den Grabsteinen in- und auswendig und weiß sogar von vielen, woran sie gestorben sind. Aber dass ein Grabkreuz plötzlich einen anderen Namen trägt – das war noch nie da.«

Haug führte seinen Besucher über die kosmetisch gepflegte Anlage, der man die untadelige Berufsphilosophie des Friedhofspflegers auf den ersten Blick ansehen konnte. Die fragliche Grabstelle lag direkt an der inneren Friedhofsmauer, eingerahmt von einer nur kniehohen, getrimmten Buchsbaumhecke. In der Mitte stand ein irdener Pott mit einem Fleißigen Lieschen im Blütenrausch.

»Ich wäre gar nicht draufgekommen«, erzählte Haug, »aber eine Ackerwinde hatte sich an dem schmiedeeisernen Grabkreuz hochgerankt. Als ich sie wegmachte, fiel mein Blick zufällig auf das Emailleschild. Ich erinnere mich genau, was früher darauf stand: Herbert Lohner, geboren am 13. März 1923 in Überlingen – gefallen 1942. Und jetzt dieses.«

Er zeigte auf ein weißes Plastikteil, das säuberlich über das ursprüngliche Schrifttäfelchen geklebt worden war: »Hier liegt Richard Bloder – Ruhe in Frieden.«

»Können Sie sich erinnern, wann Sie sich das Grab zum letzten Mal bewusst angesehen haben?«

»Bevor ich in Urlaub gefahren bin, war das Grab noch nicht umbenannt. Garantiert nicht.«

»Sind Sie auch für die Pflege des Blumenschmucks zuständig?«

Haug verneinte.

»Das erledigen die Angehörigen der Verstorbenen bzw. die Friedhofsgärtnerei. Aber von diesem Richard Bloder habe ich noch nie gehört. Die Gemeindeverwaltung kennt ihn auch nicht. Vor allem macht mich stutzig, wohin Herbert Lohner verschwunden ist, wenn das jetzt die letzte Ruhestätte von diesem Richard Bloder ist.«

Zoffinger kaute fahrig auf der Unterlippe. Er hätte Hermann Haug sagen können, wer Richard Bloder war. Er hätte ihm eine lange, spannende Geschichte über ihn erzählen können, behielt sein Wissen aber für sich. Was er von der Entdeckung des Friedhofwärters halten sollte, hatte er keine Ahnung. Ein schlechter Scherz? Wohl kaum. Ein Ablenkungsmanöver?

Eine kriminelle Finte? Eigentlich hatte er damit gerechnet, den Mordfall Bruder Aurelius vom Tisch zu haben, nachdem er Bodo Weihstock als Täter festgenagelt hatte. Und jetzt das! Ein ehemaliger Finanzhai, der zum Whistleblower mutierte, sich im Zeugenschutz eine Mönchskutte zulegte und im Kloster in Mittelzell untertauchte, dann ermordet wurde und jetzt wieder als Leiche unter seinem Klarnamen Richard Bloder auftauchte. Bodo Weihstocks gemeuchelten Vater gab es plötzlich doppelt: erstens im Grab vor Zoffingers Füßen, zweitens in einer Leichenkühlzelle der Konstanzer Rechtsmedizin. War das Problem Bruder Aurelius ohnehin schon ziemlich verzwickt gewesen, gab es jetzt eine neue, unerwartete Wendung. Sie machte den Fall noch obskurer, als er ohnehin schon war.

Hermann Haug beugte sich über das Grab und wollte eben nach dem überklebten Namensschild greifen.

»Finger weg«, zischte Zoffinger. »Fassen Sie bloß nichts an. Das ist ab sofort kein Grab mehr, sondern ein potenzieller Tatort.«

»Ein Tatort? Das verstehe ich nicht. In meinen Gräbern liegen eigentlich nur Leute, die ihr Leben schon hinter sich haben. Die braucht man nicht mehr erschießen, erwürgen oder vergiften.«

Zoffinger war in seinen Gedanken schon weiter. Wäre das Grab mit dem Namensschild einer x-beliebigen Person umetikettiert worden, hätte ihn das nicht weiter gekümmert. Aber der Name Richard Bloder setzte beim Kommissar Gedankenspiele frei. In Wahrheit konnte der Whistleblower natürlich nicht an dieser Stelle begraben sein, weil er definitiv bei den Konstanzer Rechtsmedizinern unabkömmlich war. Also: Um was ging es hier eigentlich?

»Wenn ich mir das richtig überlege, kommt nur eines infrage: Exhumierung«, beschloss Zoffinger.

»Exhumierung?«, entsetzte sich Haug. »Das heißt doch, den Toten ausbuddeln. Sie wollen tatsächlich die Leiche von diesem Richard Bloder aus dem Boden holen?«

»Nein, will ich nicht. Richard Bloder liegt nicht hier.«

»Woher wollen Sie das denn wissen? Auf dem Namensschild steht er doch.«

»Er liegt deshalb nicht hier, weil ich ihn gestern in Konstanz getroffen habe.«

Zoffinger machte sich einen heimlichen Spaß daraus, Hermann Haugs Verwirrung komplett zu machen. Er hätte ihm sagen können, dass er diesen Bloder alias Bruder Aurelius noch vor wenigen Tagen obduziert auf einem Edelstahltisch in der Konstanzer Rechtsmedizin gesehen hatte. Aber er behielt sein kleines Geheimnis aber für sich und freute sich diebisch darüber, dass sein Begleiter den Faden völlig verloren hatte.

»Vielleicht liegen hier auch zwei oder drei Leichen«, schwadronierte der Kommissar weiter. »Aber über eine Graböffnung kann ich selbst nicht entscheiden. Das ist Sache der Staatsanwaltschaft. Habe ich einen triftigen Grund für eine Graböffnung, dann wird das auch so gemacht.«

»Heiliger Himmel! Jetzt wird mein Gottesacker auch noch umgegraben«, jammerte Haug. »Ich sehe schon die Schlagzeile in den Zeitungen: ›Chaos auf Oberzeller Friedhof‹. Hätte ich doch bloß meine Klappe gehalten. Eine Exhumierung! Ich könnte mich in den Arsch beißen.«

»Hören Sie mal, guter Mann!« Zoffinger schlug einen verschärften Ton an. »Hier handelt es sich um eine Ermittlung, die in Zusammenhang mit einem Mord steht. MIT EINEM MORD! Oder fänden Sie es passender, wenn ein Grabschänder und potenzieller Mörder auch in Zukunft noch auf der Reichenau unterwegs wäre, um Ihre Gräber umzuetikettieren?«

»Natürlich nicht«, presste der eingeschüchterte Friedhofswärter durch die Lippen.

So inbrünstig sich Zoffinger auch den Kopf über das Grabgeheimnis zerbrach: Viel Aufschlussreiches fiel ihm dazu nicht ein. Fälle, in denen Gewaltopfer, um Leichen verschwinden zu lassen, in fremden Gräbern »entsorgt« wurden, hatte es schon häufiger gegeben. Dass aber mit einem neuen Namensschild auf eine Neubelegung ausdrücklich hingewiesen wurde – davon hatte der Kommissar noch nie gehört. Dennoch verstand er den Tipp als Wink des Schicksals, weil er hoffte, dass die Graböffnung etwas Erhellendes zu den Hintergründen des Mordes an Aurelius beitragen würde.

Nachdem die Staatsanwaltschaft Zoffingers Antrag abgesegnet hatte, fand sich auf dem Friedhof in Oberzell an einem Vormittag eine kleine Delegation ein, um das Prozedere zu verfolgen. Natürlich war auch Hermann Haug mit von der Partie, mit Schweißperlen auf der Stirn, obwohl es sich um einen relativ kühlen Tag handelte. Als sich der herangeschaffte Minibagger den Weg über die Kieswege zum Grab bahnte, stürzte der Herr der Gräber Haare raufend auf Zoffinger zu.

»Um Himmels willen! Der macht doch die ganze Bepflanzung kaputt.«

»Was für eine Bepflanzung?«

»Ich rede von der Grabbepflanzung. Die Fleißigen Lieschen kann man doch nicht einfach zermanschen.«

Zoffinger war kurz angebunden.

»Dann nehmen Sie sie doch einfach mit nach Hause und setzen die Lieschen zu Iris, Erika und anderen weiblichen Gewächsen in Ihren Garten.«

Mit bloßen Händen buddelte der hibbelige Friedhofspfleger die Blumen aus und setzte sie behutsam hinter einen benachbarten Grabstein. Der Baggerfahrer war von seinem Spezialjob offensichtlich angetan und gab genüsslich Gas, weil er es endlich mal mit einem Highlight zu tun bekam. Behutsam setzte er die Schaufel mit ihren Schneidezähnen auf das Erdreich und kratzte die oberste Schicht ab. Die Ausgrabung war noch keine Minute alt, als der am Rand stehende Arbeiter wild mit den Armen fuchtelte und brüllte.

»Halt! Stopp! Abbrechen!«

»Was ist denn los?«, wollte der Baggerfahrer wissen.

»Bombenalarm! Sofort abbrechen!«

Zoffinger zuckte zusammen. Der Vertreter der Staatsanwaltschaft sah aus, als hätte er sich in seinem Büro lieber hinter verstaubten Akten verschanzt. Der 100-Kilo-Baggerfahrer sprang wie von der Tarantel gestochen aus seiner Kanzel. Hermann Haug sah seinen Friedhof in einem riesigen, qualmenden Bombentrichter verschwinden, und der zwecks Aufsicht abgestellte Arbeiter war vorsichtshalber hinter einem Granitklotz mit Inschrift und Muttergottesskulptur in Deckung gegangen.

Im Erdloch schimmerte etwas durch die Erdkrümel, was wie schmutziges oder angerostetes Metall aussah. Eine Weltkriegsbombe in einem Grab? Zoffinger fluchte still vor sich hin und sah bereits den Tross des Kampfmittelräumdienstes anrücken. Das würde die Aktion um Tage verzögern. Aber warum sollte eine Bombe ordentlich bestattet in dem Grab liegen?

Als Erster gewann der Baggerfahrer Fassung und Tatkraft zurück. Auf der Grabeinfassung kniend räumte er ein paar Erdbrocken weg und wischte vorsichtig über die metallene Oberfläche, bis der zerbeulte Deckel einer Blechkassette sichtbar wurde.

Zoffinger zögerte nicht lange.

»Rausholen!«, ordnete er an und zupfte ein Paar Gummihandschuhe aus der Tasche. Einer seiner Begleiter hob das Behältnis aus der Kuhle, stellte es wie einen zerbrechlichen Gegenstand auf den Boden und trat respektvoll zwei Schritte zurück.

»Stell dich bloß nicht so an. Oder glaubst du, da hätte einer ein Pfund Sprengstoff drin verbuddelt?«

»Weiß man es?«

»Aufmachen!«, befahl er. »Oder soll ich wegen einer Keksdose das Sprengstoffkommando anrücken lassen?«

Der Kollege hauchte demonstrativ auf seine Fingerspitzen und sah aus wie ein durchgeknallter Klaviervirtuose vor einem Bühnenauftritt. Zoffinger warf nur einen kurzen Blick in die Schatulle. In Plastikhüllen abgeheftete Papiere, ein paar DVDs, obenauf ein Schreiben auf Briefpapier der Kanzlei McCarthy & Partners mit einer krakeligen Unterschrift, die mit Not als die von Richard Bloder zu entziffern war. Unter die Signatur hatte der Schreiber wohl in einem Anfall von Heiterkeit, Zynismus oder Verzweiflung ein Männchen in Mönchskutte gemalt. Auf der zweiten Seite war ein per Stempelkissen angefertigter Fingerabdruck zu sehen, der offenbar der zweifelsfreien Identifizierung dienen sollte.

Auf dem Friedhof wollte sich der Kommissar nicht genauer mit dem Inhalt der Kassette beschäftigen. Außerdem mussten zunächst Spuren gesichert werden. Schließlich ging es darum, zweifelsfrei festzustellen, ob das Behältnis samt Inhalt tatsächlich von Richard Bloder alias Bruder Aurelius vergraben worden war.

»Sieht so aus, als habe sich der Gute sein eigenes Grab geschaufelt. Im Sinne des Wortes. Allerdings ohne seine eigene Leiche.«

Hermann Haug starrte ungläubig und entsetzt auf die Szenerie.

»Hätte nicht gedacht, dass mir so etwas mal passiert. Liegt hier eigentlich dieser Richard Bloder oder das Kriegsopfer Herbert Lohner?«

»Es soll ja auch Doppelgräber geben«, meinte der Mitarbeiter des Baggerfahrers trocken. »Mach doch einfach zwei Namensschilder am Grabkreuz fest.«

»Was passiert jetzt eigentlich mit dem Grab? Und wer sorgt dafür, dass die ganze Sauerei in Ordnung gebracht wird?«, meckerte Haug.

Zoffinger wusste, wie es weiterging.

»Erstens: Der Bagger hebt das Grab aus, bis er auf die Überreste eines Sarges stößt. Wenn dabei nachweislich alte Bestattungsrelikte gefunden werden, handelt es sich mit hoher Wahrscheinlichkeit um diesen Kriegsgefallenen mit dem Namen Lohner. Zweitens: Das Grab wird wieder zugeschüttet und in Ordnung gebracht.«

»Und wer sorgt dafür, dass das alles wieder in Ordnung kommt?«, erkundigte sich Haug.

»Sie sorgen dafür«, antwortete Zoffinger. »Wir alle zahlen Steuern, damit wir Leute wie Sie beschäftigen können, die die ganze Sauerei in Ordnung bringen. Weil es ihr Job ist. Noch Fragen?«

Die Kriminaltechnik schickte nach ein paar Tagen die auf Herz und Nieren geprüfte Schatulle ins Kommissariat. Beweise gab es genug, dass Bruder Aurelius sie samt Inhalt eigenhändig vergraben hatte. Vom selbst fabrizierten Fingerabdruck auf dem Brief ganz abgesehen. Jetzt durfte sich Zoffinger an die Arbeit machen, um das Vermächtnis des Mönchs zu sichten, Papiere, Dokumente und Datenträger zu analysieren und seine Schlüsse daraus zu ziehen.

Schon der beigelegte Brief hätte aufschlussreicher kaum sein können. Er las sich wie ein Testament. Offenbar hatte Aurelius sein Schicksal geahnt, weil seine Tarnung im Strabo-Haus aufgeflogen war und sein ehemaliger Arbeitgeber McCarthy & Partners die Jagd auf ihn eröffnet hatte. Um seine brisanten Informationen einerseits sicher zu verstecken und sie andererseits im Falle seines Ablebens doch noch publik zu machen, war er auf die aberwitzige Idee gekommen, das Grab des Weltkriegstoten Herbert Lohner in sein eigenes umzubenennen. Nicht zu Unrecht hatte er auf die akkurate Arbeitsweise der

Friedhofsverwaltung gesetzt, die dem Identitätstausch über kurz oder lang auf die Schliche kommen würde. Schließlich gehörte der Friedhof nicht zu einer x-beliebigen Bananenrepublik, sondern zur Bodenseeinsel Reichenau, auf der Zucht, Recht und Ordnung herrschten.

Was sich auf den Datenträgern finden würde, war offensichtlich: windige Geschäfte, durch Steuertricks ergaunerte Millionen, kriminelle Firmengeflechte – lauter Schweinereien, in denen die Finanzbehörden herumstochern durften. Von diesen illegalen Schiebereien verstand Zoffinger zu wenig. Außerdem fielen sie nicht in seine Zuständigkeit. Also nahm er sich vor, das mit Finanzen befasste Material demnächst seinem Freund Radomir Laumann zu schicken, damit sich dessen Abteilung K4 die Zähne daran ausbeißen konnte. Um auf der sicheren Seite zu sein, ließ er das gesamte Bündel kopieren und von den Datenträgern Duplikate anfertigen, damit sich seine eigenen KTU-Kollegen ohne Zeitdruck auch auf die Suche nach verwertbaren Hinweisen machen konnten.

Der Mörder von Bruder Aurelius war gefasst, die mysteriöse Phantomakte gefunden. Endlich. Hinz und Kunz lobten den Kommissar ob seiner Ermittlungserfolge über den grünen Klee. Im Polizeipräsidium verging kein Tag, an dem nicht Anfragen von Zeitungen oder TV-Anstalten nach Interviews mit dem Konstanzer Ermittler eingingen. Zoffinger war nicht medienscheu. Aber den Rummel um seine Person hielt er für einen eher peinlichen Affentanz. Lobhudelei und Personenkult? Nein, danke! Schließlich hatte er nur seinen Job erledigt. Als er die Überschriften in manchen Gazetten sah, konnte er nur den Kopf schütteln.

»Deutschland sucht den Superstar – wir haben ihn in Konstanz gefunden.«

»Der Superbulle vom Bodensee!«

»Mafiosi! Zieht euch warm an. Zoffinger kommt!«

Als er eines Morgens ins Büro kam, lehnte an seinem Schreibtisch eine überdimensionale Urkunde aus Pappe mit einem Kranz aus goldenen Lorbeerblättern. »Schnüffler des Jahres« stand darauf. Alle Kollegen hatten die Schmeichelei unterschrieben. Ein besonderer Beitrag stammte aus der kriminaltechnischen Abteilung: die aufgeklebte Verpackung einer Haschschokoladentafel. Dazu links und rechts zwei kleine, durchsichtige Beutelchen mit gerebeltem Kraut, was unschwer wie getrockneter Cannabis aussah, in Wahrheit aber ein Fake aus Oregano war. Eine Reminiszenz an die Entdeckung des Drogendepots unter der Pizzeria Da Vinci. Als ihm Pläne für eine interne Siegesfeier zu Ohren kamen, winkte Zoffinger energisch ab.

»Wenn Politiker den Friedensnobelpreis dafür bekommen, dass sie Schaden von ihren Ländern abwenden, wofür sie nach ihrem Amtseid verpflichtet sind, finde ich das schon krass. Belassen wir es bei unserer Freude darüber, dass sich unsere Arbeit gelohnt hat und wir wieder einmal erfolgreich waren. Trotzdem können wir aber bei Gelegenheit mal einen trinken gehen.«

Unter Zoffingers KTU-Kollegen war ein in sich gekehrter, schüchterner Sonderling. Hätte man für eine Charakterstudie den Prototyp eines Computernerds gesucht, wäre Harry Weißhaupt die erste Wahl gewesen. Geradezu lustvoll schob er vor seinen Rechnern Extraschichten, ernährte sich ausschließlich von Honigbroten, die auf seinem Schreibtisch klebten, und wohnte offiziell in einer Zweizimmerwohnung zusammen mit seiner Oma, falls er hin und wieder seinem inoffiziellen Hauptwohnsitz im Kommissariat den Rücken kehrte.

Was Harry unter den bei der Graböffnung gefundenen digitalen Daten entdeckte, war so umwerfend, dass Zoffinger vermutlich geplatzt wäre, hätte er die Neuigkeiten nicht in seinem Freundeskreis berichten können. Also alarmierte er für einen Freitagabend seine Clique, die er ohnehin seit geraumer Zeit nicht mehr getroffen hatte. Höchste Zeit für einen Routinetreff.

»Hab tatsächlich vergessen, auch Rolf Riedle anzurufen«, gestand er, als man sich in Klein-Venedig in einem Lokal traf. »Den rasenden Reporter habe ich aus den Augen verloren.«

Florian grinste.

»Der schlägt sich seit ein paar Tagen mit deinen Polizeikollegen herum und brütet vermutlich über Vergeltungsmaßnahmen.«

»Was hat er sich denn zu Schulden kommen lassen?«

»Er hat seit geraumer Zeit einen Hund«, erzählte Florian. »Als er ihn kürzlich Gassi führte, lief er einem Polizisten über den Weg, der ihn auf die fehlende Hundesteuermarke ansprach. Riedle behauptete steif und fest, bei dem Tier handle es sich um keinen Hund, sondern um ein Schaf. Der Uniformierte glaubte zunächst an einen Scherz, fühlte sich dann aber ganz offensichtlich verhohnepipelt. Eine immer hitziger werdende Diskussion folgte. Dazu muss man wissen, dass Rolfs Zottelfreund trotz seiner Lockenpracht einem Schaf nur sehr entfernt ähnlich sieht.«

»Was hat er denn für einen?«, wollte Vera wissen.

»Die Rasse heißt Perro de Agua Español, ein spanischer Wasserhund. Der Streit zwischen dem halsstarrigen Riedle und dem Gesetzeshüter wurde immer giftiger. Das Geplänkel endete damit, dass eine Amtstierärztin entscheiden musste, um was es sich bei dem Vierbeiner eigentlich handelt. Jetzt drohen dem lieben Rolf Nachzahlungen und ein Verfahren wegen nicht entrichteter Hundesteuer. Mich wundert, dass sie ihm nicht auch noch eine Geldbuße wegen Verarschung der Justiz verpasst haben.«

Als das Thema Rolf Riedle vom Tisch war, kam es, wie es kommen musste. Alle waren begierig, mehr über die Graböffnung auf der Reichenau zu erfahren. Interessante Details und Hintergründe waren bislang kaum an die Öffentlichkeit gedrungen. Kein Wunder, dass in den Medien wilde Vermutungen und Verschwörungstheorien ins Kraut schossen. In sozialen Netzwerken kursierten Fake News, die sich zum Teil an Dämlichkeit überboten. Eine Meldung behauptete, in dem Grab sei eine scharfe Fünf-Zentner-Fliegerbombe aus dem Zweiten Weltkrieg gefunden worden. Andere wollten wissen, dass in der verbuddelten Schatulle wertvolle historische Originaldokumente gelegen hätten, die das Konstanzer Konzil von 1414 bis 1418 in einem völlig neuen Licht darstellten. Wieder andere wollten erfahren haben, dass man im Grab auf eine siebenstellige Summe Schweizer Franken, einen mysteriösen Kristallschädel und einen prähistorischen Mammutzahn gestoßen sei.

»Wie man hört, habt ihr in dem geöffneten Grab statt einer Leiche eine Keksdose gefunden«, tastete sich Florian an Zoffinger heran. »Ich nehme an, dass der Inhalt weniger mit Schokoladenplätzchen als vielmehr mit den versteckten Dokumenten des Inselmönchs Aurelius zu tun hat.«

Zoffinger nickte.

»Natürlich hat der Fund etwas damit zu tun. Das war mir schon vom ersten Augenblick an klar, als ich von dem mysteriösen Grab erfahren habe. Denn dass wir dort nicht den Leichnam von Bruder Aurelius alias Richard Bloder finden würden, war ja sonnenklar.«

»Was war denn so brisant an den Papieren?«

Was Zoffinger erzählte, hörte sich an wie ein Kapitel aus der modernisierten Fassung von Grimms Märchen. Der Inhalt der Schatulle deckte auf, warum die diversen Dokumentenjäger so erpicht darauf waren, diese Phantomakte in ihre Hände zu bekommen. Kein Wunder, dass die Kanzlei McCarthy & Partners eine saftige Erfolgsprämie ausgelobt hatte. Teile der Whistleblower-Geheimnisse waren ja schon dem investigativen Journalistennetzwerk International Consortium for Investigative Journalists zugespielt worden. Darüber hinaus wurde klar, dass Aurelius seine vergrabenen Enthüllungen als schonungslose Abrechnung mit seiner ehemaligen Kanzlei betrachtete. Die Phantomakte erwies sich als hoch explosiver Brandsatz, der dubiose Briefkastenfirmen reihenweise hochgehen lassen konnte. Allein schon die Fantasienamen dieser Klitschen wie »Boomerang Limited«, »Pirate Holding« und »Terminator Investments« ließen erahnen, dass es sich bestenfalls um halbseidene, häufig aber um schwerkriminelle Organisationen handelte. Die internationalen Offshoregeschäfte lieferten Zoffinger zwar spannende Lektüre, aber wenig Verwertbares für seine Mordermittlungen. Das galt auch für ein spezielles Projekt, das der KTU-Nerd Harry Weißhaupt ausdruckte und dem Kommissar mit einem dicken roten Ausrufezeichen am Rand auf den Schreibtisch legte. Zoffinger hätte den Text vermutlich in den Papierkorb geworfen. Aber als er den Firmennamen »Flower Island Limited« sah, machte ihn die Sache stutzig.

Flower Island Limited? Zoffinger war kein Fremdsprachengenie, aber sein Englisch reichte aus, um zu wissen, dass damit die Blumeninsel Mainau gemeint war. Die Offshorefirma gehörte der südkalabrischen Ndrangheta. Als er die To-do-Liste der Organisation überflog, traute er seinen Augen nicht. Was er las, verschlug ihm die Sprache. Ein beinharter Lokalpatriot, der mit Bodenseehymnen auf den Lippen abends ins Bett stieg und das Badnerlied trällernd am nächsten Morgen aufstand, war Zoffinger beileibe nicht. Aber er lebte gerne am Bodensee und schätzte die Gegend samt ihrer Sahnestückchen – Insel Mainau inklusive.

»Was die Verbrecher mit ihrem offenbar gewaltigen Finanzpolster auf der Insel vorhatten, hat mich umgehauen«, entrüstete sich der Kommissar, als er seiner Tischrunde davon erzählte.

»Vermutlich wollten sie den Stöpsel aus der Insel ziehen, damit sie unterging«, blödelte Florian.

»So richtig witzig fand ich die Pläne nicht«, stoppte ihn Zoffinger. »Die Unterlagen beschrieben einen perfiden Plan. Ihr wisst vielleicht, dass die Verwaltung der Mainau in Händen einer gemeinnützigen Stiftung liegt. Der Plan war, sie durch eingeschleuste Strohmänner, saftige Schmiergeldzahlungen und notfalls Erpressung zu unterwandern, um die Insel unter die Kontrolle der Mafia zu bringen. Nicht um neue Blumensorten zu züchten, sondern – haltet euch fest – um einen Teil der bewaldeten Inselflächen abzuholzen und ein luxuriöses Spielcasino mit Fünf-Sterne-Hotel und Golfanlage zu errichten.«

»Eine Zockerzitadelle statt Blumenparadies?«, hauchte Karin fassungslos. »Das hätten die Investoren doch nie durchgekriegt. Am Bodensee wäre wahrscheinlich ein Bürgeraufstand ausgebrochen. Ich glaube, ich spinne.«

»Es kommt noch besser, Freunde«, setzte Zoffinger nach. »Für das Barockschloss hatten die Planer eine ganz besondere Idee: das größte Eroscenter im ganzen Bodenseeraum! Eine Begegnungsstätte von leicht geschürzten Damen mit ihren Freiern im ehemaligen Audienzsaal. Was für eine abwegige Vorstellung.«

Florian glotzte halb belustigt, halb entsetzt in die Runde.

»Ein großkotziges Spielcasino und ein Puff auf der schönsten Ausflugsinsel im Bodensee! Das muss man sich mal vorstellen. Ich gebe Karin recht: Nie im Leben hätte das geklappt. Genauso gut hätten die Idioten planen können, im Konstanzer Münster eine Kegelbahn einzurichten.«

Dass mit der Phantomakte die miesen Machenschaften der Flower Island Limited aufflogen und die Insel Mainau ein Blumenparadies blieb, feierte der Freundeskreis an diesem Abend auf Zoffingers Kosten mit mehreren Flaschen Wein. Einziger Wermutstropfen in der aufgekratzten Stimmung war ein schmerzhaftes Geständnis, mit dem der Kommissar zu vorgerückter Stunde herausrückte.

»Was passiert eigentlich mit dieser mysteriösen Phantomakte?«, hakte Vera nach. »Jetzt wird wohl das Bundeskriminalamt oder eine andere Behörde dieser Züricher Verbrecherkanzlei auf den Pelz rücken. Du bist schätzungsweise aus der Nummer heraus.«

Zoffinger verzog das Gesicht wie nach einem Tritt gegen das Schienbein.

»Ich habe einen Riesenfehler gemacht.«

Er wirkte plötzlich so kleinlaut, wie seine Freunde den Kripo-Überflieger gar nicht kannten.

»Auf diversen DVDs und zwei Festplatten in der Schatulle befinden sich ca. 200 Gigabyte Daten. Um diesen Wahnsinnsberg umzugraben, braucht man Fachleute und viel Zeit. Bei den Daten geht es unter anderem um die illegale Verstrickung von südamerikanischen Baukonzernen in die Vergabe von Bauprojekten in Milliardenhöhe, um Waffenschiebereien in Krisengebiete, um Geldwäsche und so weiter. Ich wollte die gesamten Unterlagen meinem neuen Freund Radomir Laumann von der Finanz- und Zeugenschutzbehörde zukommen lassen.«

Zoffinger malte mit dem Zeigefinger kryptische Figuren auf die Tischplatte, die den Schlamassel demonstrierten, in dem er sich wähnte.

»Ich rief ihn mehrmals unter der Telefonnummer an, die er mir für Notfälle gegeben hatte. Jedes Mal: Kein Anschluss unter dieser Nummer. Das kam mir nach einer Weile seltsam vor. Also kontaktierte ich seine Abteilung. Dort erfuhr ich, dass der gute Radomir bereits vor einem halben Jahr beurlaubt worden war – wegen Unregelmäßigkeiten. Auf Deutsch: Er hatte sich etwas zu Schulden kommen lassen. Hinter vorgehaltener Hand erzählte man sich in der Abteilung, dass er klammheimlich die Fronten gewechselt hatte. McCarthy & Partners hatten ihm offenbar ein Angebot gemacht, das er nicht ablehnen konnte. Mittlerweile bin ich mir sicher, dass er bereits vor seinem Besuch hier in Konstanz von dieser Dreckskanzlei auf mich angesetzt worden war, um bei der Suche nach der Phantomakte von meinen Ermittlungsergebnissen zu profitieren.«

Zoffinger hämmerte mit der Faust gegen die Schläfen.

»Wie blöd muss ein Mensch eigentlich sein, um auf so einen Scharlatan hereinzufallen! Aber der Kerl hat auf mich einen absolut verlässlichen und professionellen Eindruck gemacht. Er hat mir ja auch die ganze Geschichte mit dem Zeugenschutz für Bruder Aurelius erzählt. Jetzt habe ich den Salat! Ich kann nur von Glück sagen, dass ich ihm in letzter Zeit keine Interna mehr mitgeteilt habe. Mit meinen Ermittlungen hatte ich ohnehin genug zu tun hatte, und die Zeugenschutzdetails fallen nicht in mein Resort.«

»Wo steckt der Kerl jetzt?«

»Abgetaucht ist er. Vielleicht versteckt sich die Ratte irgendwo auf der Reichenau und wartet auf eine Chance, seinem kriminellen Arbeitgeber doch noch verwertbares Material liefern zu können. Oder er fläzt sich bereits auf den Bahamas im Liegestuhl und lässt sich von seinem Vorschuss von einer braungebrannten Inselschönheit ein paar Tropencocktails servieren.«

»Eine hammerharte Geschichte«, jubelte Florian. »Ich zerbreche mir den Schädel darüber, wie es in meinem Roman weitergehen soll, und genau vor meiner Haustür spielen sich Dramen ab.«

»Du müsstest doch wissen, dass das Leben immer die interessantesten Storys schreibt«, meinte Karin.

Florian blickte gedankenverloren an ihr vorbei auf den See, wo gerade ein Schiff der Weißen Flotte in den Hafen kurvte.

»Ich glaube, genau in diesem Augenblick ist die Entscheidung gefallen: Ich werde über den Fall Aurelius meinen Krimi schreiben. Ein paar andere Namen, veränderte Lokalitäten, ein Kommissar, der …«

«Stopp!«, unterbrach ihn Zoffinger mit gespielter Empörung. »Ich empfehle dir höchste Zurückhaltung bei dem, was du jetzt sagen willst. Ein krummes Wort, und deine beste Informationsquelle macht augenblicklich dicht. Für immer!«